Ilona Bulazel

Der Todesprinz

Ilona Bulazel
Sinzheimer Str. 40b
76532 Baden-Baden
Deutschland

E-Mail: kontakt@autorib.de
Website: www.autorib.de
Facebook: www.facebook.com/ilonabulazel

Ausgabe 1.8/18

Korrektorat:
Natalie Röllig

Umschlaggestaltung:
Cover Design by James, GoOnWrite.com
Photo Images © Shutterstock / Cafe Racer / Jamen Percy / oksana2010 / Dima Fadeev

Buchsatz:
Corinna Rindlisbacher, ebokks.de

ISBN: 9781718012851

Weitere Informationen zum Druck:
siehe Buchende

Inhalt

Kapitel 1

Elena glaubte, unsichtbare Hände hätten das Fahrrad einfach unter ihr fortgerissen. Sie wurde in die Höhe geschleudert und landete auf der Kühlerhaube des Wagens. Der Aufprall war so hart, dass ihr die Luft wegblieb. Für einen Augenblick konnte sie das Gesicht des Mannes sehen, der hinter dem Lenkrad saß; die sechzigjährige Krankenschwester erinnerte sich sofort an ihn. Er starrte sie durch die Windschutzscheibe an, und ihr entging nicht jenes höhnische, verächtliche Grinsen, das sie schon einmal gesehen hatte. Es war damals zwar nichts weiter als ein kurzes Zucken der Mundwinkel gewesen, dennoch hatte sie darin die tiefe Verderbtheit erkannt, die der Mensch dahinter in sich trug. Das Wissen um diese Bosheit sollte ihr heute zum Verhängnis werden.

Der Wagen setzte zurück. Elena rutschte von der Motorhaube und fiel brutal auf die nassen Pflastersteine. Dort hatte sich das Wasser bereits in großen Pfützen gesammelt, und so sog sich ihre Kleidung augenblicklich damit voll. Die ausgebildete Krankenschwester versuchte ihre Zehen zu bewegen, hob und senkte die Finger, zwang sich, ruhig zu atmen, und klammerte sich an den Gedanken, dass er sie jetzt einfach so liegen lassen würde. Sie hoffte darauf, er ginge von der irrigen Annahme aus, sie sei bereits tot. Aber schon im nächsten Moment heulte erneut der Motor auf. Ihr Angreifer gab Gas und hielt direkt auf sie zu. Trotz ihres Alters war Elena nicht bereit, kampflos aufzugeben, drehte sich deshalb mühsam auf den Bauch und kroch Richtung Gehweg.

Ihre Verletzungen und die nasse Kleidung machten sie langsam. Jedes Stück Stoff fühlte sich wie ein schwerer Mühlstein an, der ihr Vorankommen verhindern wollte. Sie hörte das Geräusch von Reifen, die tiefe Pfützen durchfuhren und links und rechts Fontänen aufspritzen ließen, dann spürte sie den Schmerz brechender Knochen. Ungebremst raste der Wagen über den am Boden liegenden Körper, Elenas Wirbelsäule wurde vom Gewicht des Fahrzeugs zerquetscht. Die Krankenschwester spürte bei jedem Atemzug ein entsetzliches Stechen in der Brust. Es war nicht notwendig, erneut Gelenk für Gelenk auf seine Funktionsfähigkeit zu überprüfen – sie wusste auch so, dass kein Mediziner in der Lage sein würde, sie jetzt noch zu retten.

Dann wurde es still. Elena lag mit verrenkten Gliedern auf der Seite, und nur das rhythmische Aufschlagen des Regens drang an ihre Ohren. Sie beobachtete, wie die Tropfen beim Berühren der Erde in alle Richtungen spritzten, und hatte plötzlich das Gefühl, dieses Schauspiel würde in Zeitlupe geschehen.

Erst jetzt sah sie die Schuhspitzen. Eine berührte sie, gab ihr einen heftigen Stoß, bis sie auf dem Rücken landete und gezwungen war, ihn direkt anzusehen.

Elena war seit über vierzig Jahren Krankenschwester. Sie liebte ihren Beruf und den Umgang mit den Patienten. Darüber hinaus verstand sie ihre Arbeit nicht nur als eine Möglichkeit, den Lebensunterhalt zu verdienen, sondern auch als eine Aufgabe, die ihrem Dasein einen Sinn gab. Die Zeiten hatten sich geändert. Heute entschieden Buchhalter über das Wohl der Kranken, und Kliniken wurden von Betriebswirtschaftlern anstatt von Ärzten geleitet, aber sie hatte immer versucht, das Beste daraus zu machen. In zu vielen Krankenzimmern hatte sie gestanden und den Angehörigen Beistand geleistet, wenn ein geliebter Mensch nicht mehr zu retten gewesen war. Sie hatte dabei in Hunderte Gesichter geblickt und Verzweiflung, Trauer, Wut und

Zorn darin gesehen. Manchmal auch Erleichterung, wenn ein langes Leiden schließlich ein Ende gefunden hatte, aber nur ein einziges Mal war sie dabei auf den Ausdruck tiefster Befriedigung gestoßen, und sie hatte gewusst, dass sie in diesem Moment einem ganz und gar schlechten Menschen gegenüberstand. Ihr war es nicht gelungen, ihr Entsetzen darüber zu verbergen. Die übrigen Trauernden, die sich in dem Krankenzimmer aufgehalten hatten, waren vergessen gewesen, während zwischen ihr und diesem Fremden ein unheilvoller stummer Dialog begonnen hatte. Ohne es zu wollen, hatten ihre weit aufgerissenen Augen ihm mitgeteilt: »Ich habe dich durchschaut, du bist ein Monster!«, woraufhin er mit seinem Blick erwidert hatte: »Ja, aber das wird niemals jemand erfahren.«

Zuerst hatte Elena die Erinnerung an jenen Nachmittag voller Unbehagen mit sich herumgetragen, bis es ihr mit etwas Abstand gelungen war, sie zu verdrängen. Die aufwühlenden Empfindungen hatte sie letzten Endes als Hirngespinst abgetan und die Bedrohung leichtfertig ignoriert.

Die Schuhspitze trat erneut nach ihr und holte sie grob in das Hier und Jetzt zurück. Er blickte immer noch auf sie nieder, schien sich weder an dem Regen zu stören, der ihn bereits bis auf die Knochen durchnässt hatte, noch besorgt zu sein, jemand könnte ihn entdecken, während er dieser Frau beim Sterben zusah. Reue zeigte sich nicht auf seinem Gesicht, eher so etwas wie Interesse.

Elena röchelte. Sie war zeitlebens eine gläubige Frau gewesen, und als sie jetzt ein letztes Mal in das Gesicht ihres Mörders starrte, da betete sie dafür, dass sich Gott ihrer endlich erbarmen möge, damit sie das Böse, das von diesem Mann ausging, nicht länger aushalten musste.

Der Zeitungsartikel vermochte es nicht, die Bevölkerung aufzuwühlen. Unglücksmeldungen gehörten längst zum Alltag. Unter *Vermischtem* bat man die Anwohner in dem kleinen Karlsruher Vorort um sachdienliche Hinweise bezüglich eines Unfalls mit Fahrerflucht. Mit Bedauern berichtete man über den traurigen Tod einer Krankenschwester, die nach ihrer Nachtschicht mit dem Fahrrad nach Hause fahren wollte. Ausführlich wurde auf den Starkregen eingegangen, der den bisher trockenen Sommer unterbrochen hatte.

Tatsächlich erhielt die Polizei daraufhin einige Anrufe, allerdings reichten die Beobachtungen der angeblichen Zeugen von einem roten Minivan über einen grünen Sportwagen bis schließlich zu einem Wohnmobil mit auffälligen Zierleisten. Obwohl die Spuren an der Leiche – was die Unfalltheorie anging – zahlreiche Fragen offenließen, wurde Elenas Tod schließlich als ungelöster Unfall mit Fahrerflucht zu den Akten gelegt.

* * *

Kapitel 2

Zehn Jahre später, Ende Mai

Vivien blinzelte und kam langsam zu sich. Ihr Kopf schmerzte, und ihr Magen signalisierte ihr, dass jede schnelle Bewegung einen Brechreiz auslösen konnte. Allerdings fühlte sie sich viel zu matt, um überhaupt etwas an ihrer liegenden Haltung zu ändern. Irgendwie war es, als wäre sie in einem Traum gefangen. Als wüsste sie genau, dass sie nur aufwachen müsste, und dann würde all das Fremde und Bedrohliche verschwinden und sie wäre sicher und geborgen in ihrem Bett.

»Wach auf! Wach auf!«, rief sie sich in Gedanken zu – aber was schon so viele Male in der Vergangenheit funktioniert hatte, wollte heute einfach nicht gelingen. Wieder plagte sie ein Krampf in den Eingeweiden, und endlich konnte sie zumindest die Augenlider öffnen.

Sofort überkam sie Panik. Das hier war nicht ihr Zimmer in der elterlichen Villa. Es roch weder nach ihrem Lieblingsparfüm, noch wehte der Duft frischer Wäsche aus ihrem Kleiderschrank herüber, so wie gewöhnlich. Auch fehlten die gedämpften Geräusche aus dem unteren Stockwerk. Die Stimme ihrer Mutter, die am Morgen lautstark ihre Fitness- und Kosmetiktermine koordinierte, war nicht zu vernehmen. Vivien verfluchte sie dafür regelmäßig, aber heute wünschte sie sich nichts sehnlicher, als diese nervenden, schrill geführten Telefonate zu hören, in denen es stets um unerfüllbare Terminwünsche ging.

»Mama«, brachte Vivien ein heiseres Flüstern über die ausgetrockneten Lippen.

Der Raum, in dem sie sich befand, war kalt und dunkel. Sie wollte ihre Arme bewegen, aber lediglich die Hände ließen sich ein Stück anheben.

Tränen liefen der Achtzehnjährigen über die Wangen. Es half nichts, es länger zu leugnen, man hatte sie gefesselt. Sie befand sich in der Gewalt eines anderen Menschen. Wie oft hatte sie davon schon gehört, es in Filmen gesehen, in Büchern darüber gelesen? Trotzdem hatte sie nie auch nur einen Gedanken daran verschwendet, dass so etwas eines Tages auch ihr passieren könnte.

Ich muss hier raus, schoss es der jungen Frau durch den Kopf. Die Übelkeit und das Dröhnen des Schädels ignorierte Vivien und wandte stattdessen alle Kraft auf, um sich aufzurichten. Erst jetzt bemerkte sie, dass man ihr auch Fußfesseln angelegt hatte. Sie stemmte sich dagegen, riss daran, bis sie irgendwann erschöpft den Kopf wieder auf die harte Bettstatt sinken ließ, auf der sie festgeschnallt war.

Um nicht über die Ausweglosigkeit ihrer Situation nachdenken zu müssen, versuchte sie, sich daran zu erinnern, was geschehen war. Wie lange lag sie denn überhaupt schon hier? Vivien hatte keinerlei Zeitgefühl mehr. Das Letzte, woran sie sich erinnerte, war das Joggen im Park. Sie hasste Sport, aber da war dieser Abiturball und ein wundervolles Abendkleid, dessen Reißverschluss nicht zugehen wollte. Sie hatte geplant, ihren Ex-Freund für sein schäbiges Benehmen zu bestrafen. Dafür wollte sie mit einer atemberaubenden Figur auftauchen und ihm so unter die Nase reiben, was ihm künftig alles entgehen würde. Außerdem konnte sie sich so selbst beweisen, dass seine Demütigung an ihr abgeprallt war.

Daher war sie in den Park marschiert, hatte zu laufen begonnen und dann? Plötzlich erinnerte sie sich an den Schlag auf den Kopf. Angestrengt dachte sie weiter nach. Sie war getragen worden, jemand hatte mit ihr gesprochen, die Stimme war nicht fremd gewesen. Dann erstarrte Vivien vor Schreck. Man hatte ihr die Kleider ausgezogen. Vor Scham und Demütigung schoss ihr das Blut in die kalten Wangen. Erleichtert wurde ihr jedoch klar, dass sie trotzdem nicht nackt war. Jemand hatte sie wieder angekleidet. Aber was sie da trug, gehörte ihr nicht. Sie spürte das erste Mal bewusst das lange Kleid aus glattem, kühlem Material auf ihrer Haut.

Dann vernahm sie ein Geräusch. Ohne zu überlegen, rief sie um Hilfe: »Ich bin hier drin, bitte helft mir!« Ihre Stimme schwoll an. Vivien geriet immer mehr in Panik und schrie nun, so laut sie konnte. Ein Schlüssel drehte sich im Schloss, und ein Lichtschalter wurde betätigt. Für den Bruchteil einer Sekunde konnte sie in dem trüben Licht der Glühbirne eine Gestalt erkennen, dann verschwand diese aus ihrem Blickfeld.

»Bitte, helfen Sie mir«, schluchzte sie nun verzweifelt.

Sie erhielt keine Antwort, spürte nur die Anwesenheit der zweiten Person, die hinter dem Kopfende ihrer unbequemen Bettstatt stand, hörte sogar das gleichmäßige Atmen und nahm den leichten Geruch von menschlichem Schweiß wahr.

Sie wollte erneut um Hilfe betteln, als ihr eine Hand auf den Kopf gelegt wurde und jemand vorsichtig eine der langen blonden Strähnen aus ihrem Gesicht schob. Es fühlte sich an, als würde eine Spinne mit spitzen, dürren Beinen über ihre Haut krabbeln. Vivien zuckte zusammen, versuchte sich der Berührung zu entziehen. Als Reaktion umschloss nun eine Hand ihren Hals und drückte zu. Die junge Frau keuchte, wand sich erfolglos unter dem Griff und war bereits kurz vor einer Ohnmacht, als der Druck auf ihre Kehle abrupt endete. Gleich darauf wurde ihr Wasser eingeflößt. Sie trank gierig. Als man ihr die Flüssigkeit entzog, wollte sie protestieren, aber ihre Stimme versagte. Viviens Zunge fühlte sich schwer und geschwollen an. Sie brachte keinen Ton heraus, und auch ihre Augenlider gehorchten ihr nicht mehr. Schon in der nächsten Minute überkam sie eine bleierne Müdigkeit, gegen die sie sich nicht wehren konnte.

Da sprach *er* das erste Mal mit ihr. Es klang, als wäre er weit weg und würde flüstern. Sie verstand kaum, was gesagt wurde, zusammenhanglose Satzfetzen drangen an ihre Ohren: »Du wirst jetzt schlafen, Prinzessin. Viele Stunden, Hunderte Stunden …«

* * *

Am nächsten Morgen

Das vibrierende Handy auf dem Nachttisch, das unerbittlich die Melodie einer deutschen Krimiserie wiederholte, ließ Hauptkommissar Michael Kaller hochschrecken. Er fluchte laut, ignorierte das genervte Brummen neben sich und tastete nach dem Mobiltelefon.

Er musste nicht auf das Display sehen, um zu wissen, dass es die Dienststelle war, die ihn an seinem freien Tag aus dem Bett klingelte.

Eine Frauenstimme rief: »Kaller?«

Der ungeduldige Tonfall, mit dem sein Name ausgesprochen wurde, ließ ihn mit den Augen rollen, was ihm schmerzhaft den Kater ankündigte, den er vermutlich den ganzen Tag mit sich herumschleppen würde.

»Warum rufen Sie an?«, gab er unfreundlich zurück, was seiner Gesprächspartnerin am anderen Ende der Leitung durchaus gelegen kam. Elke Wiedenhof-Meier, ihres Zeichens Kommissariatsleiterin und Vorgesetzte von Michael Kaller, war nämlich nicht der Typ für freundliches Geplänkel, also sagte sie, was es zu sagen gab: »Wir sehen uns in zehn Minuten auf dem Revier. Wir wurden kurzfristig zu einem Fall hinzugezogen.«

Danach folgte Stille. Elke Wiedenhof-Meier hatte aufgelegt.

Der nächste Fluch, den Kaller ausstieß, richtete sich direkt gegen seine Vorgesetzte, die er normalerweise als *die Alte* bezeichnete, jetzt aber einige äußerst uncharmante Tiernamen beifügte.

Widerwillig quälte sich der Fünfundvierzigjährige in eine aufrechte Position. Das Brummen neben ihm wurde lauter.

»Mensch, Kaller«, schnauzte jemand unter der Decke, »was ist denn das für ein Krach?!«

Auf Michael Kallers Gesicht legte sich ein Stirnrunzeln, als er angestrengt darüber nachdachte, wen er gestern Nacht gevögelt hatte. Dann fiel es ihm langsam wieder ein. Er war auf einen Absacker losgezogen, irgendwann im *Puders* gelandet, das böse Zungen auch als Spelunke bezeichneten. Und dann? Ja, dann hatte er mit dem Wirt irgendeinen widerlichen Kräuterlikör gesoffen und dazu reichlich Bier, um den Geschmack wieder loszuwerden. Die Erinnerung kam zurück. Er hob die Decke hoch und blickte auf das verstrubbelte, rot gefärbte Haar von Ricca.

Erleichtert zog er die Decke nun ganz zurück und gab der nackten Frau einen Klaps auf den Hintern.

»Aufstehen, Schätzchen. Mach mir die Rechnung fertig, ich muss zur Arbeit!«

Ricca rollte sich genervt zur Seite und murrte: »Ich dachte, du hast heute frei?«

»Dachte ich auch«, gab er nicht minder schlecht gelaunt zurück, schwang seine Beine über die Bettkante und schrie ärgerlich auf, als sein linker Fuß mitten in einer Lache Erbrochenem landete.

Umständlich versuchte er, mit einer alten Zeitung seine Sohle von den gröbsten Spuren der letzten Nacht zu befreien, und humpelte dann ins Bad, um den Rest des Teppichs zu schonen.

Fünfzehn Minuten später kam er geduscht und mit einer auch durch Mundwasser und Parfüm nicht zu bändigenden Alkoholfahne zurück. Ricca hatte gerade den Reißverschluss ihres zweiten Stiefels hochgezogen, und Kaller stellte – jetzt, da die Rollläden oben waren und die Sonne unbarmherzig in sein Schlafzimmer schien – mit einem gewissen Bedauern fest, dass die Frau bei Nacht doch wesentlich attraktiver ausgesehen hatte.

»Was schulde ich dir, Schätzchen?«, sagte er jedoch freundlich und griff zu seinem Geldbeutel.

»Weil du mein Lieblingsbulle bist, geht es aufs Haus.« Sie stöckelte zu ihm, drückte ihm einen Kuss auf die Wange und flüsterte anzüglich: »Und was für ein Bulle!«

Kaller grinste, er mochte Riccas Humor, sie kannten sich schließlich schon eine Ewigkeit, und so war es ein Gebot der Höflichkeit, ihr zumindest ein paar Scheine für das Taxi in die Hand zu drücken.

»Bist ein guter Typ«, sagte sie daraufhin und verschwand mit einem »Wir sehen uns!«.

Auf dem Weg zum Präsidium hielt Kaller noch an einem Schnellimbiss und kaufte sich dort einen Kebab und zwei Dosen Cola, ein Friedensangebot an den Kater, der gerade äußerst rücksichtslos versuchte, die Kontrolle über seinen Körper zu übernehmen.

* * *

Kurz darauf im Präsidium der Kriminalpolizei

Als Michael Kaller das Büro der Kommissariatsleiterin betrat, saß sein Kollege Sven Meinfeld bereits auf einem der Inquisitionsstühle, wie Kaller die kleinen unbequemen Sessel nannte, die seine Chefin für ihre Untergebenen bereithielt.

Elke Wiedenhof-Meier warf einen vorwurfsvollen Blick auf die Uhr, bevor sie den Hauptkommissar mit einem Handzeichen aufforderte, ebenfalls Platz zu nehmen. Seine

Aufmerksamkeit galt kurz Meinfelds übermüdetem Gesicht. Die Männer nickten sich zu, und ihre Vorgesetzte übernahm es, die beiden ins Bild zu setzen.

»Man hat Vivien Balgar entführt«, sagte sie ernst und wartete auf eine Reaktion.

»Die Tochter des Anwalts«, antwortete Meinfeld artig, während Kaller mit verschränkten Armen das Gesicht verzog.

»Den Herren ist die Familie also ein Begriff«, fuhr die Kommissariatsleiterin fort.

»Der Kerl hat sich nicht nur Freunde gemacht«, warf Kaller ein. »Bedauerlich, dass das auf dem Rücken der Tochter ausgetragen wird«, erwiderte er ohne Sarkasmus.

»Wieso holt man uns dazu?«, mischte sich jetzt Meinfeld ein.

Offensichtlich war das die Frage, auf die Elke Wiedenhof-Meier gewartet hatte, doch noch bevor sie eine Antwort geben konnte, sprang Kaller ein.

Sein Tonfall glich bestenfalls einem Knurren, als er zwischen den Zähnen hervorstieß: »Weil sie glauben, dass das Mädchen längst tot ist.« Sein Blick bohrte sich in das Gesicht der Vorgesetzten. »Was ist schiefgelaufen? Wollte der Vater die Sache auf eigene Faust regeln? War er zu geizig zu bezahlen? Wer hat Mist gebaut?« Es war deutlich herauszuhören, dass er alles andere als begeistert war, hinzugezogen zu werden.

»Die Entführung fand vor fünf Tagen statt.« Die Kommissariatsleiterin sah auf ihren Bildschirm und fasste die Fakten zusammen. »Die achtzehnjährige Vivien Balgar ging zum Joggen in den angrenzenden Park, dort hat man sie überwältigt und verschleppt. Die Kollegen fanden ihr Handy und ein Sweatshirt. Die Spuren deuten nicht auf einen Kampf hin. Der Vater hat sofort die Polizei verständigt, die Fangschaltungen sind bereit, aber bisher keine Kontaktaufnahme.«

»Warum kein Aufruf an die Öffentlichkeit?«, hakte Kaller nach.

»Der Kollege Rulich, der die Ermittlungen leitet, hat dazu geraten, aber die Eltern befürchten, dass die Entführer darauf unangemessen reagieren könnten. Sie hoffen auf einen Anruf.«

»Scheiße«, brummte Kaller, und seine Vorgesetzte nickte kaum merklich.

»An höherer Stelle hält man es für sinnvoll, jemanden vom Morddezernat hinzuzuziehen. Hauptkommissar Rulich ist einverstanden.«

»Der wird kaum eine Wahl haben«, schnauzte Kaller dazwischen, der nicht die geringste Lust hatte, derjenige zu sein, der mit seinem Auftauchen den Eltern alle Hoffnungen nahm.

Seine Vorgesetzte warf ihm einen mahnenden Blick zu. »Die Geschichte gefällt uns allen nicht, aber es geht immerhin um das Leben einer jungen Frau. Sie wissen, dass ich Ihre Methoden keineswegs immer schätze, aber in diesem Fall ist vielleicht ein wenig ...« Sie schürzte die Lippen, suchte nach den richtigen Worten und sagte schließlich: »... Ideenreichtum gefragt. Also setzen Sie sich mit Rulich in Verbindung und versuchen Sie zu helfen.«

* * *

Auf der Fahrt zu der Villa der Familie Balgar sagte Sven Meinfeld: »Schrecklich. Die Vorstellung, das eigene Kind in der Hand eines Verbrechers zu wissen und nichts tun zu können.«

Kaller reagierte unwirsch: »Du kennst meine Regeln. Versetze dich niemals in die Lage der Angehörigen. Denen hilft es nicht, wenn du mit ihnen leidest. Die brauchen Ermittler, die einen klaren Kopf behalten, um rationale Überlegungen anzustellen.«

Sven Meinfeld seufzte. Er wusste, dass sein Kollege recht hatte, und doch war ihm dessen emotionslose Herangehensweise an einen Fall manchmal verhasst.

»Lange Nacht gehabt, was?«, wechselte Kaller das Thema

und sah amüsiert zu dem Kommissar. Meinfeld war Anfang dreißig und im Gegensatz zu seinem älteren Kollegen stets bemüht, sowohl durch sein äußeres Erscheinungsbild als auch durch seine Ausdrucksweise einen tadellosen Eindruck zu hinterlassen.

Automatisch sah er deshalb bei Kallers Bemerkung an sich herunter.

»Keine Sorge, dein Anzug sitzt perfekt. Nur dein Gesicht sieht aus, als hättest du die Nacht durchgesoffen.«

Meinfeld lachte kurz auf. »Ich kann mich nicht daran erinnern, wann ich das letzte Mal privat eine Kneipe von innen gesehen habe. Einer der Drillinge hatte letzte Nacht eine Kolik.«

Kaller sah seinen Kollegen fragend an.

Meinfeld seufzte. »Blähungen!«

»Das kenne ich«, entgegnete Kaller mit echtem Mitgefühl, während er den Wagen vor der Villa der Balgars abstellte.

Meinfeld schloss für einen Moment halb belustigt, halb resigniert die Augen und entschied, das Thema schleunigst fallen zu lassen. Stattdessen fragte er: »Wie gehen wir da drinnen vor?«

Die Beamten warfen einen Blick auf das imposante Gebäude. Sie wussten beide, dass das Haus mehrere Millionen Euro wert war. Die ausgezeichnete Lage nahe der Karlsruher Innenstadt ließ den Immobilienpreis sicherlich jedes Jahr steigen. Direkt neben dem Hauptgebäude erhob sich außerdem ein auffälliger Neubau, vermutlich das Poolhaus mit allen Extras. An der einstöckigen Fassade prangte noch das Schild des Elektrobetriebs, der sich laut eigener Aussage auf Schwimmbadtechnik spezialisiert hatte. Die Arbeiten waren offensichtlich noch nicht abgeschlossen, aber die Investition musste, der Größe des Objekts nach zu urteilen, bereits jetzt ein Vermögen verschlungen haben.

»Was weißt du über den Vater?«, stellte Kaller seinem Kollegen eine Gegenfrage.

»Ein berühmter Anwalt, große Kanzlei, viel Geld. Allerdings geht das nicht so weit, dass er besondere Sicherheitsmaßnahmen für sich oder seine Familie veranlasst hat. So gesehen ist seine Tochter das perfekte Opfer für eine Entführung. Sie war alleine im Park. Kein Personenschutz, nicht einmal ein Hund.«

Die Männer waren mittlerweile ausgestiegen und gingen langsam Richtung Eingangstür.

»Man sollte vielleicht auch wissen, dass sich Balgar auf dem Weg an die Spitze viele Feinde gemacht hat«, ergänzte Kaller die Ausführungen seines Kollegen. »Zuerst konnte sich der Mann als Strafverteidiger einen Namen machen, aber das große Geld war damit nicht zu verdienen. Er fand dann wohl eine Nische, die ihn ganz nach oben katapultiert hat. Balgar ist der Mann, den Ärzte, Kliniken oder Pharmaunternehmen rufen, wenn irgendwer einen Prozess gegen sie führen will. Für gewöhnlich schmettert Balgar dann alle Anschuldigungen ab oder handelt fadenscheinige Vergleiche aus. Was denkst du, wie viele Menschen den Mann dafür hassen?«

»Woher weißt du das alles?«, reagierte Meinfeld überrascht.

»Ich lese«, entgegnete Kaller knapp.

Das Gespräch wurde durch die korpulente Frau unterbrochen, die ihnen mit einem Gesicht, das an eine aufgebrachte Bulldogge erinnerte, die Tür öffnete.

»Was wollen Sie?«, fragte sie ungehalten, dachte womöglich bei Kallers Anblick, einen neugierigen Paparazzo vor sich zu haben.

Die Beamten zückten ihre Ausweise, und augenblicklich änderte sich die feindselige Haltung der Frau. Mühsam zurückgehaltene Tränen bahnten sich ihren Weg. »Sie müssen mir mein Mädchen zurückbringen«, schluchzte die Matrone heftig.

»Sie sind Frau Balgar?«, fragte Meinfeld unbeholfen.

»Nein«, stammelte sie, »ich bin die Haushälterin, aber ich bin seit Viviens Geburt bei der Familie«, sagte sie unter Tränen.

Es war Kaller, der der Frau verständnisvoll den Arm tätschelte, ihr ein Taschentuch reichte und beruhigend auf sie einsprach: »Ich bin sicher, Sie kennen das Mädchen wie niemand sonst. Würden Sie mir vielleicht gestatten, Ihnen später ein paar Fragen zu stellen? Vielleicht bei einer schönen Tasse Kaffee und in aller Ruhe. Ich weiß, dass die Kollegen bereits alles mit Ihnen durchgegangen sind, aber es würde mir helfen, mit einer engen Vertrauten von Vivien zu reden.«

Das Bulldoggengesicht verzog sich zu einem schüchternen Lächeln. »Ja, selbstverständlich. Wenn ich mich nützlich machen kann.« Sie schnäuzte geräuschvoll die Nase.

»Das können Sie bestimmt«, redete ihr Kaller erneut gut zu, und Meinfeld war nicht das erste Mal verblüfft darüber, wie ein Mensch zwei solch unterschiedliche Wesenszüge in sich tragen konnte. Da war der ungehobelte, raue Klotz, den man guten Gewissens eigentlich nicht auf die Menschheit loslassen konnte, und dann bewies genau der gleiche Kerl ein unglaubliches Einfühlungsvermögen und einen messerscharfen Verstand.

Als Michael Kaller und Sven Meinfeld das überdimensionale Wohnzimmer der Familie Balgar betraten, begrüßte sie dort Hauptkommissar Rulich, der sie der Mutter von Vivien vorstellte.

Arlette Balgar erhob sich nicht, als ihr Kaller die Hand reichte. Sie musterte den Hauptkommissar von oben bis unten und nickte ihm huldvoll zu. Kaller war erleichtert, dass sie keine Fragen bezüglich seines plötzlichen Auftauchens stellte. Nur ungern hätte er ihr mitgeteilt, dass er im Morddezernat arbeitete.

Ihr Desinteresse an seiner Person nahm er ihr nicht übel. Man sah Arlette an, dass sie mit der Situation völlig überfordert war. Ihre großen Pupillen verrieten die Einnahme rezeptpflichtiger Beruhigungsmittel, und auch das Glas auf dem Beistelltisch, das verräterische Alkoholschlieren aufwies, entging dem Beamten nicht.

»Mein Mann ist kurz in die Kanzlei gefahren, manche Dinge sind unaufschiebbar«, sagte Arlette automatisch, so wie es eine Frau tat, die für gewöhnlich alle Entscheidungen ihrem Mann überließ. Es lag kein Vorwurf in ihrer Stimme.

»Ich würde mir gerne das Zimmer Ihrer Tochter ansehen«, führte Kaller das Gespräch fort.

Auch wenn der Fall Vivien Balgar offiziell noch als Entführung galt, hatte man ihn als Mordermittler hierhergeschickt. Deshalb hielt er es für das Beste, das zu tun, was er auch getan hätte, wenn Viviens Leiche bereits gefunden worden wäre. Als Erstes würde er versuchen, so viel wie möglich über das Opfer herauszufinden, um so auf eine Spur zu stoßen, die ihn zum Täter führen könnte.

Arlette flüsterte: »Ihr Zimmer ist oben«, sah an dem Polizisten mit den ungekämmten Haaren und dem Bartschatten vorbei und erweckte dabei den Anschein, der eben eingetroffene neue Ermittler würde sie langweilen.

Kaller quittierte ihr Gebaren, indem er seinen Blick einen Moment prüfend auf ihr ruhen ließ. Arlette war attraktiv, vermutlich gerade Anfang vierzig und trotz der tragischen Umstände perfekt frisiert und geschminkt. Sie trug ein leichtes Sommerkleid in irgendeinem Pastellton, der die Blässe ihrer Haut unterstrich. Beim ersten Hinsehen wirkte Viviens Mutter wie eine verletzliche Frau, was vor allem an ihrer fast schon mageren Gestalt lag. Die nackten Arme waren spindeldürr, und die Waden, die von dem kurzen Kleid nicht bedeckt wurden, erinnerten ihn an Stelzen. Aber der schwächliche Eindruck täuschte. Was Kaller hier vor sich sah, war ein hart trainierter Körper, denn die durch intensiven Sport gestärkte Muskulatur war auf den zweiten Blick nicht zu übersehen. Arlettes glatte Stirn ließ die Arbeit eines Schönheitschirurgen vermuten, und sowohl die wertvolle Uhr als auch die kleinen Diamantohrringe zeugten von einer Frau, der es äußerst wichtig war, sich zu präsentieren.

Kaller fragte sich, wie viel Platz Vivien in Arlette Balgars Leben einnahm. Dann bemerkte er, dass es Zeit war, den Blick abzuwenden.

Hauptkommissar Rulich führte die Kollegen in das Zimmer der Vermissten.

Meinfeld konnte beim Betreten einen anerkennenden Ausruf nicht unterdrücken, und es stand ihm auf die Stirn geschrieben, dass er bedauerte, seinen eigenen Kindern so etwas niemals bieten zu können.

Das sogenannte *Zimmer* von Vivien Balgar bestand aus mehreren Räumen. Es gab ein Badezimmer und einen Wohnraum. Dort wirkte alles aufgeräumt, vermutlich das Werk der Haushälterin. Schließlich betrat Kaller das eigentliche Schlafzimmer.

»Was ist das?«, fragte er überrascht, als er die lebensgroße Kleiderpuppe erblickte, die mitten im Raum stand und der man ein rosafarbenes Ballkleid übergezogen hatte.

»Wollte das Mädchen heiraten?«, folgte Kallers nächste Frage, der ganz automatisch von Vivien in der Vergangenheit sprach – etwas, das seinen Kollegen Rulich veranlasste, entsprechend zu reagieren.

»Noch hoffen wir, dass sie am Leben ist.«

»Natürlich«, entgegnete Kaller, den diese kleine Rüge nicht ärgerte. Er umrundete langsam die Puppe und wartete auf eine Antwort.

»Das ist für den Abschlussball des Mädchens, die Abiturfeier«, erklärte Rulich.

Kaller konnte sich einen Kommentar nicht verkneifen: »Wow, zu meiner Zeit waren Bierbänke und ein Grill das höchste der Gefühle. Scheint so, als würde ich alt werden.«

Er erwartete darauf keine Reaktion, sondern machte sich jetzt daran, die Schubladen der Kommoden aufzuziehen.

»Gab es etwas Interessantes auf dem Laptop oder dem Handy?«, wandte er sich an Rulich.

»Alles unauffällig.«

»Habt ihr mit den Freundinnen gesprochen? Gibt es einen Freund, einen Ex-Freund?«

Rulich stöhnte. »Die Ermittlungen laufen noch, aber bisher mussten wir uns zurückhalten. Die Eltern befürchteten, dass die Entführer Vivien etwas antun, wenn die Presse anfängt zu berichten. Ich dränge den Vater schon seit zwei Tagen, an die Öffentlichkeit zu gehen. Heute Morgen hat er eingelenkt, es wird am Nachmittag einen Presseauftritt von ihm geben. Danach beginnen wir mit den Befragungen.«

»Ist das die übliche Vorgehensweise?«

Rulich hob resigniert die Arme. »Meine Empfehlung war das nicht. Aber der Vater ist ein einflussreicher Mann, es gab entsprechende Anweisungen von oben. Du kannst mir glauben, dass ich mit Engelszungen auf die Eltern eingeredet habe.«

»Denen ist hoffentlich klar, dass jetzt alle Spuren kalt sind«, machte sich Kaller ungehalten Luft. Er griff nach einem Bilderrahmen. Es war eine Porträtaufnahme von Vivien, angefertigt von einem Profifotografen.

»Sie war …« Kaller verbesserte sich. »… *ist* hübsch.« Nachdenklich ließ er seinen Blick durch den Raum schweifen, bevor er sagte: »Wir werden die Antworten nicht in diesem Vorzeigezimmer finden. Was hat euch die Haushälterin erzählt?«

Rulich sah ihn überrascht an, fragte sich, warum Kaller ausgerechnet die Angestellte erwähnte, die er selbst als wenig hilfreich empfunden hatte. Nichts als Schluchzen und Lobpreisungen über ihre Arbeitgeber.

»Wir haben sie kennengelernt, als sie uns die Tür geöffnet hat«, sah sich Meinfeld zu einer Erklärung angehalten.

»Die Frau hat alles bestätigt, was wir von den Eltern erfahren haben«, antwortete Rulich wahrheitsgemäß.

»Und darüber hinaus?«, fasste Hauptkommissar Kaller nach.
»Nichts«, erwiderte der Kollege.
»Dann habt ihr nicht die richtigen Fragen gestellt«, gab Kaller zurück und machte Anstalten zu gehen.
»Wo willst du hin?«, fragte ihn Meinfeld.
Im Türrahmen drehte sich der Hauptkommissar um und antwortete: »Ich gehe jetzt in die Küche und trinke eine schöne Tasse Kaffee.«

* * *

Etwa zur gleichen Zeit

Vivien kam wieder einmal zu sich. Sie befand sich seit Tagen in einer Art Dämmerzustand. Kurze Momente der Klarheit unterbrachen die langen Traumsequenzen, die ihr meist sehr real vorkamen. Kindheitserinnerungen vermischten sich mit Albträumen, ihren Sehnsüchten und Ängsten. Wenn es ihr gelang, einen Augenblick aus diesem düsteren Chaos aufzuwachen, dann wurde ihr klar, dass man sie unter Drogen gesetzt hatte. Sie spürte den Tropf an ihrem Arm. Was auch immer man ihr über die lange Nadel in der Vene zuführte, es vernebelte ihr den Verstand. Gelegentlich flößte man ihr Wasser ein, wogegen sie sich nicht wehrte, da sie ständig das Gefühl hatte, ihr Mund wäre ausgetrocknet.
Meist war sie nicht in der Lage, an Flucht zu denken. Die wenigen Minuten, in denen die Wirkung der lähmenden Substanzen nachließ, reichten dafür einfach nicht aus. Letzten Endes machten sie die Drogen beinahe rund um die Uhr der eigenen Situation gegenüber gleichgültig, sodass sie nur dalag, schicksalsergeben und dankbar für die Möglichkeit, schnell wieder einschlafen zu können.
Gelegentlich schreckte sie jedoch auf, so wie jetzt. Sie vernahm Geräusche, womöglich der Motor eines Autos, dann folgte Türenschlagen, und Schritte kamen näher.

Sie versuchte mit den Lippen die Worte »Hilfe, ich bin hier drin!« zu formen; es war mehr ein Reflex als das tatsächliche Hoffen auf Rettung. Allerdings drang nur ein heiseres, leises Krächzen aus ihrer Kehle.

Die Schritte gingen an ihrem Gefängnis vorbei. Vivien glaubte, durch die Wand Stimmen zu hören; fast war sie sich sicher, eine Frau würde weinen.

»Was wollen Sie?«, schien die Fremde auf der anderen Seite der Wand zu rufen.

Es folgte eine Antwort. Vivien erkannte *seine* Stimme, aber auch ihn verstand sie nur bruchstückhaft.

»Meine liebe Diana, du wirst die Erste sein!«, hörte ihn Vivien sagen. Sie versuchte den Namen einzuordnen, konnte aber keinen Bezug zu einer Diana herstellen.

Sie vernahm einen schrillen Schrei, ein Möbelstück fiel um.

Er rief belustigt: »Du kannst nicht entkommen, was soll das Theater? Sei gefälligst brav!«

Erneut stieß die Frau im Nebenraum einen Hilferuf aus, dann wurde es ruhig.

Vivien konnte durch die Mauern nicht das Knacken des brechenden Genicks vernehmen. Sie hörte nur die Stille und dann einen dumpfen Schlag. So als würde ein schweres Fleischerbeil auf dem Brett des Metzgers aufschlagen, nachdem es einen harten Knochen mühelos durchtrennt hatte.

Vivien versank bereits wieder in tiefen Schlaf.

Die Frau, die von ihrem Mörder eben noch als Diana angesprochen worden war, atmete nicht mehr. Die Neonröhre an der Decke gab alle Wunden der Toten preis und beraubte sie damit jeglicher Schönheit. Da waren die Prellungen an den Oberarmen, die von dem Kampf herrührten, die Hautabschürfungen an den Stellen, an denen man sie gefesselt hatte, und nicht zuletzt die abgetrennte linke Hand. Das Gesicht der Frau hatte sich durch die Todesangst verändert. Das einst so liebevoll aufgetragene Make-up war von den

Tränen zu einer grotesken Maske verdorben worden. Die Augen starrten weit aufgerissen zur kahlen Decke. Das Opfer war jung, höchstens Mitte zwanzig. Die blonden, kurzen Haare glänzten, was vermuten ließ, dass sie erst kürzlich gewaschen worden waren. Ausgebreitet wie auf dem Seziertisch einer Uniklinik lag der verstümmelte Körper da. Aus dem Stumpf am Arm floss noch immer Blut, das bereits eine Pfütze auf der Tischplatte hinterlassen hatte.

Der Mörder besah sich den Leichnam eingehend, dann griff er zu einer großen Schere und begann der Toten die Kleider vom Leib zu schneiden. Er tat das in aller Ruhe, bemüht, die Haut nicht zu verletzen, und ein wenig verärgert darüber, dass das Abtrennen der Hand solch eine Sauerei verursacht hatte. Schließlich entschloss er sich dazu, die klaffende Wunde mit einem dicken Klebeband zu verschließen. Zufrieden nahm er zur Kenntnis, dass sein provisorischer Blutstiller funktionierte. Gut gelaunt setzte er sein Werk schließlich fort. Als sie endlich nackt vor ihm lag, erregte ihn das nicht. Die Frau war ihm völlig gleichgültig, es hätte heute auch eine andere sein können. Dieser Gedanke hingegen beflügelte ihn. Genau so war es, er könnte sich jede nehmen, die er für geeignet hielt. Sein Blick wanderte zu der abgetrennten Hand und dem bereitgestellten Karton. Jetzt huschte ein Ausdruck tiefster Befriedigung über sein Gesicht, endlich hatte er einen Weg gefunden, seine Macht zu demonstrieren und die Dinge zu regulieren.

* * *

Kapitel 3

Die Haushälterin Irma Wesel war nicht überrascht, als Michael Kaller ihre Küche betrat. Sie schien erfreut, ihn zu sehen, hatte tatsächlich Kaffee vorbereitet und sogar einen angeschnittenen Käsekuchen auf den Tisch gestellt.

Der Hauptkommissar befand, dass ein süßes Stückchen nach dem würzigen Kebab am Morgen genau das Richtige wäre. Also griff er zu und sparte nicht mit Lob. Irma errötete daraufhin wie ein junges Mädchen und schenkte ihm Kaffee nach. Sie war eine Frau Mitte fünfzig, wirkte entschlossen, hatte aber etwas an sich, das Kaller gerne als angeborene Unterwürfigkeit bezeichnete.

Er kannte das von seinem Vater. »Junge, du musst wissen, wo dein Platz ist, sonst hast du nichts als Ärger!«, war einer der Sprüche, der ihm dazu spontan einfiel.

Sein Vater hatte damit recht behalten. Kaller war bekannt dafür, Ärger magisch anzuziehen. Was vor allem daran lag, dass er die Menschen unabhängig von ihrer Position oder ihrem Reichtum betrachtete. Ein Arzt war für ihn kein Gott in Weiß und ein Richter nicht automatisch unbestechlich. Das hieß allerdings noch lange nicht, dass alle kleinen Angestellten Engel waren und jeder Obdachlose ein reines Gewissen hatte. Bei der Aufklärung von Verbrechen hatte ihn diese Haltung stets weitergebracht, privat erlitt er durch sie allerdings häufig Schiffbruch.

Genussvoll spülte er den letzten Bissen Käsekuchen mit dem starken Kaffee herunter, dann sah er auffordernd zu Irma Wesel.

Die Haushälterin senkte den Kopf und nestelte an dem

Handtuch, das sie sich als Serviette über den Schoß gelegt hatte.

»Sie wissen, dass Vivien nun schon fünf Tage verschwunden ist«, begann er auf den eigentlichen Grund seines Hierseins zurückzukommen. »Was glauben Sie, was ihr zugestoßen ist?«

Ihr diese Frage zu stellen, war herzlos, beinahe brutal, und das wusste Kaller auch. Aber um jemanden wie Irma Wesel zum Sprechen zu bringen, musste man ihr die Dringlichkeit vor Augen führen.

Die Haushälterin brach augenblicklich in Tränen aus.

»Ich bin nicht hier, um den Ruf der Balgars zu gefährden. Ich möchte auch keine schmutzigen Geheimnisse enthüllen. Meine einzige Aufgabe besteht darin, Vivien zu finden. Sollte das allerdings bedeuten, irgendwer käme deshalb in eine peinliche Situation, dann ist mir das, gelinde gesagt, scheißegal.«

Er sah die Tränen auf das Handtuch tropfen, bemerkte das Beben ihres Körpers und wusste, dass er auf dem richtigen Weg war. »Sie sollten das genauso sehen, denn hier geht es um das Leben einer jungen Frau.«

Irma stieß einen erstickten Aufschrei aus. »Meine Kleine!«, stöhnte sie so voller Leid, dass niemand an der starken Zuneigung der Haushälterin zu Vivien Balgar zweifeln konnte. »Sie ist wie ein eigenes Kind für mich. Ich war schon im Haus, als sie geboren wurde. Vivien ist immer ein ruhiges, liebes Mädchen gewesen. Nie ein böses Wort, hat sich kein einziges Mal beschwert.«

Kaller hob die Augenbrauen. »Beschwert?«, fasste er behutsam nach.

Irma seufzte. Nun gab es kein Zurück mehr, sie würde die Wahrheit erzählen.

Sie richtete sich auf. Es war eine trotzige Geste, und auch ihre Stimme hatte nun einen gereizten Tonfall. »Die beiden hatten doch nie Zeit für das Mädchen. Der Vater war immer voll und ganz mit seiner Karriere beschäftigt, und die Mutter …« Ein abfälliges »Pah!« rutschte ihr über die Lippen. Es war offensichtlich, dass die Versäumnisse des Vaters weniger schwer wogen als die der Mutter. »Gleich nach Viviens Geburt hat die sich in den Kopf gesetzt, auf ewig den Körper einer Zwanzigjährigen zu behalten. Eine Schwangerschaft verändert die Frauen, aber Arlette kam damit überhaupt nicht klar. Deshalb hat Vivien auch keine Geschwister. Ich glaube, er hätte sich noch weitere Kinder gewünscht, auch wenn er sich wenig um seine Tochter gekümmert hat. Aber Männer sind so, die müssen Geld verdienen, um die Familie zu ernähren. Jedenfalls ist Vivien trotz allem seine kleine Prinzessin. Er vergöttert sie, überhäuft sie mit Geschenken. Mit sechs ein Pony, mit zwölf ein Pferd und zum Achtzehnten einen Sportwagen.«

»Und die Mutter?«

Irma sah verlegen auf ihre Hände. »Sie ist kein bodenständiger Mensch«, antwortete sie zögernd, »eben eine Dame der feinen Gesellschaft, wenn Sie verstehen.«

Kaller verstand nicht und schüttelte den Kopf.

Ungeduldig senkte Irma die Stimme. »Sie ist *überspannt*. So sagt man doch, oder?«

Langsam begriff der Hauptkommissar, worauf die Haushälterin hinauswollte. »Nimmt Frau Balgar Medikamente?«

Irma nickte bestätigend. »Gegen die Depressionen. Außerdem ist sie besessen von diesem Schönheitswahn. Sehen Sie in den Kühlschrank. Weder Leberwurst noch Schnitzel. Stattdessen gehe ich Algen einkaufen und mixe Rote Beete mit Sardellen, Pfui Deufel!«, entfuhr es der Hausangestellten in breitem Dialekt, und Kaller stimmte ihr im Stillen zu.

»Wie ist denn die Beziehung zwischen den beiden? Vertraut sich Vivien ihrer Mutter an?«

Wieder zögerte Irma kurz, sprach aber schließlich doch: »Manchmal, aber das führt zu nichts Gutem.«

»Das müssen Sie mir erklären«, bat Kaller die Frau freundlich.

»Ich habe vermutlich sowieso schon zu viel gesagt, da spielt es jetzt auch keine Rolle mehr«, seufzte sie unglücklich.

»Sie können sich darauf verlassen, dass ich unser Gespräch vertraulich behandle. Nur eine kleine Unterhaltung bei einer guten Tasse Kaffee«, beruhigte er die Frau.

Dankbar lächelnd fuhr sie fort: »Vivien ist hübsch, und natürlich interessieren sich die jungen Männer für das Mädchen. Vor einem Jahr kam sie mit jemandem zusammen. Mir war der Kerl gleich nicht geheuer, aber die Eltern schienen begeistert. Was vermutlich nur daran lag, dass dessen Familie Geld hat. Dann, vor ein paar Monaten, muss etwas vorgefallen sein, und die beiden haben sich getrennt. Vivien hat tagelang geheult und sich in ihrem Zimmer eingeschlossen. Ich habe mir furchtbare Sorgen gemacht.«

»Wissen Sie, worum es da ging?«, hakte Kaller interessiert nach.

»Vivien hat es mir nicht sagen wollen, aber es war sicher schlimm.«

»Wie kommen Sie darauf?«

»Das Mädchen war ja nicht das erste Mal verliebt. In der Vergangenheit hat sie mir immer von ihrem Kummer erzählt, aber dieses Mal war es eben anders. Ihre Mutter hat ihr geraten, sich auf ihr Aussehen zu konzentrieren. Die beiden sind losgezogen und haben ein Kleid für die Abiturfeier gekauft, das eine Nummer zu klein ist. Sozusagen als Motivation, um abzunehmen. Wenn Sie mich fragen, der größte Unsinn, den ich je gehört habe. Deshalb ging das Mädchen dann auch zum Joggen in den Park.« Sie schnäuzte sich. »Wir wissen ja, wie das geendet hat.« Endlich war es ausgesprochen. Irma gab ganz offensichtlich der Mutter die Schuld an Viviens Entführung.

»Was wissen Sie über diesen Ex-Freund?«, ließ Kaller die letzte Bemerkung der Frau unkommentiert.

»Er heißt Denis Kreuter. Sein Vater hat mehrere Apotheken und ist sehr wohlhabend. Denis leitet eine davon. Er ist nämlich bereits achtundzwanzig, also zehn Jahre älter als Vivien, das sagt doch schon alles. Ein fast Dreißigjähriger, der sich an eine Siebzehnjährige heranmacht. Als die beiden zusammenkamen, war Vivien noch nicht einmal volljährig. Der Kerl engagiert sich im Ehemaligen-Rat von Viviens Schule und sitzt im Komitee für den Abschlussball. Auch wenn Privatschulen besondere Regeln haben, bin ich der Meinung, dass da etwas nicht stimmt. Ein Mann, der sich freiwillig meldet, um einen Ball auszurichten, kann nur Hintergedanken haben.«

Kaller nickte flüchtig und sah Irma erwartungsvoll an. Obwohl er es nicht aussprach, erkannte sie in seinem Blick die Frage: »Was noch?«

»An dem Tag der Trennung, als Vivien so verstört nach Hause kam, da ist sie als Erstes ins Badezimmer gestürmt. Ich habe ihre Sachen aufgeräumt und fand Blut.«

Kaller hakte sofort nach: »Wo?« Sein Tonfall gestattete Irma keine Ausflüchte.

»Am T-Shirt. Ich habe Vivien natürlich danach gefragt, und sie hat behauptet, dass sie Nasenbluten bekommen hätte.«

»Haben Sie ihr geglaubt? Neigt sie zu Nasenbluten?«

Irma sah den Beamten einen Moment an, dann schüttelte sie verneinend den Kopf. Wieder lag ein trotziger Ausdruck in ihrem Gesicht, als sie antwortete: »Nein, ich habe ihr nicht geglaubt. Ich war mir sicher, dass Denis ihr etwas angetan hatte.«

* * *

Am späten Nachmittag

Gerhard Lobiz sah gebannt auf den Bildschirm. Es war, als wären alle seine Gebete erhört worden. Da stand Dr. Urban

Balgar, sozusagen mit heruntergelassenen Hosen. Oder wie sonst sollte man einen Mann beschreiben, der gerade der Welt mitteilen musste, dass man ihm das Wichtigste in seinem Leben genommen hatte und er vollkommen machtlos dagegen war?

Lobiz versuchte, den Moment zu genießen. Er hätte die Pressemitteilung von dem berühmten Rechtsanwalt Balgar aufzeichnen sollen, um sich dessen leidgeplagtes Gesicht immer und immer wieder ansehen zu können.

»So, mein Freund, jetzt weißt du endlich einmal, wie das ist!«, sagte Lobiz voller Genugtuung.

Nach den einführenden Worten des Polizeipressesprechers begann nun die öffentliche Stellungnahme des Anwalts zur Entführung seiner Tochter. Der Aufruf an die Bevölkerung war gefühlvoll, herzzerreißend, und nur jemand, der Urban Balgar sehr gut kannte, hätte gewusst, dass er diesen Auftritt nicht dem Zufall überlassen hatte. Alles war einstudiert, jedes Wort wohlüberlegt. Ratschläge von Psychologen und Kriminologen waren befolgt und jede Maßnahme ergriffen worden, um an das Gewissen der Entführer zu appellieren.

Neben Balgar standen Beamte der Polizei. Der leitende Ermittler, ein gewisser Rulich, gab die eingerichtete Rufnummer und E-Mail-Adresse für sachdienliche Hinweise bekannt.

Dann wurden die Presseleute verabschiedet. Aber bevor die Menschenmenge verschwand, rief einer von ihnen Richtung Podium: »Hauptkommissar Kaller, warum hat man Sie zu dem Fall hinzugezogen? Sie gehören doch zum Morddezernat.«

Rulich übernahm es zu antworten: »Alle Abteilungen haben uns Kollegen zur Verstärkung des Teams zur Verfügung gestellt.«

Die Erklärung war glaubhaft, trotzdem gab sich der Pressemann damit noch nicht zufrieden.

»Hauptkommissar Kaller, wie schätzen Sie die Chancen ein, dass das Mädchen noch lebt?«

Wieder ging Rulich dazwischen: »Wir danken Ihnen für Ihr Erscheinen, wenden Sie sich bitte an unsere Pressestelle, wenn Sie Fragen haben!«

Aber so leicht ließ sich der Reporter nicht abspeisen. »Meine Frage geht an Hauptkommissar Kaller«, ließ der Mann nicht locker. »Sie sind Experte für Gewaltverbrechen. Wie beurteilen Sie die Lage? Die Entführer haben sich bisher nicht gemeldet. Bedeutet das nun, dass das Opfer tot ist oder dass die Kidnapper mit ihrem Schweigen die eigene Macht demonstrieren wollen?«

Kaller hatte bislang die Kiefer zusammengepresst. Er hasste solche Veranstaltungen, da sie ihm zu sehr einem Tanz am Abgrund glichen, der für ihn gewöhnlich mit dem unvermeidlichen Sturz in die Tiefe endete. Die Presse wurde eingeladen, erhielt wohl portionierte Informationen, die den Täter aus der Reserve locken sollten, die Öffentlichkeit aber im Unklaren ließen. Etwas, das dazu führte, dass alle Seiten unzufrieden waren.

»Bitte, Hauptkommissar Kaller, antworten Sie. Was ist Ihre Meinung? Wird das ein Machtspiel zwischen dem Täter und der Polizei?«

»Ich kann nur hoffen, dass das nicht die Beweggründe des Entführers oder der Entführer sind«, brach es schließlich aus Kaller heraus. »Sollte das nämlich der Fall sein, dann kann ich jetzt schon versprechen, dass es die Polizei sein wird, die dieses Kräftemessen gewinnt.«

Lobiz stieß einen langen Pfiff aus und grinste, bevor er mit amüsiertem Tonfall sagte: »Da hast du dir ja einiges vorgenommen, Hauptkommissar Kaller!«

Dann war die Pressekonferenz zu Ende, und Lobiz stellte den Fernseher ab. Er drehte sich in dem kleinen Zimmer um und betrachtete sich in dem fleckigen Spiegel.

Er war erst vierzig, aber die acht Jahre Gefängnis hatten ihre Spuren hinterlassen. Seine Haut war faltig und grau, die Augen glanzlos, und die Augäpfel überzog ein Gelbschimmer. Wie gewöhnlich ignorierte er, was er da erblickte, und richtete seine Aufmerksamkeit stattdessen mit einem immer noch belustigten Gesichtsausdruck auf den wuchtigen alten Kleiderschrank, der einen großen Teil des Zimmers einnahm. Seine Türen standen offen, und das Holz der Innenseiten war fast völlig von Notizzetteln, Zeitungsausschnitten, Skizzen und Fotos bedeckt, so als wären sie eine Pinnwand. Lobiz ging auf eines der Bilder zu. Es zeigte Urban Balgar mit angespannter Körperhaltung, die verriet, dass der Anwalt gerade mit der jungen Frau an seiner Seite eine heftige Diskussion führte. Unverkennbar handelte es sich dabei um seine Tochter Vivien. Die Aufnahme war keine zwei Wochen alt. Lobiz hatte die Szene beobachtet und ein unscharfes Foto mit einer alten Digitalkamera geschossen, die alles andere als zuverlässig war. Im Drogeriemarkt half ihm eine junge Verkäuferin mit Nasenringen und ausrasiertem Nacken, in den sie sich eine Rose hatte tätowieren lassen, das Bild auszudrucken. Er war sich wie ein Versager vorgekommen, als sie ihm vergebens den Automaten erklärt hatte. Mit der Flapsigkeit der Jugend wurden ihm die Bilder schließlich überreicht.

Warum er die Aufnahme gemacht hatte, konnte er nicht einmal sagen. Vermutlich neigte er zum Masochismus und klammerte sich an eine unglückliche Vergangenheit. Vielleicht verhielt es sich aber genau umgekehrt, und das Beobachten von Balgar, das Herumschleichen in seiner Nähe und das Bespitzeln dienten ihm dazu, endlich einen Schlussstrich zu ziehen. Sein Blick wanderte zu einer anderen Fotografie, ebenfalls von minderer Qualität. Diese zeigte eine ältere Frau, schätzungsweise Mitte dreißig. Sie war molli und attraktiv, eine auffällige Erscheinung. Genau der ⁊ der auch Lobiz zusagen würde. Noch war ihm al nicht klar, in welcher Verbindung sie zu Urban Balgar stand und warum der sich mit ihr in einer abgelegenen Ecke des Parks getroffen hatte. Leider war Lobiz nicht in der Lage, mehr herauszufinden. Er konnte sich nur in Geduld üben, warten und auf eine zufällige Entdeckung hoffen. Am Ende, das wusste er, da würde er die Angelegenheit jedenfalls ein für alle Mal regeln. Noch einmal wanderte sein Blick zu der Aufnahme, die Vivien mit ihrem Vater zeigte. Sein Zeigefinger fuhr über die Fotografie, so als wollte er das Gesicht des Mädchens streicheln. »Ist nicht schön, seine Familie zu verlieren«, murmelte er dabei, und dieses Mal war seine Miene finster und voller Wut.

* * *

In der Nacht

Es war bereits nach Mitternacht, und die A5 von Karlsruhe Richtung Frankfurt lag im Dunkeln. Trotzdem herrschte hier immer noch Verkehr. Es war also nicht damit zu rechnen, dass der Körper nach dem Aufprall von den vorbeirasenden Fahrzeugen verschont würde.

Alles ging sehr schnell. Der Leib der toten Frau wurde über das Geländer der Autobahnbrücke gehievt und dann fallen gelassen. Während der Sekundenbruchteile, in denen er sich in der Luft befand, umflatterte ihn auf geradezu gespenstische Weise ein helles Seidenkleid, das irgendwann einmal eine Braut geschmückt hatte. Dann klatschte das menschliche Bündel mit den weit aufgerissenen Augen und den blonden Haaren auf den Asphalt, und ein sich mit hoher Geschwindigkeit nähernder Kleinbus erfasste die Überreste mit seinen grellen Scheinwerfern.

Das reflexartige Ausweichmanöver scheiterte. Der Wagen kam ins Schlingern, und einer der Hinterreifen streifte den Leichnam. Auch den folgenden Fahrzeugen gelang es nicht, schnell genug zu reagieren. Immer wieder wurde der Körper zwischen den Fahrstreifen hin und her geschleudert und von Autos überrollt, sodass die Vermutung nahelag, dass bereits jeder Knochen der Toten gebrochen war. Irgendwer verständigte schließlich die Autobahnpolizei, und als das Teilstück endlich gesperrt wurde und die Bergung begann, war von der Frau in dem seidenen Kleid nur noch ein geschundener Körper übrig. Wie durch ein Wunder jedoch wies das zarte Gesicht nur wenige Verletzungsspuren auf, und so war für jedermann sichtbar, dass ein junger Mensch eines ganzen Lebens beraubt worden war.

Schnell war klar, dass es sich weder um einen Unfall noch um einen Selbstmord handelte. Aber nicht nur das Klebeband über der Amputationswunde und die ersten Untersuchungen der Gerichtsmedizin, sondern auch die bizarre Krone, die man der Toten auf den Kopf gesteckt hatte, ließ keinen Zweifel daran, dass es die Beamten mit einem sadistischen Mord zu tun hatten. Es galt nur noch, die Frage zu klären, in wessen Zuständigkeit die weiteren Ermittlungen fallen würden.

* * *

Am frühen Morgen

Melly Hinze war spät dran. Die Vierundzwanzigjährige rannte die letzten Meter zu ihrem Arbeitsplatz und schaffte es gerade noch pünktlich, den Coffeeshop zu betreten. Ihre Kollegen hatten bereits ihre Plätze eingenommen, und dort, wo der Kaffee zum Mitnehmen verkauft wurde, entstand gerade eine lange Schlange. Die übliche Hektik stellte sich ein, und wie gewohnt herrschte ab sieben Uhr morgens ein ständiges Kommen und Gehen.

Melly war heute für den Service eingeteilt. Zu ihren Aufgaben gehörte das Bedienen an den Tischen, das Abräumen und das gelegentliche Zubereiten eines Sandwichs. Unglücklicherweise rutschte ihr auch noch ein gut gefüllter Latte macchiato vom Tablett, und sie hatte alle Hände voll zu tun, den Inhalt aufzuwischen, bevor sämtliche Gäste durch die Pfütze trampelten und im gesamten Café klebrige Spuren hinterließen. Vermutlich entging ihr auch deshalb das Paket unter einer der Sitzgruppen, das groß genug war, um einen Basketball darin zu transportieren.

Als sie es schließlich doch entdeckte, zog sie es genervt zwischen den Stühlen hervor.

Es gab weder einen Absender noch einen Hinweis bezüglich des Empfängers, weshalb sich die junge Bedienung auch keinen Reim darauf machen konnte. Allerdings befürchtete Melly, dass dieser Fund ihren bereits jetzt schon stressigen Tag nicht verbessern würde. Mit einem beherzten Stöhnen griff sie nach dem Paket und trug es nach hinten in den Personalraum. Als sie es dort auf den Tisch stellte, bemerkte sie, dass irgendetwas an ihren Fingern klebte. »So ein Mist!«, fluchte sie laut und eilte zum Waschbecken.

Hinter ihr betrat der Filialleiter den Raum. »Warum bist du nicht bei der Arbeit? Wir haben Kundschaft!«

Melly sah ihren Vorgesetzten herausfordernd an. »Ich bin bei der Arbeit.« Dabei deutete sie vielsagend mit dem Zeigefinger auf das Paket. »Das ist unter eine der Bänke gerutscht. Etwas ist ausgelaufen.«

Der Filialleiter, ein Mann, der sich und seine Position über Gebühr wichtig nahm, seufzte sofort theatralisch. »Das werden die Marmeladengläser sein, auf die ich schon seit zwei Tagen warte. Hoffentlich sind nicht alle beim Transport kaputtgegangen.«

Ungeduldig griff er nach einem Brotmesser, zerschnitt das Packpapier und öffnete schließlich den Karton. Der Schrei, den man daraufhin bis in den Gastraum hören konnte, ließ Melly erschaudern. Sie eilte automatisch neben ihren Vorgesetzten, der zitternd und bleich einen Schritt von dem Paket zurückwich. Erst glaubte Melly, eine künstliche Hand zu sehen, und dachte an eine medizinische Prothese, im nächsten Augenblick an ein Ersatzteil für eine Schaufensterpuppe. Etwas, das ihr vermutlich der eigene Verstand suggerierte, weil diese Vorstellung leichter zu verkraften war als die Wahrheit. Melly schwankte, als auch sie erkannte, dass sie die Hand eines toten Menschen anstarrte, die man in diese Schachtel gelegt hatte. Das Letzte, was Melly noch registrierte, bevor sie rückwärts taumelte und ohnmächtig zusammenbrach, war, dass das, was den Boden des Kartons aufgeweicht hatte, nicht Marmelade, sondern Blut gewesen war.

* * *

Am späten Vormittag im Präsidium

Das Büro von Elke Wiedenhof-Meier war an diesem Vormittag gut besucht. Neben Hauptkommissar Kaller und Kommissar Meinfeld hatten sich auch Hauptkommissar Rulich, ein Gerichtsmediziner und ein Mitarbeiter der Kriminaltechnik eingefunden.

Obwohl die Kommissariatsleiterin genau wusste, dass es viel zu früh war, Ergebnisse zu erwarten, forderte sie diese unerbittlich ein: »Wer ist die Frau und was hat das zu bedeuten?« Ihr Tonfall war noch eisiger als gewöhnlich, und es war vorhersehbar, dass sie als Nächstes Kaller in Stücke reißen würde.

»Was haben Sie getan?«, fauchte sie ihren Mitarbeiter an.

Kaller hob die Hände, um seine Unschuld zu beteuern – eine Geste, die Elke Wiedenhof-Meier nun vollends in Rage versetzte.

»Sie geben unbefugt Informationen zu einer laufenden Ermittlung weiter. Blöken Ihre Machosprüche heraus wie ein hormongesteuerter Teenager, und am nächsten Tag haben wir eine Leiche auf der Autobahn, und ein Körperteil wird uns in einem Paket zugestellt. Wie interessant, dass die Kriminaltechnik eine Botschaft darin gefunden hat.« Sie griff nach einer Akte und las daraus vor: »Für Hauptkommissar Kaller! Viel Spaß mit Diana! Sie finden sie auf der A5.« Die GPS-Koordinaten, die ebenfalls notiert waren, ließ sie aus. Dafür legte sie ihren ganzen Zorn in den Rest der Nachricht, die sie mit einem gefährlichen Fauchen vortrug: »Vivien Balgar bleibt vorerst bei mir, damit sie den Schlaf der Schönen schlafen kann!« Kallers Vorgesetzte schleuderte die Akte zurück auf den Schreibtisch und rief außer sich: »Ich sollte Sie sofort rauswerfen! Wenigstens wissen wir, dass die tote Frau von der Autobahn vor Ihrem Fernsehauftritt starb. Danken Sie der Gerichtsmedizin für die schnellen Ergebnisse, sonst hätte ich Sie für deren Ableben verantwortlich gemacht. Aber das Auftauchen des Kartons, das geht auf Ihre Kappe. Außerdem sind Sie mit Ihren Drohungen ein enormes Risiko eingegangen. Sie haben mit dem Leben von Vivien Balgar gespielt. Der Vater hat sich bereits an höchster Stelle beschwert, und ich neige dazu, ihm recht zu geben. So etwas ist unverantwortlich.«

Kaller dachte kurz an sein Zusammentreffen mit dem Vater von Vivien Balgar zurück. Er war ihm bei der Pressekonferenz begegnet. Die Männer hatten keine Sympathie füreinander empfunden. Deshalb wunderte sich der Hauptkommissar keinesfalls darüber, dass der Vater der Vermissten die erstbeste Gelegenheit genutzt hatte, sich zu beschweren.

»Vielleicht hätte ich schweigen sollen«, versuchte Kaller sich trotzdem zu verteidigen.

»Vielleicht?«, äffte ihn seine Vorgesetzte ungehalten nach.

»Ja, vielleicht. Aber irgendetwas stimmte von Anfang an nicht mit dieser Entführung. Der Verlauf war untypisch, und es gab keine Lösegeldforderung.«

Elke Wiedenhof-Meier schluckte die nächste Spitze gegen

Kaller herunter und wandte sich an Rulich. »Wie sehen Sie das?«

Der Ermittler antwortete mit Bedacht: »Man kann bei einer Entführung nie vorhersehen, was passiert. Ein Kidnapper geht ein großes Risiko ein, zu viele Unwegsamkeiten, es gibt sicher keine festen Abläufe. Aber ich stimme Kaller zu. Und diese Tote von heute Morgen bestätigt, dass wir es nicht mit einem typischen Entführungsfall zu tun haben. Ich möchte Hauptkommissar Kaller sicher nicht in Schutz nehmen …« Er warf schnell einen entschuldigenden Blick zu seinem Kollegen. »… aber man kann die Sache auch anders betrachten.«

Während Kaller Rulichs Engagement erfreut zur Kenntnis nahm, war klar, dass der Kollege bei Elke Wiedenhof-Meier gerade in Ungnade fiel. Davon zeugten deren aufgeblähte Nasenflügel und das hektische Heben und Senken der Augenbrauen hinter der randlosen Brille. Eine Angewohnheit, die typisch für die Dreiundfünfzigjährige war, die mit ihrem akkurat geschnittenen Pagenkopf und der gertenschlanken Figur auf den ersten Blick eher wie eine Turnlehrerin als wie eine Kommissariatsleiterin wirkte. Auch jetzt wartete man regelrecht darauf, dass sie zur Trillerpfeife griff, um Rulich vom Platz zu stellen. Stattdessen knurrte sie jedoch: »Ich bin ganz Ohr.«

Rulich ließ sich nicht beirren und fing an zu erklären: »Womöglich hat Kaller durch seine Provokation auch bewirkt, dass der Täter Vivien verschont hat.« Er sah die skeptischen Blicke der Vorgesetzten und sprach schnell weiter. »Die Tote, Diana, hat er uns quasi auf dem Silbertablett präsentiert. Zum einen wirft er sie auf die Autobahn, und zum anderen platziert er das Paket mit ihrer Hand und einer Nachricht, in der er sogar noch die genauen GPS-Daten der Autobahnbrücke angibt. Das bedeutet, er wollte, dass wir die Leiche finden. Ich schließe daraus, dass er nicht zögern würde, wenn er Vivien Balgar töten wollte. Darüber hinaus hätte er dafür gesorgt, dass wir ihre Überreste umgehend entdecken. Er schreibt, sie schläft. Warum sollte er in diesem Punkt lügen, wo ihm doch so daran gelegen ist, seine Taten öffentlich zu machen? Ich denke, dass er Vivien irgendwo gefangen hält. Womöglich ist sie bewusstlos, aber nicht tot.«

»Und das, glauben Sie, ist Kallers Verdienst?«, fragte die Vorgesetzte sarkastisch.

Rulich ignorierte ihren Tonfall und antwortete ruhig: »Für mich klingt diese Nachricht so, als hätte Kaller das Interesse unseres Entführers geweckt. Er richtet sich in der Botschaft direkt an ihn. Ich habe solche Situationen schon erlebt, leider«, fügte er bitter an, und für einen Augenblick verdüsterte sich sein Blick.

»Wie meinst du das?«, hakte dieses Mal Kaller nach, den ein ungutes Gefühl beschlich.

Rulich hob den Kopf und warf dem Kollegen einen besorgten Blick zu. »Wenn wir davon ausgehen, dass wir es hier nicht mit einer normalen Entführung zu tun haben, sondern mit dem Werk eines Psychopathen, dann gelten andere Regeln.«

»Wir wissen nicht, mit wem wir es zu tun haben. Das zu beurteilen, ist noch zu früh«, hielt Elke Wiedenhof-Meier dagegen. Wie alle Polizeibeamten mochte sie das Wort *Psychopath* nicht. Bedeutete es doch, dass sie einen unberechenbaren Täter, der zu allem bereit war, zur Strecke bringen mussten.

»Es zu leugnen, macht es nicht weniger wahrscheinlich«, schaltete sich Kaller ein, der längst begriffen hatte, worauf Rulich hinauswollte. »Der Tod dieser Diana war kaltblütig und inszeniert.« Er wandte sich an die Kollegen aus der Gerichtsmedizin und der Kriminaltechnik. »Korrigiert mich, wenn ich falschliege. Unstrittig ist, dass die Hand zu unserem Opfer gehört. Im Bericht steht weiter, dass sie bereits tot war, als man sie auf die Autobahn geworfen hat. Er war also nicht nur bereit, sie zu transportieren, er ist auch das Risiko eingegangen, gesehen zu werden. Die Autobahnbrücke ist immerhin kein einsames Waldstück. Dann ist da noch das Brautkleid Größe 44. Unsere Tote hatte jedoch Kleidergröße 38. Deshalb könnte man vermuten, dass es nicht ihr Kleid war, sondern vom Täter stammte. Er hat es ihr angezogen, nachdem er sie getötet und die Hand abgetrennt hat. Schließlich hat er uns noch ein Paket geschnürt und es in einem belebten Coffeeshop unter die Tische geschoben. Das klingt nach viel Kaltblütigkeit und jeder Menge Irrsinn. Und vergessen wir nicht den bizarren Haarschmuck, den er seinem Opfer aufgesetzt hat.«

»Stacheldraht«, verbesserte der Kriminaltechniker. »Es war handelsüblicher Stacheldraht, der zu einer Art Kranz gebogen wurde.«

Kaller sah zu seiner Vorgesetzten und sagte ohne jegliche Spur von Triumph in der Stimme: »Ein Typ, der eine Tote zu einer Braut mit Stacheldraht-Kranz herrichtet, nachdem er ihr die Hand abgehackt hat, und ihre Leiche dann auf die Autobahn wirft, ist für mich ein Psychopath.«

Die Kommissariatsleiterin schnaubte wütend. »Und was jetzt?«

Rulich ergriff erneut das Wort. »Wenn ihn Kaller interessiert, dann wird er versuchen mit ihm in Kontakt zu bleiben. Womöglich will er sich mit ihm messen, ein Spiel beginnen.«

Michael Kaller schockierte das eben Gehörte, und das konnte man ihm auch anmerken, als er leise sagte: »Ein Spiel um Leben und Tod, und Vivien Balgar ist dabei der Preis!«

Einen Augenblick sprach keiner der Beamten, dann gab Elke Wiedenhof-Meier gefasst ihre Anweisungen: »Meine Herren, Sie wissen, wie das jetzt abzulaufen hat. Wir müssen schnellstmöglich wissen, wer die Tote von der Autobahn ist, und dann prüfen wir deren Verbindung zu Vivien Balgar. Außerdem beginnen Sie sofort mit den Befragungen im Umfeld von Vivien Balgar, keine Zurückhaltung mehr, ich übernehme den Vater und halte Ihnen so den Rücken frei. Wir ermitteln jetzt in einem Mordfall. Kollege Rulich, Sie bleiben vorerst der Ansprechpartner für die Eltern, Kaller übernimmt die Mordermittlung und erhält unbeschränkt Zugang zu allen Ihren bisherigen Ergebnissen. Das Gleiche gilt umgekehrt für die kommenden Recherchen. Ich hoffe, wir müssen uns nicht mit albernem Kompetenzgerangel aufhalten.« Sie sah fragend zu den beiden Hauptkommissaren.

Rulich schüttelte müde den Kopf, streckte die Hand aus und klopfte Kaller auf die Schulter. »Ich kann jede Hilfe gebrauchen!«

Kaller murmelte: »Klar doch«, und beide Beamten wussten, dass ein steiniger Weg vor ihnen lag, bei dem es nicht die Garantie gab, dass er am Ende von Erfolg gekrönt sein würde.

* * *

Gegen Mittag

Die vierundzwanzigjährige Amelie Frohmer richtete mit Begeisterung den Tisch für das Mittagessen. Sie hatte sich besonders viel Mühe mit den Rinderrouladen gegeben. Carlo schien ihre Kochkünste zu schätzen, zumindest hatte er sich noch nie beschwert und letzte Woche sogar gemeint, dass sie getrost ein Restaurant eröffnen könnte. Amelie war, sehr zu ihrem eigenen Ärger, rot angelaufen und hatte verlegen gestammelt: »Ich bin gerne hier in der Firma!«

Das war natürlich nur die halbe Wahrheit, gerne in der Firma war sie erst wieder, seit Carlo bei ihrem Vater als Geselle angefangen hatte. Das war vor ungefähr einem halben Jahr gewesen. Zu diesem Zeitpunkt hatte sie sich eigentlich schon entschieden gehabt, den Betrieb, in dem sie alle anfallenden Büroarbeiten übernahm, zu verlassen und sich endlich vom Vater zu lösen. Es hatte einen heftigen Streit deswegen gegeben.

Amelie war für gewöhnlich eine gehorsame Tochter mit viel Verantwortungsbewusstsein. Ihre Eltern hatten sich sechs Jahre nach ihrer Geburt scheiden lassen. Kurz darauf war ihre Mutter bei einem Tauchunfall auf Mallorca gestorben, und seither lebte Amelie beim Vater. All die Jahre war sie seine Stütze gewesen und hatte mehr Pflichten übernommen, als es für ein junges Mädchen eigentlich gut war. Schließlich hatte sie aufbegehrt, allerdings nicht geahnt, dass ihr Vater, Mark Frohmer, sie schnell durchschaut hatte. Als dem nämlich aufging, dass Amelie einen Mann an ihrer Seite brauchte, da hatte er Nägel mit Köpfen gemacht. Wenn er seine Tochter in der Nähe behalten wollte, dann musste er ihr das Glück ins Haus holen. Abgesehen davon war es Zeit, über einen Nachfolger für den Betrieb nachzudenken. Die Elektrobranche lief gut, und der Ruf, ein Expertenbetrieb für Schwimmbadtechnik zu sein, füllte die Kasse. So hatte Frohmer nach einem Gesellen Ausschau gehalten, der auch die Rolle des Schwiegersohns übernehmen könnte. Seine Wahl war auf Carlo Lehner gefallen, der ihn sofort überzeugt hatte. Zufrieden beobachtete Vater Frohmer seither, wie Amelie an dem jungen Mann Gefallen fand.

Auch jetzt stand sie in der Küche und konnte es kaum erwarten, dass die Männer von der Baustelle zurückkamen. Dabei galt ihre Ungeduld einzig Carlo und nicht den rülpsenden und schmatzenden Proleten, die ihr Vater sonst noch beschäftigte.

Ihr Herz klopfte, als die Transporter auf den Hof fuhren. Es war nicht so, dass die Männer jeden Mittag zum Essen kamen, aber ein-, zweimal die Woche pflegte ihr Vater diese alte Tradition. Das war seine Vorstellung von einem Familienbetrieb.

Amelie schlich zum Fenster und schaute hinaus. Sie schrak zusammen, als Carlo direkt zu ihr hinaufblickte und die Hand zum Gruß hob. Sie kam sich kindisch vor, so als hätte man sie ertappt.

Beim Essen gab es dann nur ein Thema, und das war die Entführung von Vivien Balgar. Ihr Vater schwieg dazu.

»Deshalb hat der Balgar auch den Baustopp verhängt«, sagte gerade einer der Mitarbeiter, während er vergebens versuchte, sich an der heißen Kartoffel zwischen seinen Kiefern nicht die Zunge zu verbrennen. Schließlich ließ er sie aus seinem Mund wieder auf den Teller fallen, was Amelie mit einem angewiderten Gesichtsausdruck quittierte.

»Ist ja klar, dass die jetzt niemanden im Haus haben wollen. Allerdings hoffe ich, dass der Herr Anwalt für den Ausfall aufkommt«, äußerte sich Fred, der schon bei Mark Frohmers Vater gearbeitet hatte und nächstes Jahr in Rente ging.

Amelie übernahm es zu antworten, schließlich oblag ihr die Verantwortung für die Buchhaltung, und Carlo durfte ruhig erfahren, dass sie nicht nur kochen konnte. »Das ist alles geregelt, da müssen wir uns keine Sorgen machen«, sagte sie übertrieben geziert, so wie sie es sich von einer ihrer Lieblingsfiguren aus einer abendlichen Soap abgeguckt hatte.

Sie glaubte, von Carlo einen anerkennenden Blick zu ernten, war sich aber nicht sicher. Er benahm sich immer höflich und nett, gelegentlich erhielt sie von ihm ein Kompliment, aber noch nie hatte er versucht, sie anzumachen. Vermutlich fand er sie nicht hübsch genug. Sie war eben eher ein graues Mäuschen, Mittelmaß, niemand, nach dem man sich umdrehte.

»Ob der Vater nicht zahlen will?«, ging das Gespräch über die Entführung nun in eine andere Richtung, woraufhin eine lebhafte Diskussion entstand, bis Mark Frohmer dazwischenging.

»Es reicht jetzt, ich will so etwas nicht hören. Was da geschieht, ist schrecklich und kein Thema fürs Mittagessen, abgesehen davon ist Balgars Tochter ein sehr nettes Mädchen.«

Alle senkten auf den Rüffel hin den Kopf und widmeten sich wieder geräuschvoll dem Essen. Bis auf Carlo Lehner, der seinen Chef einen Moment lang unauffällig musterte. Was er da eben gehört hatte, passte zu einer Beobachtung, die er auf dem Anwesen der Balgars vor der Entführung gemacht hatte. Sollte er nachhaken? Carlo senkte nun ebenfalls den Kopf.

Nein, dachte er, *das wäre dumm.*

Er hatte bei Frohmer einen guten Platz gefunden. Ihm war Amelies Interesse nicht entgangen, und beim Einstellungsgespräch hatte der Alte bereits signalisiert, einen Nachfolger zu suchen.

»Pudding?«, riss ihn Amelie aus seinen Gedanken.

»Ja, gerne«, antwortete er höflich und ignorierte das Grinsen des alten Fred, der ihn schon seit Tagen mit Amelies Verliebtheit aufzog.

* * *

Kapitel 4

Denis Kreuter war genau so, wie ihn sich Kaller vorgestellt hatte. Gut aussehend, charmant und von einer Arroganz, wie sie nur ein Mensch besaß, dem von klein auf eingeimpft worden war, er wäre etwas Besseres.

Während sich Kommissar Meinfeld das Büro des Mannes besah, studierte Michael Kaller aufmerksam das Gesicht von Vivien Balgars Ex-Freund. Der Hauptkommissar vertraute der Aussage der Haushälterin und konnte sich Denis Kreuter durchaus als jemanden vorstellen, der Frauen gegenüber handgreiflich wurde. Seine Erfahrung lehrte ihn, dass gutes Aussehen und ein dickes Bankkonto niemanden automatisch zum Ehrenmann machten. Aus zig Gerichtsverfahren kannte er die diversen Gründe, die forensische Psychiater, Anwälte und Angeklagte für derartiges Fehlverhalten anführten. Aber egal wie man es nannte, für Kaller blieben unter dem Strich nur die Bezeichnungen Grausamkeit und Sadismus übrig. Entsprechend schwer fiel es ihm deshalb auch, Denis Kreuter mit einer professionellen Neutralität zu begegnen.

»Ich hatte ja keine Ahnung, was im Hause Balgar vor sich geht. Erst gestern, als das Interview gesendet wurde, erfuhr meine Familie davon.« Denis Kreuter wartete offensichtlich auf einen Kommentar der Polizisten, doch als der ausblieb, fuhr er fort: »Bei einer Entführung bewahrt man selbstverständlich zuerst einmal Stillschweigen. Das arme Mädchen. Wer weiß, was sie jetzt gerade durchmachen muss?«

Er sah mit einem tiefen Seufzer zu den Beamten und bot den Männern schließlich Platz an, bevor er sich lässig auf einen Stuhl fallen ließ.

Weder Meinfeld noch Kaller entging, dass er den Hebel des Schreibtischsessels bedienen musste, um eine angenehme Sitzhöhe einzustellen. Womöglich hatte dieser Handgriff nichts zu bedeuten, allerdings konnte er auch einen Hinweis darauf liefern, dass normalerweise nicht Denis Kreuter hinter dem großen Bürotisch thronte, sondern dessen Vater. Die Einrichtung sprach für einen älteren Mann, und auch einige gerahmte Bilder mit örtlicher Prominenz, die nicht Denis Kreuter, sondern jemanden zeigten, der ihm lediglich ähnlich sah und Ende fünfzig sein musste, wiesen darauf hin.

»Sie arbeiten unter Ihrem Vater?«, ließ es sich Kaller deshalb nicht entgehen, sein Gegenüber ein wenig zu reizen. Aufgebrachte Menschen neigten dazu, Dinge auszusprechen, die sie ansonsten für sich behielten.

Denis Kreuter tappte in die Falle. Auch wenn er nicht die Stimme erhob und seine Gesichtsmuskulatur lediglich zu einem freundlichen Lächeln verzog, blieb da der zischende Tonfall, als er jetzt antwortete: »Wir haben mehrere Apotheken, ein Familienbetrieb, wir arbeiten also zusammen.«

Kaller schwieg, warf Kreuter allerdings einen mitleidigen Blick zu, der so viel bedeutete wie: »Das hört sich natürlich besser an, als zuzugeben, dass du auf Gedeih und Verderb von deinem Alten abhängig bist.« Diese Einschätzung blieb jedoch unausgesprochen. Stattdessen fragte der Hauptkommissar scheinbar mitfühlend: »Sie standen Vivien bis vor Kurzem noch sehr nahe?«

Kreuter senkte den Kopf und nickte. Betroffen antwortete er mit einem erstickten »Ja, wir waren eine Zeit lang ein Paar«. Jetzt sah er auf und lieferte eine filmreife Vorstellung, indem er sagte: »Vivien ist ein nettes Mädchen, aber eben doch noch sehr unreif.«

»Und das wurde Ihnen wann klar? Immerhin war Vivien erst siebzehn, als Sie beide zusammenkamen. Was hatten Sie denn für Erwartungen an die junge Frau?«, warf Kaller ein, und ein Hauch von Sarkasmus schwang in seiner Stimme mit.

Kreuter ließ sich jedoch nicht provozieren, sondern lachte gekünstelt. »Erwischt«, sagte er gut gelaunt. »Sie haben recht, ich hätte mir denken können, dass mir ihr Intellekt eines Tages nicht mehr genügt. Aber ich bin eben auch nur ein Mann, und Vivien ist ausgesprochen hübsch. Sie hat sich in mich verliebt und mich regelrecht bedrängt. Ich gab nach, wir haben es versucht und ...« Er machte mit den Händen eine Bewegung, mit der er ausdrücken wollte, dass sich dann alles in Luft aufgelöst hatte.

»Laut unseren Recherchen hat sie sich von Ihnen getrennt«, schaltete sich das erste Mal Meinfeld in das Gespräch ein.

Der Apotheker kniff die Augen zusammen. »Es war mehr oder weniger einvernehmlich. Mir liegt nichts daran, meinen Ex-Freundinnen gesellschaftlichen Schaden zuzufügen. Wenn sie sich wohler fühlen mit der Behauptung, die Trennung wäre von ihnen ausgegangen, dann dementiere ich das nicht.«

Dieses Mal sprach er besonders gespreizt, und Kaller spielte mit, indem er erwiderte: »Sie sind also ein Gentleman!«

»Wenn Sie es so nennen wollen«, entgegnete der Apotheker huldvoll.

Der Hauptkommissar räusperte sich. »Eigentlich will ich es nicht so nennen. Und eigentlich glaube ich Ihnen dieses ganze Geschwafel sowieso nicht.«

Denis Kreuter blinzelte mehrere Male schnell hintereinander. »Wie bitte? Was erlauben Sie sich?«, empörte er sich, setzte zu einem weiteren Satz an, wusste dann aber offensichtlich nicht, wie er fortfahren sollte.

»Ich erlaube mir, nach der Wahrheit zu fragen. Die Trennung von Vivien Balgar war keinesfalls einvernehmlich. Es kam zu Handgreiflichkeiten, und jetzt ist das Mädchen verschwunden«, fuhr ihn Kaller an.

Der Apotheker warf dem Hauptkommissar einen eisigen Blick zu. Er hatte sich wieder unter Kontrolle und war bereit, die Waffen zu kreuzen. »Ich weiß nicht, was man Ihnen erzählt hat, aber mir ist nicht daran gelegen, den Ruf von Vivien zu schädigen.«

»Ihren Ruf schädigen?«, stieß Kaller überrascht aus, »das sollten Sie mir näher erklären.«

Kreuter verzog das Gesicht. »Also schön, ich habe Ihnen nicht die ganze Wahrheit gesagt, aber nur um meine Ex-Freundin zu schützen.«

»Wovor, Herr Kreuter?«, fragte Kaller ungeduldig. »Ihr Schutz kommt zu spät. Vivien Balgar wurde entführt, daher sollten Sie sich endlich bequemen zu sprechen.«

Kallers Gegenüber reagierte wütend. »Also schön, wenn Sie es unbedingt wissen wollen, Vivien ist nicht ganz normal.«

* * *

Zur gleichen Zeit in der Konditorei »Zuckerguss-Vurtich«

Armin Vurtich legte zärtlich die letzte Marzipanrose auf die Torte. Es war die einzige rote, alle anderen hatte er aus dunkler Zuckermasse hergestellt. Die rote stach nun aus dem Kreis der süßen Blüten hervor und gab der Cremetorte den letzten Schliff.

Für einen Mann, dessen Statur bestenfalls als grobschlächtig beschrieben werden konnte, gelang es Armin Vurtich erstaunlicherweise immer wieder, filigranstes Backwerk zu zaubern. Die Konditorei war seine Bestimmung, und während andere den Widrigkeiten des Lebens mit Sport, Psychotherapien oder Alkohol begegneten, entspannte der Vierzigjährige beim Kreieren seiner süßen Meisterwerke.

»Sieht interessant aus«, riss ihn die Stimme seiner Frau Elli aus der Betrachtung der neusten Kreation. »Nehmen wir die ins Programm?«

Sie war versucht, mit dem Zeigefinger ein wenig des süßen Gusses zu stibitzen. Allerdings wusste sie, wie ungehalten ihr Mann darauf reagieren würde, daher begnügte sie sich damit, den schokoladenverschmierten Schneebesen von der Arbeitsplatte zu nehmen und genussvoll abzulecken. Elli war eine attraktive Frau. Sie war vollschlank, bezeichnete sich selbst allerdings am liebsten als sehenswertes Kurvenwunder. Ihre Ausstrahlung faszinierte die meisten Männer, und niemand hätte ihr kleines Doppelkinn und die Speckröllchen unter der engen Kleidung als etwas anderes als weiblich und attraktiv bezeichnet.

Trotzdem sah Armin sie jetzt böse an. Er mochte es nicht, wenn sie alles, was er kreierte, lediglich für ein gewinnbringendes Produkt hielt.

»Was ist?«, gab sie flapsig zurück, als sie seinen Blick bemerkte. »Du willst diese Kalorienbombe doch verkaufen, oder etwa nicht? Hast du sie schon fotografiert?«, hakte sie nach und leckte noch einmal über den Schneebesen, ohne zu bemerken, dass ihr bereits Teigreste am Kinn klebten. »Wir brauchen noch einen Namen. Wie wäre es mit *Zuckerrose?*«, schlug sie geschäftstüchtig vor.

Armin überging ihren Vorschlag. »Sie hat schon einen Namen. Ich nenne sie die *Böse Königin.*« Während er das sagte, warf er seiner Frau einen verstohlenen Blick zu, so als erwarte er von ihr eine bestimmte Reaktion.

Elli zwang sich, einen unbeschwerten Gesichtsausdruck aufzulegen, was ihr gründlich misslang. »Wie du meinst«, entgegnete sie schnell und verließ unter einem Vorwand die Backstube.

Sie hasste es, wenn er sich so verhielt, denn sie konnte ihn dann nur schwer einschätzen. War der Name der Torte eine Folge seiner Fantasielosigkeit oder hatte er damit etwas andeuten wollen? Womöglich versuchte er, sie zu beunruhigen oder sogar zu quälen. Aber passte das zu dem stillen Mann, den sie seit Jahren kannte? Dessen größte Leidenschaft es war, Teig zu kneten, daraus mit dicken Fingern Miniaturtörtchen zu formen und sich dann wie ein Kind an einer neuen Süßigkeit zu erfreuen?

Nein, Armin war nicht dazu in der Lage, mit ihr Katz und Maus zu spielen.

* * *

Zur gleichen Zeit in der Apotheke der Kreuters

Hauptkommissar Kaller sah den Apotheker herausfordernd an. »Würden Sie uns nun freundlicherweise endlich erzählen, was Sie damit meinen? Was heißt: ›Vivien Balgar ist nicht ganz normal‹?«

Kreuter drehte den Kopf von einer Schulter zur anderen, sodass ein knirschendes Geräusch entstand. Fast schon gelangweilt wandte er sich nun an die Beamten: »Wissen Sie, wie der alte Balgar seine Tochter nennt?« Er wartete nicht auf eine Antwort, sondern gab sie selbst. »Er spricht von ihr als seiner Prinzessin. Und genauso behandelt er sie auch. Können Sie sich vorstellen, wie so ein Mädchen reagiert, wenn es feststellt, dass nicht alles nach seinem Kopf geht?«

»Was ging denn nicht nach Viviens Kopf?«, fasste Kaller nach, der sich nicht einmal ansatzweise die Mühe machte, den Eindruck zu erwecken, er fände die Aussage von Kreuter hilfreich.

»Ich, Herr Hauptkommissar, ich ging nicht nach ihrem Kopf. Ich war nicht bereit, Viviens Launen nachzugeben, das führte schließlich auch zu unserer Trennung. Etwas, das ihr ganz und gar nicht gefallen hat. Sie hat sich benommen wie ein verwöhntes, trotziges Kind, nur weil sie nicht bekam, was sie wollte.«

»Und ich nehme an, sie wollte Sie?«

Entweder schien Kreuter den Sarkasmus nicht zu bemerken oder es war ihm egal, denn er antwortete ernst: »Glauben Sie, was Sie wollen, aber so war es.«

»Haben Sie Vivien Balgar zu irgendeinem Zeitpunkt geschlagen?«

Kreuter versteifte sich. Um seine Mundpartie lag jetzt ein arroganter Zug. »Ich nehme an, dass in Ihrer kleinen Welt kein Platz für die Vorstellung ist, dass eine Frau wie Vivien Balgar ein elendes Miststück sein kann. In Ihrem Universum sind vermutlich alle gut aussehenden Typen mit Geld rücksichtslose Kerle, die sich die Frauen mit Gewalt nehmen, während die Schönheiten aus gutem Haus engelsgleichen Geschöpfen ähneln. Ich muss Sie enttäuschen, denn so läuft es in der Realität nicht.«

»Dann klären Sie mich auf«, blieb der Hauptkommissar gelassen.

Kreuter lehnte sich vor, seine Haltung glich dabei der eines bissigen Hundes kurz vor dem Angriff. »Sie ist ausgerastet, als sie bemerkt hat, dass ich ihr nicht gehöre. Dabei hat sie die Hand gegen mich erhoben, und mir blieb nichts anderes übrig, als mich zu verteidigen. Das ist alles.« Er nahm wieder seine lässige Haltung an und schien mit seiner Aussage zufrieden.

»Geht das ein bisschen genauer?«, hakte Kaller unerbittlich nach.

»Sie scheinen Spaß am Intimleben anderer Menschen zu haben«, warf Kreuter dem Beamten an den Kopf.

»Wenn Handgreiflichkeiten zu Ihrem Intimleben gehören, dann dürfen Sie sich nicht wundern, wenn die Polizei ein gewisses Interesse entwickelt«, konterte Kaller, und wieder einmal glaubte Kommissar Meinfeld, das bislang unverbindliche Gespräch würde hier enden.

Aber Kreuter lachte abschätzig. »Also bitte: Ich war gerade mit einer anderen Frau zugange. Vivien hat mich überrascht und sich aufgeführt wie eine Zwölfjährige. Sie hat um sich geschlagen, da blieb mir nichts anderes übrig, als ihr einen kleinen Schubs zu geben, damit sie zu sich kommt. Ich sagte Ihnen bereits, die Kleine ist nicht ganz normal. Wenn Sie mir nicht glauben, dann ist das Ihr Problem.«

Meinfeld hätte dem Apotheker gerne gesagt, dass das eigentlich eher zu dessen Problem werden könnte, aber Kaller kam ihm zuvor: »Wo waren Sie an dem Nachmittag, an dem Vivien verschwunden ist?«

»Verdächtigen Sie jetzt etwa mich?«, entgegnete Kreuter belustigt. »Ich habe ein Alibi, das können Sie gerne überprüfen.«

»Herzlichen Dank für Ihre Zeit«, antwortete Kaller daraufhin übertrieben freundlich, während er im Stillen dachte: *Wenn du schuldig bist, dann Gnade dir Gott!*

* * *

Etwas später in der Konditorei »Zuckerguss-Vurtich«

Armin Vurtich hatte sich schließlich doch die Mühe gemacht, seine neueste Torte, die *Böse Königin,* zu fotografieren. Anschließend brachte er sie in den Verkaufsraum und stellte sie in die Theke.

Das Nachmittagsgeschäft würde bald beginnen, und vielleicht fand das süße Backwerk heute noch einen Abnehmer.

Seine Aushilfe, die gerade Kartons stapelte, die den exklusiven Pralinen und Kuchen später als Verpackung dienen sollten, hob neugierig den Kopf. »Sieht gut aus, Chef«, sagte sie ohne großen Enthusiasmus, und Armin Vurtich brummte daraufhin unverbindlich.

Seine Hilfskraft war zwar ehrlich und fleißig, aber sicher nicht ein Aushängeschild für den Laden. Die Frau wirkte hager und unauffällig, zog Zigaretten der Schokolade vor und scheiterte meist bei der Kundenberatung. Das war die Domäne seiner Frau. Elli konnte mit ihrem Talent den Inhalt der Theke an einem Vormittag verkaufen. Sie war definitiv das Herz des Geschäfts. So begnadet Armin war, was das Backen anging, so verloren verhielt er sich im Kundengespräch. Die Rentabilität des Ladens ging allein auf Ellis Konto.

»Geht die nur als Ganzes oder auch stückweise?«, riss ihn die Aushilfe aus seinen Gedanken.

Armin überlegte, als wäre das eine schwere Entscheidung.

Die Frau hinter der Theke seufzte und dachte: *Typisch Chef, der würde keinen Krümel verkaufen ohne seine Elli.*

»Was meinen Sie?«, gab er den Ball zurück.

Die Angestellte zuckte mit den Schultern. »Stückweise ist besser, ganze Torten verkaufen sich seltener.«

»Dann bitte«, antwortete Armin daraufhin ein wenig wehmütig, »zerteilen Sie meine böse Königin.«

»Na, der Name passt.« Die Frau lachte bellend. »Wer davon isst, wird ein böses Ende erleben, was die Bikinifigur angeht.«

Sie scherte sich nicht um die Befindlichkeiten ihres Arbeitgebers und übersah sein zorniges Gesicht, als er den Verkaufsraum verließ und seine neueste Kreation schweren Herzens in den Händen dieser unsensiblen Person zurückließ.

In der Backstube widerstand er der Versuchung, ein neues Rezept für einen Biskuitteig auszuprobieren, und ging die Hintertreppe hinauf zur Wohnung. Wie zu erwarten war, befand sich seine Frau schon mitten in den Vorbereitungen. Seit Jahren war das Ehepaar Vurtich Mitglied in dem Verein »Vergangene Feste«. Was bedeutete, dass sie sich ein- bis zweimal im Monat in ein Kostüm quetschen mussten, um dann eine Party zu feiern, auf der sich alle benahmen, als lebten sie in einem vergangenen Jahrhundert. Elli tat das mit voller Begeisterung – ihr Mann lediglich, damit sie zufrieden war.

Er wusste die Hälfte der Zeit nicht einmal, in welcher Epoche sie sich auf diesen Festen gerade bewegten. Sein

Blick wanderte über die Kniehosen aus grobem Stoff mit passendem Oberteil, die ausgebreitet auf seiner Seite des Doppelbetts lagen. Außerdem hatte ihm Elli noch ein Rüschenhemd und eine weiße Perücke herausgesucht.

»Ich spiele wieder einmal den Diener, was auch sonst?«, sagte er gelangweilt.

Elli, die gerade dabei war, ein flaschengrünes Kleid über einen gewaltigen Reifrock zu streifen, entgegnete gereizt: »Du bist selbst schuld. Ich habe dich schon lange gebeten, endlich etwas Neues zu kaufen, aber dafür bist du ja zu geizig.«

»Wenn ich mir für jedes Jahrhundert die Klamotten eines Fürsten zulegen wollte, dann wären wir längst pleite.« Sein Blick wanderte über Ellis Ausstattung, und auch wenn er es nicht aussprach, wusste sie, dass er sie gerade der Geldverschwendung anklagte.

»Wir haben das doch schon x-mal besprochen. Ich werde nicht darauf verzichten. Das ist das einzige Vergnügen, das ich mir gönne, wenn du das nicht verstehst, dann …«

Er hob die Hand. »Schon gut.«

Sie war zufrieden und bat ihn, ihr mit der Schnürung am Rücken zu helfen. »Zieh es fest zu«, gab sie Anweisung.

Armin stand nun hinter seiner Frau und beobachtete, wie ihr üppiger Busen mit jedem Ruck besser zur Geltung kam. Wieder einmal dachte er, wie schön sie doch in diesen Kostümen aussah.

Elli hatte die Idee gehabt, solche Veranstaltungen zu besuchen. Angeblich ging es darum, die Geschichte lebendig zu halten. Aber Armin glaubte mittlerweile, dass die meisten Mitglieder einfach nur einen Spleen hatten. Warum sonst war es einem erwachsenen Menschen wichtig, sich herauszuputzen wie Napoleon oder Ludwig XIV. Abgesehen davon konnte der eigene Standesdünkel befriedigt werden. Denn nicht umsonst waren bei den Treffen fast ausschließlich die Rollen der Adligen besetzt. Neben einer Handvoll

Huren und Vagabunden tauchten Diener am seltensten auf. Armin war einer davon. Ihn störte es nicht, wenn man ihm und seinem schlichten Kostüm wenig Beachtung schenkte. Außerdem kostete sein Outfit erheblich weniger als das der Hochwohlgeborenen.

Die Schnürung von Ellis Kleid war beendet, und er konnte nicht anders, als ihr von hinten ungeschickt an die wogenden Brüste zu fassen. Plump umschloss er sie mit seinen Händen.

»Jetzt nicht«, fertigte sie ihn ab. »Ich muss noch meine Haare richten, und du solltest dich auch anziehen.«

Verärgert knurrte er: »Wir haben noch genug Zeit.«

»Ja, aber ich habe keine Lust«, gab sie giftig zurück.

»Das ist ja nichts Neues«, schnappte er und bedauerte augenblicklich, das gesagt zu haben.

Elli hielt in ihrer Bewegung inne und drehte sich langsam zu ihm um.

Der Anblick war atemberaubend und bedrohlich zugleich. Das Flaschengrün des Kleides betonte ihre grüngrauen Augen, und der Stoff, der fast wie eine zweite Haut um ihren wohlgeformten Oberkörper saß, brachte jede Rundung hervorragend zur Geltung. Gleichzeitig jedoch lag ein wütendes Funkeln in ihrem Blick, das Armin Angst machte. Eines Tages, das wusste er, würde sie ihn verlassen. Gelegentlich, wenn ein Streit ausartete, dann drohte sie damit. Für gewöhnlich lenkte er sofort ein, weil ihn der Gedanke, ohne sie sein zu müssen, wahnsinnig machte – und seit Kurzem ängstigte ihn noch etwas ganz anderes. Nämlich die Vorstellung, dass sie nach einer Trennung bei einem anderen Mann wäre. Dann hasste er sie regelrecht dafür, dass sie überhaupt jemals in sein Leben getreten war.

»Was wirfst du mir vor?«, fuhr sie ihn jetzt schneidend an.

Er schwieg.

»Ich arbeite mich in diesem Krämerladen da unten halb tot, und dann soll ich Gewehr bei Fuß stehen, wenn es dir in den Sinn kommt, eine schnelle Nummer zu schieben?«, fuhr sie ungehalten fort.

»So habe ich das nicht gemeint«, warf er ein. »Ich liebe dich doch und möchte dir das auch zeigen.«

Elli sah ihn zufrieden an. Er benahm sich wieder so, wie sie es von ihm gewohnt war, er fraß ihr aus der Hand.

»Ich liebe dich auch«, sagte sie schließlich um einen freundlichen Ton bemüht. »Aber ich lasse mich nicht gerne drängen. Später ist auch noch Zeit«, stellte sie klar und schenkte ihm jetzt ein vielsagendes Lächeln, das nur dazu diente, sich ihn vorerst vom Hals zu halten.

»Natürlich«, räumte er sofort bereitwillig ein. Es war leichter für ihn, sich vorzumachen, dass alles, was seine Frau eben gesagt hatte, auch ehrlich gemeint war. Warum die Wahrheit fordern, wenn man sie nicht ertragen konnte?

* * *

Einige Tage später

»Es tut mir sehr leid, dass Sie das durchmachen müssen«, sagte Kaller zu der jungen Frau.

Ihre Optik gefiel ihm ausnehmend gut, auch wenn der Anlass sicher nicht passend war, über ein Date nachzudenken.

»Kein Problem«, antwortete ihm Gabriela Hebert leichthin, und irgendwie verlor sie durch ihre Abgebrühtheit an Attraktivität.

Die Ermittlungen waren bislang zäh verlaufen. Erst nach langem Hin und Her war Dr. Urban Balgar bereit gewesen, der Polizei eine Liste der Personen zusammenzustellen, die für die Entführung seiner Tochter verantwortlich sein könnten.

Was die Identifizierung der Frau namens *Diana* anging, deren Leiche man auf der Autobahn gefunden hatte, waren sie gezwungen gewesen, die Bevölkerung um Mithilfe zu bitten. Das Foto, das man veröffentlicht hatte, ließ keinen Zweifel am Tod der Frau. Allerdings hatte die Kommissariatsleitung ihr Bestes getan, die Umstände, die zu dem traurigen Ende der Unbekannten geführt hatten, bislang geheim zu halten.

»Können wir? Ich habe noch einen Termin«, wurde Kaller von Gabriela Hebert aus seinen Gedanken gerissen.

»Natürlich«, entgegnete er und versuchte seinen Blick nicht auf das halb durchsichtige Trägershirt zu richten, unter dem die Zeugin offensichtlich keinen BH trug.

Er führte sie zum Aufzug, der sie zu den Räumen der Gerichtsmedizin brachte. Während der kurzen Fahrt sprachen sie nicht. Kaller nahm den verlockenden Duft ihres Sommerparfüms wahr und malte sich aus, mit der Frau nackt zu baden, was ihn daran erinnerte, dass er seit zwei Tagen Wäsche in der Waschmaschine liegen hatte, unter anderem die Badehose.

»Hier riecht es ziemlich eklig«, kommentierte Gabriela den unangenehmen Geruch, während Kaller fasziniert beobachtete, wie sich die Brustwarzen der Frau durch die Kälte, die hier unten herrschte, aufrichteten. Seine sexuelle Erregung verpuffte jedoch augenblicklich, als sich eine Tür öffnete und er den Blick ins Innere werfen konnte. Offensichtlich wurde dort gerade eine Autopsie vorgenommen.

»Wir müssen hier entlang«, wandte er sich deshalb an seine Zeugin und berührte sie leicht am Arm, um sie in die entsprechende Richtung zu dirigieren.

Ihre Haut war weich und schon fast von einer unnatürlichen Blässe. Die schwarzen, schulterlangen Haare umspielten ein puppenhaftes Gesicht, das die Frau erst durch den auffälligen roten Lippenstift wie eine Fünfundzwanzigjährige aussehen ließ.

»Wir haben uns nicht wirklich gekannt«, sprach sie nun im Plauderton und ohne jede Aufregung. »Sie hatte die

Wohnung gegenüber. Allerdings ist die kleiner als meine.« Gabriela blieb stehen und wandte sich direkt an Kaller: »Wissen Sie, meinem Vater gehört das Gebäude. Er hat mehrere Immobilien in Karlsruhe, aber eigentlich verdient er sein Geld mit Autohäusern. Vielleicht kennen Sie ihn sogar, er ist in Ihrem Alter.«

Den Eimer eiskaltes Wasser, der ihm gerade verbal über den Kopf geschüttet wurde, ertrug er tapfer. Er lächelte sogar, als er entgegnete: »Ich glaube nicht, dass ich ihm bereits begegnet bin. Außer«, fand Kaller zu seiner gewohnten Form zurück, »er wäre von mir irgendwann einmal wegen eines Verbrechens in Handschellen abgeführt worden.«

Überraschenderweise lachte Gabriela daraufhin schrill auf. Offensichtlich amüsierte sie die Vorstellung, und sie betrachtete Kaller interessiert.

Mittlerweile hatten sie ihr Ziel erreicht. Jemand öffnete ihnen die Tür und führte sie schließlich zum Leichnam der unbekannten Frau. Alles geschah innerhalb weniger Minuten. Man nickte sich zu, das Gesicht der Toten wurde freigelegt, wieder ein Nicken, und im nächsten Augenblick stand Kaller mit Gabriela Hebert auch schon wieder draußen auf dem Gang.

Sie fröstelte, schlang die Arme um sich und war noch blasser geworden.

»Alles in Ordnung?«, hakte Kaller behutsam nach.

Gabriela atmete durch, die Abgebrühtheit war verschwunden. »Können wir an die frische Luft gehen?«, fragte sie mit heiserer Stimme, anstatt ihm eine Antwort zu geben.

Dieses Mal legte er fürsorglich den Arm auf ihren Rücken und geleitete sie hinaus.

»Schon besser«, sagte sie erleichtert und setzte sich auf eine der Parkbänke. »Das war echt unheimlich.«

Kaller murmelte: »Tut mir leid«, und dieses Mal nahm sie sein Mitgefühl an.

»Komisch, wenn jemand von einem Tag zum anderen

einfach weg ist. Das kann man gar nicht begreifen«, versuchte sie, der Situation Herr zu werden.

Der Hauptkommissar wusste nicht, was er dazu noch sagen konnte, und entschied deshalb, die Befragung weiterzuführen: »Sie sind sich sicher, dass es Ihre Nachbarin ist?«

»Aber ja, hundertprozentig, das ist Meike, Meike Vandel«, antwortete sie voller Überzeugung.

»Nicht *Diana?* Vielleicht war Meike nur ein Spitzname oder ein Zweitname?«

»Davon weiß ich nichts«, entgegnete Gabriela bestimmt. »Ich kenne sie nur als Meike.«

»Hat sie denn irgendwann einmal eine Diana erwähnt?«

Seine Zeugin schüttelte den Kopf. »Mir ist nur bekannt, dass sie Meike hieß und hier ein Auslandssemester absolviert hat. Maschinenbau oder so etwas Langweiliges.« Sie rollte vielsagend mit den Augen. »Außerdem stammte sie aus Belgien oder den Niederlanden. Ehrlich gesagt, habe ich nicht so genau zugehört.« Sie lächelte ihn unschuldig an und sah dabei bezaubernd aus.

Die Beamten würden mit der Wohnungsdurchsuchung beginnen und sich dann Stück für Stück an die Wahrheit herantasten.

»Vielen Dank, dass Sie sich gemeldet haben, das hat uns sehr geholfen. Die Kollegen werden sicher noch wegen des Protokolls auf Sie zukommen.« Sie standen auf, und er brachte Gabriela zu ihrem Auto auf dem angrenzenden Parkgelände.

»Sollte ich nicht eine Visitenkarte von Ihnen haben, falls mir noch etwas einfällt?«, wandte sie sich schließlich zum Abschied an Kaller.

Der war mit seinen Gedanken mittlerweile bei der Frage, warum der Mörder in seiner Nachricht von einer Diana und nicht von Meike gesprochen hatte. Deshalb sah er Gabriela jetzt auch verdutzt an und reagierte unhöflich spät. »Ja, klar«, antwortete er endlich und begann in seiner Hosentasche zu kramen.

»Kein Problem«, unterbrach Gabriela mit einem angedeuteten Lächeln sein Suchen. »Ich gebe Ihnen einfach meine. Die Adresse steht ebenfalls darauf.« Sie reichte ihm eine teuer aussehende Visitenkarte. »Wenn ich der Polizei behilflich sein kann, dann stehe ich den Beamten Tag und Nacht zur Verfügung.« Damit schlüpfte sie elegant auf den Sitz ihres Sportwagens, startete den Motor und fuhr mit viel zu hoher Geschwindigkeit davon.

Ihr lasziver Tonfall hatte eine Gänsehaut auf Kallers Körper hinterlassen, und es gelang ihm nicht, ein lüsternes Grinsen zu unterdrücken, als er die Visitenkarte von Gabriela Hebert in seine Hosentasche stopfte.

* * *

Vivien fühlte sich schwach. Sie hatte seit Tagen nichts gegessen. Alles, was sie zu sich nahm, war gelegentlich das Wasser, das man ihr an den Mund führte. Meist jedoch versank sie sofort wieder in einen tiefen Schlaf. Sie spürte ab und zu, dass jemand an der Nadel hantierte, die in ihrer Armbeuge steckte, das tat weh. Nur sehr selten war ihr Verstand so klar, dass sie sich ihrer Umgebung bewusst wurde, so wie jetzt.

Sie erkannte seine Stimme.

»Du hast so wundervolle Haare«, sagte er gerade.

Ihn zu hören, war für Vivien wie Folter. Sie verknüpfte damit nur noch das eigene Leid. Wenn das Geräusch seiner Schritte an ihr Ohr drang, dann verlängerte sich ihr Albtraum.

Der Satz wurde wiederholt: »Du hast so wundervolle Haare.«

Erleichtert atmete Vivien aus. Er war nicht bei ihr, sondern im Nebenraum. Vermutlich hatte er wieder eine andere bei sich.

»Wie lange wollen Sie mich hier noch festhalten?«, erklang nun wie zur Bestätigung eine Frauenstimme.

Vivien hatte nicht mehr die Kraft für Mitleid. Die Todesangst raubte ihr fast den Verstand, und alles, was ihr Überleben sichern konnte, nahm sie dankbar an, selbst wenn das den Tod eines anderen Menschen bedeutete.

Die Müdigkeit wurde stärker, aber Vivien wollte nicht schon wieder schlafen, angestrengt lauschte sie in die Dunkelheit.

»Hören Sie«, sprach die Frau im Nebenraum nun eindringlich. »Wenn Sie mich gehen lassen, werde ich keinem etwas sagen. Ich gebe Ihnen mein Wort. Ich habe genügend eigene Probleme und keine Lust, mich mit der Polizei auseinanderzusetzen. Sie können mir vertrauen, nur lassen Sie mich gehen!«

Es folgte ein Lachen. »Du bist raffiniert, schlauer als die andere, trotzdem beleidigst du gerade meine Intelligenz. Glaubst du wirklich, ich würde deinem Wort Glauben schenken? Ausgerechnet dir?«

Er sah sie amüsiert an. Sie saß auf dem Stuhl, an den er sie gefesselt hatte. Die langen blonden Haare reichten ihr bis zu den Hüften und waren zu einem festen Zopf geflochten. Das war der Grund, warum er sie ausgewählt hatte.

»Wir kennen uns doch gar nicht.«

»Ich kenne dich genau. Jede Laune, jede Extravaganz, all die Wünsche, die dich beherrschen, die dich zu einer Egoistin machen. Einer miesen, kleinen Egoistin, die jeden in ihrer Nähe aussaugt, bis nichts weiter zurückbleibt als eine leere, traurige Hülle.«

»Ich bin nicht so«, rief die Frau auf dem Stuhl verzweifelt. »Ich habe noch nie jemandem etwas getan!«

»Du bringst den Menschen in deiner Umgebung nur Unglück«, zischte er wütend, dann änderte sich seine Stimmung.

Beinahe verständnisvoll sprach er weiter: »Womöglich kannst du nichts dafür, können alle, die so sind wie du, nichts dafür. Ihr seid eben, was ihr seid.«

Er stand nun hinter dem Stuhl und legte ihr die Hände auf die Schulter. »Eine wie die andere zerstört ihr die, die sich in eurer Nähe befinden.« Der Mann senkte den Kopf, legte die Lippen an ihr Ohr und flüsterte: »Doch ich werde euch jetzt aufhalten.«

Plötzlich hörte Vivien einen kurzen Aufschrei und wollte die Augen aufreißen, aber ihre Lider waren bereits bleischwer. Es dauerte nur einen kurzen Augenblick, während dem sie glaubte, ein Röcheln zu vernehmen, dann fiel sie zurück in die schrecklichen Träume, die nicht mehr enden wollten.

Die Frau auf dem Stuhl hätte womöglich Trost in der Vorstellung gefunden, nicht die einzige Gefangene in diesen düsteren Räumen zu sein. Aber ihr blieb nicht mehr die Zeit, über solche Dinge nachzudenken. Sie spürte den Druck auf ihrer Kehle und reagierte automatisch. Mit aller Kraft wehrte sie sich gegen den grausamen Erstickungstod, der ihr bevorstand. Obwohl die Fesseln wenig Spielraum ließen, riss sie den Kopf hin und her und stemmte sich gegen die Seile an Hand- und Fußgelenken. Am Ende verkrampfte sich ihr Körper, und die Augen quollen fast aus den Höhlen, während sich die Zunge wie ein Symbol für das Leben, das man auf so brutale Weise aus ihr herausgepresst hatte, unschön zwischen den Lippen hervorschob. Die verzweifelten Bewegungen hörten auf, und mit dem Tod ließ ihr Mörder von ihr ab.

Sein Blick fiel auf den langen Zopf der Frau. »Wieder eine weniger«, sagte er voller Zufriedenheit.

* * *

Am nächsten Tag war die Tote von der Autobahn, die der Mörder als Diana bezeichnet hatte, durch Zahnunterlagen zweifelsfrei identifiziert worden. Es handelte sich um Meike Vandel, eine zweiundzwanzigjährige Studentin, die ein Auslandssemester in Karlsruhe absolvierte und aus den Niederlanden stammte. Ihre Eltern lebten in Amsterdam und waren von den dortigen Kollegen informiert worden. Soweit eine erste Vernehmung der Angehörigen überhaupt möglich gewesen war, bemühten sich die niederländischen Behörden, sämtliche Informationen an die Beamten in Deutschland weiterzuleiten. Viel war es nicht, was Hauptkommissar Kaller seinem Kollegen Rulich mitteilen konnte.

»Meike Vandel war ein hübsches, intelligentes Mädchen ohne Feinde. Eine Verbindung zu Vivien Balgar konnten wir bislang nicht feststellen, und auch zu einer Frau namens Diana scheint die Tote keinen Bezug gehabt zu haben. Wir haben mit einigen ihrer Kommilitonen gesprochen. Meike ging anscheinend gerne aus. Zuletzt gesehen hat man sie wohl zwei Tage, bevor man ihre Leiche fand. Sie war mit ein paar Studentinnen durch die Kneipen gezogen. Gegen zwei Uhr morgens hatten die sich in einem der Klubs aus den Augen verloren«, erläuterte Kaller.

»Und keine war beunruhigt, als Meike nicht mehr aufgetaucht ist?«, unterbrach ihn Rulich verblüfft.

»Meike Vandel war offensichtlich nicht lange genug in der Stadt, um schon Freunde zu haben, die ihr Verschwinden beunruhigt hätte. Stammtische sind ausgestorben, mein Freund«, fügte Kaller sarkastisch an. »Entweder du bist online oder nicht, und Letzteres versetzt niemanden in Angst und Schrecken.«

Rulich seufzte. »Was wissen wir über den Abend, an dem das Mädchen verschwunden ist?«

»Die Kollegen werden mit dem Klubbesitzer sprechen und sich bei den Gästen umhören. Vielleicht hat jemand etwas gesehen, der Täter kann sie aber auch auf der Straße abgefangen haben. Jedenfalls ist er schlau genug gewesen, ihr Handy auszuschalten. Eine Ortung war bisher nicht möglich.«

»Was hat die Wohnungsdurchsuchung ergeben?«, stellte Rulich seine nächste Frage.

»Wir warten noch auf die Ergebnisse«, antwortete dieses Mal Kommissar Meinfeld. »Ich stehe in Verbindung mit der Kriminaltechnik.«

Kaller, der hinter seinem Schreibtisch saß, zog währenddessen geistesabwesend eine Schublade auf und angelte nach einem alten, angebissenen Schokoriegel, der bereits hart und bröselig war.

Meinfeld beobachtete das mit einem Kopfschütteln, schwieg aber, da er es längst aufgegeben hatte, seinem Kollegen die Vorzüge gesunder Ernährung nahezubringen.

»Warum nennt er sie Diana?«, fragte Kaller schließlich mit vollem Mund.

»Vielleicht hat sie ihm nicht ihren richtigen Namen gesagt«, folgerte Meinfeld. Er sah den auffordernden Blick seines Vorgesetzten und sprach weiter: »Die beiden treffen sich in dem Klub. Er geht auf sie zu, sie quatschen, und er fragt nach ihrem Namen. Sie nennt sich Diana, vielleicht eine Maßnahme, sich zu schützen. Falscher Name, falsche Lebensgeschichte, wenn sich der Kerl als Idiot herausstellt, kann er sie nicht aufspüren. Oder es macht ihr Spaß, in eine Rolle zu schlüpfen, ein Spiel zu spielen. Frauen machen das manchmal. Vielleicht ein Abenteuer …«

Meinfeld kam ins Stocken, als er zu Kaller sah, der seinen jüngeren Kollegen nun belustigt anstarrte. »So etwas gibt es«, stammelte er, und ein leichtes Rot überzog seine Wangen.

»Tatsächlich?«, entgegnete der Hauptkommissar und spielte den Unwissenden. »Darüber muss ich unbedingt mehr erfahren!«, sagte er schließlich mit einem Grinsen, bevor er wieder ernst wurde. »Aber das glaube ich nicht. Bis jetzt haben die Kollegen den Ausweis der Frau nicht gefunden. Sie hatte an dem Abend eine Handtasche dabei, das bestätigen auch die anderen Studentinnen. Ich denke, sie trug ihre Papiere mit sich. Er kannte also den richtigen Namen der Frau und hatte einen anderen Grund, sie Diana zu nennen.«

»Mich irritiert die fehlende Verbindung zwischen den Opfern«, schaltete sich Rulich ein, während Meinfeld den Bericht der Gerichtsmedizin durchblätterte.

»Es gibt eine Verbindung, wir haben sie nur noch nicht gefunden«, antwortete Kaller.

»Aber Vivien lebt noch, während Meike Vandel getötet wurde«, widersprach Rulich.

Michael Kaller blickte ihn grimmig an. »Ehrlich gesagt glaube ich nicht, dass das so bleibt.«

»Du denkst, er wird Vivien töten?«

»Ja, er lässt sich damit nur mehr Zeit. Alles andere macht keinen Sinn. Es wird nie eine Lösegeldforderung geben. Wir suchen einen Mörder, keinen Entführer, und so sollten wir auch bei den Ermittlungen vorgehen.«

Meinfeld und auch Rulich sahen zu Kaller. Er hatte ausgesprochen, wovon vermutlich jeder auf dem Revier längst überzeugt war.

»Vivien Balgar war die Erste. Oftmals wählen solche Irren ihr erstes Opfer nicht rein zufällig aus. Das könnte bedeuten, dass er sie kennt, schon einmal getroffen hat oder mit der Familie in Kontakt stand«, fuhr Kaller fort.

»Du klammerst dich immer noch an den Apothekersohn Denis Kreuter, aber der hat ein Alibi. Die junge Dame, mit der er den Nachmittag verbrachte, als Vivien entführt wurde, hat uns bereitwillig Auskunft gegeben. Sie war auch diejenige, mit der er seine Ex-Freundin vor einem halben Jahr betrogen hat. Die Tochter von Urban Balgar hat sich damals scheinbar tatsächlich wie eine Furie aufgeführt.« Mit gesenktem Kopf sprach Rulich weiter. Offensichtlich missfiel es ihm, das Folgende darzulegen. »Es ist leider so, dass Vivien keine Freunde hat. Die Befragungen der Mitschüler lassen vermuten, dass sie verwöhnt und ausgesprochen herrschsüchtig ist. In der Vergangenheit wurde sie einer Klassenkameradin gegenüber sogar handgreiflich. Der Vater hat das dann geregelt. Wir müssen diese Informationen bei der Beurteilung der Situation berücksichtigen.«

Kallers Oberkörper versteifte sich. »Du willst doch nicht andeuten, dass sie diese Entführung inszeniert hat, um ihren Kopf durchzusetzen? Wie erklärst du dann die tote Meike Vandel? Soll Vivien sie etwa aus Trotz getötet haben, weil ihr von irgendwem die Aufmerksamkeit verweigert wurde?«

Beschwichtigend hob Rulich die Hand. »So habe ich das nicht gemeint. Aber du sagst selbst, Vivien erhält von dem Täter besondere Aufmerksamkeit. Der Charakter unseres Opfers kann uns da vielleicht Aufschluss geben, warum das so ist. Womöglich hat sie sich in ihrem Trotz mit dem falschen Mann eingelassen. Davor können wir nicht die Augen verschließen, bloß weil in deiner Vorstellung unser Opfer ein Unschuldslamm ist.«

»Ihre Computer- und Handydaten liefern dafür aber keine Beweise. Es müsste doch eine Spur geben, wenn sie in Kontakt mit zwielichtigen Typen gestanden hätte«, hielt Kaller dagegen.

»Wer weiß, vielleicht gab es ganz altmodisch persönliche Treffen.«

Der Hauptkommissar blieb skeptisch, hielt sich aber mit weiteren Einwänden zurück. Stattdessen griff er einen anderen Punkt auf. »Was soll dieser Kranz aus Stacheldraht, den Meike Vandel auf dem Kopf hatte? Soll das die Dornenkrone sein, wie sie Jesus am Kreuz trug? Ein Symbol der Buße?«

»Kann doch sein, dass er sie verschönern wollte, bevor er sie in den Tod geschickt hat. Das Hochzeitskleid als eine Art Totenhemd, den Kranz als Grabbeigabe«, warf Meinfeld ein, der gerade die Bilder betrachtete.

Noch bevor Kaller sagen konnte, dass er das für einen interessanten Gedanken hielt, ging die Tür auf.

Elke Wiedenhof-Meier, die Kommissariatsleiterin höchstpersönlich, stand im Türrahmen.

Da sie nicht wie gewöhnlich die Nase rümpfte und darauf drängte, dass in Kallers Büro das Fenster geöffnet wurde, wusste der Hauptkommissar sofort, dass etwas Schlimmes vorgefallen war.

»Wir haben einen weiteren Karton«, sagte sie mühsam beherrscht.

* * *

Kapitel 5

Die Cafeteria des Kaufhauses war den ganzen Tag gut besucht gewesen. Es war anzunehmen, dass heute schon Hunderte von Kunden nach einem der braunen Tabletts gegriffen, sich Kaffee aus dem altmodischen Automaten gelassen und eines der belegten Brote geschnappt hatten, die für gewöhnlich in mehrere Schichten Klarsichtfolie gehüllt waren und daher nur mit viel Geduld geöffnet werden konnten. Anschließend hatten die Besucher an der Kasse gestanden. Dort hatten sie dann ungeduldig gewartet, bis sie an der Reihe waren, und nicht gezögert, mehr Papierservietten aus dem Spender zu nehmen, als sie eigentlich brauchten, um damit den Ärger über die hohen Preise wettzumachen. So oder so ähnlich musste es in der Cafeteria zugegangen sein, während jemand unbeobachtet einen Karton auf einer der plastikbezogenen Sitzbänke abgestellt hatte.

Die Leiterin der Cafeteria hatte besagten Karton zum Glück entdeckt, bevor er in die Hände eines weniger vernünftigen Menschen geraten war.

Der Hinweis auf den Empfänger hätte klarer nicht sein können: »Für Hauptkommissar Kaller, Kriminalpolizei!«, stand dort geschrieben.

Also hatte die Frau, ohne zu zögern, zum Telefon gegriffen. Eigentlich hatte sie sich auf ein langes Hin und Her eingestellt, endlose Minuten in der Warteschleife, wohlwollende Hinweise auf die fehlende Zuständigkeit der angerufenen Stelle und eventuell sogar Vorwürfe, die Zeit der Beamten zu verschwenden. Deshalb war sie auch mehr als überrascht gewesen, als man sie umgehend weitergeleitet und mit großem Respekt behandelt hatte. Jetzt stand der Karton im Labor der Kriminaltechnik.

Die Nachricht, die er enthielt, lautete: »Mein lieber Hauptkommissar, eine hat ihren Turm verlassen, aber Vivien muss noch schlafen.« Darunter waren Koordinaten angegeben. Ansonsten war der Karton leer, bis auf eine blonde Haarlocke, die in einem kleinen Plastikbeutel auf dem Boden der Pappschachtel lag. Geschrieben waren die wenigen Worte auf handelsüblichem, weißem Druckerpapier.

Schon nach der ersten Nachricht hatte man einen Schriftexperten damit beauftragt, die krakeligen Druckbuchstaben zu analysieren. Viel war dabei nicht herausgekommen. Der Sachverständige ging davon aus, dass sich der Verfasser verstellte und es sich vermutlich um einen Rechtshänder handelte, der mit der linken Hand schrieb.

»Sie müssen sofort los«, gab die Kommissariatsleiterin Anweisung.

Auch wenn keiner der Beamten daran glaubte, beim Erreichen der Koordinaten eine lebende Person zu finden, verließen die Einsatzkräfte das Präsidium, als ginge es um einen Rettungseinsatz. Tatsächlich galt es, keine Zeit zu verlieren, denn nichts war jetzt wichtiger, als den Tatort zu sichern. Nur so bestand die Chance, Spuren und Hinweise zu finden, die sie direkt zum Täter führen könnten.

Im Wagen wurde wenig gesprochen, lediglich einmal stellte Kaller eine Frage, die ihn, seit er die Nachricht gelesen hatte, beschäftigte: »Warum gab er seinem Opfer dieses Mal keinen Namen?«

Weder Rulich noch Meinfeld, Letzterer saß hinter dem Lenkrad, konnten ihm darauf antworten.

Die GPS-Daten führten die Männer zu dem Eingang einer Gärtnerei. Es war ein heißer Tag, und die vielen Fahrzeuge wirbelten den feinen Sand des Parkplatzes auf, als sie dort zum Stehen kamen. Die Eigentümerin, eine Frau um die dreißig, eilte besorgt aus dem Verkaufsraum mit den bunt bemalten Fenstern.

»Was hat das zu bedeuten?«, rief sie entsetzt.

Ihr folgten zwei kräftige junge Männer in grünen Overalls und ein älteres Ehepaar, offensichtlich Kunden, die sich von Neugier getrieben ebenfalls näherten.

»Wir haben einen Hinweis bekommen, dass sich hier eventuell ein Verbrechen ereignet hat«, sprach Kaller die Inhaberin an, die sofort eine abweisende Haltung annahm. Offensichtlich verstand sie seine Erklärung als eine Anklage.

»Hier läuft alles nach Vorschrift. Keine Schwarzarbeit, kein Pestizidskandal, wir achten auf ökologische …«

Von hinten krähte einer der Angestellten: »Brauchen Sie nicht einen Durchsuchungsbefehl?«

Kaller wischte mit einer ungeduldigen Geste die Einwände der Besitzerin beiseite. »Es geht um Mord, eine Frau ist in Gefahr, und sie befindet sich vermutlich auf Ihrem Gelände.«

Mehr war nicht nötig, sein Gegenüber zu überzeugen. Er hätte nur ungern gegen den Willen der Besitzerin gehandelt, auch wenn er unter diesen Umständen dazu berechtigt gewesen wäre.

Die Frau gab den Weg frei. »Die Gewächshäuser sind alle offen, bitte trampeln …« Sie sparte sich den Rest des Satzes – erstens, weil die Beamten bereits losstürmten und sie nicht mehr hören konnten, und zweitens, weil ihr gerade der Gedanke kam, dass solcherlei Kommentare angesichts eines Mordes unangebracht sein könnten.

Das Gelände der Gärtnerei war wesentlich größer, als der Eingangsbereich vermuten ließ. Auf mehreren Hektar erstreckten sich lange Reihen mit Gewächshäusern, zwischen denen schmale Wege hindurchführten. Das machte die Arbeit der Polizisten nicht gerade einfach. Sie konnten sich nur hintereinander an den Glasgebäuden vorbeischlängeln, und auch im Inneren kamen sie nur langsam voran. Die Beamten teilten sich auf.

Die Wärme in den Treibhäusern war unerträglich und erinnerte Kaller an einen Saunabesuch. In manchen der überhitzten Kästen empfing sie ein intensiver Blumenduft, der einem fast den Atem raubte. Der Hauptkommissar vermutete, dass der Täter absichtlich diesen Ort gewählt hatte, denn wo sonst hätte eine Suche so an den Nerven gezehrt und ihre Arbeit zum Aufspüren der sprichwörtlichen Nadel im Heuhaufen gemacht? Immer mehr gelangte Kaller zu der Überzeugung, man würde mit ihm spielen und ihn dabei geschickt an der Nase herumführen.

Die Besitzerin der Gärtnerei schien in Kaller so etwas wie den Anführer der Gruppe zu sehen und blieb in seiner Nähe. Gelegentlich gab sie Hinweise wie: »Hier haben wir die Eisbegonien, dort züchte ich Orchideen, das sind Gemüsesetzlinge.«

Kaller fragte sie im Gegenzug, ob ihr heute Morgen etwas aufgefallen sei, zum Beispiel ein kaputtes Schloss, zertretene Beete oder umgeworfene Blumentöpfe.

»Wir haben hier noch nie Ärger gehabt«, antwortete die Frau besorgt. »Sie sehen ja, wie groß das Gelände ist, das kann man unmöglich überwachen, und der Zaun dient mehr der Abgrenzung zum Nachbarn, als dass er jemanden abhalten könnte, hier einzubrechen. Manchmal hatte ich schon den Verdacht, dass sich irgendwer an unseren Paprikas bedient, aber wegen einer Handvoll Gemüse will ich keinen Wachdienst engagieren.«

»Verstehe«, entgegnete Kaller beiläufig und suchte weiter den Weg ab.

Sie erreichten den nächsten gläsernen Kasten, und als Meinfeld die Tür öffnete, schlug ihnen nicht von Blumenblüten parfümierte Luft entgegen, sondern der Geruch feuchter Erde.

»Eines unserer Gemüsehäuser«, erklärte die Inhaberin ungefragt.

Wachsam liefen die Beamten die Reihen mit den hochgewachsenen Tomatenstauden ab. Niemand sprach, und nur das leise Gluckern des künstlichen Bewässerungssystems war zu hören. Kaller lauschte mit einem Ohr immer Richtung Funkgerät, in der Hoffnung, einer der Kollegen würde endlich einen Fund melden.

Sie hatten gerade ein Regal mit Setzlingen umrundet, als sie die Leiche entdeckten.

Große blassblaue Augen blickten sie an, und das Erste, was Kaller auffiel, war, dass sie eine ähnliche Farbe hatten wie die Blüten der Pflanzen, zwischen denen die Frau lag.

Meinfeld verständigte die Kollegen und drängte die Gärtnereibesitzerin nach draußen.

In dem kurzen Moment, in dem Kaller allein mit dem Opfer zurückblieb, fühlte er sich schuldig.

»Ich hätte das verhindern müssen«, murmelte er, und es klang wie eine Entschuldigung, gerichtet an die Tote in dem Beet.

Es fiel dem Hauptkommissar schwer, die Emotionen beiseitezuschieben und mit der Polizeiarbeit zu beginnen. Letztendlich half ihm seine Erfahrung, zur Routine zurückzufinden und sich ganz und gar auf das zu konzentrieren, was er hier vor sich sah. Wie ein Scanner suchten seine Augen jeden Millimeter des Fundortes ab. Da gab es den kleinen Stab mit dem Zettel, der die Vorbeikommenden über die Bepflanzung informierte. Dort stand die lateinische Bezeichnung *Valerianella locusta* und darunter, für die Nicht-Botaniker, *Feldsalat*.

Er legte den Kopf schräg, trat einen halben Schritt zurück und besah sich jetzt in aller Ruhe die Leiche. Vermutlich war die Frau hübsch gewesen. Nicht einmal der brutale Tod, den sie hatte erleiden müssen, konnte das verbergen. Kaller hatte schon genug Strangulationsopfer gesehen, um das zu erkennen. Daran änderte auch die leicht violett verfärbte Zunge, die zwischen den Lippen hervorgetreten war, nichts. Der Hauptkommissar atmete tief durch, als er die Kordel um ihren Hals näher betrachtete, die jetzt locker über den Schultern lag und entsprechende Abdrücke auf der Haut hinterlassen hatte. Im ersten Augenblick nahm er an, es wäre ein geflochtener Gürtel, aber beim zweiten Hinsehen erkannte er, dass diese Frau mit ihrem eigenen Haar erdrosselt worden war. Der Täter hatte ihr den langen blonden Zopf abgeschnitten und dann damit die Kehle zugedrückt.

Hinter sich hörte Kaller Schritte und Stimmen.

Er drehte sich nicht um, sondern sagte: »Sie ist keine Braut«, dabei wanderte sein Blick über das dunkelblaue lange Kleid mit den Rüschen und Pailletten, das ganz offensichtlich für eine Opernpremiere oder einen Ball gedacht gewesen war.

Meinfeld, der beklommen zu der Toten spähte, erwiderte traurig: »Sicher werden wir feststellen, dass das nicht ihr gehört. Es ist zu groß für die Frau.« Mit belegter Stimme fuhr er nach einer kurzen Pause fort: »Und sie trägt einen Kranz aus Stacheldraht wie das letzte Opfer.«

»Warum hat er sie hier abgeladen?«, fragte Kaller unvermittelt.

»Was spricht dagegen?«, hakte Meinfeld nach, der nicht verstand, worauf sein Kollege hinauswollte.

»Was spricht dafür?«, antwortete der Hauptkommissar mit einer Gegenfrage.

»Er hat sie ermordet, wollte, dass wir sie finden, und hat Vergnügen daran, uns durch die Gegend zu jagen«, bemühte sich Meinfeld um eine Erklärung.

»Aber ist es nicht seltsam, dass er beide Opfer auf die gleiche Weise herrichtet, dann jedoch verschiedene Tötungsarten wählt und sie an unterschiedlichen Orten platziert?«

»Für ihn macht es vermutlich einen Sinn«, warf Meinfeld hilflos ein.

Kaller sah ihn zufrieden an. »Genau so sehe ich das auch. Und wir sollten schleunigst herausfinden, welcher das ist.«

Die Beamten wichen kurz darauf den Männern der Gerichtsmedizin und ließen die Kriminaltechniker ihre Arbeit machen.

»Wenn wir uns schon wieder an die Öffentlichkeit wenden müssen wegen der Identifizierung der Leiche, dann dreht die Alte völlig durch«, bemerkte Kaller, der mit Rulich und Meinfeld auf dem Parkplatz der Gärtnerei stand und kräftig an seiner Zigarette zog.

Er bezeichnete sich für gewöhnlich als Gelegenheitsraucher, wusste aber selbst, dass er den Glimmstängeln nicht so leicht abschwören konnte. Schon gar nicht, wenn er sich so wie jetzt gestresst fühlte.

»Das wird für einigen Wirbel sorgen, wenn die Presse davon Wind bekommt«, stimmte ihm Rulich zu. »Verdammt noch mal«, fluchte er laut und unvermittelt, was eigentlich nicht zu seinem sonst eher besonnenen Naturell passte, »mit wem haben wir es hier zu tun?«

Kaller, der tief den blauen Dunst einatmete und nur eine kleine Wolke davon wieder ausstieß, antwortete ernst: »Mit der gefährlichsten Sorte Mensch. Und wir sollten uns beeilen. Denn solange wir ihn nicht aufhalten, wird das Morden weitergehen.«

Er wollte noch etwas anfügen, schwieg aber, als er bemerkte, dass die Inhaberin der Gärtnerei auf ihn zukam.

»Ich weiß nicht, was ich sagen soll«, stammelte die Frau, die ganz offensichtlich unter Schock stand, plötzlich blass wurde und, hätte sie Kaller nicht gestützt, umgekippt wäre.

»Sie sollten sich hinsetzen. Kommen Sie«, sagte der Hauptkommissar und führte die Frau ins Verkaufsgebäude.

Im hinteren Teil befand sich ein Aufenthaltsraum. Fürsorglich half er ihr, es sich auf einem alten Sessel bequem zu machen.

»Haben Sie eine Kaffeemaschine?«, fragte er schließlich und sah sich um.

»Tee«, gab sie zurück.

Kurze Zeit später füllte der Hauptkommissar heißes Wasser in zwei Tassen und bedauerte bereits, dass er sich hatte überreden lassen, einen der Beutel mit der angeblich wohltuenden Kräutermischung zu probieren. Der Geruch, der von dem Getränk ausging, erinnerte ihn an Laub – wenn er ganz ehrlich war, an Laub, auf dem ein Kater seine Markierung hinterlassen hatte. Aber er schlürfte tapfer an der heißen Flüssigkeit und musste feststellen, dass sie noch viel übler schmeckte, als sie roch.

»Das ist ja ein furchtbarer Beruf, den Sie da haben«, sagte die Inhaberin, die sich als Ina vorstellte und darauf bestand, dass sie Kaller, nachdem er sich so rührend gekümmert hatte, mit dem Vornamen ansprach.

»Ist nicht jeden Tag so«, erwiderte er freundlich und lächelte.

Ina seufzte und rückte ihre weiten Pluderhosen zurecht. Erst jetzt registrierte der Hauptkommissar das Hippie-Outfit der Frau. Sie hatte dunkle Augen und sonnengebräunte Haut, vermutlich von der vielen Arbeit im Freien. Sie war nicht unattraktiv, aber dafür interessierte sich der Hauptkommissar im Moment nicht. Seine Gedanken kreisten einzig um die Morde.

»Muss für Ihre Frau auch nicht gerade einfach sein«, fuhr Ina fort und setzte alles daran, eine Miene aufzulegen, die nach belanglosem Small Talk und nicht nach Abklopfen eines möglichen Kandidaten für die traute Zweisamkeit aussah.

Der Hauptkommissar, der erneut an dem Tee genippt hatte, verzog den Mund, als er antwortete: »Ich bin nicht verheiratet.«

Ina glaubte jedoch, dass seine Gesichtsentgleisung ein Ausdruck des Bedauerns war und sich auf den Singlestatus bezog.

Sie war zufrieden und verkniff sich weitere private Fragen, um nicht aufdringlich zu erscheinen. Deshalb hielt sie es auch für angebracht, auf den Grund von Kallers Hiersein zurückzukommen.

»Ist doch merkwürdig, was Menschen zusammenführt«, sagte sie daher nachdenklich. »Sie hätten die Gärtnerei wahrscheinlich nie betreten, wenn da nicht die tote Frau in meinem Rapunzelbeet gelegen hätte.«

Der Hauptkommissar hob den Kopf und starrte Ina an.

Der Meinung, etwas Falsches gesagt zu haben, stammelte sie nervös: »Ich wollte damit nur zum Ausdruck bringen, dass man nichts vorhersehen kann, ich …«

Kaller winkte ab und forderte sie ungeduldig auf, den letzten Satz zu wiederholen.

»Das mit dem Vorhersehen?«, reagierte sie völlig irritiert.

»Nein, das mit dem Rapunzelbeet, was soll das bedeuten? Ich dachte, dort, wo wir die Leiche fanden, würde Feldsalat angepflanzt.«

»Ach so«, erwiderte Ina erleichtert darüber, dass seine Reaktion nichts mit ihr persönlich zu tun hatte. »Das ist nur eine andere Bezeichnung. Feldsalat, Ackersalat, Rapunzel, wenn Sie so wollen, alles das Gleiche. Rapunzel ist nur ein älterer Name. Ich mag Dinge, die …«

Ihren Satz konnte sie nicht mehr beenden, denn der Hauptkommissar stellte hektisch seine fast noch volle Tasse ab und stürmte mit einem »Danke für den Tee« aus dem Laden.

* * *

Der Wagen der Firma Frohmer stand heute vor einem Anwesen im Stadtteil Grötzingen. Jeder, der an der alten Stadtvilla vorbeikam, konnte sehen, dass sich die Eigentümer einen Pool zulegten. Der Schriftzug *Schwimmbadtechnik Frohmer* war unübersehbar.

Der Kunde hatte am Morgen über das ganze Gesicht gestrahlt, als ihn Amelie Frohmer angerufen und ihm mitgeteilt hatte, dass die Installationen kurzfristig beginnen konnten. Etwas, das er der Tragödie im Hause Balgar zu verdanken hatte, aber das war Amelie natürlich nicht über die Lippen gekommen. Die vollen Auftragsbücher machten es den Frohmers leicht, Mitgefühl zu zeigen und gelassen auf den Baustopp bei Urban Balgar zu reagieren.

Carlo Lehner verlegte gerade eines der Kabel. Er stand in dem gekachelten Pool und spürte die schwüle Hitze. Der Schweiß glänzte auf seinem nackten Oberkörper, der muskulös und gebräunt war und ihm für gewöhnlich bewundernde Blicke der Damenwelt und neidische seiner Geschlechtsgenossen einbrachte.

Während er eine Leitung abisolierte, hörte er klappernde Schritte. Das war nicht das erste Mal an diesem Vormittag, und er hielt den Kopf gesenkt, da er sowieso wusste, dass die Tochter des Hauses wieder einmal ihre Runden durch den halb fertigen Wellnessbereich zog. Er schätzte sie auf höchstens siebzehn Jahre und war sich sicher, dass das Wort *Biest* der jungen Frau längst nicht gerecht wurde. Seine Kollegen sahen ihr jedes Mal, wenn sie in ihrem knappen Outfit an ihnen vorbeitippelte, mit notgeilen Blicken hinterher. Er hörte ihr Getuschel und grinste kopfschüttelnd.

Keiner von euch wird je eine Chance bei der Kleinen haben, dachte er amüsiert.

Die Schritte kamen jetzt in seine Richtung, und die junge Frau blieb am Beckenrand direkt über ihm stehen. Er ignorierte sie und arbeitete in aller Ruhe weiter. Ein gekünsteltes Räuspern sollte offensichtlich seine Aufmerksamkeit erregen. Ohne Eile blickte er schließlich doch auf.

Seine Stimme klang nicht gerade freundlich, als er fragte: »Was gibt es denn schon wieder?«

Die junge Frau warf ihm einen abschätzigen Blick zu. Offenbar war ihr Zurückweisung fremd. Allerdings hielt sie das nicht davon ab, sich weiter mit Carlo zu befassen.

»Sie arbeiten doch hier, oder?«, fragte sie schnippisch.

»So ist es«, entgegnete er ungerührt.

»Wann ist der Pool denn fertig?«, fuhr sie fort.

»Da müssen Sie den Chef fragen«, antwortete er knapp und senkte wieder den Kopf.

Ihr entging sein Grinsen, als sie, auf diese unfreundliche Weise abgefertigt, wütend davonstapfte.

»He, die steht auf dich«, rief ihm einer der Kollegen, der gerade die Pumpe installierte, von der gegenüberliegenden Seite zu.

»Unser Carlo ist schüchtern«, spottete ein anderer mit einem meckernden Lachen. »Oder sparst du dich für Amelie auf?«

Jetzt stimmten auch die anderen in das Gelächter ein.

Carlo schüttelte lediglich resigniert den Kopf. Solche Späße störten ihn nicht. Er sah die Dinge, wie sie waren. Die Kleine von eben stand auf ihn, das wäre nur einem Idioten entgangen, und das Gleiche galt auch für Amelie. Erstere interessierte ihn nicht, und was die Tochter seines Chefs anging, würde er irgendwann eine Entscheidung treffen müssen.

Jemand rief: »Mahlzeit«, und wie auf Kommando ließen die Kollegen ihre Werkzeuge fallen.

»Gehst du mit?«, fragte ihn der alte Fred. »Um die Ecke steht ein Imbisswagen.«

»Ich säge noch ein Leerrohr zu, dann komme ich nach«, antwortete Carlo und sah den Männern hinterher, die schnell von der Baustelle verschwanden.

Konzentriert beendete er seine Arbeit und stieg anschließend die eingelassene Leiter nach oben, die später einmal den Badenden das Herausklettern erleichtern sollte. Der Pool konnte auch im Winter benutzt werden, dafür sorgte eine flexible Glasfront, die sich auf- und zuschieben ließ, außerdem gab es eine bewegliche Dachkonstruktion. Das Poolhaus selbst war von jeder Menge Pflanzen umgeben, das Werk eines geübten Landschaftsgärtners. Als Carlo am Rand des Schwimmbeckens stand, sah er sich nach seinem Chef um. Er durchquerte den Garten in Richtung Technikraum, wo er Mark Frohmer vermutete. Aber so weit musste er nicht gehen – er entdeckte Amelies Vater an einer Bambushecke. Das Blau seines Overalls hob sich vom grünen Blattwerk ab. Sein Chef hatte ihm den Rücken zugedreht, und der weiche Rasen schluckte das Geräusch der Schritte, sodass sich Carlo unbemerkt nähern konnte. Er hatte schon eine Ahnung, was da gerade vor sich ging. Es war nicht das erste Mal, dass er Mark Frohmer so erlebte. Leise bewegte er sich selbst in Richtung der Hecken und spähte darüber. Da sah er, was seinen Chef so faszinierte. Im Glauben, ungestört zu sein, lag die Tochter des Hauses auf einer Liege. Sie hatte sich aller Kleider entledigt und rekelte sich wie ein Kätzchen in der Sonne, dabei glich es fast einer Zurschaustellung, wie sie die nackte, rasierte Scham den heimlichen Beobachtern entgegenstreckte und jetzt die festen runden Brüste mit einer öligen Lotion einrieb.

Carlos Blick wanderte zu Mark Frohmers Gesicht. Der starrte auf die Nackte, zeigte dabei aber keinerlei Regung. Es ließ sich schwer sagen, ob er ihren Anblick genoss oder ob ihn die lasziven Bewegungen eher abstießen. Auch wenn Carlo Lehner erst dreißig Jahre alt war, hatte er ein gutes Gespür für die menschliche Natur. Längst wusste er, dass bei vielen die Grenze zwischen Hass und Liebe verschwamm.

Wie war das bei seinem Chef? Dessen Verhalten war jedenfalls äußerst zweifelhaft und könnte im Zusammenhang mit Vivien Balgar zu Problemen führen. Polizeibeamte waren, nachdem die Entführung über die Medien bekannt gegeben worden war, in Frohmers Firma aufgetaucht und hatten alle befragt. Nervös hatten die Kollegen in ihren Erinnerungen gekramt. Fred war sogar empört aufgesprungen und hatte eine Erklärung gefordert, warum jetzt die einfachen Arbeiter verdächtigt wurden.

Einer der Beamten hatte ihn beruhigen können: »Wir befragen alle, die Zugang zu dem Grundstück hatten. Sie werden als Zeugen gebraucht, niemand verdächtigt Sie«, waren die Worte des Mannes in Uniform gewesen.

Letzten Endes hatten die Angestellten nichts Brauchbares erzählen können, außer dass sie alle den Eindruck hatten, Vivien würde es an nichts fehlen. Carlo hatte sich den Aussagen angeschlossen und unerwähnt gelassen, dass Mark Frohmer der jungen Vivien Balgar mit unangebrachtem Interesse begegnet war, als sie im Haus der Familie gearbeitet hatten. Carlo hatte deshalb keine schlaflosen Nächte, aber es brachte ihn zum Grübeln. Bei der Entscheidung, was seine Zukunft mit Amelie anging, würde er auf jeden Fall auch die Geheimnisse seines künftigen Schwiegervaters berücksichtigen.

Er stand noch immer im Gebüsch, als sein Chef den Blick nun von der Nackten löste und sich auf die Suche nach seinen Arbeitern machte. Carlo hingegen sah noch einmal zwischen dem Bambus hindurch. Die junge Frau war verschwunden. Langsam schlenderte er zurück, damit Mark Frohmer nicht bemerkte, dass ihn sein Mitarbeiter ertappt hatte.

Der rief ihm freundlich zu, als er seinen Gesellen entdeckte: »Wo sind die denn alle?«

»Imbisswagen«, entgegnete Carlo wahrheitsgemäß.

Als er seinen Chef erreicht hatte, legte der ihm freundschaftlich den Arm um die Schulter. »Ich wollte sowieso einmal allein mit dir sprechen.«

Der Jüngere tat, als hätte er keine Ahnung, warum das der Wunsch seines Arbeitgebers sein sollte.

»Du wirst sicher bemerkt haben, dass du voll und ganz mein Vertrauen genießt. Eines Tages muss jemand den Laden übernehmen. Fred ist zu alt und geht bald in Rente, und die anderen …« Er schwieg sich darüber aus, dass er sie allesamt für unfähig hielt. »Was würdest du davon halten, deinen Meister zu machen? Natürlich bei vollem Gehalt!«

Carlo reagierte, wie es von ihm erwartet wurde. Sein Gesicht zeigte ungläubige Überraschung. Eine fahrige Geste mit den Händen und das Senken des Blickes sollten Demut und Dankbarkeit ausdrücken. »Ich weiß nicht, was ich sagen soll«, stammelte er bescheiden.

»Wir besprechen das alles noch in Ruhe, aber ich denke, es wird Zeit, Nägel mit Köpfen zu machen. Und Amelie wird sich sicher freuen. Sie liegt mir schon lange in den Ohren, dass ich kürzertreten soll. Weißt du, meine Tochter ist nicht nur eine hervorragende Köchin, sie versteht auch etwas vom Geschäft. Es ist gut, jemanden zu haben, der einem den Rücken freihält und den Papierkram übernimmt.«

Auch jetzt verhielt sich der Geselle angemessen, indem er respektvoll bemerkte: »Natürlich, Amelie ist eine große Hilfe und ein netter Mensch.«

»Ja«, seufzte Mark Frohmer. »Sie ist meine kleine Prinzessin.«

Was Carlo da hörte, stimmte ihn nachdenklich. Trotzdem lächelte er freundlich, war jedoch erleichtert, als das Handy seines Arbeitgebers klingelte und ihr Gespräch unterbrochen wurde.

* * *

Armin Vurtich verkroch sich seit Tagen in seiner Backstube. Elli hatte sich bisher nicht darüber beklagt, ein deutliches Zeichen dafür, dass sie immer mehr das Interesse an ihm verlor.

Seit Jahren war ihm das erste Mal ein Hefeteig nicht aufgegangen, und die Schokoladenglasur der Nugatpralinen hatte erst beim zweiten Anlauf die gewünschte Konsistenz. Nichts schien ihm mehr zu gelingen. Gerade knetete er mit den Händen einen dicken Klumpen Teig. Er wusste noch nicht so recht, was daraus werden sollte. Normalerweise kam die Inspiration während der Arbeit, aber zurzeit blieb die einfach aus.

Im Laden hörte er Elli mit einem Kunden schwatzen, und als ihr übertriebenes Auflachen erklang, konnte er nicht anders, als nach ihr zu sehen. Die mehligen Hände wischte er sich an der verschmierten Schürze ab, bevor er den Türknauf vorsichtig drehte und wie ein Stalker um die Ecke spähte.

Natürlich, dachte er voller Zorn.

Es war ein männlicher Kunde, der Elli diese schrillen, aufreizenden Töne entlockte. Seine Frau hatte mehrere Pralinenmischungen vor dem Mann ausgebreitet, der vor allem Interesse am offenherzigen Dekolleté seines Gegenübers zeigte. Elli schien das nicht zu stören, und sie flirtete ungeniert mit dem Fremden. Am Ende verkaufte sie ihm die große Mischung und nahm mit einem verführerischen Augenaufschlag die achtzig Euro entgegen.

Die dezente Glocke über der Ladentür erklang, und kaum dass der Kunde verschwunden war, fuhr Elli herum.

»Was tust du denn da?« Sie hatte ihren Mann längst entdeckt und stemmte jetzt die Hände in die Hüften, um ihrem Ärger über sein Herumschleichen Ausdruck zu verleihen. »Spionierst du mich aus? Hast du Angst, ich lange in die Kasse?« Die Worte sprach sie ohne eine Spur von Humor aus, und ihre Wut erschreckte Armin.

»Nein, ich bitte dich«, versuchte er, sich zu verteidigen.

»Was lungerst du dann in den Ecken herum wie ein Kaufhausdetektiv? Das hättest du mal besser bei dem Flittchen machen sollen, das uns um mehrere Tageseinnahmen betrogen hat.« Sie spielte damit auf eine frühere Verkäuferin an, die Armin gegen ihren Willen eingestellt hatte.

»Aber nein«, geiferte sie weiter, »das liebe Mädchen stiehlt doch nicht«, äffte sie seine empörte Stimme nach, als sie damals den ersten Verdacht geäußert hatte. »Nur weil die Schlampe aussah wie ein zwölfjähriges Schulmädchen, hättest du ihr beinahe Haus und Hof überlassen.«

Das war natürlich maßlos übertrieben, und Elli wusste

das auch. Trotzdem war das Thema immer noch gut, um sich Luft zu machen. Armin reagierte auf ihre Vorwürfe mit betretenem Schweigen, etwas, das seine Frau dermaßen in Rage versetzte, dass sie ihn am liebsten mit dem Teigroller bearbeitet hätte. »Du bist ein Schlappschwanz«, schrie sie deshalb ungehalten, nur um ihn zu provozieren.

»Sprich nicht so mit mir«, gab er zumindest Antwort.

Sie legte den Kopf schräg und sah an ihm herunter. Die weiße Kleidung, die er für gewöhnlich in der Backstube trug, war fleckig, sein Gesicht und Hände vom Mehl bestäubt, und das immer lichter werdende Haar klebte unappetitlich an seiner Stirn. Nicht das erste Mal fragte sie sich, warum sie überhaupt diese Ehe eingegangen war. Die Antwort konnte sie sich selbst geben. Die Chancen, den Traumprinzen mit gefüllten Taschen und großzügigem Naturell zu treffen, hatten damals für sie eins zu hunderttausend gestanden. Armin hatte ihr ein bequemes Leben geboten und liebte sie, es war ihr daher nur vernünftig erschienen, seinen Antrag anzunehmen. Plötzlich hatte die Fünfunddreißigjährige das Gefühl, alles falsch gemacht zu haben. Sie hatte keine Lust mehr zu streiten, drängte sich ungeduldig an Armin vorbei, stürmte die Treppe zur Wohnung hinauf und warf geräuschvoll die Tür hinter sich zu.

Elli sehnte sich nach Zuneigung und Liebe. Sie wollte Leidenschaft in ihrem Leben, das große Glück, eben das Gesamtpaket und nicht die vernünftige Variante aus dem Schnäppchenparadies. Warum erzählte man den kleinen Mädchen von Prinzen und Königreichen, von Rittern auf weißen Pferden und der Liebe bis in alle Ewigkeit, wenn nichts davon jemals wahr wurde?

Sie bemerkte, dass ihr eine Träne über die Wange kullerte, und wischte sie schnell weg. Sie würde jetzt auf keinen Fall weinen, nicht deshalb. Wie hatte sie auch annehmen können, dass sie in ihrem Alter noch die Chance auf das große Glück bekommen würde? Urban Balgar hatte sie ausgelacht, als sie über eine gemeinsame Zukunft sprechen wollte. Gedemütigt war sie verstummt, hatte so getan, als sei das nicht ihr Ernst gewesen, und gab sich seither mit einer Affäre zufrieden.

Das zaghafte Klopfen an der Tür riss sie aus ihren Gedanken.

»Ich bins«, rief Armin auf der anderen Seite.

Wer sonst?, dachte sie mit einem gereizten Stirnrunzeln.

Ihr lag schon eine boshafte Antwort auf der Zunge, aber die schluckte sie herunter. Es musste ja irgendwie weitergehen, und ein Dauerstreit machte es auch nicht leichter.

»Was ist?«, knurrte sie deshalb ungeduldig.

»Ich habe den Laden geschlossen. Ich dachte, wir nehmen uns heute Nachmittag einmal frei und fahren einkaufen.«

Ellis Gesichtszüge entspannten sich bei dem Wort »Einkaufen«. Sie hatte noch nie geleugnet, zu den Frauen zu gehören, die darin das perfekte Rezept gegen Frust sahen.

»Was denn einkaufen?«, fragte sie jedoch vorsichtshalber, nicht dass ihr Mann noch auf die Idee kam, mit ihr einen neuen Backautomaten auszusuchen.

»Wir könnten die Kostüme für die nächste Veranstaltung besorgen.«

Elli fühlte sich augenblicklich besser. Ihr Verein plante eine große Sache. Als Nächstes sollte es ein Fest im Stil der französischen Könige vor zweihundertfünfzig Jahren geben. Das bedeutete fantastische Kleider und eine rauschende Ballnacht.

Armin war verunsichert, weil seine Frau schwieg. Lehnte sie sein Friedensangebot etwa ab?

»Wir könnten vielleicht auch etwas für dich anfertigen lassen«, legte er deshalb nach.

Sie horchte erneut auf. »Du meinst eine Spezialanfertigung oder nur ein Umnähen?«, fasste sie nach wie ein Anwalt, der einen wichtigen Zeugen ins Kreuzverhör nahm.

Er atmete erleichtert aus. Sein Plan ging auf. »Selbstverständlich eine Spezialanfertigung. Ich möchte, dass du an diesem Abend etwas ganz Besonderes trägst, dass du alle in den Schatten stellst.«

Endlich öffnete Elli die Tür. Dieses Mal sah sie ihn nicht verächtlich an, sondern liebevoll. »Ich dachte, du hast keinen Spaß an dieser Art von Vergnügung«, sagte sie unschuldig.

»Ich habe an allem Spaß, was dich glücklich macht«, gab er zur Antwort, und als er sie in die Arme nehmen wollte, ließ sie es zu, obwohl er immer noch die verschmierte Schürze trug und voller Mehl war.

»Dann lass uns ein Kleid kaufen gehen«, schnurrte sie, als sie sich an ihn schmiegte.

»Das schönste Kleid, das wir finden«, erwiderte er daraufhin, küsste sie sanft aufs Haar und fügte zärtlich an, »nichts ist mir zu teuer für meine Prinzessin.«

* * *

Zur gleichen Zeit in der Dienststelle der Kriminalpolizei

»Prinzessinnen?«, fragte die Kommissariatsleiterin und machte von der weiblichen Fähigkeit Gebrauch, ihre Ungläubigkeit mit einer unnatürlich schrillen Stimmlage zum Ausdruck zu bringen.

»Ich weiß, das hört sich im ersten Moment merkwürdig an, aber es macht durchaus Sinn«, verteidigte Kaller seine Theorie. »Das erste Opfer, Meike Vandel, nennt er Diana, obwohl er weiß, dass das nicht der richtige Name der Frau ist.«

»Und Sie glauben, er spielt damit auf die britische Prinzessin Lady Di an, die 1997 bei einem Autounfall ums Leben kam?«, unterbrach ihn Elke Wiedenhof-Meier.

»Passt doch zusammen«, erwiderte der Hauptkommissar. »Er wirft Meike Vandel mitten auf die Autobahn.«

»Und zu dieser Erkenntnis sind Sie gekommen, weil man

das zweite Opfer im Feldsalat fand?«, bohrte seine Vorgesetzte weiter. Auch wenn sie den Satz flapsig formulierte, konnte man ihr anmerken, dass sie Kallers Mutmaßungen längst nicht mehr von der Hand wies.

»Feldsalat, den man auch als *Rapunzel* bezeichnet. Wie die Prinzessin aus dem gleichnamigen Märchen, die ihr langes Haar aus einem Turm hängen lässt, damit ein Prinz daran hinaufklettern kann. Rapunzel hat langes Haar. Unser zweites Opfer hat ebenfalls langes Haar. Warum hätte der Täter die Frau mit ihren eigenen Haaren erdrosseln sollen? Außer er wollte damit auf etwas anspielen. Nach dem Mord entsorgt er ihre Leiche in einem Beet Rapunzel. Eine weitere Anspielung. Genauso wie die Haarlocke, die mit der Nachricht im Karton deponiert war. Ich dachte die ganze Zeit, er wollte seinem zweiten Opfer keinen Namen geben, aber das stimmt nicht. Er nennt ihn uns durch den Fundort.«

»Rapunzel«, seufzte Kallers Vorgesetzte, so als müsste sie sich in einem anstrengenden Zweikampf geschlagen geben. »Das gefällt mir ganz und gar nicht.« Sie sah in die Runde. Sowohl Kommissar Meinfeld als auch Hauptkommissar Rulich waren anwesend.

»Es lässt sich nicht leugnen«, stimmte Letzterer den Ausführungen seines Kollegen zu. »Die Braut- oder Ballkleider, der Kranz aus Stacheldraht, der sicher eine Krone darstellen soll, und die Nachrichten. Er nennt das erste Opfer Diana, beim zweiten spielt er auf Rapunzel an, und dann bleibt da noch Vivien Balgar.«

»Die Prinzessin, die noch schlafen muss«, übernahm wieder Kaller das Wort. »Ich denke, uns ist allen klar, dass damit die Geschichte von Dornröschen gemeint ist.«

»Und was bedeutet das jetzt genau?«, hakte Elke Wiedenhof-Meier ungeduldig nach. »Sie sind ja anscheinend der Experte«, fuhr sie Kaller an. »Lebt Vivien Balgar noch oder nicht?«

Der Hauptkommissar nahm seiner Vorgesetzten den

schroffen Ton nicht übel. Er wusste, dass ihr Zorn nicht ihm galt, sondern der Machtlosigkeit, die sie empfand.

»Ich vermute tatsächlich, dass sie noch lebt, sonst hätten wir bereits ihre Leiche gefunden.«

»Sie halten diese seltsamen Nachrichten für glaubhaft?«, fasste die Kommissariatsleiterin ungehalten nach.

»Ehrlich gesagt ja, das gehört zu seinem Spiel. Reden Sie mit unseren Psychologen und Analytikern, die werden Ihnen mit vielen Fremdwörtern dasselbe sagen, was ich Ihnen jetzt sagen werde.« Auf Kallers Gesicht lag ein angriffslustiger Ausdruck, als er fortfuhr: »Wie alle Psychopathen liebt er es, die Kontrolle zu haben. Er genießt seine Macht. Die ist umso größer, solange wir annehmen, dass Vivien noch lebt. Denn dann kann er sich sicher sein, dass wir nach seiner Pfeife tanzen.«

»Ich würde gerne glauben, dass für das Mädchen noch Hoffnung besteht, aber wir können nicht nur herumsitzen und abwarten, was er als Nächstes tun wird«, gab die Kommissariatsleiterin zu bedenken.

»Das ist auch nicht der Plan«, hielt Kaller dagegen, »wir fangen gerade erst an, die Zusammenhänge zu erkennen. Wenn wir erst einmal wissen, was er eigentlich will, dann schnappen wir ihn auch.«

»Ist nicht offensichtlich, was er will?«, ging seine Vorgesetzte darauf ein. »Er sucht sich junge, hübsche Frauen, verwandelt sie in Prinzessinnen und bringt sie um. Vermutlich ist er voller Komplexe und oft genug zurückgewiesen worden. Deshalb tötet er die Frauen, damit er sie endlich besitzen kann. Der klassische Fall!«

Michael Kaller reagierte nicht darauf. Im Gegensatz zu Elke Wiedenhof-Meier konnte er auf eine Vergangenheit als Ermittler zurückblicken. Während seine Chefin im Innendienst brilliert hatte, war er im Morddezernat zu einem gewissen Ruf gelangt. Niemand hätte ihn als korrekten Beamten bezeichnet oder sich um eine Zusammenarbeit mit ihm gerissen. Seine Eskapaden – sowohl beruflich als auch privat – waren beinahe schon legendär. Etliche Verwarnungen und der ein oder andere Auftritt vor einem Disziplinarausschuss hätten ihn in einer Schafsherde zum sprichwörtlichen schwarzen Hammel gemacht, aber über eines waren sich alle im Klaren: Wenn es um einen Fall ging, wurde Kaller zum hungrigen Wolf, und seine Aufklärungsrate sprach für sich. Fragte ihn jemand nach seinem Erfolgsrezept, dann antwortete er für gewöhnlich, dass die Dreieinigkeit von Glück, Erfahrung und einem guten Team der Schlüssel zu einer Verhaftung sei, aber das war nur die halbe Wahrheit. In Wirklichkeit half ihm noch etwas anderes. Denn er besaß, was die meisten als Talent bezeichnet hätten, sich für den Hauptkommissar aber oft genug wie ein Fluch anfühlte. Ihm war es nämlich gegeben, sich in die Kriminellen, die so viel Leid über andere brachten, hineinversetzen zu können. Er konnte ihre Schritte nachvollziehen und auch den Grund, warum sie ihren Opfern einen schmerzvollen oder einen gnädigen Tod bereiteten. Instinktiv wusste er, wo man nach der Wurzel suchen musste, aus der das Böse gewachsen war. Deshalb stimmte er seiner Vorgesetzten, die ihn erwartungsvoll anblickte, auch nicht zu.

Erst als sie blaffte: »Sie sind anderer Meinung?«, gab er ihr eine Antwort.

»Es wird nicht so einfach sein«, hielt sich der Hauptkommissar bedeckt.

»Vermutlich nicht, aber das spielt keine Rolle. Wen interessiert schon, was diesen Irren bewegt, Hauptsache, er sitzt schleunigst in einer Zelle.«

Ihre Diskussion wurde durch das Klingeln des Telefons unterbrochen. Die Kommissariatsleiterin lauschte angestrengt dem Anrufer und beendete mit einem besorgten Gesichtsausdruck das Gespräch.

»Ein Kollege«, sagte sie knapp. »Die wissen, wer die Tote

aus der Gärtnerei ist. Die Familie ist bereits in der Gerichtsmedizin zur Identifizierung.«

»So schnell?«, kommentierte Meinfeld, ohne nachzudenken.

»Die junge Frau war offensichtlich eine lokale Berühmtheit, wenn Sie so wollen.« Die fragenden Gesichter ließen sie weitersprechen. »Sie hat erst vor Kurzem einen Modelwettbewerb irgendeiner Kaufhauskette gewonnen, ihr Bild war in der regionalen Presse. Eine Mitarbeiterin der Gerichtsmedizin hat das Mädchen erkannt. Es handelt sich um Adela Frieß, zwanzig Jahre alt …« Sie brach mitten im Satz ab und räusperte sich. »Sie sollten mit der Familie sprechen.«

* * *

Kapitel 6

Während bei Meike Vandel, dem ersten Opfer, die niederländischen Kollegen mit den Eltern gesprochen hatten, kam Kaller dieses Mal nicht um die schmerzvolle Begegnung mit den Angehörigen herum. Es sollte allerdings noch viel schlimmer werden, als er sich das unvermeidliche, aber unbedingt notwendige Gespräch vorgestellt hatte.

Die Familie von Adela Frieß war noch in der Gerichtsmedizin im angrenzenden Gebäude. Der Hauptkommissar wurde von Meinfeld begleitet. Die Kollegen hatten die Angehörigen des zweiten Mordopfers in einen der Besprechungsräume gebracht. Kaller rechnete damit, nur auf die Eltern von Adela zu treffen, aber schon vor der Tür hörte er ein Stimmengewirr, das auf mindestens fünfzehn Personen schließen ließ. Sein Blick wanderte zu Meinfeld, der blass und angespannt wirkte. Die Männer nickten sich kurz zu, auch um sich gegenseitig zu signalisieren, dass sie einander beistehen würden, und betraten dann den Raum.

Augenblicklich verstummten die Anwesenden, und der Hauptkommissar wurde von rot geäderten Augenpaaren angestarrt. Ein Junge von höchstens sechzehn Jahren richtete trotzig den Blick auf den Polizisten, während eine Frau mit faltigem Gesicht, die sicher schon weit über achtzig war, die ganze Zeit den Kopf schüttelte und Unverständliches vor sich hin murmelte. Die meisten der anwesenden Männer hatten einen bitteren Zug um den Mund, wirkten hart und angriffslustig, während die Frauen vorwurfsvoll in seine Richtung sahen und ihre Gesichter Verzweiflung widerspiegelten. Es war nicht schwer, die Mutter der Toten unter ihnen ausfindig zu machen. Sie hockte auf einem der Stühle, bildete sozusagen den Mittelpunkt des Schmerzes, während die anderen um sie herumstanden, als müssten sie sie schützen.

Kaller ging direkt auf die Frau zu, legte ihr die Hand auf die Schulter, drückte einen Augenblick sanft zu, bevor er sich wieder zurückzog. Sie hob den Kopf, sah ihn an, und er erkannte die Frage nach dem Warum in ihrem Blick. Die Mutter von Adela Frieß war Ende vierzig, attraktiv, und die Ähnlichkeit mit der Tochter unverkennbar. Sie trug ihr Haar nicht ganz so lang wie die Tote, aber es war ebenfalls blond, allerdings mit ersten grauen Strähnen. Auch sie hatte es zu einem festen Zopf geflochten.

Zwei der Männer flüsterten miteinander, Kaller schnappte einige russische Brocken auf. Er nahm automatisch an, dass es sich bei den Frieß' um eine deutsche Familie handelte, die vermutlich schon in den Neunzigern aus Russland zurückgekehrt war. Auch als ihn der Vater von Adela jetzt ansprach, erkannte er an der Art, wie der Mann leicht das R rollte, dass er richtiglag.

»Was werden Sie unternehmen?«, fragte der Vater voller Wut und mit bebenden Lippen. »Was ist das für eine Welt, die ein solches Unrecht zulässt?«

Die anderen stimmten ein, machten ihrer Hilflosigkeit Luft, indem sie von Kaller empört Antworten forderten und auch nicht vor Beschimpfungen zurückschreckten. Meinfeld wollte ein Machtwort sprechen, den Familienmitgliedern entgegenhalten, dass die Polizei nicht dafür verantwortlich war, aber Kaller gab ihm mit einem leichten Kopfschütteln zu verstehen, das zu unterlassen. Stattdessen übernahm er es, sich als Zielscheibe für die verbalen Attacken zur Verfügung zu stellen.

»Geht alle raus«, erklang plötzlich die Stimme der Mutter. »Los, wartet draußen«, herrschte sie ihre Familie an, die sie nun verdutzt anstarrte. Sie hatte sich kerzengerade aufgerichtet, und obwohl ihre Wangen noch nass vom Weinen waren, klang ihre Stimme fest und entschlossen, als sie sagte: »Ich werde jetzt mit den Beamten sprechen, alleine!«

Die anderen rieten ihr davon ab, der Vater wollte Beistand leisten: »Natalie, wir machen das zusammen.«

Aber sie hob gebieterisch die Hand. »Ich bin ihre Mutter, ich habe sie zur Welt gebracht. Stunden habe ich in den Wehen gelegen. Ich habe sie geboren, großgezogen und geliebt.« Ihre Stimme überschlug sich, als sie um Fassung bemüht schluchzte. »Aber ich war nicht für sie da, als sie mich am meisten gebraucht hat. Ich habe sie nicht beschützen können. Jetzt lasst mich tun, was getan werden muss, und wartet draußen. Es wäre in Adelas Sinn. Sie hätte sich gewünscht, dass diese Dinge nicht vor der ganzen Familie ausgebreitet werden.« Natalie sagte noch etwas auf Russisch, vermutlich ein Dankeschön für das Verständnis, denn die anderen zogen sich nun ohne Widerworte zurück.

Meinfeld zeigte ihnen, wo sie warten konnten, und erinnerte daran, dass man sie ebenfalls noch befragen würde.

Als Natalie allein mit den Polizisten war, blickte sie zu Kaller. »Verschwenden wir keine Zeit. Stellen Sie Ihre Fragen, damit Sie nach dem Mörder meiner Tochter suchen können.«

Der Hauptkommissar legte der Frau als Erstes zwei Fotografien vor. Die eine zeigte Vivien Balgar, die andere Meike Vandel. »Kannte Ihre Tochter vielleicht eine der Frauen?«

Natalie ließ sich Zeit, betrachtete die Bilder genau und deutete dann mit zittrigem Zeigefinger auf die Fotografie von Vivien Balgar. »Das ist doch das Mädchen, das entführt wurde«, stellte sie bewegt fest. »Ich habe für die Familie gebetet, als der Bericht im Fernsehen kam. Ich dachte noch, wie schrecklich, die arme Mutter, und jetzt …« Dieses Mal gelang es ihr nicht, die Tränen zu unterdrücken.

Kaller ließ ihr Zeit und gab Meinfeld Anweisung, ein Glas Wasser zu besorgen.

Natalie stammelte: »Ich glaube nicht, dass Adela die beiden gekannt hat. Wir hatten ein enges Verhältnis, ihre Freundinnen gingen bei uns ein und aus. Wir sind eine große Familie und gewohnt, dass das Haus voller Menschen ist.«

»Aber Ihre Tochter lebte in einer eigenen Wohnung«, hakte Kaller vorsichtig nach. Diese Information hatten sie bereits durch die Überprüfung der Personalien erhalten.

Die Frau machte ein gequältes Gesicht. »Ja, meine Adela ist in Deutschland geboren. Sie gehört einer anderen Generation, einer anderen Zeit an.« Sie sprach ganz automatisch in der Gegenwartsform von ihrer Tochter. Plötzlich schien sie das zu bemerken, und ihre Hände begannen zu zittern, während sie das zerknüllte Taschentuch zwischen ihren Fingern knetete. »Jedenfalls war ihr die Familie manchmal zu viel. Wir hatten deshalb öfter Streit. Wie dumm Menschen doch sind.« Geistesabwesend sah sie an Kaller vorbei.

»Adela wollte also mehr Privatsphäre«, lenkte der Hauptkommissar das Gespräch zurück.

Die Frau nickte. »Ja, so ist es. Sie versuchte sich abzunabeln, als könnte man jemals das Band zwischen Mutter und Kind durchtrennen.«

»Sie hat einen Modelwettbewerb gewonnen, wie kam es dazu?«, stellte Kaller eine weitere Frage.

Natalie atmete schwer. »Auch so eine Sache, die ich ihr nicht ausreden konnte.«

»Erzählen Sie mir davon«, bat sie Kaller freundlich, der sich erhoffte, dadurch ein besseres Bild vom Opfer zu bekommen.

Ganz kurz erschien ein flüchtiges Lächeln auf dem Gesicht der Frau, und der Hauptkommissar erkannte unter all der Hoffnungslosigkeit und dem Schmerz, was für eine Schönheit Natalie Frieß immer noch war.

Meinfeld betrat erneut den Raum und reichte der Zeugin das Wasser, dann setzte er sich neben seinen Vorgesetzten und versuchte dabei, möglichst kein Geräusch mit dem Stuhl zu machen.

»Adela war so hübsch, und das haben wir ihr auch immer gesagt. Mein Mann hat sie vergöttert. Er konnte ihr nichts abschlagen, sie war sein kleiner Engel.« Natalie senkte den Blick, und unter ihren geschwungenen Wimpern bildeten sich Tränen. »Es war ihr nicht genug, dass wir es ihr gesagt haben«, schluchzte die Frau, »sie wollte es sich beweisen. Deshalb dieser alberne Wettbewerb.« Ihre Augen suchten den Blick des Hauptkommissars. »Ich schäme mich, das zu sagen, aber als sie gewonnen hat und ihr Bild in der Zeitung war, da war ich so stolz, wie eine Mutter nur sein konnte. Ich habe richtig mit ihr angegeben, den Ausschnitt überall herumgezeigt. Und Adela war so glücklich. Sie hatte die Möglichkeit, an einem Fotoshooting auf Mallorca teilzunehmen. Die Welt stand ihr offen.« Wieder folgte ein Schluchzen, und Kaller wusste, dass er auf diese Weise nicht weiterkam. Adela Frieß hatte sich nicht von anderen jungen Frauen unterschieden. Alles deutete darauf hin, dass der Täter zufällig auf sie gestoßen war. Vielleicht hatte er den Wettbewerb verfolgt, womöglich das Bild von Adela in der Zeitung gesehen, oder sie war ihm am Abend vor ihrem Tod einfach über den Weg gelaufen.

»Wann haben Sie das letzte Mal mit Ihrer Tochter gesprochen?«, fragte der Hauptkommissar direkt.

Die Mutter der Toten erschrak, als ihr bewusst wurde, dass das kaum vierundzwanzig Stunden zurücklag. »Gestern Mittag haben wir telefoniert. Sie hatte den Nachmittag frei, um für die Berufsschule zu lernen. Am Abend wollte sie noch joggen und dann früh zu Bett. Sie mochte es nicht, dass ich sie abends noch einmal anrief, meinte, da käme sie sich wie ein Baby vor, das zugedeckt werden müsste.« Ein ersticktes Lachen drang aus der Kehle der Frau. »Sie hat mir immer vorgeworfen, dass ich sie kontrollieren wollte, hätte ich gestern nur trotzdem noch einmal angerufen, vielleicht …«

Es machte keinen Sinn, der Frau gut zuzureden. Die Wunde war gerade erst entstanden, der Schmerz noch zu frisch, als dass Worte Trost gespendet hätten.

»Wo ist Adela gelaufen?«, setzte der Hauptkommissar deshalb seine Befragung fort und sparte es sich, unnütze Floskeln über die Unergründlichkeit des Lebens zu zitieren.

»Es gibt einen kleinen Park direkt bei ihrer Wohnung. Sie ging dort immer hin. Nach dem Wettbewerb bildete sie sich ein, noch mehr Training nötig zu haben.« Wieder brach die Frau in Tränen aus. »Ich hätte sie besser beschützen müssen!«

Kaller stellte noch weitere Fragen, unter anderem auch bezüglich Adelas Beziehungen. Die Mutter versicherte ihm, dass sie wüsste, wenn es einen Mann im Leben ihrer Tochter gegeben hätte. Schließlich beendete Kaller die Befragung. Als Nächstes würden die Kollegen Adelas Wohnung, den Freundeskreis und den Arbeitgeber unter die Lupe nehmen. Erfahrungsgemäß wussten Eltern nicht alles.

Er streckte der Frau seine Hand entgegen. Natalie Frieß stand unsicher auf, griff danach und bemerkte seinen festen Blick, in dem sie Entschlossenheit erkannte. Vermutlich ließ sie das Gefühl, in ihrem Gegenüber einen Verbündeten zu haben, offen sprechen. »Mein Mann hat in all den Jahren nie die Stimme gegen Adela erhoben. Sie konnte ihn um den kleinen Finger wickeln, und ich habe ihn damit aufgezogen. Wenn es darum ging, dem Kind Grenzen zu setzen, dann war ich an der Reihe. Alle in unserer Familie wissen, dass ich stets die Stärkere war. Ich möchte, dass Sie das ebenfalls wissen.« Sie richtete sich noch ein Stück auf, und ihre sonst so angenehme Stimme hatte plötzlich viel gemein mit einem eisigen Windhauch, als sie fortfuhr: »Ich will, dass der, der das getan hat, bestraft wird. Ich will, dass er in seinem eigenen Blut ertrinkt. Wenn Sie nicht dafür sorgen, dann werde ich es tun!« Sie nickte kurz in Kallers Richtung, drehte sich um und verließ den Raum.

»Erschreckende Wortwahl, aber verständlich. Die arme Frau, gut, dass das keiner gehört hat, am Ende nimmt ihre Drohungen noch jemand ernst«, sagte Meinfeld, als er mit Kaller wieder allein war.

Er erwartete darauf keinen Kommentar von seinem Vorgesetzten, sondern ging davon aus, dass der Natalie Frieß' letzte Worte ebenfalls als nichts weiter sah als ein Ausdruck tiefer Verzweiflung.

Kaller schwieg und behielt für sich, dass er im Gegensatz zu Meinfeld dieser Frau jederzeit zutraute, die Kraft aufzubringen, den Mörder ihres einzigen Kindes brutal zu richten. Und wer hätte es ihr verdenken können, fügte er im Stillen an.

* * *

Zur gleichen Zeit in der Apotheke von Denis Kreuter

Gerhard Lobiz hasste es, dankbar sein zu müssen. Alle Welt tat so, als wäre er ihr etwas schuldig: *Sei dankbar, dass dich jemand in einem Rattenloch wohnen lässt, sei dankbar, dass dir jemand ein abgelaufenes Päckchen Wurst zum halben Preis verkauft, sei dankbar, dass dir eine Krankenschwester im ersten Lehrjahr die Tetanusimpfung in den Hintern rammt, als müsste sie die Nadel durch den Bauchnabel wieder nach außen treiben*, und so weiter, als hätte er seine Schuld der Gesellschaft gegenüber nicht längst bezahlt.

Die acht Jahre Haft waren schlimm genug gewesen, und doch musste er sich heute zum wiederholten Male einen Orden im Katzbuckeln beim alten Kreuter verdienen. Der Apotheker ließ sich für die paar Stunden im Monat, in denen er einen ehemaligen Straftäter als Fahrer beschäftigte, wie einen Wohltäter feiern. Lobiz fand sich mittlerweile damit ab, dass sein Arbeitgeber keine Gelegenheit ungenutzt ließ, der Kundschaft, natürlich unter dem Siegel der Verschwiegenheit, mitzuteilen, wie er die Resozialisierungsmaßnahmen des deutschen Staates unterstützte.

Heute hatte man Lobiz zu der Apotheke des Sohnes beordert, was ihm nur recht war. Denis Kreuter hatte nicht viel übrig für Kundengespräche, außer die Apotheke wurde von einer jungen Frau mit ordentlich weiblichen Attributen betreten, da war dann auch der Junior ganz eifrig.

Der ehemalige Häftling grinste und zeigte dabei seine krummen, ungepflegten Zähne. Er rauchte im Hinterhof eine Zigarette, während er darauf wartete, dass man ihn wegen einer Pillenschachtel kreuz und quer durch Karlsruhe scheuchte. Gemütlich schlenderte er vor dem vergitterten Fenster auf und ab, das dem Lagerraum der Apotheke etwas Licht spenden sollte. Da sich Lobiz langweilte, beobachtete er interessiert, wie gerade eine der neuen Apothekerhelferinnen auf die Leiter kletterte, um eine Schachtel Verbandsmull vom Regal zu holen. Plötzlich tauchte unter ihr Denis Kreuter auf. Lobiz gluckste vergnügt, als er sehen konnte, wie der Apotheker ungeniert unter den Rock der Frau spähte.

»Mal sehen, ob sie dir eine schmiert, wenn sie dich erwischt«, murmelte der Mann im Hof boshaft.

Aber bevor es dazu kommen konnte, drehte sich der junge Apotheker lässig zur Seite und tat so, als würde er etwas in den Regalen suchen.

»Elender Hund«, führte Lobiz sein Selbstgespräch fort.

Mittlerweile war er ganz nahe an die Scheibe herangetreten, weil ihn das, was dahinter passierte, amüsierte. Deshalb entging ihm auch nicht, wie Denis Kreuter verstohlen ein Schränkchen aufschloss. Dass sich dort die wirklich guten Sachen befanden, hatte Lobiz längst mitbekommen. Starke Psychopharmaka, Schlaftabletten und Schmerzmittel – allesamt in bestimmten Kreisen sehr viel Geld wert – wurden dort aufbewahrt. Und es war auch nicht das erste Mal, dass Lobiz den Sohn des Alten dabei beobachtete, wie der sich am Schrank bediente.

Als hätte der gespürt, dass ihm jemand zusah, hob Denis plötzlich den Kopf, blickte zum Fenster und zuckte kurz zusammen. Dann entspannten sich seine Züge, als er Lobiz erkannte, der ihm zuzwinkerte, bevor er sich demonstrativ umdrehte und seine Raucherzone in eine andere Ecke des Hofes verlagerte.

Es dauerte nicht lange, und Denis Kreuter gesellte sich zu ihm. »Heute ist nicht viel los«, begann er scheinbar kameradschaftlich das Gespräch, und Lobiz brummte zustimmend.

Die beiden Männer kannten sich nun schon eine Weile, und Denis Kreuter hatte keine Befürchtungen, von dem ehemaligen Häftling verraten zu werden. Um sich dessen Loyalität zu sichern, steckte er ihm nämlich regelmäßig ein paar Scheine zu.

Auch jetzt wechselte ein blauer Zwanziger den Besitzer.

»Sei lieber vorsichtig«, gab ihm daraufhin Lobiz einen gut gemeinten Ratschlag, »dein Alter ist ziemlich wachsam. Wenn der merkt, dass sich jemand bedient, hängt er es garantiert als Erstes mir an.«

»Dann wird es wohl besser für uns alle sein, wenn jeder das Maul hält«, erwiderte Kreuter daraufhin weit weniger freundlich.

Lobiz lag auf der Zunge, dass er selbst keine Angst hatte, denn sein Drogentest würde gewiss negativ ausfallen, was allerdings bei Kreuter junior kaum der Fall sein dürfte. Dessen geweitete Pupillen, die Stimmungsschwankungen und das gelegentlich ungesund verschwitzte Gesicht hätten den Alten eigentlich längst misstrauisch machen müssen. Lobiz blieb jedoch entspannt. Er kannte Typen wie Denis Kreuter aus dem Knast. Große Fresse und nichts im Kopf. Sollte der Kerl ruhig glauben, die Kontrolle zu haben.

»Von mir erfährt niemand was. Ich habe kein Interesse, Recht und Ordnung zu unterstützen«, sagte er deshalb, wie es von ihm erwartet wurde.

Denis Kreuter grinste breit, offensichtlich wirkte das, was er eingeworfen hatte, und hob seine Laune. »Da sind wir ja schon zu zweit. Vielleicht habe ich bald wieder einen lukrativen Nebenjob für dich. Was hältst du davon?«

Erneut spielte Lobiz den Dankbaren. Wenigstens lohnten sich diese Nebenjobs wirklich und brachten ihn seinem eigentlichen Ziel näher.

Die Türglocke der Apotheke ertönte, und irgendwer rief Denis' Namen. Der fluchte derb, riss sich dann aber zusammen und eilte mit einem dienstbeflissenen Lächeln in den Verkaufsraum.

Eine Stunde später wurde Lobiz zu der Apotheke gerufen, in der der alte Kreuter Dienst tat.

Zuerst verfluchte er das Zusammentreffen, aber sein Ärger hielt nicht lange an, denn während er in den hinteren Räumen herumlungerte und auf weitere Anweisungen wartete, betrat ein interessantes Pärchen den Verkaufsraum. Genau genommen war es nicht der Mann, der Lobiz' Aufmerksamkeit erregte, sondern die Frau. Sie sah sehr gut aus. Ihre Wangen waren gerötet, und ihre Hände umklammerten eine Ladung Einkaufstüten, als wären die ein Rettungsring und sie kurz vor dem Ertrinken.

Bei der Angestellten orderte sie ein Mittel gegen Kopfschmerzen und erkundigte sich, ob denn der Chef anwesend sei. Ihr Begleiter musste sich sehr anstrengen, nicht gelangweilt zu wirken. Lobiz hatte die Frau längst erkannt – es war die gleiche, die er zusammen mit Urban Balgar im Park fotografiert hatte. Er konnte deshalb nicht umhin, sich selbst zu beglückwünschen. Hartnäckigkeit und Geduld zahlten sich also doch aus, und auch der Zufall war ein guter Kumpan. Aber der Nachmittag sollte noch aufschlussreicher werden.

Der alte Kreuter eilte mit ausgestreckten Armen nach vorne. »Ach, meine liebe Elli!«, rief er übertrieben freundlich, und die beiden hauchten sich gegenseitig kleine Küsschen auf die Wange.

»Armin.« Der Apotheker nickte dem Ehemann zu und reichte ihm die Hand. »Was macht die Bäckerskunst?«, fragte er gut gelaunt, erwartete aber nicht wirklich eine Antwort.

Trotzdem entgegnete der andere: »Konditor, ich bin eigentlich Konditor.«

Kreuter hatte sich längst wieder der Frau zugewandt. Offensichtlich gefiel auch ihm, was er da sah.

Elli sprach jetzt schnell und aufgeregt. »Wir waren einkaufen, für unsere nächste Veranstaltung.« Damit öffnete sie eine der Tüten und ließ den Apotheker hineinblicken.

»Was für eine herrliche Farbe«, rief der entzückt.

»Nicht wahr? Und jetzt wollten wir rechtzeitig die Karten bestellen, nicht dass es keine Plätze mehr gibt«, fuhr sie fort.

»Aber für dich hätte ich doch immer ein Plätzchen gefunden«, flirtete der Apotheker ungeniert. Offensichtlich kam es ihm nicht in den Sinn, dass das gegenüber dem anwesenden Ehemann ein wenig unverschämt anmutete.

Der tat zwar so, als hätte ihn das Regal mit den Senioren-Windeln in seinen Bann gezogen, aber Lobiz konnte auch von seinem Versteck aus erkennen, dass sich Armins Körperhaltung versteift hatte.

Elli kicherte aufreizend und trug sich derweil in irgendeine Liste ein, die Kreuter aus der Schublade gezogen hatte. »Was für ein Glück, dass du so ein umsichtiger Kassenwart bist. Der Verein wäre ohne dich verloren!«, gurrte sie, und der Alte fühlte sich geschmeichelt.

Wie beiläufig fragte sie schließlich: »Hat man denn irgendetwas von den armen Balgars gehört? Man wird wohl nicht erwarten können, dass Urban seine Pflichten als Vereinsvorsitzender wahrnimmt.«

Bei dem Namen riss Lobiz die Augen auf und konnte gerade noch einen entsprechenden Ausruf unterdrücken, der sein Interesse verraten hätte. Aber auch Ellis Ehemann reagierte. Allerdings geschah das äußerst tollpatschig. Denn als er sich ruckartig zu seiner Frau umdrehte, fielen gleich mehrere Windelpakete zu Boden.

»Lass nur, Armin«, winkte Kreuter daraufhin ab, als würde er mit einem Mann sprechen, der seine Sinne nicht mehr zusammenhatte.

Dann kümmerte er sich sofort wieder um Elli. »Nein, vorerst werden wir ihn wohl nicht zu Gesicht bekommen. Es ist eine Tragödie.«

Lobiz hatte genug gehört. Bei nächster Gelegenheit würde er die Schublade aufziehen und die Einträge auf der Liste durchgehen. Es wäre sicher kein Problem, so den Namen des Vereins und des Konditorenehepaars herauszufinden. *Wieder ein Schritt weiter Richtung Ziel*, dachte der ehemalige Häftling zufrieden.

* * *

Zur gleichen Zeit in der Villa von Arlette und Urban Balgar

Zu dem Haus von Viviens Eltern wurde Kaller von Hauptkommissar Rulich begleitet. Sie hatten darüber beratschlagt, ob man die beiden über die neusten Entwicklungen unterrichten sollte, und waren einhellig zu dem Schluss gekommen, dass ein offenes Gespräch womöglich weitere Erkenntnisse liefern könnte.

Die Haushälterin Irma Wesel öffnete die Tür und fasste sich, als sie Michael Kaller erkannte, automatisch mit der Hand ans Herz. Sie riss entsetzt die Augen auf und begann zu zittern.

Der Hauptkommissar reagierte sofort: »Wir sind nur hier, um den Balgars noch einige Fragen zu stellen.«

Irma Wesel senkte erleichtert die Hand und atmete durch.

Das Ehepaar empfing die Polizisten in dem großen Wohnzimmer; Arlette bleich und noch schmaler als bei ihrer ersten Begegnung und Balgar unfreundlich und äußerst gereizt.

»Sollten Sie nicht nach meiner Tochter suchen, anstatt sich in unserem Wohnzimmer herumzutreiben?«, fuhr er die Beamten an und verzichtete auf eine Begrüßung.

Dann richtete er das Wort demonstrativ an Rulich, so als wäre der allein gekommen. »Ich hoffe, Sie haben endlich eine Spur!«

»Die haben wir«, mischte sich Kaller trotzdem ein, und sein Tonfall war alles andere als verständnisvoll. Er hatte nicht vor, mit Urban Balgar einen langen Tanz aufzuführen, dafür war keine Zeit. Deshalb bemühte er sich weder um das Wohlwollen des Mannes noch darum, eine weitere Beschwerde zu vermeiden, und fiel direkt mit der Tür ins Haus: »Haben Sie oder Ihre Tochter irgendeine Verbindung zu Königshäusern, gekrönten Häuptern, Prinzessinnen? Irgendetwas in der Art?«

Rulich hielt einen Augenblick die Luft an, rechnete fest damit, dass sich Balgars angestaute Wut in der nächsten Sekunde explosionsartig entladen würde, und war überrascht, als nichts dergleichen geschah. Nicht nur, dass das Donnerwetter wegen des unsensiblen Auftritts ausblieb, Arlettes spitzer Aufschrei ließ sogar vermuten, dass sie tatsächlich auf Antworten stoßen würden.

Kaller wandte sich sofort an die Mutter: »Was fällt Ihnen dazu ein?« Während die Frau auf dem Sofa saß, waren die Männer bisher stehen geblieben. Der Hauptkommissar wartete nicht auf eine Aufforderung, sondern zog sich einen Hocker heran und nahm gegenüber von Arlette Platz. »Bitte«, sprach er sie erneut an, »alles ist wichtig!«

Sie blickte unsicher zu ihrem Mann.

Urban Balgar ließ sich mit einem Seufzer auf einen der Sessel fallen. »Das hat ganz sicher nichts damit zu tun«, sagte er müde.

»Herr Doktor Balgar«, hakte nun Hauptkommissar Rulich nach, »ich bitte Sie eindringlich, offen zu sein.«

»Schon gut«, wehrte der ab. »Es ist kein Geheimnis und

auch nichts, was uns in Verlegenheit bringt. Wir sind Mitglieder in einem Verein, der regelmäßig Veranstaltungen organisiert. Kostümbälle, wenn Sie so wollen. Wir spielen Szenen an Königshöfen nach, meist aus der Vergangenheit. Nichts weiter als ein Hobby. Aber ich wüsste nicht, wie das bei der Suche nach meiner Tochter …«

Er wurde von Rulich unterbrochen, der es für klug hielt, die Gesprächsführung nicht dem diplomatischen Ungeschick von Kaller zu überlassen. »Wir gehen davon aus, dass der, der Vivien in seiner Gewalt hat, seinen Opfern eine bestimmte Rolle zuteilt.« Das Unverständnis auf den Gesichtern der Eltern ließ ihn weitersprechen. »Es gab eine weitere Tote, eine junge Frau. Wir fanden sie heute Morgen.«

Er zeigte den Eltern ein Bild von Adela Frieß, fragte nach, ob denen die Zwanzigjährige bekannt sei, erhielt aber nur ein Kopfschütteln als Antwort.

Arlette stöhnte, und Rulich war sich einen Moment unsicher, ob er überhaupt weitersprechen sollte, sagte dann aber: »Er verkleidet die Frauen als Prinzessinnen und spielt auf Figuren aus Märchen oder Personen der Geschichte an.«

»Und welche Rolle hat er für Vivien vorgesehen?«, fragte Arlette völlig unvermittelt. Sie blickte direkt zu Kaller. Als er schwieg, blaffte sie: »Sprechen Sie gefälligst, Ihnen ist das Wort Rücksichtnahme doch sonst auch fremd.« Wütend reckte sie das Kinn nach vorne. Obwohl sie so feindselig auftrat, empfand der Hauptkommissar Mitleid mit der Frau, die wie eine zerbrechliche Glasfigur aus einem Setzkasten wirkte.

»Ich denke, sie ist sein Dornröschen«, gab er zurück.

»Ist sie tot?«, fasste Arlette mit rauer Stimme nach und ignorierte die Einwände ihres Mannes, der aufgesprungen war und nun neben seine Frau trat. »Du solltest nach oben gehen und dich hinlegen«, sprach er auf sie ein und wollte sie an den Armen sanft in die Höhe ziehen.

Sie schüttelte ihn ab und wiederholte ihre Frage: »Ist mein Kind tot?«

»Wir sollten keine vorschnellen Schlüsse ziehen«, versuchte Rulich, eine konkrete Erwiderung zu vermeiden.

»Ich will es wissen«, begann Arlette zu schreien und schien einem Nervenzusammenbruch nahe.

»Ich denke, dass sie noch lebt, aber keiner weiß, wie lange das der Fall sein wird. Wenn er sich an das Märchen hält, dann schläft die Prinzessin viele Jahre. Das wiederum bedeutet, dass sie vorerst eine Gefangene ist«, schaltete sich Kaller ein, der das Gefühl hatte, der Frau eine ehrliche Antwort zu schulden.

Überraschenderweise beruhigte seine Offenheit Arlette. Sie nickte ihm zu und erhob sich, ohne die angebotene Hilfe ihres Mannes anzunehmen. Bevor sie den Raum verließ, sagte sie mit brüchiger Stimme: »Ich flehe Sie an, finden Sie meine Tochter.«

Als die Männer allein waren, konnte Balgar nicht umhin, Kaller anzuschnauzen: »Sie sind ein gefühlloser Bastard. Das wäre nicht nötig gewesen!«

Kaller ignorierte die Beleidigung und fragte: »Gibt es irgendjemand in diesem Verein, mit dem Sie Probleme haben?«

»Nein, ganz im Gegenteil. Mein Bekannter, Arne Kreuter, hat uns dort vor Jahren eingeführt. Mittlerweile bin ich sogar im Vorstand.«

»Sie sagten Arne Kreuter? Ist das ein Verwandter von Viviens Ex-Freund Denis?«

»Sein Vater, ja. Aber ich bitte Sie«, begehrte Balgar auf, dem durchaus bewusst war, worauf Kaller hinauswollte, »Denis hat mit dem Verein nichts zu tun und ganz sicher auch nichts mit der Entführung unserer Tochter.«

»Die Trennung der beiden verlief problematisch«, ließ Kaller nicht locker.

»Ja, aber so ist das bei jungen Leuten.« Er wurde wütend, seine Stimme lauter. »Sie ist manchmal störrisch, wie Kinder eben sind.«

»Welchen Kosenamen benutzen Sie für Vivien?«, überging Kaller die Erklärungen des Mannes.

»Was soll das denn jetzt? Ich meine …«

»Beantworten Sie einfach die Frage«, ließ der Hauptkommissar nicht locker.

Balgar blitzte den Beamten wütend an, schwieg aber beharrlich.

»Sie nennen Vivien Ihre kleine Prinzessin, nicht wahr?«, bohrte Kaller weiter.

»Ja, und?«, fauchte sein Gegenüber. »Machen Sie mir daraus etwa einen Vorwurf?«

Der Beamte antwortete nicht sofort, sondern betrachtete den Vater der Vermissten eingehend. Sein Instinkt sagte ihm, dass er einen gewohnheitsmäßigen Lügner vor sich hatte. Balgar war vermutlich gut darin, Dinge zu verheimlichen oder Sachverhalte so lange zu verdrehen, bis das Ergebnis ihm einen Vorteil brachte. Für einen Anwalt sicher eine hilfreiche Eigenschaft – aber wie verhielt es sich mit seinen väterlichen Qualitäten? Er dachte an das Gespräch mit der Haushälterin, und entschloss sich, eine weitere Frage zu stellen, die ihm ein Vieraugengespräch mit Elke Wiedenhof-Meier einbringen könnte.

»Wie war das Verhältnis zu Ihrer Tochter?« Noch bevor Balgar aufbrausen konnte, fügte er an: »Die Wahrheit ist in diesem Fall der beste Weg, es hinter sich zu bringen. Wir werden es über kurz oder lang sowieso erfahren. Gab es Streit?«

»Was soll die Frage?«, empörte sich Viviens Vater und sah Hilfe suchend zu Rulich, der ihm jedoch nicht zur Seite sprang.

Hin- und hergerissen, wie er sich nun verhalten sollte, gab Balgar den Widerstand schließlich auf und ließ sich wieder auf den Sessel fallen. »Also schön, wir waren uns in letzter Zeit nicht immer einig. Aber Sie können doch nicht im Ernst annehmen, dass das etwas mit der Entführung zu tun hat.«

Da keiner der Beamten widersprach, blickte der Anwalt verblüfft auf.

Rulich hielt es für klug, die Wogen ein wenig zu glätten, und antwortete: »Wenn es in einer Familie Probleme gibt, werden Kinder und Jugendliche zu leichten Opfern für Kriminelle.«

»Nicht meine Vivien. Denken Sie, meine Tochter ist auf irgendeinen Zuhälter hereingefallen, der ihr erst die große Liebe verspricht und sie dann an einen Mädchenhändler verkauft? Das ist doch lächerlich!«

»Nicht, wenn dieser Zuhälter zufällig eine Rechnung mit ihrem Vater offen hätte«, mischte sich Kaller ein. »Worum ging es in dem Streit zwischen Ihnen und Vivien?«

Balgar zögerte einen Augenblick zu lange, sodass Kaller sofort davon überzeugt war, dass seine Antwort nicht der Wahrheit entsprechen würde.

»Sie wollte nach dem Abitur ein Jahr pausieren und durch die Welt reisen. Ich war der Meinung, die Sommerferien würden ihr ausreichend Zeit zur Erholung lassen, bevor im Herbst das Studium beginnt.«

»Und was hat Ihre Frau dazu gesagt?«, fasste Kaller nach, obwohl er wusste, dass eine weitere Lüge folgen würde.

»Vivien hat das ausschließlich mit mir besprochen, Arlette trifft solche Entscheidungen nicht.«

Die Beamten beließen es dabei. Mehr würden sie hier nicht erfahren, deshalb machten sie Anstalten zu gehen.

»Wer kann uns die Mitgliederliste Ihres Vereins geben?«, fragte Rulich höflich, bevor er sich verabschiedete.

»Wenden Sie sich an Arne Kreuter, der wird Ihnen behilflich sein.«

»Und was ist mit den Kleidern für Ihre Kostümbälle? Wo bekommen Sie die her?« Kaller sprach in neutralem Tonfall, und trotzdem fühlte sich Balgar provoziert, glaubte in der Art, wie der Beamte das Wort »Kostümbälle« betonte, eine Spur zu viel Ironie herauszuhören.

»Bella Lulasch.«

Kaller hob belustigt die Augenbrauen, verkniff sich aber einen Kommentar.

»Das ist eine sehr exklusive Schneiderei, die sich auf historische Kostüme, Brautmoden und Ballkleider versteht.«

»Besten Dank!«, entgegnete der Hauptkommissar und nickte Balgar zu.

Dessen eisiger Blick folgte den Beamten, bis sie endlich aus der Tür waren, danach stieß Balgar einen heftigen Fluch aus und trat voller Zorn gegen den Hocker, auf dem Kaller kurz zuvor gesessen hatte.

Er griff gegen seine Gewohnheit zu einem Glas und schenkte sich einen Brandy ein, den er auf ex trank. Während die scharfe Flüssigkeit in seinem Mund ein schmerzhaftes Brennen hinterließ, fragte er sich, zu welchem Zeitpunkt er die Kontrolle über sein Leben verloren hatte.

* * *

In der Nacht

Sommergewitter waren Anfang Juni nicht ungewöhnlich, aber nun schüttete es schon seit Stunden, und trotz der lauen Temperaturen fing Trixi in ihren nassen Klamotten an zu frieren. Der Regenschirm hätte ihr zwar Schutz geboten, aber die Windböen und die vorbeikommenden Autos, die scheinbar absichtlich jede große Pfütze durchfuhren, sorgten dafür, dass kein Zentimeter Stoff auf ihrer Haut mehr trocken war.

Zugegeben, viel gab es da nicht, was durchnässt werden konnte. Wenn Trixi arbeitete, dann trug sie meist nur einen knappen Minirock und ein eng anliegendes Trägertop. So sahen die Kunden gleich, was sie zu bieten hatte, und außerdem war sie schnell aus- und wieder angezogen.

In regnerischen Nächten liefen die Geschäfte grundsätzlich schlecht. Heute hatte sie kaum Einnahmen gehabt. Zwei, drei Blowjobs und einmal Analverkehr, den sie sich gut hatte bezahlen lassen. Leider war dann Bobby zum Abkassieren aufgetaucht, bevor sie sich etwas hätte abzweigen können. Bobby, ihr *Beschützer*, war anschließend mit der Neuen, einer blutjungen Blondine namens Ludama, abgehauen und hatte Trixi großzügig gestattet, bei dem Sauwetter nach Hause zu gehen. Früher war sie es gewesen, die auf dem Beifahrersitz seines schwarzen Sportwagens gesessen und die er in den Klubs stolz als »sein Mädchen« präsentiert hatte. Ja, es war Liebe gewesen, zumindest von ihrer Seite, und vermutlich liebte sie ihn irgendwie immer noch, auch wenn sie furchtbare Angst vor ihm hatte. Jedenfalls war er jetzt nicht hier, und da sie völlig pleite war, nutzte sie die Gelegenheit, etwas nebenher zu verdienen. Seit einer Stunde stöckelte sie die Straße direkt nach der Autobahnabfahrt auf und ab, aber keiner hatte bisher angehalten. Trixi wollte schon aufgeben, als die Scheinwerfer eines Fahrzeugs langsam auf sie zukamen. Sie rannte, soweit das mit den hohen Absätzen überhaupt möglich war, zu dem Wagen und streckte den Kopf durch die Scheibe.

»Hallo Schätzchen«, säuselte sie und versuchte den Kaugummi, den sie in der Eile vergessen hatte auszuspucken, unter der Zunge verschwinden zu lassen.

»Ich brauche dich die ganze Nacht. Ist das ein Problem?«, fragte der Typ im Wagen, und Trixi war sofort begeistert.

»Kein Problem, ich bin unabhängig«, antwortete sie mit aufreizendem Gesichtsausdruck, »das kostet aber ’ne Kleinigkeit.«

Der Mann reichte ihr ein Bündel Geldscheine. »Noch mal so viel morgen früh.«

Trixi spürte das Papier zwischen ihren Fingern, das Miete, Essen und ein paar Extras für sie bedeutete, und stieg, ohne weitere Fragen zu stellen, ein. Was auch immer er von ihr wollte, er würde es bekommen. Dass es vielleicht ihr Leben sein könnte, nach dem es ihn verlangte, daran dachte die junge Frau nicht. Zu verlockend war der Gedanke, das viele Geld behalten zu können.

* * *

Vivien erwachte wie gewöhnlich in der Dunkelheit. Viele Male schon hatte sie die Augen geöffnet und darauf gehofft, das Bulldoggengesicht von Irma würde ihr entgegenblicken. Sie sehnte sich nach ihrem Zuhause, nach ihren Eltern. Der Streit mit dem Vater fiel ihr wieder ein. Sie hatte ihm furchtbare Dinge an den Kopf geworfen, das bereute sie zutiefst. Was, wenn sie keine Gelegenheit mehr bekommen sollte, das wiedergutzumachen?

Plötzlich riss sie ein Geräusch aus ihren Grübeleien. Es war ein leises Schaben oder Kratzen, dann folgte Stille, und die junge Frau dachte automatisch an Ratten, die sich irgendwann über ihren Körper hermachen würden, während sie, gelähmt von diesem widerlichen Schlafcocktail, der ihr über die Infusionsnadel verabreicht wurde, hilflos erdulden musste, bei lebendigem Leibe gefressen zu werden.

Panik erfasste sie, und kurz wünschte sie sich, er käme und würde ihren Beutel erneuern, damit sie zumindest nicht mehr bei Bewusstsein war.

Das Schaben erklang erneut, und dieses Mal war es wesentlich lauter, dann hörte Vivien noch etwas anderes. Ein gedämpftes Rufen und Klopfen. Sie hatte das Gefühl, das Sprechen erst wieder zu lernen, als sie einen heiseren Laut von sich gab. Aber offensichtlich wurde der auf der anderen Seite der Wand gehört, denn es folgte ein hysterisches Kreischen als Antwort.

»Hallo, ist da noch jemand? Hallo?«

Vivien räusperte sich und rief, so laut sie mit ihrer trockenen Kehle konnte: »Ich bin hier, ich bin gefangen, bitte helfen Sie mir!«

Jetzt vernahm man auch Schritte aus dem Nebenraum. Offenbar hatte sich die Person, die sich dort befand, an Viviens Stimme orientiert und stand nun direkt an der Wand, die die beiden vermeintlichen Gefängniszellen voneinander trennte.

»Mein Name ist Trixi«, rief die Fremde, und dieses Mal konnte Vivien sie gut verstehen. »Der Typ hat mich hier eingesperrt. Dieses perverse Schwein«, schrie die Frau voller Zorn.

Viviens Hoffnung schwand.

Doch nur wieder eine weitere Mitgefangene und keine Rettung, dachte sie resigniert.

»Wer bist du?«, hörte sie ihre Nachbarin fragen, nachdem die ihrer Verzweiflung durch wüste Beschimpfungen Luft gemacht hatte.

»Vivien, Vivien Balgar«, antwortete die junge Frau und bemerkte plötzlich, wie gut es tat, mit jemandem zu sprechen.

»Meine Güte, du bist das Mädchen, das alle suchen«, rief Trixi durch die Wand.

»Wirklich?«, stammelte Vivien leise und begann zu weinen, auch wenn sie geschworen hätte, ihre Tränen wären längst versiegt. Die Bemerkung der Fremden hinter der Mauer hatte etwas ungemein Tröstliches. Sie war also noch nicht vergessen.

»Wir müssen hier schleunigst verschwinden«, machte ihr Trixi weiter Mut.

»Ich bin gefesselt, kann mich kaum bewegen. Er betäubt mich.«

»Dieser Arsch. Mir hat er irgend so einen Scheiß gespritzt, als ich ihm einen …« Sie schüttelte den Kopf und murmelte: »Na ja, lassen wir das.« Ihre Stimme wurde wieder laut. »Ich kann hier nicht viel sehen, scheint ein Badezimmer zu sein. Die Wände sind gekachelt, Fenster gibt es nicht. Ich habe den Lichtschalter gefunden, aber die Funzel taugt nicht mehr als ein Feuerzeug.«

»Kannst du raus?«, rief ihr Vivien zu.

»Keine Ahnung«, antwortete Trixi, die anfing, sich gegen die Tür zu werfen. Die dumpfen Schläge hallten bis in Viviens Gefängnis, und sie betete, dass *er* sie nicht auch hören würde.

* * *

Kapitel 7

Am nächsten Morgen

Michael Kaller war heute an der Reihe, seinen Kollegen Sven Meinfeld zu Hause abzuholen. Ausnahmsweise kreuzte er nicht erst nach der verabredeten Zeit auf, sondern wesentlich früher, was vor allem an der schlaflosen Nacht lag, die er hinter sich hatte. Der Fall ließ ihn nicht los, und dass ihn der Mörder als persönlichen Gegenspieler betrachtete, machte es ihm nicht gerade leicht, mit dem notwendigen professionellen Abstand an die Ermittlungen heranzugehen.

Er parkte den Wagen gegenüber der in die Jahre gekommenen Doppelhaushälfte, an der sein Kollege Meinfeld vermutlich bis zu seiner Pensionierung abzahlen musste, und hörte schon beim Aussteigen das typische Kreischen eines trotzigen Kleinkindes.

Die Frau seines Kommissars öffnete die Tür. Auf dem Arm trug sie den Schreihals, der nun mit nassem, noch immer vor Zorn gerötetem Gesicht neugierig zu Kaller blickte.

»Oh Gott, ist es schon so spät?«, rief Meinfelds Frau statt einer Begrüßung.

»Nein«, wehrte Kaller ab, »ich bin nur zu früh.«

Sie musterte ihn, wie es nur Mütter konnten. Und auch wenn Hanna Meinfeld erst achtundzwanzig Jahre alt war, löste ihr forschender Blick selbst in einem erwachsenen Mann wie Kaller schuldbewusstes Unbehagen aus.

»Geht es dir gut?«, fragte sie schließlich besorgt.

»Warum sollte es das nicht?«, reagierte er ertappt.

»Du bist sonst nie pünktlich.«

»Das ist deine Theorie? Ich bin pünktlich, und damit ist erwiesen, dass etwas nicht stimmt?«, antwortete Kaller bemüht, amüsiert zu klingen, und drückte ihr einen Kuss auf die Wange.

Sie gab die Tür frei und runzelte die Stirn, während der Sprössling auf ihrem Arm zappelte. Sie setzte den Jungen ab und stemmte die Hände in die Hüften. »Meine Theorie ist, dass du nicht ordentlich schläfst, isst und lebst. Aber wie gewöhnlich interessiert ihr Kerle euch ja nicht für die weibliche Meinung.«

Michael Kaller, der im Hause Meinfeld ein und aus ging wie ein Familienmitglied, kickte ein riesiges Stoffkamel zur Seite und bahnte sich den Weg in die Küche.

Von oben ertönte die Stimme des Kommissars: »Bin gleich da!«

»Nur keine Eile«, rief Kaller zurück und griff nach dem Becher Kaffee, den Hanna ihm wie selbstverständlich reichte. In regelmäßigen Abständen wanderte ihr Blick ins Wohnzimmer, wo die drei Jungs augenscheinlich gerade friedlich spielten.

»Furchtbarer Fall«, sagte sie mitfühlend, und der Hauptkommissar tat so, als hätte er das nicht gehört.

Es fiel ihm schwer, mit jemandem wie Hanna darüber zu sprechen. Für ihn war das, was er im Hause Meinfeld erlebte, eine Idylle, die nicht durch die Schrecken seines Berufes gestört werden sollte.

»Oh ihr Männer!«, fluchte sie unvermittelt. »Du bist genau wie Sven. Bloß nicht über die Arbeit sprechen. Ich habe drei Kinder geboren, und zwar alle auf einmal. Wieso seid ihr der Meinung, ich wäre schwach und könnte das, was außerhalb unserer vier Wände passiert, nicht ertragen?« Hanna wurde rot. »Tut mir leid«, stammelte sie, »aber Sven schließt mich aus seinem Leben aus, und das nervt.«

Kaller sah sich nun doch genötigt zu reagieren, vermutlich war es eine Art Männerloyalität, die ihn sagen ließ: »Er schließt dich nicht aus, sondern beschützt dich.«

Sie schnaubte verächtlich und ließ dabei die Lippen geräuschvoll vibrieren.

Lächelnd fuhr ihr Gegenüber fort: »Also gut, er beschützt sich selbst.«

Jetzt erschien ein ungläubiger Ausdruck auf ihrem Gesicht.

»Wenn er dir alles erzählt, dann ist sein Zuhause keine friedliche Insel mehr, sondern ein zweites Büro. Die meisten Kollegen handhaben das so. Glaube mir, für eure Familie ist es besser, wenn der Job draußen bleibt.«

Sie wollte noch etwas erwidern, aber in diesem Augenblick erklang ein schriller Ton. Er war einer Werkssirene nicht unähnlich, und Kaller zuckte unweigerlich zusammen.

»Herrgott«, fluchte Hanna und eilte ins Wohnzimmer. Zeitgleich schoss Sven wie ein geölter Blitz die Treppe nach unten.

Der Tumult, der entstand, ließ Kaller nach einer Zigarette lechzen. Während er beobachtete, wie die streitenden Kinder getrennt, belehrt und verarztet wurden, waren seine Nerven fast so angespannt, als stände er mit gezückter Waffe einem Verdächtigen gegenüber. Sven musste noch einmal sein Hemd wechseln, weil es von den Tränen des Opfers durchnässt war. Die Kinder hatten das friedliche Spielen nämlich aufgegeben, und da Hanna sie einen Moment aus den Augen gelassen hatte, hatte ihnen der Sinn danach gestanden, sich gegenseitig mit Bauklötzen zu bewerfen. Etwas, das sich zumindest für einen der Drillinge als äußerst schmerzhaft herausgestellt hatte.

Eine Viertelstunde später saßen die beiden Beamten endlich im Dienstwagen.

»Eigentlich bin ich bereits reif für den Feierabend«, stöhnte Kaller.

Sven Meinfeld lächelte müde. »Wenn sie älter sind, wird es besser.«

»Ach ja? Wie besser? Kein Werfen mit Bauklötzen, dafür Schule schwänzen, Fahren ohne Führerschein und Mädchen mit Schwachsinn beeindrucken?«

Meinfeld lachte auf. »Ich hoffe doch nicht, dass die drei nach dir kommen!«

Jetzt musste auch Kaller lachen, und als er sagte: »Ich war immer ein Musterknabe«, wussten beide, dass das eine Lüge war.

* * *

Sie erreichten das Geschäft von Bella Lulasch gegen 10.00 Uhr. Der Laden lag versteckt in einem Industriegebiet zwischen einem Schlosserbetrieb und einer Autowerkstatt.

»Auf Laufkundschaft können die hier nicht hoffen«, bemerkte Meinfeld, als er das Gebäude betrachtete.

Wenn man ihm gesagt hätte, dort würden Duschkabinen oder Waschbetonplatten verkauft, hätte er das durchaus geglaubt. Nichts deutete nämlich darauf hin, dass hier edle Roben an den Mann oder die Frau gebracht wurden. Nichts außer dem kleinen, unscheinbaren Schild mit der Aufschrift »Schneiderei Lulasch, Kostüme, Brautmoden, Ballkleider«.

Es gab an der Front nur ein Fenster, durch das man nicht ins Innere sehen konnte, und die Tür war verschlossen. Ein möglicher Kunde wurde gebeten zu läuten.

»Dann statten wir dem Laden einmal einen Besuch ab«, sagte Kaller und drückte länger, als vielleicht nötig gewesen wäre, auf die Klingel.

Es dauerte einen Moment, bis ihnen geöffnet wurde. Ein junger Mann, der ein Maßband um den Hals trug wie ein Arzt sein Stethoskop, begrüßte die beiden Neuankömmlinge sehr zuvorkommend.

»Bitte treten Sie ein, was kann ich für Sie tun?«

»Polizei«, kam Kaller gleich zur Sache und zückte seinen

Ausweis. »Wir hätten gerne mit Frau Bella Lulasch gesprochen.«

Über das Gesicht des jungen Mannes huschte ein Grinsen. Es war nur ein Aufflackern, deshalb hakte Kaller auch nicht nach, sondern ließ sich von dem Angestellten ins Innere führen, das wenig mit der unscheinbaren Fassade des Gebäudes gemein hatte. Das, was er hier sah, erinnerte Kaller an den Fundus eines Staatstheaters oder die Lagerräume eines Filmstudios. Sie durchschritten lange Reihen vollhängender Kleiderstangen und schoben sich vorbei an altmodischen Roben, die nach Farben sortiert und zum Teil hinter Plastikhüllen verborgen waren. Im nächsten Raum gab es eine Regalwand gefüllt mit Mützen, Hüten und Perücken aus unterschiedlichen Epochen, einen Berg aus dunklen Wollmänteln und aufgeschichtete Kartons mit Schuhen. Danach folgte eine Halle, die fast ausschließlich von der Farbe Weiß beherrscht wurde, ganz offensichtlich die Abteilung für Brautmoden. Anschließend schleuste sie der emsige Mitarbeiter in einen großen Raum, in dem Massen von Stoffballen ihren Platz gefunden hatten.

Eine Handvoll Frauen gruppierte sich vor einem Spiegel. Aus ihrer Mitte drang eine männliche Stimme: »Wir machen es hier noch fünf Zentimeter kürzer, und dann ist es perfekt.«

Die Frauen murmelten zustimmend und traten zufrieden ein Stück zurück. Jetzt konnten auch Meinfeld und Kaller sehen, dass sie sich um eine Kleiderpuppe versammelt hatten, die ein atemberaubendes Kostüm trug, wie man es nur aus historischen Filmen kannte.

Das Räuspern des Angestellten ließ die Damen herumfahren. Neugierige Blicke streiften die Beamten.

Dann erklang erneut die Stimme von eben: »Wenn wir uns also einig sind, dann werden wir die Arbeiten baldmöglichst abschließen.«

Die Kundinnen beendeten die Betrachtung der Fremden, beteuerten erneut ihre Zustimmung und wurden dann mit übertriebenen Schmeicheleien verabschiedet. Sie verschwanden durch den Hinterausgang, und endlich bekamen die Beamten den Mann hinter der Stimme zu Gesicht.

Ein Typ um die vierzig mit kahlem Kopf und flinken, funkelnden Augen trat zu den Polizisten. Der, der sie durch die Räume geführt hatte, flüsterte ihm etwas ins Ohr.

Kaller fand dieses Gehabe zwar amüsant, konnte es sich aber nicht leisten, Zeit zu verlieren, weil hier ein exzentrisches Vorstellungsritual abgehalten wurde.

»Wir möchten zu Frau Bella Lulasch«, begann er deshalb deutlich zu werden.

»Und Sie haben *ihn* gefunden«, säuselte der Mann und lächelte süffisant. »Nicht, was Sie erwartet haben?«, fuhr er nun mit übertrieben geziertem Tonfall fort. »So ist das Leben, voller Überraschungen.«

Kaller war sich noch nicht sicher, ob er den Kerl mögen oder einfach an die nächste Wand klatschen sollte. Er blieb vorerst gelassen. »Sie sind also Bella Lulasch. Wir ermitteln in mehreren Mordfällen und bräuchten einige Auskünfte.«

»Mordfälle?« Sein Ausruf der Überraschung wirkte zwar gekünstelt, aber der plötzliche Schweiß auf der polierten Glatze war echt.

Hinter ihnen öffnete jemand die Tür. Ein junger Mann, ebenfalls mit Maßband um den Hals, rief aufgebracht: »Bella, du musst sofort ins Atelier kommen, wir …«

»Jetzt nicht«, schnauzte ihn Lulasch mit überraschend männlicher Stimme an.

Der Angestellte reagierte wie eine Schnecke, die sich bei Gefahr in ihr Haus verkroch. Umgehend verschwand er nämlich wieder hinter der Tür, durch die er gekommen war, und achtete darauf, dass sie leise ins Schloss fiel.

»Wir gehen in mein Büro«, sagte Lulasch knapp und wartete nicht auf das Einverständnis der Beamten, sondern setzte sich in Bewegung. Bisher machte die Mischung zwischen Outletcenter und Antiquariat das Flair des Betriebes aus. Als die Polizisten jedoch über eine schmale Treppe in die moderne, fast schon steril anmutende Büroetage des Mannes geführt wurden, fühlten sie sich wie im Eingangsbereich einer Dentalklinik. Hier im zweiten Stock gab es große Scheiben, die den Blick auf den Hinterhof des Gebäudes freigaben. Im ersten Raum saßen drei Angestellte, auch sie trugen ein Maßband um den Hals; offensichtlich gehörte dieses zur Arbeitskleidung und sollte ein Gag für die Kunden sein. Allerdings war klar, dass es sich bei den Männern nicht um Schneider, sondern um Buchhalter oder Sekretäre handelte. Einer reichte Bella im Vorbeigehen eine Unterschriftenmappe, die dieser mit dem Kommentar »Ich will nicht gestört werden« entgegennahm.

Dann betraten sie das Büro des Chefs.

Als Erstes bemerkte Kaller den Zigarettengeruch, der das helle Büro, in dem ein gewaltiger Glastisch das Zentrum bildete, durchzog. Auf dem Tisch lagen Stoffmuster, Entwürfe, ein Sammelsurium an Knöpfen und diverse Scheren und Nadelkissen.

Lulasch knallte schwungvoll die Mappe auf den Schreibtisch am Fenster, der sich unter Bergen von Papier bog, und forderte seine Besucher auf, in einer Sitzecke Platz zu nehmen. Gleichzeitig fummelte er aus seiner Tasche eine Zigarettenschachtel und zündete sich, sehr zur Freude des Hauptkommissars, einen der schmalen Glimmstängel an. Offensichtlich bemerkte Lulasch, dass auch Kaller nach einer Kippe gierte, und reichte ihm die Schachtel. Meinfeld rümpfte angesichts der nun folgenden Rauchbelästigung die Nase, schwieg jedoch.

»Ihr Name ist also Bella Lulasch, wie kommt das?«, begann der Hauptkommissar das Gespräch.

Der so Angesprochene zog an der Zigarette, schlug elegant die Beine übereinander und stieß langsam den Rauch aus, bevor er antwortete: »Ich bin ein Produkt.«

Meinfeld räusperte sich. Seine Art, auszudrücken, dass er ungeduldig wurde, während Kaller um eine Erklärung bat.

»Genau genommen bin ich mein eigenes Produkt.« Er grinste. »Meine Mutter hat den Betrieb gegründet. Sie war begeisterte Theatergängerin und sehr geschickt mit der Nähmaschine. So fing alles an. Kleine Aufträge für Schulaufführungen, Faschingsveranstaltungen, dann Maßanfertigungen für die bessere Gesellschaft. Sie starb und hat mir den Laden hinterlassen und auch diesen besonderen Vornamen.« Bei dem Wort »besonders« machte er mit den Fingern imaginäre Anführungszeichen in der Luft. »Sie hat mich nach irgendeinem Künstler benannt, der ihr sehr am Herzen lag. Vielleicht war es auch der Name meines Vaters, ich weiß es nicht, denn von ihm hat sie mir nie erzählt. Aber das spielt keine Rolle – denn, Herr Hauptkommissar, man muss nur wissen, wie man das, was man hat, zu Geld machen kann.«

»Und Sie wissen das?«, ging Meinfeld gereizt dazwischen, den es nicht nur nervte, dass der Mann schwafelte, sondern auch ärgerte, dass Bella Lulasch so tat, als wäre Kaller der einzige ernst zu nehmende Beamte im Raum.

»Ja, mein Freund, ich wusste das«, antwortete ihm Lulasch jetzt wieder mit der säuselnden Stimme, mit der er sie vorhin begrüßt hatte.

»Schön«, mischte sich Kaller ein, »ich verstehe. Sie geben den schwulen Schneider, weil das den Kundinnen besser gefällt. Auf Deutsch, sie liefern eine Vorstellung, so wie es gute Verkäufer für gewöhnlich tun.«

»Nun, wer sagt, dass ich den schwulen Schneider nur spiele?«, wandte er sich mit spöttischer Miene an Kaller, dann wurde er wieder ernst. »Aber im Grunde haben Sie es erfasst. Allerdings ist es nicht alleine meine Darbietung, die die Menschen immer wieder hierherzieht. Es ist die Einzigartigkeit des Geschäfts. Nicht nur, dass Sie hier Dinge bekommen, die man sonst nirgendwo kaufen kann, hier sieht es auch anders aus als in gewöhnlichen Schneidereien. Das macht den Reiz aus. Im Prinzip ist es nicht schwer herauszufinden, was Menschen erwarten«, fuhr er jetzt im Plauderton fort. »Die Schwierigkeit liegt eher darin, ihre Erwartungen dann auch zu erfüllen.« Sein Blick wanderte zu Kaller. »Darf ich raten?«

Der Hauptkommissar reagierte mit einem lässigen Schulterzucken und ließ den Mann gewähren.

»Sie sind mir sehr ähnlich, eine Art negatives Spiegelbild. Sie wissen die meiste Zeit auch, was man von Ihnen erwartet, tun das aber nie. Nicht einmal, wenn Sie darum gebeten werden.«

Meinfeld hätte gerne zustimmend aufgelacht, wollte Bella Lulasch, den er nicht ausstehen konnte, allerdings keinesfalls in irgendetwas bestätigen.

»Bei mir ist es umgekehrt, ich tue nicht nur, was man von mir erwartet, ich gehe manchmal sogar darüber hinaus. Deshalb habe ich ein gut laufendes Geschäft«, fuhr Lulasch fort. »Sie hingegen sind der unangepasste Typ und werden immer anecken. Karrieremäßig geht es bei Ihnen sicher nicht mehr weiter. Anzunehmen, dass eines Tages Ihr junger Kollege hier zu Ihrem Vorgesetzten ernannt wird.«

»Das hoffe ich doch«, gab Kaller ungerührt zur Antwort. »Aber wie dem auch sei, heute sprechen wir über den Mord an zwei jungen Frauen.«

Lulasch drückte seine Zigarette aus und sprach nun gereizt weiter: »Ich schätze es ganz und gar nicht, wenn die Polizei in den Verkaufsräumen auftaucht und ›Mord‹ schreit. Sie hätten anrufen und einen Termin ausmachen können, nur so nebenbei. Das wäre ein Gebot der Höflichkeit gewesen.«

»Das hätten wir, aber so ist das Leben, voller Überraschungen«, äffte Kaller sein Gegenüber nach, indem er dessen Satz von vorhin wiederholte. »Und jetzt möchte ich einmal etwas klarstellen. Wir arbeiten bei der Mordkommission und nicht bei der Feng-Shui-Beratung. Wir rufen nicht an und fragen, wann es unseren Verdächtigen denn genehm wäre, befragt zu werden.«

»Jetzt bin ich also schon ein Verdächtiger«, ging Bella provozierend dazwischen.

»Bringen Sie mich besser nicht dazu, das anzunehmen«, erwiderte der Hauptkommissar daraufhin gefährlich leise.

Für einen Moment herrschte Stille, und die beiden Männer sahen sich durchdringend an.

Wieder räusperte sich Kommissar Meinfeld, dieses Mal ergriff er allerdings auch das Wort. »Wir möchten Ihnen einige Fotografien zeigen. Es handelt sich um Kleidungsstücke. Vielleicht können Sie uns sagen, woher die stammen.«

Bellas Blick löste sich von Kallers Gesicht. Er griff nach dem Stapel Bilder, die ihm Meinfeld reichte, und sah sie konzentriert durch. Es waren Aufnahmen der Kleider, die die Opfer getragen hatten.

»Beim Brautkleid bin ich mir nicht sicher, aber das andere, das Dunkelblaue, das war eines der alten Kostüme, die wir letztes Jahr auf dem Flohmarkt für einen guten Zweck verkauft haben. Stammte von einer Musicalproduktion für das Fernsehen.«

Er sah die überraschten Mienen der Polizisten und fügte großspurig an: »Glauben Sie, ich verdiene mein Geld nur mit Privatkunden? Der Verleih an Fernseh- und Theaterproduktionen ist eine lukrative Einnahmequelle.«

»Aber dieses Kleid haben Sie verkauft?«, unterbrach Kaller den Mann und deutete auf das Foto.

»So ist es. Eine Wohltätigkeitsveranstaltung. Wir haben sozusagen unser Lager entrümpelt.«

»Wie viele Kleider insgesamt?«

»Bestimmt an die Hundert, aber nichts Wertvolles.«

»Und Brautkleider waren ebenfalls dabei?«

Bella Lulasch nickte. »Ich nehme gelegentlich gebrauchte

Hochzeitskleider in Zahlung. Entweder verkaufe ich sie dann weiter oder schlachte sie aus, wenn man so will. Spitze, Pailletten, das kann man alles verwenden. Aber ob das eines davon war …« Er betrachtete nachdenklich das Bild. »… das ist schwer zu sagen.«

»Ich nehme nicht an, dass über den Verkauf Buch geführt wurde?«, fragte Meinfeld.

»Tut mir leid, wie gesagt, das war ein Charity-Projekt.«

»Erinnern Sie sich vielleicht an jemanden, der Ihnen an diesem Tag seltsam vorkam, der um Ihren Stand geschlichen ist oder Ihnen als Käufer ungewöhnlich erschien?«

»Das liegt ein Jahr zurück, und mit Verlaub, dem ein oder anderen wird es schon seltsam vorkommen, sich überhaupt für meine Waren zu interessieren.«

»Wir müssen trotzdem mit allen sprechen, die mit dem Verkauf zu tun hatten.«

»Sicher, aber was haben diese Kleider denn nun mit Ihren Mordfällen zu tun?«, fragte ihr Gegenüber neugierig.

»Wir fanden sie bei den Opfern«, antwortete Kaller und beobachtete genau, wie Bella darauf reagierte.

»Sie meinen, die Opfer hatten sie an«, verbesserte ihn der Mann mit einem süffisanten Grinsen.

»Wenn das so wäre, dann müsste ich Sie fragen, woher Sie das wissen.«

»Oh mein Gott, ersparen Sie uns das«, erwiderte Lulasch und schnalzte gelangweilt mit der Zunge. »Ich bin kein Idiot. Es wäre wohl kaum so wichtig, wenn die alten Fetzen irgendwo im Keller der Toten gelegen hätten. Ich bin im Besitz all meiner Fähigkeiten, sowohl der körperlichen als auch der geistigen, und zähle lediglich eins und eins zusammen.«

Kaller konnte die Argumente des Mannes nicht von der Hand weisen. Wie verdächtig Lulaschs Bemerkung auch wirken mochte, jeder Jurastudent würde sie ohne Anstrengung als ein Resultat einfacher Kombinationsgabe interpretieren, und der Richtertisch würde ihm folgen. »Wie ist Ihr Verhältnis zu Vivien Balgar?«, setzte der Hauptkommissar die Befragung deshalb fort.

Lulasch griff nach einer weiteren Zigarette, versäumte es aber dieses Mal, die Schachtel an Kaller weiterzureichen.

Erst als die Kippe brannte, fragte er augenscheinlich besorgt: »Sie ist doch nicht eines Ihrer Opfer? Im Fernsehen hieß es, sie sei entführt worden.«

»So ist es«, antwortete der Hauptkommissar knapp. »Also, wie gut kennen Sie Vivien oder deren Familie?«

»Mit dem Vater stehe ich regelmäßig in Kontakt. Der Verein ›Vergangene Feste‹, dem Balgar vorsteht, ist ein wichtiger Stammkunde. Seine Mitglieder kaufen bei mir ein.« Nach einer kurzen Pause sprach er weiter: »Die liebe Vivien ...« Er lächelte und schien an den Beamten vorbeizusehen. »... ist eine echte kleine Prinzessin.«

Erneut horchte der Hauptkommissar auf. »Wie darf ich das verstehen?«

»Wie ich es gesagt habe«, antwortete Bella leichthin. »Sie ist hübsch, eitel und verwöhnt. Ein zauberhaftes, launisches Geschöpf, so wie man sich eine Prinzessin eben vorstellt.«

»Wann haben Sie sie zuletzt gesehen?«

Er wirkte angestrengt, als er versuchte, sich zu erinnern. »Ja, jetzt weiß ich es wieder. Es war ein Hausbesuch.« Er nannte das Datum, welches eine Woche vor Viviens Verschwinden lag. »Ich habe ihr das Kleid für den Abschlussball gebracht. Sie wollte es zu Hause auf einer Kleiderpuppe aufbewahren.« Wieder schien er für einen Moment in der Vergangenheit zu schwelgen. »Auch so eine Laune. Sie hat es sich eine Nummer kleiner machen lassen, als Motivation abzunehmen. Es galt, soviel ich weiß, den Ex-Freund zu beeindrucken ...« Er seufzte. »... die Jugend ist schon verrückt.«

»Was hatten Sie da für einen Eindruck von Vivien?«, fragte Meinfeld.

»Den gleichen wie immer.«

Kaller betrachtete den Mann einen Moment, bevor er fast entschuldigend fragte: »Würde es Ihnen etwas ausmachen, uns zu sagen, wo Sie sich aufgehalten haben, als man Vivien Balgar entführt hat? Wir müssen das routinemäßig abklären.«

»Ich bin nicht gezwungen, Ihre Fragen zu beantworten«, reagierte Lulasch überheblich.

»Nein«, entgegnete Kaller neutral.

Sein Gegenüber grinste. »Aber meine Weigerung würde mich verdächtig machen.« Es entstand der Eindruck, als hätte der Firmeninhaber an dem Geplänkel Spaß. Als der Hauptkommissar nicht reagierte, lenkte er ein und sagte: »Also schön, fragen Sie mich.«

Meinfeld übernahm das, und schnell stellte sich heraus, dass der Mann kein hieb- und stichfestes Alibi für Viviens Entführung besaß. Seine Angaben waren vage. Angeblich habe er sich im Atelier aufgehalten, ohne Zeugen. In der Nacht von Meike Vandels Verschwinden habe er geschlafen, und an dem Nachmittag, als Adela Frieß zum Joggen wollte, habe er Einkäufe erledigt und sei nicht pausenlos mit anderen Menschen zusammen gewesen.

Bella Lulasch sah nun auf seine Uhr. »Wir machen in einer Stunde Mittagspause. Wenn Sie noch mit meinen Angestellten sprechen möchten …« Es war eine höfliche Art, den Beamten zu sagen, dass er keine Lust mehr hatte, weitere Fragen zu beantworten.

Kaller störte sich nicht daran. Vorerst hatten sie die Informationen, die sie brauchten.

»Ich stelle Ihnen unseren Besprechungsraum zur Verfügung«, bot der Firmeninhaber großzügig an.

Sie erhoben sich, und auf dem Weg nach draußen fiel dem Hauptkommissar noch etwas ein. »Würden Sie es denn bemerken, wenn eines Ihrer Kleider abhandenkäme?«

Bella zog die Brauen bis fast zum nicht vorhandenen

Haaransatz. »Sie meinen Diebstahl?« Er hatte, kaum waren sie ins Vorzimmer getreten, wieder seine übertrieben affektierte Art zu sprechen angenommen.

»Ja, das meine ich. Könnte jemand ein Kleid unbemerkt entwenden oder gibt es für einen Außenstehenden die Möglichkeit, sich heimlich Zutritt zu verschaffen?«

»Wir haben ein gutes Sicherheitssystem. Ich arbeite mit einem ausgezeichneten Wachdienst zusammen. Für einen Kunden wäre es sicher nicht einfach, eine ganze Robe mitgehen zu lassen. Knöpfe, Handschuhe, ein Rüschenhemd, das haben wir alles schon erlebt, aber ein Brautkleid? Das können Sie nicht einfach unter den Pullover stopfen. Aber möglich ist natürlich alles.« Er seufzte. »Vielleicht sollte ich tatsächlich über einen Nachtwächter nachdenken.«

»Haben Sie denn einen Diebstahl bemerkt?«, fasste Meinfeld noch einmal nach.

»Tja«, antwortete Lulasch, »das ist eben das Problem bei der Menge an Kostümen und Kleidern. Solange ich nicht nach einem bestimmten Teil suche, bemerke ich auch nicht, dass es fehlt. Aber wenn mir etwas auffällt, werde ich Sie sofort verständigen.« Er streckte Kaller die Hand hin und lächelte aufreizend. »Auf Wiedersehen, Herr Hauptkommissar.«

Die Angestellten wurden zu dem Flohmarkt vor einem Jahr befragt, konnten sich aber erwartungsgemäß an nichts Ungewöhnliches erinnern. Es war nach dreizehn Uhr, als sich die Beamten wieder auf den Weg zum Wagen machten.

»Dieser Bella Lulasch würde einen erstklassigen Täter abgeben«, begann Meinfeld das eben Gehörte zu rekapitulieren. »Seine Bemerkungen, das Gefasel von Menschen und ihren Erwartungen und wie er sich selbst als sein eigenes Produkt beschrieben hat, das hört sich doch verdächtig nach Psychopath an.«

»Du kannst ihn nicht leiden«, erwiderte Kaller.

»Ja, stimmt, aber deshalb könnte er trotzdem schuldig sein«, gab Meinfeld gereizt zurück.

»Möglich. Er kennt das Entführungsopfer, die Familie und hätte Vivien ohne Probleme in ein Auto locken können. Er ist kräftig genug, eine Frau von einer Brücke zu werfen oder zu erdrosseln. Außerdem hat er Zugang zu den Kleidern. Er gibt sogar zu, dass sie ihm zumindest einmal gehört haben.«

»Man könnte sich sogar ein Motiv zusammenreimen«, spann Meinfeld den Faden weiter. »Er ist homosexuell und wäre selbst gerne einmal Prinzessin. Da das aber nicht funktioniert, sucht er sich junge Frauen und macht sie stellvertretend zu dem, was er nie sein kann.«

»Westentaschenpsychologie, aber durchaus schlüssig«, gab Kaller zu.

»Einiges, was der Kerl gesagt hat, klang so, als wüsste er mehr über die Morde, als er eigentlich sollte. Außerdem fehlen ihm die Alibis, und er nennt dich sein negatives Spiegelbild. Die ganze Zeit über hatte ich das Gefühl, dass Bella Lulasch uns mit Informationen füttert, die zwar nicht ausreichen, ihn festzunehmen, aber uns auf jeden Fall dazu bringen, schon einmal die Handschellen zu zücken.«

Kaller lachte. »Das hast du schön formuliert. Lulasch wäre nicht der erste Verbrecher, der den Kick braucht, die Polizei dicht im Nacken zu spüren.«

Die nachdenkliche Art, mit der der Hauptkommissar den letzten Satz gesagt hatte, ließ Meinfeld fragen: »Aber du denkst nicht, dass er unser Mann ist?«

»Er hat geschwitzt, als er erfuhr, dass wir in einem Mordfall ermitteln.«

»Verbrecher schwitzen, wenn man ihnen auf die Schliche kommt. Das ist doch normal.«

»Ja, aber wir haben es hier nicht mit einem gewöhnlichen Verbrechen zu tun. Ich bin mir fast sicher, dass der, den wir suchen, nicht eine einzige Schweißperle auf seiner Stirn hätte, wenn wir ihm gegenüberstehen würden.«

»Na, mit der Argumentation wirst du die Chefin aber nicht überzeugen können«, entgegnete Meinfeld mit gespieltem Ernst.

»Ich weiß. Deshalb werden wir Bella Lulasch und diesen Verein, der regelmäßig bei ihm einkauft, gründlich unter die Lupe nehmen. Immerhin stammen die Kleider, die man den Toten angezogen hat, von dort.«

Sie fuhren schweigend zurück zum Revier. Noch bevor sie den Parkplatz erreichten, fragte Meinfeld ein wenig verlegen: »Hältst du das tatsächlich für möglich?«

»Was?«, knurrte Kaller, der gerade mit ansehen musste, wie ihm ein kleines Cabrio seinen anvisierten Parkplatz wegschnappte.

»Du Arschloch!«, brüllte er deshalb wütend und setzte den Wagen genervt ein Stück zurück.

»Na, das mit meiner Karriere, dass ich einmal dein Vorgesetzter sein könnte. Du hast gesagt, dass du das hoffst. Glaubst du im Ernst, dass ich das einmal erreichen kann?«

Der Parkplatzdieb war ausgestiegen und ging jetzt an ihnen vorbei. Kaller hatte schon die Scheibe runtergefahren, um seine Beschimpfungen loszuwerden, als er erkannte, dass eine attraktive Blondine aus dem Dezernat für Bandenkriminalität ihm die Lücke weggeschnappt hatte.

»He, das war mein Parkplatz, jetzt schuldest du mir einen Kaffee!«, rief er plump.

Die Frau drehte sich um, bemerkte ihn und schüttelte verärgert den Kopf.

»Tee ist auch in Ordnung«, krähte er hinter ihr her, während sie eilig im Gebäude verschwand und ihn mit Missachtung strafte.

»Blöde Kuh«, brummte der Hauptkommissar und fuhr weiter.

»Du hörst mir nicht zu«, holte ihn sein Kollege zurück.

»Doch«, antwortete Kaller knapp und entschloss sich, sein Auto auf dem letzten freien Frauenparkplatz abzustellen.

»Also, was meinst du?«, hakte Meinfeld erneut nach.

»Du willst mein Boss werden?«, reagierte der Hauptkommissar endlich.

Meinfeld nickte.

Kaller stieg aus und antwortete mit breitem Grinsen: »Nie im Leben!«

* * *

Die folgenden Tage verbrachten die Beamten damit, Adela Frieß' letzte Stunden zu rekonstruieren. Alles sprach dafür, dass sie ihrem Mörder entweder im Park oder auf dem Weg dorthin begegnet war. Da sie regelmäßig Sport trieb, hätte man sie leicht ausspionieren können.

Vivien Balgar war ebenfalls während des Joggens entführt worden, deshalb veranlasste Kaller, dass Fußstreifen in den Stadtparks Präsenz zeigen sollten. Außerdem wurden die Kollegen angewiesen, Spaziergänger und Sportler zu befragen, ob denen in der letzten Zeit etwas Ungewöhnliches aufgefallen sei. Über die Presse wurde die Bevölkerung um sachdienliche Hinweise gebeten, aber hilfreiche Rückmeldungen waren bisher ausgeblieben.

Die Durchsuchung von Adelas Wohnung, die Befragungen des Arbeitgebers und des Bekanntenkreises verliefen ebenfalls ergebnislos. Was die Nacht anging, in der Meike Vandel ums Leben gekommen war, tappten die Beamten nicht mehr ganz im Dunkeln. Die Mitarbeiter des Klubs erinnerten sich nämlich noch gut an die junge Frau, die ausgelassen gefeiert hatte und, so die Aussage einer Bedienung, ziemlich betrunken auf dem Tisch getanzt und gerufen hätte: »Ich bin die Königin der Nacht!«

Hauptkommissar Kaller befürchtete, dass es womöglich dieser Satz gewesen war, der die Aufmerksamkeit des Täters geweckt hatte. Ansonsten war niemandem etwas aufgefallen.

Die Überprüfung von Bella Lulasch ergab, dass der

Mann sehr vermögend war und eine Villa im Stadtteil Durlach besaß. Zurzeit lebte er allein. Sein letzter Freund hatte ihn wegen eines Jüngeren verlassen, das lag ein halbes Jahr zurück und gehörte zu den lokalen Klatschgeschichten. Der Charity-Flohmarkt war der erste seiner Art gewesen, und auch der Verein »Vergangene Feste« unter Balgars Leitung hatte sich dabei engagiert. Die Mitgliederliste wurde abgearbeitet, aber bislang konnte niemand Auffälliges ermittelt werden. Die Nerven der Beamten waren angespannt. Sie kamen nicht weiter, und jeder Tag, der verging, bedeutete eine geringere Überlebenschance für Vivien.

Kaller rechnete stündlich damit, dass ein Anruf wegen eines weiteren Kartons kommen würde, was letztlich der Grund dafür war, warum sich sein Zigarettenkonsum auf eineinhalb Päckchen am Tag erhöht hatte.

So stand er nach einem weiteren langen Tag ohne konkrete Ergebnisse in seiner Wohnung am offenen Fenster, eine Kippe in der einen Hand, eine halb volle Bierflasche in der anderen. Es war bereits kurz vor Mitternacht, als es an seiner Tür klingelte. Er hatte keinerlei Erwartungen, hätte sich aber nicht gewundert, wenn sich die Hausgemeinschaft wie der klassische Mob bei der Monsterjagd zusammengerottet hätte, um ihn zu nächtlicher Stunde wieder einmal an die Treppenhausreinigung zu erinnern, die er für gewöhnlich vergaß. Ein freudiges Lächeln huschte daher über sein Gesicht, als Ricca vor seiner Tür stand.

»Offensichtlich wurden meine Gebete erhört«, scherzte er vergnügt, als seine Blicke bewundernd über ihr knappes Outfit glitten. Sie trug wieder die hochhackigen Schaftstiefel, die in ihm die niedrigsten Instinkte weckten. »Ich stehe auf deine Treter«, sagte er deshalb, und es war ihm egal, dabei wie ein notgeiler Depp zu klingen.

Sie lächelte kurz, ging aber nicht auf seine Sprüche ein, sondern warf ihm einen flehenden Blick zu.

Kaller wurde sofort ernst. »Was ist passiert?«, fragte er besorgt. Er kannte Ricca gut genug, um zu wissen, dass sie entweder zum Vögeln bei ihm vorbeikam oder weil es Schwierigkeiten gab.

»Ich wusste nicht, zu wem ich sonst gehen sollte«, antwortete sie unsicher.

»Was ist passiert?«, wiederholte der Hauptkommissar seine Frage und sprach dabei jedes Wort eindringlich aus.

»Eine Kollegin ist verschwunden«, entgegnete Ricca und sah ihn forschend an, so als könnte sie an seinem Gesicht ablesen, ob er verstand.

»Wann?«, hakte er nach, und sie war erleichtert, dass er sie nicht abwimmelte und ihr mit Geschwafel über Zuständigkeiten kam.

»Vor zehn Tagen.« Sie begann in ihrer kleinen Handtasche zu kramen und fummelte ein zerknittertes Foto heraus. Darauf abgebildet waren fünf Frauen, alle lachend, mit Gläsern in der Hand und sehr leicht bekleidet. »Das war letztes Jahr im *Puders*. Die hier …« Sie deutete auf eine zierliche Brünette. »… das ist Trixi.«

Er nahm das Foto und betrachtete es. »Hast du einen Nachnamen oder eine Adresse?«

Sie nickte. »Steht alles auf der Rückseite. Trixi ist eine von uns. Wir sind nicht direkt Freundinnen, aber ich mag die Kleine. Die ist tough, aber wie so oft haben die Toughesten auch den schrecklichsten Männergeschmack.«

Kaller wusste, was Ricca damit meinte, und fragte automatisch: »Wer ist ihr Zuhälter?«

»Bobby, dieses Arschloch. Ein brutaler Kerl, aber für gewöhnlich verschwinden seine Mädchen nicht. Kaum anzunehmen, dass er etwas damit zu tun hat. Er ist völlig durchgedreht, als sie weg war. Jetzt denkt er natürlich, dass sie abgehauen ist und ihn verarschen will. Grölt überall herum, dass er sie aufspürt und kaltmacht.«

»Und wenn sie wirklich abgehauen ist?«, hakte Kaller

nach. Als er ihren ärgerlichen Gesichtsausdruck bemerkte, beeilte er sich zu sagen: »Ich muss das fragen, es wäre doch naheliegend, oder?«

»Wäre es nicht«, schnappte sie gereizt. »Wie viele Nutten kennst du, die einfach so abhauen?«

Er zuckte mit den Achseln. Sie hatte recht, die meisten blieben aus den unterschiedlichsten Gründen in ihrem Schicksal gefangen.

»Außerdem hätte sie sich bei mir verabschiedet. Nein, ich bin mir sicher, dass ihr etwas passiert ist.«

»Diesen Bobby schließt du aber definitiv aus?«

»Der Typ ist zu vielem fähig, aber so eine schauspielerische Meisterleistung kann der nicht abliefern. Wie gesagt, Trixi und ich sind so was wie Freundinnen. Bobby hält seine Mädchen knapp, und ich weiß, dass sie sich nach Feierabend gelegentlich ein paar Scheine dazuverdient. Der Straßenstrich ist gefährlich, und ohne Schutz …«

Kaller kannte die Szene.

Seine und Riccas Wege hatten sich vor vielen Jahren während eines Falls gekreuzt. Damals war er noch Kommissar gewesen, und sie hatte für einen Zuhälter angeschafft. Heute war er Hauptkommissar bei der Mordkommission, und Ricca arbeitete auf eigene Rechnung. Von einem Ausstieg wollte sie nichts wissen.

»Das ist mein Leben«, hatte sie ihm einmal gesagt, »davor kann ich nicht weglaufen.«

Er hatte nie versucht, sie zu überreden, etwas anderes zu tun, sondern respektierte einfach ihre Entscheidung. Vermutlich kamen sie deshalb so gut miteinander aus.

»Ich kümmere mich darum«, versicherte er ihr, und sie blickte ihn erleichtert an.

»Das wäre super. Wenn ich zu den Bullen gehe, dann wimmeln die mich doch kalt lächelnd ab. Keinen interessiert eine verschwundene Nutte«, sagte sie, und ehe Kaller reagieren konnte, öffnete sie ihm die Jeans und zog sie mitsamt der Unterhose nach unten.

»He, was wird denn das?«, fragte er überrascht, wobei wenig Empörung in seiner Stimme mitschwang.

»Ein kleines Dankeschön für deine Bemühungen, sozusagen als Anzahlung«, säuselte Ricca und ging vor ihm auf die Knie.

»Ich werde schon vom Steuerzahler entlohnt«, erwiderte er halbherzig, und ein wohliger Schauder überkam ihn, als ihre Zunge sehr geschickt seine Männlichkeit berührte.

Sie kicherte und sagte mit lasziver Stimme: »Ich denke nicht, dass der Steuerzahler mit mir mithalten kann!«

»Auf keinen Fall«, stöhnte der Hauptkommissar und ergab sich seinem Schicksal.

»Es muss nur schnell gehen, ich habe noch einen Kunden«, hörte er Ricca sagen, die jetzt auch noch ihre geübten Finger benutzte, um ihn zum Höhepunkt zu bringen.

»Da sei mal unbesorgt«, japste Kaller und machte sich gar nicht erst die Mühe, das unerwartete Vergnügen, das ihm Ricca bescherte, hinauszuzögern.

* * *

Vivien erinnerte sich noch gut an den Tag, als Trixis Stimme aus dem Nebenraum für immer verstummt war. Sie wusste, dass sie Angst gehabt und befürchtet hatte, das laute Rammen gegen die Tür würde ihn aufschrecken.

Sie hatte recht behalten. Seine Schritte waren kurz darauf erklungen, gleichmäßig und ohne Eile bewegte er sich an Viviens Raum vorbei. Dann, ohne Vorwarnung, drehte er den Schlüssel im Türschloss nebenan, und Trixi rief um Hilfe. Sie setzte sich lautstark zur Wehr, bis ihre Schreie plötzlich abbrachen.

Vivien erinnerte sich auch an diesen schrecklichen gurgelnden Laut und das Geräusch, das entstand, als Trixis Körper auf den Boden fiel.

Damit hatte sie ihre einzige Verbündete verloren.

Kurz darauf war ihr Entführer aufgetaucht. Im Halbdunkel der trüben Deckenlampe, die er für gewöhnlich anknipste, betrat er ihr Gefängnis. Sie spürte, dass wieder Flüssigkeit durch die Infusionsnadel lief, nachdem er den Tropf erneuert hatte. Normalerweise verschwand er, bevor Vivien die Augen schloss, aber an jenem Tag streichelte er immer wieder über ihr Gesicht. Seine Finger waren feucht und warm.

»Habt ihr beiden gedacht, ich würde euch gestatten zu gehen?«, flüsterte er ohne Vorwurf. Seine Hand berührte ihr Haar. Sie schauderte, konnte den Kopf aber nicht zur Seite drehen. Das Medikament, das er ihr verabreichte, wirkte schon. Vivien wollte etwas sagen, aber er ignorierte die Laute, die aus ihrer Kehle drangen.

»Niemand geht ohne meine Erlaubnis«, fuhr er fort. Er legte seine Finger direkt unter ihre Nase. »Tief einatmen. Der Duft ihres Blutes, damit du dich beim Träumen besser an deine Freundin von nebenan erinnern kannst.«

So hatte er sie zurückgelassen. Vivien glaubte seither, der Geruch von Metall läge in der Luft und die Stellen in ihrem Gesicht, auf die er Trixis Blut geschmiert hatte, würden ständig unangenehm brennen.

* * *

Kapitel 8

Am Morgen erschien Kaller ungewöhnlich früh im Revier. Er forderte einen Gefallen beim Kollegen der Vermisstenstelle ein und setzte einen Neuling darauf an, die Krankenhäuser der Umgebung abzutelefonieren und nach einer Frau, auf die Trixis Beschreibung passte, zu fragen. Außerdem fand er noch eine nette Beamtin von der Sitte, die ihm mit den Datenbankrecherchen half, sodass er innerhalb kürzester Zeit alles über Trixi und ihren Zuhälter Bobby wusste, was in den Akten stand.

Als er dann ins Büro der Kommissariatsleiterin zitiert wurde, rechnete er fest damit, dass sie ihn wegen seiner eigenmächtigen Recherchen zur Rede stellen wollte. Ein wenig erleichtert nahm er daher ihre einleitenden Worte zur Kenntnis, auch wenn ihm gleich darauf bewusst wurde, dass ihm trotzdem Ärger drohte.

»Man hat mir mitgeteilt, dass Sie Ihr Fahrzeug wiederholt auf dem Frauenparkplatz abgestellt haben.«

»Niemals«, log Kaller unverblümt. Die Chance bestand immerhin, dass es keine Beweise gab.

Elke Wiedenhof-Meier kniff die Augen zusammen und wirkte dabei wie ein dösendes Krokodil. Und da auch der Hauptkommissar wusste, dass dösende Krokodile schnell zuschnappen konnten, wenn man ihnen zu nahe kam, hielt er es für klüger, ein wenig zurückzurudern. Dabei vergaß er nicht, eine schuldbewusste Miene aufzulegen.

»Na ja, vielleicht ein Mal.«

Die Kommissariatsleiterin kniff die Augen noch weiter zusammen, und Kaller korrigierte sich umgehend: »Gut, es kam schon vor, aber da hatte ich keine andere Wahl.«

Seine Stimme klang jämmerlich, und nur ein Unmensch hätte ihm seine Sünden nicht vergeben. Elke Wiedenhof-Meier war so ein Unmensch.

»Ich musste mir Ihretwegen eine Menge Scheiß anhören«, schnauzte sie wütend.

»Tut mir leid«, murmelte der Hauptkommissar in der Hoffnung die, »Kleiner-Junge-Nummer« würde ihm aus der Patsche helfen.

»Das will ich hoffen. Ich habe denen gesagt, dass wir nicht Endlosrunden auf dem Parkplatz drehen können, bis was frei wird, während sich in der Gerichtsmedizin die Leichen stapeln.«

»Das haben Sie gut gemacht«, warf Kaller ein.

»Überspannen Sie den Bogen nicht«, zischte sie warnend. »Jedenfalls ist es mir gelungen, Ihr Fehlverhalten dazu zu benutzen, einen weiteren festen Parkplatz für unsere Abteilung herauszuschlagen. Künftig haben Sie einen reservierten Platz. Damit ist der Frauenbereich ab sofort tabu.« Auch wenn sie sich um Emotionslosigkeit bemühte, gelang es ihr nicht ganz, den Triumph aus ihrer Stimme herauszuhalten. Schließlich wussten alle in der Behörde, wie schwer es war, dem Verwaltungschef etwas Derartiges abzuringen.

Und als Kaller voller Überzeugung ausrief: »Wahnsinn, Sie sind wirklich genial!«, da rügte sie ihn nicht für seine flapsige Art, sondern wehrte mit einem verlegenen Lächeln sein Kompliment ab.

Der kurze Moment des betrieblichen Friedens sollte jedoch nicht lange anhalten, denn im nächsten Augenblick klopfte es an der Tür, und Meinfeld trat unaufgefordert ein.

»Ein weiterer Karton«, sagte er mit belegter Stimme.

* * *

»Hauptkommissar Kaller sollte Elisabeth suchen. Es hat keine Eile, da Vivien noch schlafen muss«, lautete dieses Mal die

Nachricht. Allerdings fehlten jegliche weiteren Ortsangaben oder die GPS-Daten. Als Zugabe lagen lediglich ein Tannenzapfen und eine Nagelfeile im Karton. Letzteres war ein billiges Teil, eingeschweißt in eine Plastikverpackung.

»Wo wurde der Karton gefunden?«, fragte Kaller die Kollegen.

»Im Schlossgarten, genauer gesagt hinter einem Kiosk. Der Betreiber hat ihn heute Morgen entdeckt. Erst dachte er, da hätte jemand Müll abgeladen, aber als er die Aufschrift las, da gab er ihn bei der Verwaltung ab. Die telefonierten mit der Polizei, und so landete er bei uns. Er war wieder direkt an dich adressiert.«

»Beim ersten Karton hat er das noch nicht getan, offensichtlich ist es ihm mittlerweile ungemein wichtig, dafür zu sorgen, dass Sie derjenige sind, der den Inhalt als Erster zu Gesicht bekommt«, überlegte Elke Wiedenhof-Meier laut.

»Riskant ist es trotzdem«, sagte Meinfeld. »Bloß weil ein Empfänger draufsteht, kann er sich doch nicht darauf verlassen, dass das Paket auch ankommt.«

»Aber riskant ist doch alles, was er tut«, gab Kaller zu bedenken, der die eingeschweißte Nagelfeile anstarrte, als könnte er ihr so ein Geheimnis entlocken. »Jedes Mal, wenn er die Pakete und Leichen ablädt, muss er damit rechnen, gesehen zu werden.«

»Nur leider wurde er das bisher nicht«, unterbrach ihn Rulich, der hinter ihnen das Labor betrat. »Wo schickt er uns dieses Mal hin?«, fragte er ungeduldig.

»Wissen wir nicht«, antwortete ihm Meinfeld.

»Und um wen handelt es sich?«, hakte der Kollege nach. Er wurde konkreter: »Welche Märchenprinzessin haben wir zu erwarten?«

Kaller gab einen Laut von sich, wie man es tat, wenn einem plötzlich ein Licht aufging. »Ich denke, ich weiß, wo wir suchen sollten. Scheint so, als hätten wir es dieses Mal wieder mit einer historischen Person zu tun.«

»Es gab viele Elisabeths in der Geschichte, aber welche ist gemeint?«, hakte die Kommissariatsleiterin ungeduldig nach.

»Die, die mit einer Feile erstochen wurde«, antwortete ihr Kaller und deutete auf das eingeschweißte Utensil.

»Spannen Sie uns nicht auf die Folter«, herrschte ihn seine Chefin an. »Wer soll das sein?«

»Eine ehemalige Prinzessin von Bayern, die später zur Kaiserin Elisabeth von Österreich wurde und den meisten als *Sisi* bekannt ist. Sie starb durch ein Attentat, ihr Mörder hat ihr eine Feile ins Herz gerammt. Ich vermute, wir werden eine erstochene Frau finden, und zwar im Wald hinter dem Schloss.«

»Der Tannenzapfen soll also ein Hinweis auf den Ort sein«, warf Meinfeld ein.

»Was sonst?«, antwortete Kaller. »Er will schließlich, dass wir die Frauen finden.«

»Sie wissen schon, dass wir es mit einem gewaltigen Gelände zu tun hätten«, gab die Kommissariatsleiterin zu bedenken.

»Wir brauchen die Hundestaffel, genau genommen Leichenspürhunde. Ich denke nicht, dass er sein Opfer quer durch den Wald geschleift hat. Ich würde in der Nähe der Stellen beginnen, die man bequem mit dem Auto erreichen kann. Landwirtschaftliche Feldwege, Waldparkplätze, Zugänge für das Forstpersonal. Anfangen sollten die Kollegen mit denen, die dem Schloss am nächsten sind.«

Die Suchmannschaften gingen entsprechend Kallers Empfehlungen vor. Trotzdem dauerte es fast den ganzen Tag, bis einer der Hunde anschlug.

Der Fundort lag nicht weit von einem kleinen Parkplatz entfernt, der Wanderfreunden die Möglichkeit gab, ihr Fahrzeug dort abzustellen.

Die Leiche hatte man zwar nicht direkt auf dem Weg abgelegt, aber der Platz neben einer großen Tanne war gut einsehbar, und sicherlich hätte es nicht lange gedauert, bis ein zufälliger Spaziergänger darauf gestoßen wäre.

Die Absperrarbeiten begannen umgehend, während die Beamten der Kriminalpolizei einen Blick auf die Tote werfen konnten. Kaller wusste sofort, dass er Trixi gefunden hatte. Obwohl die Verwesung bereits fortgeschritten war und die Stacheldrahtkrone das brünette Haar in Unordnung gebracht hatte, erkannte er die Frau auf Riccas Foto. Es war kein schöner Anblick, sie nun so vor sich zu sehen. An dem hübschen Gesicht hatte sich der Tod zu schaffen gemacht. Aufgedunsen, blaugrün verfärbt, an Ohren und Nase deutliche Spuren von Tierfraß, hatte es wenig gemein mit der jungen Trixi, die zwar im Leben einen schwierigen Weg gegangen war, sich aber gewiss nicht dieses Ende gewünscht hatte.

»Er hat sie abgeladen wie Müll«, murmelte Kaller und zwang sich, den Blick nicht abzuwenden. Das war er Trixi zumindest schuldig. Es belastete ihn, dass er Ricca nicht würde sagen können, ihre Freundin hätte sich nach Gran Canaria abgesetzt, würde ihre kranke Mutter im Schwarzwald besuchen oder hätte einen neuen Zuhälter gefunden. Alles wäre besser gewesen als die Nachricht von ihrem Tod.

»Ob das Kleid wieder von Bella Lulasch ist?«, fragte Meinfeld neben ihm nachdenklich, während er den weinroten Stoff betrachtete, der bis zu den Knöcheln der Frau reichte und unter dem man deutlich den Tüllunterrock sehen konnte. Die Puffärmel und die Rüschen am Ausschnitt erinnerten den Beamten an alte Märchenfilme im Kinderprogramm.

Der Gerichtsmediziner hatte bereits mit der Leichenschau begonnen. Die Bemerkung des Kommissars nahm er als Aufforderung, den Kopf der Toten ein wenig zu drehen, um so einen Blick auf das Etikett im Kleid zu werfen.

Er entdeckte den Namen einer bekannten Billigmarke und sagte: »Scheint eher vom Wühltisch zu stammen.«

»Fantastisch!«, reagierte Meinfeld genervt, »da werden wir erst recht niemanden finden, der sich an einen verdächtigen Käufer erinnern kann.«

Rulich, der bislang geschwiegen hatte, stimmte dem jüngeren Kollegen zu. »Und die Identifizierung wird auch nicht einfach werden. Wir können nie und nimmer ein Bild der armen Seele veröffentlichen.«

»Trixi, ihr Name ist Trixi.« Kaller wandte endlich den Blick von der Toten ab und sah zu seinen Kollegen. »Ihre Fingerabdrücke sind in unserer Datenbank.«

»Aber woher …?«, begann Meinfeld einen Satz, verstummte aber, als er von seinem Vorgesetzten einfach stehen gelassen wurde.

»Kaller?«, wollte Rulich nachfassen und machte Anstalten, dem Kollegen zu folgen, da hielt ihn der Kommissar zurück.

»Geben Sie ihm eine Minute, er wird es uns schon noch erklären.«

Hauptkommissar Rulich besann sich und nickte. »Natürlich. Das macht uns alle fertig.«

* * *

Einige Tage später

Kaller wartete etwas abseits zwischen einigen Ahornbäumen, die Schatten spendeten, und beobachtete die kleine Gruppe, die jetzt vor dem offenen Grab stand. Er hatte eigentlich nicht vorgehabt, hier zu erscheinen, denn ihm waren Beerdigungen verhasst. Trotzdem war er gestern zu Elke Wiedenhof-Meier ins Büro marschiert und hatte um einen freien Tag gebeten, um an diesem für ihn deprimierenden Ritual teilzunehmen.

Die Feier war von Ricca organisiert worden. Sie hatte Geld gesammelt, damit Trixi anständig unter die Erde gebracht werden konnte. Zumindest hatte sie es so ausgedrückt.

Kaller war gerne bereit gewesen, ebenfalls etwas beizusteuern, aber das half nur wenig, sein schlechtes Gewissen zu beruhigen. Er war sich sicher, dass er sich noch nie zuvor so machtlos gefühlt hatte. Es gab keine Hinweise, keine Spuren, nicht ein Fitzelchen DNA, keinen Fingerabdruck und keine Zeugen. Und das lag noch nicht einmal daran, dass der Mörder besonders vorsichtig agierte. Kaller spürte den Druck, der auf ihm lastete, wie einen tonnenschweren Mühlstein um den Hals. Es war zum Verrücktwerden. Niemand erinnerte sich an den Mann. Wie von Meinfeld befürchtet, hatten auch die Befragungen im Kaufhaus nichts ergeben. Das weinrote Kleid gehörte zu einer ganzen Charge Restposten, die letzten Dezember als billiges Schnäppchen für den Silvesterball angepriesen worden waren.

Kaller wollte einen Fluch ausstoßen, hielt sich aber zurück, als ihn die Holzkreuze zu seiner Linken daran erinnerten, wo er sich befand. Sein Blick wanderte zurück zu den Frauen, die nun enger zusammenstanden. Sie suchten gegenseitige Nähe, das war selbst auf die Entfernung zu erkennen. Manche hielten sich kerzengerade und steif, so als wollten sie dem Tod trotzig entgegentreten, andere zeigten mit ihren gekrümmten Schultern und gesenkten Köpfen die Angst, die er ihnen einflößte.

Als sich die Trauergäste schließlich in einer Reihe aufstellten, um Erde auf den Sarg zu werfen, war es auch für den Hauptkommissar an der Zeit, seinen sicheren Platz unter den Ahornbäumen zu verlassen und Trixi die letzte Ehre zu erweisen.

Irgendwie schien es ihm nicht richtig, dass bei der Beerdigung ein regelrechtes Schwimmbadwetter herrschte. Warum mussten ausgerechnet jetzt die Gluthitze der Sonne zu spüren sein, der Himmel strahlend blau leuchten und die Vögel ihre Schnäbel aufreißen.

Mit steifen Schritten bahnte er sich seinen Weg durch die Grabreihen. Der Schweiß lief ihm den Rücken herunter.

Er trug seine schwarze Lederjacke, die bei den Temperaturen viel zu warm war. Allerdings hatte er sonst nichts Angemessenes im Schrank gefunden. Unauffällig stellte er sich hinter die anderen Trauernden.

Den Zuhälter Bobby suchte er in der Reihe vergebens. Man hatte ihn natürlich befragt. Als die Beamten bei ihm aufgetaucht waren, hatte er sich wie ein Verrückter gebärdet und war sehr zu Kallers Freude handgreiflich geworden. Den Faustschlag, den er dem Mann daraufhin verpasst hatte, bereute er nicht, auch wenn seine Hand immer noch bei jeder Bewegung schmerzte. Sie hatten Bobby mit aufgeplatzter Lippe und Handschellen abgeführt, aber leider konnte man ihm nichts nachweisen außer den tätlichen Angriff auf einen Polizeibeamten. Davon abgesehen hatte Bobby zumindest teilweise Alibis für die Morde, und Kaller hielt ihn auch nicht für den Entführer von Vivien Balgar. Trotzdem wünschte er sich, dass dieses miese Stück Dreck hinter Gittern landen würde.

Plötzlich stand Kaller vor der Grube im Boden. Das braune Holz des Sarges glänzte unter den trockenen Erdkrümeln, die die anderen bereits darauf hatten fallen lassen. Er hörte Schluchzen und tröstende Worte. Kaller griff nach der Schaufel und beobachtete, wie die Erde auf das Holz traf. Er hatte einen Kloß im Hals. Warum fühlte er diese starke Trauer um eine Frau, die er noch nicht einmal persönlich gekannt hatte? Bevor ihm seine Gefühle entglitten, trat er einen Schritt zurück und wandte sich zum Gehen. Sein einziger Wunsch war jetzt schnell zu verschwinden; fort von dem Schmerz, der Hitze und den Schuldgefühlen.

»Mein herzliches Beileid.« Mit diesen Worten trat ihm jemand in den Weg.

Er blickte erschrocken auf und sah in angenehme braune Augen, die ihn teilnahmsvoll, aber auch ein wenig neugierig betrachteten.

Sein Gegenüber trug einen schwarzen Talar, und erst jetzt begriff Kaller, wer ihn angesprochen hatte.

»Sie sind ein Angehöriger?«, erklang eine warme Stimme, und als der Beamte zögerte, folgte ein verständnisvolles »Viel Kraft und Gottes Segen«.

Plötzlich war es ihm wichtig, sich zu erklären. »Ich bin kein Angehöriger«, sagte er deshalb.

Die braunen Augen musterten ihn erneut, und mit einem Mal hatte der Hauptkommissar Angst, für Trixis Zuhälter gehalten zu werden. »Ich bin Polizist«, fügte er schnell an.

»Kaller?«, hörte er neben sich eine vertraute Stimme.

Als er den Kopf drehte, sah er in das tränenüberströmte Gesicht von Ricca.

Er nahm sie in die Arme und drückte sie an sich. »Es tut mir leid«, murmelte er unbeholfen.

»Schon gut.« Sie befreite sich aus seinem Griff. »Dich trifft keine Schuld.« Sie wandte sich um. »Frau Pfarrerin, ich danke Ihnen«, sagte sie aufrichtig und drückte die entgegengestreckte Hand der Geistlichen fest.

»Wenn Sie meinen Beistand brauchen, ein Gespräch möchten – Sie wissen, wo Sie mich finden«, erwiderte die freundlich und sah dabei auch zu dem Hauptkommissar.

Automatisch nickte er, obwohl es ihm peinlich war, überhaupt den Eindruck zu erwecken, von irgendwem Beistand nötig zu haben. Außerdem irritierte ihn sein Bedürfnis, das Angebot anzunehmen.

Die Pfarrerin verschwand, und Ricca hakte sich bei ihm unter. »Die ist nett«, sagte sie beiläufig.

»Wer?«, tat er so, als wüsste er tatsächlich nicht, wer gemeint war.

»Sarah Weber, die Pfarrerin, wer denn sonst?«, antwortete ihm Ricca müde. »Sie kümmert sich um alle Gestrandeten der Gegend. Hält ihre kleine Gemeinde dazu an, die Ausgestoßenen der Gesellschaft zu integrieren, und hat ein Herz für Kinder aus Problemfamilien. Sie war meine erste Wahl für die Beerdigung und hat auch sofort zugesagt.« Ricca schluckte und wechselte mit belegter Stimme das Thema. »Dass du gekommen bist, bedeutet mir viel. Das ist sehr anständig von dir!«

Er brummte ungeduldig: »Ich bin Bulle, das gehört dazu.«

»Gehört es nicht«, antwortete sie bestimmt und sagte, »wir treffen uns alle im *Puders*. Sozusagen eine Gedenkfeier. Wäre schön, wenn du auch kommst.«

* * *

Am gleichen Nachmittag

»Wenn du eines Tages das Geschäft übernehmen wirst, dann solltest du darin geübt sein, mit wichtigen Kunden Kontakt zu pflegen«, sagte Mark Frohmer zu Carlo, während sie im Auto auf Amelie warteten.

»Ich denke, dieser Ball ist eine gute Erfahrung. Arne Kreuter besitzt mehrere Apotheken, der kennt eine Menge Leute. Ich bin ihm mit dem Preis für sein Schwimmbad entgegengekommen, und er lädt mich dafür zu einer Veranstaltung ein, bei der ich auf neue Kunden treffen kann.«

Carlo Lehner nickte zwar, sagte aber: »Ich verstehe nur nicht ganz, was ich dabei tun soll.«

Frohmer lachte gut gelaunt. Er gefiel sich in der Rolle des Lehrmeisters. »Das findet sich schon. Du wirst einfach Amelie begleiten, und ich stelle dich den anderen Gästen vor. Die können ruhig wissen, dass das Geschäft einen Nachfolger hat und wir kein Krämerladen sind.«

Der Geselle glaubte seinem Chef nicht. Sicher war es kein Fehler, sich gelegentlich auf dem gesellschaftlichen Parkett zu zeigen, um nach potenziellen Kunden Ausschau zu halten. Auch blieb es eine Tatsache, dass Mund-zu-Mund-Propaganda mehr wert war als eine doppelseitige Anzeige in der Printpresse – aber ob ein Kostümball wirklich den richtigen Rahmen für den Kundenfang darstellte, da hatte Carlo doch eher Zweifel. Woran er allerdings keinerlei Zweifel hatte, waren Frohmers Absichten, seine Tochter an den Mann zu bringen.

»Na endlich«, rief sein Chef jetzt aus, als er sah, dass Amelie aus der Haustür kam.

Außer Atem riss Frohmers Tochter die Autotür auf und setzte sich auf die Rückbank. »Tut mir leid, aber ich musste der Bürohilfe noch ein paar Anweisungen geben. Ich hoffe, das wird funktionieren«, erklärte sie geschäftig und klang dabei so dramatisch, als hätte sie die Geschicke des Landes in die Hände eines Kleinkindes gelegt.

»Du bist eben unersetzlich«, schlug ihr Vater in dieselbe Kerbe, offenbar der Meinung, für Carlo wäre die Bürowelt ein Mysterium. Allerdings wusste der sehr genau, dass besagte Aushilfe lediglich das Telefon bedienen und die wenigen Anrufer auf den nächsten Tag vertrösten musste.

Während der Fahrt schwatzte Frohmer unaufhörlich über die Vorzüge seiner Tochter, als wäre die ein Rennpferd, das bei einer Versteigerung verkauft werden sollte.

Amelie wehrte die Komplimente verlegen ab, und Carlo gab zwischendurch pflichtschuldig einen anerkennenden Laut von sich.

Gleichzeitig unterdrückte er ein Grinsen. Er hatte schon einiges erlebt, aber noch nie wurde er von einem Vater gedrängt, dessen Tochter flachzulegen. Er würde dem guten Frohmer den Gefallen wohl schleunigst tun müssen, sonst wäre ihm kein ruhiger Moment mehr vergönnt.

Endlich hatten sie ihr Ziel erreicht. Während Amelie aufgeregt und voller Vorfreude darauf wartete, dass man ihnen die Tür öffnete, war Carlos Begeisterung eher verhalten. Wie die meisten Männer hielt er den Einkauf von Kleidungsstücken zwar für notwendig, aber weder für ein Erlebnis noch für sonderlich entspannend.

Ein Angestellter von Bella Lulasch, der eines der obligatorischen Maßbänder um den Hals geschlungen hatte, öffnete ihnen. »Bella erwartet Sie schon«, sagte er mit einem andächtigen Tonfall, so als würde ihnen gleich die seltene Gunst einer päpstlichen Audienz zuteilwerden.

Staunend und voller Begeisterung ließ sich Amelie durch die Räumlichkeiten führen. Sie konnte es kaum glauben. In wenigen Wochen sollte sie zusammen mit Carlo auf einen Kostümball gehen. Ihr Vater hatte die Karten organisiert, und heute durfte sie sich ein passendes Outfit aussuchen. Carlo wurde ebenfalls eingekleidet, und ihr Vater hatte großzügig versprochen, die Rechnung zu übernehmen. Außerdem stand mittlerweile fest, dass Carlo seinen Meister machen würde. Der junge Mann blieb also vorerst im Betrieb, und die Tochter des Chefs träumte mehr denn je von einer gemeinsamen Zukunft mit ihm.

Nur seine Zurückhaltung machte ihr Sorgen. Sie war nicht naiv, Carlo sah blendend aus und konnte sich die Frauen aussuchen. Vermutlich spielte sie einfach nicht in seiner Liga, aber durfte sie deshalb aufgeben? Sie liebte ihn doch! Ja, sie liebte ihn, das war ihr die letzten Tage schmerzlich bewusst geworden, deshalb musste sie alles daransetzen, ihn für sich zu gewinnen.

»Ah, mein lieber Herr Frohmer«, begrüßte Bella Lulasch den Elektrikermeister mit seinem gezierten Tonfall, der Amelie ein albernes Kichern entlockte.

Das führte dazu, dass sich Bella ihr zuwandte und übertrieben ausrief: »Wie wunderbar, dass ich einmal die Gelegenheit habe, das Fräulein Tochter kennenzulernen! Was für eine reizende junge Dame. Hervorragend geeignet für eines unserer Prinzessinnenkleider!«

Er reichte Amelie die Hand und deutete eine kleine Verbeugung an. Die junge Frau kicherte erneut, fühlte sich durch so viel Aufmerksamkeit geschmeichelt und bemerkte nicht, dass trotz der schönen Worte Lulaschs eigentliches Interesse dem gut aussehenden Carlo galt.

»Ist das Ihr Sohn?«, fragte er zuckersüß in Frohmers Richtung, hatte dabei aber weiterhin nur Blicke für Amelies Begleiter.

»Wir kennen uns doch, nicht wahr?«, führte er das Gespräch fort und ging jetzt direkt auf Carlo zu.

Der hielt ungerührt seinem Blick stand und erwiderte: »Tatsächlich?« Das kurze Zucken seiner Mundwinkel ließ erkennen, dass ihn das Zusammentreffen mit Lulasch allenfalls amüsierte, dessen auffällige Anmache ihn aber nicht verunsicherte.

Er erinnerte sich an den glatzköpfigen Mann, sagte jedoch nichts.

Dafür sprang Frohmer ein, der antwortete: »Das ist mein Geselle, Carlo Lehner, vermutlich sind Sie ihm bei den Balgars begegnet. Wir hatten dort die Arbeiten im Poolhaus übernommen.«

»Stimmt genau«, rief Lulasch erleichtert aus und schlug sich mit der Hand auf die Stirn, wie man es tat, wenn einem etwas Wichtiges wieder eingefallen war. Carlo hegte allerdings den Verdacht, dass der Mann auch ohne Frohmers Hinweis wusste, wo und wann ihr letztes Aufeinandertreffen stattgefunden hatte.

»Ich war dort, um das Kleid für Vivien abzuliefern«, warf Lulasch ein und schnalzte mit der Zunge, bevor er sagte: »Das arme Mädchen.« Dann klatschte er kurz in die Hände und seufzte: »Unsere guten Wünsche begleiten das unglückliche Kind, aber jetzt wenden wir uns erfreulicheren Dingen zu.« Wieder glitt sein Blick für einen Moment anzüglich über Carlos Körper, dann scheuchte er seine Angestellten durch die Kleiderreihen, und für Amelie begann ein Anproben-Marathon, wohingegen ihr Vater und Carlo innerhalb von dreißig Minuten ihr komplettes Outfit gefunden hatten.

Nach zwei Stunden hatte Amelie die Auswahl auf zwei Kleider begrenzt. Eines war gelb und bildete einen guten

Kontrast zu ihren dunkelbraunen Haaren, das andere rosa.

»Ich würde das Rosafarbene nehmen«, riet ihr Bella Lulasch, und mit einer kapriziösen Geste verkündete er: »Wenn ich eines tragen könnte, dann würde ich mich auf jeden Fall für das Rosafarbene entscheiden.«

Momentan hatte sie das Gelbe an und betrachtete sich vor dem Spiegel.

»Mach hinne, Mädchen«, drängte Frohmer, »ich wollte eigentlich noch zum Stammtisch.«

Ihr Blick wanderte Hilfe suchend zu Carlo, der es sich auf einem der Stühle bequem gemacht hatte und auf das Display seines Smartphones starrte.

Allerdings schien er ihren Blick zu spüren, denn plötzlich hob er den Kopf. Sie sah ihn unglücklich an, wirkte in ihrer prächtigen Robe wie ein verlorenes Kind und hatte so überhaupt nichts Prinzessinnenhaftes an sich. Es hätte ihn nicht gewundert, wenn sie vor lauter Unsicherheit gleich in Tränen ausgebrochen wäre.

Er stand auf, reichte ihr seine Hand und sagte: »Dreh dich hin und her!«

Ihre Finger waren schwitzig, als er sie mit den seinen umschloss und sie führte, während sie sich unbeholfen bewegte.

»Ich denke, du solltest das Gelbe nehmen, das passt perfekt«, sagte er schließlich mit einer Bestimmtheit, als hätte er in seinem Leben nie etwas anderes getan, als Frauen beim Einkaufen zu beraten.

Dann zog er sie ein Stück zu sich und flüsterte ihr ins Ohr: »Überlassen wir das rosa Kleid dem lieben Bella, wenn er es doch so unbedingt haben will.«

Die Anspannung fiel von ihr ab, und sie musste lachen. Es war ein fröhliches und echtes Lachen, und Carlo, der immer noch ihre Hand hielt, führte diese zu seinen Lippen und drückte ihr einen Kuss darauf. »Liebe Amelie, danke für den Tanz.«

Sie lief dunkelrot an und hatte das Gefühl, ihr Herz würde aussetzen.

»Na dann«, meckerte ihr Vater erleichtert und verschwand mit Bella Lulasch Richtung Kasse.

Die Männer schienen noch etwas zu besprechen. Es war mehr ein Tuscheln, und Carlo glaubte, den Namen Balgar zu hören und die Worte »Sonderpreis« und »Whirlpool«.

»Danke«, sagte Amelie verlegen und wollte sich umdrehen, um Richtung Kabine zu verschwinden, da hielt er sie am Arm zurück.

Seine Augen blickten in die ihren, und für Amelie war es genau so wie in den Filmen, die sie immer wieder ansah. Der Traummann schloss die schöne Heldin in die Arme und küsste sie leidenschaftlich. Sie spürte seine Zunge, die weich und behutsam die ihre liebkoste, schmeckte Pfefferminz, nahm den Duft seines Rasierwassers wahr und fühlte sich am Ziel ihrer Träume.

Als sich Carlo von ihr löste, räusperte er sich und sagte: »Ich hoffe, das war nicht zu plötzlich!«

Sie lächelte und drückte ihm einen flüchtigen Kuss auf die Lippen. »War es nicht«, hauchte sie glücklich, und man sah ihr an, dass sie sich ihm sofort voll und ganz hingegeben hätte.

In diesem Augenblick kamen ihr Vater und Bella Lulasch zurück, und Amelie flüchtete regelrecht in die Kabine, damit ihr niemand am Gesicht ablesen konnte, was hier eben passiert war.

»Ich gehe schon mal zum Auto«, knurrte Frohmer, der schlecht gelaunt schien. Vermutlich hatte ihm der Schneider eine ordentliche Summe abgeknöpft.

Jedenfalls führte das dazu, dass Carlo mit Lulasch allein zurückblieb.

»Sie haben einen guten Geschmack«, begann Letzterer eine Unterhaltung und fügte nach einer kleinen Pause an: »Zumindest bei Kleidern.« Es folgte ein vielsagender Blick. »Wir verstehen uns, oder?« Bella trat nun einen Schritt auf

Carlo zu. Seine Finger wanderten über dessen Schulter und entfernten ein imaginäres Staubkorn.

Bevor Frohmers Geselle darauf etwas erwidern konnte, erschien Amelie in ihrer Alltagstracht und mit immer noch gerötetem Gesicht.

Lulasch entfernte sich ein Stück von Carlo und sagte: »Es war schön, dass wir uns wiedergesehen haben.«

»Das fand ich auch«, erwiderte der so Angesprochene zwar höflich, aber reserviert.

»Wenn Sie Änderungen an den Kostümen wünschen oder noch etwas brauchen, dann wissen Sie ja, wo Sie mich finden können«, fügte der Schneider an.

Amelie, die plötzlich das Gefühl hatte, sie müsse ihr Revier abstecken, schob sich nun mit dem gelben Kleid zwischen die Männer. »Wir werden uns melden, wenn es notwendig sein sollte, vielen Dank«, sagte sie ein wenig gereizt und drückte Lulasch schließlich mit den Worten »Das können Sie einpacken« ihr Kostüm in die Hand.

Zweifelsohne war der Einkauf damit beendet.

Als die beiden kurz darauf das Geschäft verließen, sagte Carlo: »Danke, dass du mich vor diesem Bella gerettet hast, darf ich dich dafür heute Abend zum Italiener einladen?«

Ihr Strahlen war Antwort genug, und Carlo war mit der Entscheidung, die er getroffen hatte, zufrieden.

* * *

Hauptkommissar Kaller war im *Puders* regelrecht versumpft. Die Trauerfeier hatte irgendwann am Nachmittag begonnen, und jetzt war es bereits ein Uhr morgens. Der widerliche Kräuterlikör, den der Wirt erneut großzügig ausgeschenkt hatte, stieß ihm hier an der frischen Luft unangenehm auf. Kaller vermutete, dass der Grund für die Großzügigkeit, was dieses wenig schmackhafte Getränk betraf, eine Fehlanschaffung des Kneipiers war.

Allerdings hatte das für den Hauptkommissar, der alles heruntergeschüttet hatte, was ihm vor die Nase gesetzt worden war, keine Rolle gespielt. Zwischen den einzelnen Schnäpsen hatte er Ricca mit Weisheiten, die nur einem besoffenen Kopf entspringen konnten, getröstet und sich auf philosophische Gespräche mit einem der Automatenzocker eingelassen. Alles in allem ein gelungener Abend, bis auf die Schuldgefühle, die der Hauptkommissar immer noch verspürte und die auch der Alkohol nicht hatte fortspülen können.

Er blieb stehen, zögerte kurz, blickte dann in alle Richtungen, winkte schließlich ab und murmelte: »Scheiß drauf«, während er sich gegen eine Häuserwand stellte und sein bestes Stück aus der Hose zog, um geräuschvoll die Blase zu entleeren. Dabei starrte er direkt in das Gesicht einer jungen Frau, die ihn von einem Werbeplakat für Parfüm aus anstarrte. Er grinste dümmlich, bemerkte nicht, dass der Urinstrahl mittlerweile seine Schuhe getroffen hatte, und stellte sich beim Schließen des Reißverschlusses äußerst ungeschickt an. Eine zufällig vorbeikommende Streife hätte ihn sicherlich in Gewahrsam genommen, aber die Straßen waren heute Nacht wie leer gefegt. Kaller kramte in seiner Hosentasche nach einem Taschentuch und spürte plötzlich ein kleines, rechteckiges Kartonstück. Da er keine Ahnung hatte, was er da bei sich trug, zog er das Teil heraus und hielt es in das Licht einer Straßenlaterne.

»Die schöne Gabriela«, lallte er und grunzte dabei anzüglich, während er ihre ausgebleichte, aber immer noch lesbare Visitenkarte betrachtete. Die hatte offenbar mehrere Maschinenwäschen überstanden. Er dachte an den Tag in der Gerichtsmedizin, an dem Gabriela Hebert das erste Opfer identifiziert hatte.

»Gute Qualität«, bescheinigte er der Visitenkarte mit der Ernsthaftigkeit eines Sachverständigen für Papier und rülpste laut.

Dann kam ihm eine Idee. Wäre irgendwer bei ihm gewesen, hätte der ihn bestimmt davon abgehalten, aber da Kaller auf sich allein gestellt war, hinderte ihn niemand daran, sich sofort auf den Weg zu machen. Das Wohnhaus von Gabriela Hebert lag keine zwei Straßen entfernt. Genug Zeit, so befand Kaller, um wieder halbwegs nüchtern zu werden und dann sein Glück zu versuchen. Denn durch die Gedanken an die hübsche Frau war ihm das Blut in den Unterleib geschossen, und er konnte nur noch an das Eine denken. Mit einer Sorglosigkeit, wie sie nur ein Betrunkener empfand, marschierte er los. Sehr zu seiner Freude kam er noch an einem Getränkeautomaten vorbei und zog sich dort eine Dose Cola, die er auf einen Zug leerte, bevor er noch einmal geräuschvoll aufstieß und das Gefühl hatte, fast schon wieder nüchtern zu sein.

Am Haus von Gabriela hielt er es für eine gute Idee, Sturm zu klingeln. Die Logik, die dahintersteckte, war seinem alkoholisierten Zustand geschuldet. Demzufolge berücksichtigte er, dass Gabriela bereits schlafen könnte und nur durch lautes Alarmläuten zu wecken wäre.

Irgendwann zischte eine Frau in die Gegensprechanlage: »Wenn Sie nicht sofort aufhören, dann rufe ich die Polizei!«

Kaller nahm das als gutes Omen und nuschelte vergnügt: »Die ist schon da.«

Eine Antwort blieb aus, was ihn veranlasste, deutlicher zu werden: »Ich bins!«

»Wer *ich?*«, blaffte Gabriela.

Fast beleidigt erwiderte der Hauptkommissar: »Kaller, Michael Kaller natürlich!«

»Ist was passiert?«, kam dieses Mal sofort eine Erwiderung, die ihn beflügelte. Immerhin schien sie sich an ihn zu erinnern.

»Ja, es ist etwas passiert. Ich bin scharf auf dich«, entgegnete er deshalb, fest davon überzeugt, dass er keine andere Wahl hatte, als die Wahrheit zu sagen.

Eine verbale Reaktion blieb aus. Womöglich drang da ein leises Kichern durch den Lautsprecher, aber das hätte Kaller nicht mit Gewissheit sagen können, allerdings erklang das Summen des Türöffners.

Kaller wunderte das nicht, immerhin hatte er seiner Meinung nach ja mit viel Charme und äußerst einfühlsam agiert.

Im Gebäude orientierte er sich an einer Hinweistafel. Hinter dem Namen Hebert stand »3. Stock«. Obwohl auch die Ausschilderung im Aufzug übersichtlich war, irrte der Hauptkommissar zuerst im vierten Stock und dann im zweiten umher, bevor er nach einem erneuten Halt im Erdgeschoss endlich die richtige Etage fand.

Das Objekt seiner Begierde stand, eingehüllt in ein durchsichtiges Irgendwas von einem Bademantel, im Türrahmen und beobachtete belustigt, wie er mit unsicherem Gang auf sie zukam.

»Haben wir getrunken, Herr Hauptkommissar?«

Ihre Stimme war angenehm, und ihr Körper, der sich unter dem hauchdünnen Stoff abzeichnete, schien ihm eine unvergessliche Nacht zu verheißen.

»War ein schwerer Tag«, sagte er bemüht, nicht zu lallen.

Sie betrachtete ihn kopfschüttelnd. »Du siehst aus wie ein Obdachloser, nur riechen die besser!«

»Du duftest für uns beide«, erwiderte er daraufhin, ohne sich an ihrem äußerst zutreffenden Kommentar zu stören.

Im nächsten Augenblick trat er auf sie zu, legte seine Hand um ihren Nacken und zog sie an sich. Seine Lippen drückten sich auf die ihren. Gabriela wollte protestieren, darauf hinweisen, dass er nicht einfach mitten in der Nacht bei ihr aufkreuzen könnte, um Sex zu haben. Sie wollte ihm vorwerfen, dass er stank und sich wie ein Neandertaler benahm, aber als seine Küsse leidenschaftlicher wurden und seine Hände ihren Körper erforschten, war ihr Widerstand auch schon gebrochen.

Sie ließ sich von ihm in den Raum schieben. Mit dem Fuß gab er der Wohnungstür einen Stoß, sodass diese ins Schloss fiel. Im nächsten Augenblick lagen sie auf dem Boden. Er machte sich nicht die Mühe, Gabriela langsam zu entkleiden. Stattdessen packte er den leichten Stoff ihres Bademantels und riss ihn ihr vom Leib. Sie lachte auf, genoss seine Leidenschaft und half ihm, die Hose zu öffnen. Sie wälzten sich auf dem Boden, er verwöhnte sie mit seinen Händen und steigerte ihre Lust, bis sie ihn drängte, sich auf den Rücken zu legen, und auf ihn stieg, um selbst die Führung zu übernehmen. Er ließ es geschehen und genoss die Wildheit der Frau, die keine Hemmungen hatte, spitze Schreie der Lust auszustoßen, während sie sich auf ihn setzte und mit erst kreisenden und dann schnellen Auf- und Abwärtsbewegungen seine Männlichkeit zum Pulsieren brachte.

Ich bin im Himmel, dachte Kaller, kurz bevor er zum Höhepunkt kam. Das ruckartige, schnelle Zusammenziehen ihres Unterleibs und der laute jauchzende Schrei signalisierten ihm, dass auch sie ihre Befriedigung gefunden hatte.

Kurz darauf rollte sie sich von ihm herunter; sie war verschwitzt und anziehender als je zuvor.

»Nachdem wir das hinter uns haben, kannst du mir ja erzählen, warum du einen so schweren Tag hattest«, sagte sie leichthin, als hätten sie miteinander nichts weiter getan, als die Steuererklärung auszufüllen.

Später lagen sie dann in Gabrielas gewaltigem Designerbett. Mittlerweile hatte Kaller bemerkt, dass alles hier vom Feinsten war. Die Möbel, die Ausstattung im Badezimmer, selbst die Kaffeemaschine in der Küche kostete mehr als ein Polizistengehalt. Sein Kopf war fast wieder klar, was sein Verlangen nach ihr allerdings nicht minderte. Er berührte ihre zarte, helle Haut, streichelte liebevoll über das kleine Tattoo auf ihrer Hüfte, das einen grinsenden Totenkopf darstellte, und begann, sich alles von der Seele zu reden. Gabriela stellte sich als ausgezeichnete Zuhörerin heraus, und verständnisvoll lauschte sie seinen Spekulationen über die Morde. Normalerweise sprach er nicht mit Außenstehenden über seine Arbeit, was daran lag, dass es in seinem Leben niemand gab, mit dem er das hätte tun können. Eigentlich musste, wenn überhaupt, Meinfeld für so etwas herhalten. Aber ihm hätte er nicht gesagt, dass er sich für Trixis Tod verantwortlich fühlte, das hätte den jungen Kommissar nur selbst heruntergezogen. Bei Gabriela verhielt es sich anders, sie war neutral.

Gegen Morgen liebten sie sich ein weiteres Mal voller Leidenschaft, aber auf eine sanftere, verständnisvolle Weise; nicht wie zwei aufeinandertreffende Naturgewalten, sondern eher wie ein harmonisches Verschmelzen der Elemente.

Viel zu spät wachte Kaller auf. Sein Handy steckte in der Hose im Wohnzimmer, so hatte er auch das ungeduldige Klingeln, dessen Urheber Meinfeld war, nicht gehört.

Gabriela ignorierte es ebenfalls und konzentrierte sich ganz auf ihre Morgentoilette. Als sie schließlich neben dem Bett stand, eine Tasse Kaffee in der einen, die Klamotten von Kaller in der anderen Hand, sagte sie freundlich, aber bestimmt: »Du musst jetzt gehen!«

»Du schmeißt mich raus?«, erwiderte der Hauptkommissar mit gespielter Empörung. »Und ich dachte, wir könnten noch eine Runde …«

Sie ließ gelangweilt seine Kleider fallen und stellte die Tasse auf den Nachttisch. »Beeile dich, ich bin spät dran. Ich muss zu einem Termin. Außerdem klingelt die ganze Zeit dein Handy.«

Erst jetzt sah Kaller auf die Uhr. »Verdammte Schei…« Er brach ab, so als wäre es noch notwendig, sich von seiner wohlerzogenen Seite zu zeigen, was Gabriela ein amüsiertes Lächeln entlockte.

»Dann müssen wir wohl beide los«, sagte sie ungeduldig und scheuchte ihn mit den Worten »Na los!« aus dem Bett.

Zehn Minuten später stand Kaller unter der Tür. »Soll ich dich anrufen?«, fragte er und wusste nicht, ob er ein Ja oder ein Nein hören wollte.

»Ich bin die nächsten Tage ziemlich beschäftigt, vielleicht am Wochenende.«

Ihre lapidare Antwort klang eher wie ein Nein, und jetzt wusste er, dass er ein klares »Wie wäre es mit heute Abend?« bevorzugt hätte.

Ein wenig kränkte ihn ihr Desinteresse, trotzdem drückte er ihr seine Visitenkarte in die Hand, küsste sie auf die Wange und sagte sanft: »War schön mit dir, bis bald!«

»Das fand ich auch«, erwiderte sie sehr charmant und lächelte.

Als er gegangen war, veränderte sich ihre Miene, und für einen Augenblick überkamen die junge Frau, was ihr Vorhaben anging, große Zweifel. Aber dann besann sie sich und verscheuchte ihre Bedenken mit einem Kopfschütteln.

* * *

Kurz darauf

»Wo warst du?«, fragte Kommissar Meinfeld in dem nörgelnden Tonfall einer versetzten Geliebten, und Kaller konnte nicht umhin, die Stimme zu verstellen und zärtlich zu fragen: »Hast du mich vermisst?«

Meinfeld reagierte mit einem eindeutigen Fingerzeichen und sagte dann gereizt: »Manche von uns arbeiten hier nämlich!«

Kaller überging seine Bemerkung, schnappte sich wie selbstverständlich die Reste von Meinfelds belegtem Brötchen und biss herzhaft hinein. »Ich darf doch, oder?«, fragte er, als ihn sein Kollege mürrisch anblickte.

Meinfeld winkte daraufhin müde ab, brummte: »Du kannst es behalten«, und öffnete eine Datei auf dem Bildschirm. »Sagt dir der Name *Gerhard Lobiz* etwas?«

Kaller trat kauend näher und blickte über die Schulter des Kommissars.

Das Gesicht kam ihm bekannt vor. Der Mann auf der Aufnahme war ungefähr Anfang dreißig, es handelte sich um ein altes Foto aus einer Gerichtsakte.

Der Hauptkommissar verfluchte den Kater, der hartnäckig die Öffnung zu seinem Erinnerungsvermögen blockierte.

Sein Kollege half ihm auf die Sprünge: »Schwere räuberische Erpressung«, begann er und wurde, als Kaller ihn immer noch grübelnd ansah, deutlicher: »Banküberfall mit Geiselnahme vor neun Jahren, Schusswaffengebrauch. Eine Bankangestellte wurde schwer verletzt und starb später im Krankenhaus. Es gab drei Täter, einer davon war Gerhard Lobiz. Seine Komplizen wurden beim Eingreifen des SEKs erschossen. Lobiz beteuerte, nur der Fahrer gewesen zu sein, aber das haben ihm die Richter nicht geglaubt.«

Kaller pfiff durch die Zähne. »Jetzt erinnere ich mich.«

»Das solltest du auch«, erwiderte Meinfeld wichtigtuerisch und öffnete eine weitere Datei.

Ein altes Zeitungsfoto erschien auf dem Bildschirm. Im Vordergrund sah man, wie Lobiz von zwei Beamten abgeführt wurde, schräg hinter ihnen erkannte man eine jüngere Version von Michael Kaller.

»Stimmt, ich war damals noch Oberkommissar, kurz darauf bekam ich die Stelle im Morddezernat. Allerdings habe ich bei dem Fall keine große Rolle gespielt, ich war nur einer von vielen. Ich musste nicht einmal aussagen, arbeitete sozusagen im Hintergrund.«

Die Antwort schien Meinfeld nicht zu gefallen.

»Was hattest du denn erwartet?«, fragte Kaller daher, als er das unzufriedene Gesicht seines Kollegen bemerkte.

»Ehrlich gesagt, hatte ich gehofft, du wärst Lobiz aus irgendeinem Grund im Gedächtnis geblieben, das würde nämlich einiges erklären.«

»Ich bin mir sehr sicher, nie mit dem Mann geredet zu haben. Näher als auf dem Foto bin ich ihm nicht gekommen.«

»Du denkst also nicht, dass er eine Rechnung mit dir offen hat?«

»Das halte ich für Unsinn. Ich war weder im Zeugenstand noch als Zuschauer bei der Verhandlung.«

»Stellen wir das vorerst hintenan«, fuhr Meinfeld fort, »dafür war Doktor Urban Balgar dort, und zwar als Lobiz' Verteidiger.«

»Und? Wir wissen doch, dass Balgar früher als Strafverteidiger gearbeitet hat.«

Meinfeld schien jetzt genervt, weil sein Kollege nicht verstand, worauf er hinauswollte.

Er wedelte mit einem Zettel vor Kallers Gesicht und erklärte: »Das ist die Liste, die uns Balgar gegeben hat. Eine Auswahl möglicher Feinde, die für die Entführung seiner Tochter infrage kommen könnten. Zu allen hatte Balgar in den letzten zwei, drei Jahren Kontakt. Es handelt sich meist um Gegner in Gerichtsverfahren, gegen die er gewonnen hat. Alle hatten gute Gründe, Balgar zu schaden, aber eine Überprüfung hat nichts ergeben. Da dachte ich mir, dass ich weiter zurückgehen sollte, und stieß auf Gerhard Lobiz.«

»Hat der Balgar denn zu irgendeinem Zeitpunkt bedroht?«, wunderte sich Kaller darüber, dass der Mann bisher niemandem aufgefallen war.

»Das nicht«, fuhr Meinfeld fort. »Aber er war eigentlich der Einzige, den Balgar nicht rauspauken oder für den er kein spektakulär niedriges Strafmaß aushandeln konnte.«

»Bei der Beweislage hätte das niemand geschafft. Lobiz war schuldig.«

»Er hat behauptet, er wäre entgegen dem ursprünglichen

Plan, nur den Wagen zu fahren, von einem der Mittäter genötigt worden, dann doch den Kassenraum zu betreten und die Geiseln mit einer Waffe in Schach zu halten. Wie er immer wieder beteuert hat, gegen seine Absicht.«

»Das hätte ich auch gesagt«, warf Kaller ein. »Ich warte immer noch darauf, dass du mir sagst, der Mann hätte nach dem Urteilsspruch Balgar bedroht oder ihm aus dem Gefängnis Hassbriefe geschrieben.«

»Das nicht, aber im Protokoll steht etwas anderes Interessantes. Als ihm der Richter die Möglichkeit gibt, sich selbst zu seinen Taten zu äußern, beteuert Lobiz, kein schlechter Mensch zu sein, und versichert dem Richter, dass er das nur für seine Familie getan hat.« Meinfeld suchte nach der richtigen Stelle und las die Zeilen aus dem Gerichtsprotokoll vor:

»Ich wollte doch nur, dass es meiner Familie gut geht. So wie jeder hier im Saal das Beste für seine Familie will. Sie auf der Richterbank, die Staatsanwaltschaft und auch mein Verteidiger. Ich habe versucht, das Richtige zu tun. Es ging nur darum, meine Familie glücklich zu machen. Vor allem wollte ich, dass meine Tochter, meine kleine Prinzessin, alles bekommt, was sie verdient.«

Ein zweites Mal an diesem Morgen stieß Kaller einen schrillen Pfiff aus. »Jetzt bin ich beunruhigt. Sag mir, dass Lobiz wieder mit seiner Familie vereint ist.«

Meinfeld schüttelte bedauernd den Kopf. »Die Frau hat sich sofort scheiden lassen und ist mit der Tochter weggezogen.«

»Wo sind die beiden jetzt?«

»Tot. Autounfall vor sechs Jahren. Tragische Sache. Ich habe mit dem Gefängnisdirektor telefoniert. Der konnte sich noch gut daran erinnern, wie Lobiz, als man ihm diese schreckliche Nachricht überbracht hat, regelrecht zusammengebrochen ist.«

»Das ist ja eine furchtbare Geschichte«, reagierte Kaller geschockt.

»Dem Leiter der Haftanstalt ist zwar nie zu Ohren gekommen, dass Lobiz Drohungen gegen jemanden ausgestoßen oder rachsüchtige Tendenzen gezeigt hätte, aber er hält Lobiz auch keinesfalls für einen Typen, der sein Innerstes preisgibt. Und noch etwas, laut den psychiatrischen Gutachten wurde ihm eine überdurchschnittliche Intelligenz bescheinigt.«

»Du denkst, er wäre klug genug, sich in aller Ruhe, still und leise, zu überlegen, wie er die, die er für seine Tragödie verantwortlich macht, bestrafen kann?«

»Der Knast bietet sich für solche Planungen an«, antwortete ihm der Kommissar. »Außerdem«, fuhr Meinfeld nun fort, und dieses Mal lag ein triumphierender Ausdruck auf seinem Gesicht. »Gibt es eine weitere interessante Verbindung, und das ist Arne Kreuter.«

»Der Apotheker und Balgars Freund?«, erwiderte Kaller überrascht.

»Genau der. Kreuter ist Mitglied einer Initiative, die ehemalige Strafgefangene dabei unterstützt, wieder Fuß zu fassen. Die Mitglieder sind Geschäftsleute und Firmeninhaber, die den Häftlingen Jobs geben, um sie auf den Arbeitsmarkt zurückzuführen.«

»Löblich«, kommentierte Kaller mit einer Spur Sarkasmus. »Manch einer wäre vielleicht niemals im Knast gelandet, wenn man ihm vorher eine Chance gegeben hätte.«

»Die Diskussion führen wir ein anderes Mal«, würgte Meinfeld seinen Kollegen ab, der dessen Hang kannte, stundenlang über Möglichkeiten zu philosophieren, mit denen man Straftaten von vorneherein verhindern könnte. »Wichtig ist im Moment nur, dass Lobiz für Kreuter als Fahrer arbeitet. Ich dachte, das würde dir gefallen.«

»Wie kam es dazu?«

»Natürlich habe ich längst auch das geklärt«, erwiderte Meinfeld zufrieden. »Der Leiter dieser Initiative hat mir freundlicherweise die Auskunft erteilt, dass das reiner Zufall ist. Die Stelle bei Kreuter war frei und Lobiz gerade aus dem Knast raus. Womöglich hat Lobiz da aber doch irgendetwas gedeichselt.«

»Was sollte ihm der Job bei Kreuter nützen, wenn er es auf Balgar abgesehen hat?«, fasste Kaller nach.

»Informationen sammeln, auf dem Laufenden bleiben«, schlug Meinfeld vor. »Lobiz entführt Vivien, gleichzeitig nistet er sich bei Balgars Kumpel ein und erfährt so wesentlich mehr über die polizeilichen Maßnahmen als aus den Zeitungen. Das ist vielleicht riskant, aber wie wir wissen, steht unser Täter auf Risiko.«

»Und was ist mit dem Sohn des Apothekers?«, hakte der Hauptkommissar nach. »Könnte der mit drinstecken?«

»Du hast dich da verrannt. Der Mann hat ein Alibi für die Entführung.«

»Ja, aber was, wenn er nicht allein arbeitet?«

»Denis Kreuter und Gerhard Lobiz als Team?«, stieß Meinfeld hervor. »Möglich wäre es natürlich.«

»Jedenfalls sollten wir das schleunigst herausfinden«, schlug Kaller vor. »Lass uns einmal sehr höflich bei Herrn Lobiz anklopfen.«

Keine zwanzig Minuten später standen die Beamten vor dem alten Mietshaus im Karlsruher Bahnhofsviertel und betraten das Gebäude durch die Haustür, die nur noch schräg in den Angeln hing. Ein Mädchen, das auf den ersten Blick wie sechzehn wirkte, vermutlich aber erst zwölf war, gab ihnen bereitwillig Auskunft.

»Herr Lobiz? Sie meinen wohl den Ex-Knacki, was?« Sie wartete nicht auf eine Antwort, sondern erklärte: »Vierter Stock, linke Tür hinten, da, wo der Pimmel an die Wand gesprayt wurde.«

»Vielen Dank«, sagte Meinfeld und wollte weiter, da hielt ihn das Mädchen zurück.

»He, was ist mit meiner Belohnung?«

»Wofür?«, fragte der Kommissar verblüfft.

»Na dafür, dass ich der Polizei eine Info gegeben habe. Sie sind doch Polizisten, oder? Ich will Zigaretten, der da hat bestimmt welche.«

Mit »der da« war Kaller gemeint. Der hatte weder Lust noch Zeit, sich mit der Kleinen auseinanderzusetzen, die vermutlich die Schule schwänzte und auf deren Zuhause das Jugendamt dringend einen Blick werfen müsste.

»Keine Schule heute?«, blaffte er deshalb unfreundlich.

»Lehrerausflug«, log sie, ohne mit der Wimper zu zucken, und sah den Hauptkommissar trotzig an.

»Du solltest schleunigst deinen Schulranzen packen und dich in Bewegung setzen, ansonsten machst du ebenfalls gleich einen Ausflug, und zwar in den Jugendarrest.«

Meinfeld wollte eingreifen, aber bevor er etwas sagen konnte, fiel ihm die Kleine ins Wort. »Sie können mir gar nichts, ich bin nämlich noch keine vierzehn. Ich kann machen, was ich will.«

»Von mir aus, mach, was du willst, aber mach es woanders, und jetzt verschwinde.«

Wieder wollte der Kommissar etwas Beschwichtigendes sagen, und erneut kam ihm das Mädchen zuvor. Sie war sicherheitshalber ein paar Stufen nach unten gestiegen, bevor sie rief: »Leck mich, du Scheißbulle!«

Dann hörte man sie schnell davonrennen, vermutlich ungemein stolz, sich dermaßen gebärdet zu haben.

»Ja, du mich auch!«, brummte Kaller ohne sonderliches Interesse und stieg ins nächste Stockwerk.

»Müssten wir da nichts unternehmen?«

»Wegen Beamtenbeleidigung? Keine Sorge, mein Ego verkraftet das.«

»Manchmal bist du wirklich ein richtiger *Arsch*«, ließ sich Meinfeld dazu hinreißen ausfallend zu werden.

Kaller grinste. »Lass uns erst einmal mit Lobiz reden. Die Kleine läuft nicht weg, die lungert vermutlich die nächsten paar Jahre hier herum, bis irgendeine Hohlbirne sie schwängert oder auf den Strich schickt.«

»Das Mädchen war höchstens zwölf«, empörte sich sein Kollege.

»Wir kümmern uns jetzt um Lobiz, danach tu, was immer du für richtig hältst.«

* * *

Als Kaller und Meinfeld die Tür zu Gerhard Lobiz' Wohnung gefunden hatten, mussten sie zugeben, dass die Beschreibung des Mädchens sehr zutreffend gewesen war. Zumindest äußerte sich Kaller entsprechend, als er die Wand betrachtete, auf der ein mäßig begabter Graffitikünstler das männliche Geschlechtsorgan verewigt hatte.

Meinfeld drückte auf die Klingel, und kurz darauf hörten sie Schritte. Die Tür wurde einen Spaltbreit geöffnet, und jemand fragte misstrauisch: »Wer ist da?«

»Kommissar Meinfeld, Kriminalpolizei. Wir haben lediglich ein paar Fragen«, bemühte sich der Beamte, freundlich zu klingen.

»Worüber?«, knurrte die Gesichtshälfte, die Meinfeld zu sehen bekam.

»Es geht um Doktor Urban Balgar. Dürfen wir reinkommen?«

»Nein« war die knappe Antwort, und schon flog die Tür wieder zu. »Wenn Sie was von mir wollen, gehen Sie den offiziellen Weg. Ich kenne meine Rechte!«, rief der Mann noch eine Erklärung durch die Tür, dann hörte man ihn davoneilen.

»So ein Mist«, entfuhr es Meinfeld. »Ich dachte, es wäre eine gute Idee, es erst einmal auf diese Art zu versuchen. Jetzt ist er gewarnt und nimmt sich einen Anwalt.«

Kaller, der sich eigentlich nicht wunderte, dass Lobiz so abweisend reagiert hatte, lehnte den Kopf gegen die Tür und bedeutete mit dem Zeigefinger seinem Kollegen zu schweigen. Angestrengt lauschte er ins Innere.

»Was treibt der da drin?«, flüsterte er schließlich.

»Gefahr im Verzug?«, fragte Meinfeld hoffnungsvoll, denn das würde bedeuten, sie könnten die Wohnung auch ohne richterlichen Beschluss betreten. »Was, wenn er Vivien da drin festhält?«

»Wir rufen Wiedenhof-Meier an und bleiben im Haus«, schlug Kaller vor. Er wollte noch etwas anfügen, stockte dann aber. »Riechst du das?« Der Hauptkommissar schnüffelte in die Luft wie ein Wolf, der Witterung aufgenommen hatte.

»Da brennt es«, rief Meinfeld, der nun ebenfalls konzentriert schnupperte. »Das kommt aus der Wohnung von Lobiz.«

Die beiden Beamten warteten nicht länger, sondern klingelten erneut, dieses Mal jedoch wesentlich energischer. »Herr Lobiz, ist alles in Ordnung?«

Anstatt einer Antwort hörten sie das Poltern eines Möbelstücks.

Wieder erklang Meinfelds Stimme, der versuchte, so vorschriftsmäßig wie möglich den Mann darauf hinzuweisen, dass sie jetzt seine Wohnung betreten würden, während Kaller telefonisch Verstärkung anforderte. Dann warfen sich die Männer gegen die Tür. Was meist nicht funktionierte, weil moderne Türen zu schwer, zu gut verankert und oft durch Zusatzequipment im Inneren abgesichert waren, um einem Einbruch zu widerstehen, gelang ihnen bei Lobiz' maroder, alter Eingangstür relativ schnell.

Der Brandgeruch verstärkte sich, als sie in die Wohnung eintraten. Der Rauch war allerdings nicht sehr dicht. Die Beamten hatten ihre Waffen gezogen, riefen erneut Lobiz' Namen und fanden ihn gleich darauf im Badezimmer.

Er hockte auf den Knien über die Badewanne gebeugt, bemüht, das Feuer, das er so mühsam entfacht hatte, am Laufen zu halten. Sein Gesicht drückte Wut aus. Er hatte für einen Moment die Nerven verloren und die Fotografien, Zeitungsausschnitte und Notizen von der Innenseite seines Schrankes gerissen, um sie in der feuchten Badewanne zu verbrennen. Das Fotopapier, offensichtlich nicht von sonderlicher Qualität, hatte einen beißenden Geruch verursacht, der in der kleinen Wohnung direkt zur Tür geweht war. Hätte er den Weggang der Polizisten abgewartet oder wenigstens zuvor das Fenster geöffnet, wäre es ihm leichtgefallen, alle Spuren zu verwischen, so aber fand er sich in Handschellen auf dem Boden kniend wieder, mit der Befürchtung, dass man ihm gleich einige sehr unangenehme Fragen stellen würde.

* * *

Bei der Betrachtung der Fotografien aus Lobiz' Wohnung dachten die Beamten, allen voran Elke Wiedenhof-Meier, dass sie den Entführer von Vivien Balgar gefunden hätten. Die Spurensicherung musste jeden Zentimeter der kleinen Einzimmerwohnung durchsuchen, während man Kaller und Meinfeld damit beauftragte, den Mann zu verhören.

Lobiz verlangte nach einem Anwalt.

Während sie auf den Rechtsbeistand warteten, fragte Kaller wie nebenbei: »Sie scheinen ja gut befreundet mit der Familie Kreuter.«

»Ich werde mich mit Ihnen erst unterhalten, wenn mein Anwalt dabei ist«, erwiderte Lobiz gelassen.

»Ihr gutes Recht, auch wenn Ihnen das das letzte Mal ja nicht viel genützt hat«, versuchte Kaller den Mann zu provozieren.

Für einen Augenblick konnte man den Zorn in Lobiz' Augen aufblitzen sehen, dann setzte er eine undurchdringliche Miene auf, verschränkte die Arme vor der Brust und signalisierte damit, dass er sich zu keinem weiteren Kommentar würde hinreißen lassen.

* * *

Kapitel 9

Armin Vurtich drückte die Hände tief in den Hefeteig. Es fühlte sich gut an, die zähe Masse zwischen den Fingern zu spüren. Der Geruch, der von dem hellen Klumpen ausging, hatte zudem etwas Beruhigendes, fast so wie der Duft eines frisch gebackenen Kuchens, den man aus dem Ofen zog.

Kraftvoll klatschte er nun die schwere Masse zurück auf den Tisch, nachdem er sie zuvor einmal hochgehoben und in der Luft gedreht hatte, wobei er einem teigjonglierenden Pizzabäcker nicht unähnlich war. Seine Miene blieb angespannt, als er die vielen Handgriffe ausführte, die ihm so vertraut und längst in Fleisch und Blut übergegangen waren. Während er in die Mehlschüssel griff und erneut die Arbeitsplatte bestäubte, dachte er an sein Gespräch mit Bella Lulasch, das ihn immer noch vor Wut kochen ließ.

Gestern hatte er Ellis Kostüme bezahlen wollen, und da war ihm dieser weibische Wichtigtuer auf die blöde Tour gekommen.

»Ach, wie geht es denn der Gemahlin?«, hatte er mit gespielter Unschuldsmiene gefragt, nur um im nächsten Augenblick eine seiner Andeutungen loszuwerden. »Sie ist ja so besorgt wegen dem Herrn Doktor.«

Damit war natürlich Doktor Urban Balgar gemeint gewesen.

»Ja, das sind wir alle«, hatte Armin geantwortet und den überteuerten Aufpreis für die lächerlichen drei Zusatzknöpfe ohne Murren bezahlt.

»Trotzdem ist mir nicht entgangen, dass Ihre Frau, was

das angeht, viel mitfühlender ist als all die anderen Mitglieder des Vereins. Vermutlich weil sie ein so empfindsames Gemüt hat.«

Armin hatte etwas Unverbindliches geantwortet, aber am liebsten hätte er sein Gegenüber mit dessen eigenem Maßband erdrosselt. Es war nicht nötig gewesen, deutlicher zu werden. Jeder Vollidiot hätte zwischen den Zeilen lesen können, und dort stand: *Ist ja klar, dass Ihre Frau mehr Interesse an der Entführung der kleinen Balgar hat als jeder andere. Schließlich lässt sie sich schon seit geraumer Zeit von deren Vater durchvögeln.*

Der Teig klatschte wieder geräuschvoll auf die Arbeitsplatte, und Armins wutverzerrtes Gesicht blickte zu der Torte auf dem Tisch gegenüber. Elli hatte sie vorhin fotografiert. Begeistert und voll der Anerkennung war sie gewesen, und auch Armin musste zugeben, dass das eine seiner besten Arbeiten war.

Der blaue Guss, der den Schokoladenbiskuit darunter bedeckte, schmeckte nach Waldbeeren und würde bei jedem Bissen knacken. Aber der eigentliche Hingucker saß obenauf. Die Wassernixe mit ihrem grün schimmernden Fischschwanz, der aus Marzipan mit Pistaziengeschmack geformt worden war, hätte ihm besser nicht gelingen können. Dazu all die kleinen Details, die schimmernden Zuckerperlen, das Fischernetz aus Karamell und die Gischt, die er aus Baisermasse hergestellt hatte, waren das Ergebnis stundenlanger Arbeit. Das Geburtstagskind, eine Achtjährige, war, was die Wünsche für die Torte anging, sehr deutlich gewesen, und Elli hatte ihm nach der Vollendung versichert, dass er alles richtig gemacht habe.

Die Nixe hatte ihn besonders viel Zeit gekostet, und normalerweise tat ihm die Vorstellung, dass die süße Tortenfigur in kleinen gierigen Kindermündern verschwand, weh. Aber heute war es anders, heute wäre er selbst gerne derjenige gewesen, der mit einem großen Messer den wohlgeformten Leib dieses zauberhaften Märchenwesens in tausend Stücke zerteilte.

Auch wenn das niemand sofort erkennen konnte, trug die Nixe Ellis Gesicht. Alle seine Figuren schuf er nach ihrem Vorbild, das war wie ein Zwang.

Er dachte an Urban Balgar und konnte sich nicht gegen die Vorstellung wehren, wie der seine Finger in Ellis Fleisch grub, was sie mit schrillem Kreischen quittieren würde. Armin wusste schließlich, wie laut seine Frau im Bett sein konnte. Sie mit einem anderen teilen zu müssen, machte ihn rasend. Lange hatte er die Affäre der beiden verdrängt, die Augen davor verschlossen und gehofft, es würde vorbeigehen, so wie eine unangenehme Bronchitis. Die Entführung von Vivien hätte es doch, so sollte man meinen, beenden müssen. Aber dieser Herr Anwalt schien sich davon nicht abhalten zu lassen. Gestern war Armin heimlich Zeuge eines Telefonats zwischen den beiden geworden, und was er gehört hatte, war eindeutig gewesen.

Der Konditormeister stand plötzlich direkt vor der Torte. Seine teigverschmierte Hand hielt ein großes Kuchenmesser. Noch zögerte er, wollte gerade ansetzen, das prächtige Backwerk bis zur Unkenntlichkeit zu zerstören, da hörte er Ellis Stimme.

»Was tust du denn da?«

Er wich zurück. »Gar nichts«, murmelte er betreten.

Sie sah auf das Messer, dann zur Torte. Mit resoluten Schritten ging sie darauf zu. »Ich verpacke die jetzt besser, und du beeil dich mit den Hefezöpfen!«

Dass sie ihn nicht nach dem Messer fragte, seinen aufgewühlten Zustand einfach überging, bewies ihm wieder einmal, dass ihre Beziehung in Gefahr war. Wenn er sie nur nicht so lieben würde.

Langsam legte er das Messer beiseite und widmete sich wieder dem Teig. Seine Wut war keinesfalls verflogen, aber jetzt konzentrierte er sie nicht länger auf die Torte, sondern auf Bella Lulasch. Der hatte ihm mit seiner hinterhältigen Scheinheiligkeit immerhin genug Grund dazu geliefert.

* * *

Während Lobiz' Anwalt seinem Mandanten zur Offenheit gegenüber der Polizei riet, ließ Amelie Frohmer den Abend mit Carlo Revue passieren.

Er hatte nicht irgendeine Pizzeria ausgewählt, sondern sie in die edle italienische Trattoria geführt, von der sie schon in der Zeitung gelesen hatte. Die Tische waren eingedeckt, als erwarte man eine Hochzeitsgesellschaft, und die Kerzen, die das künstliche Licht größtenteils ersetzten, gaben Amelie das Gefühl, die Hauptrolle in einem romantischen Film zu spielen. Sie war nervös, als er ihr die Tür zum Restaurant aufhielt, sie aufmerksam zu ihrem Tisch führte und lässig mit den Kellnern scherzte. Natürlich befanden sie sich nicht in einem Fünf-Sterne-Restaurant, aber trotzdem verlieh dieser Auftritt Carlo etwas ungemein Weltmännisches. Amelie dachte an die anderen Arbeiter ihres Vaters und konnte sich nicht vorstellen, mit einem von denen jemals in so einem Lokal zu sitzen.

»Du warst wohl schon öfter in dieser Trattoria?«, fragte sie schließlich. Zum einen, um überhaupt etwas zu sagen, und zum anderen, um so eventuell von etwaiger Konkurrenz zu erfahren.

»Eigentlich nicht«, antwortete er lächelnd und goss ihr Wein nach. »Fürchtest du, dass ich jede Woche mit einer anderen Frau hier aufkreuze?«

Sie errötete und ärgerte sich, dass er sie so leicht durchschauen konnte. Irgendwie schien Carlo immer zu wissen, was sie dachte.

»Auch wenn dein Vater ein großzügiger Arbeitgeber ist, muss ich mir so einen Laden aus finanziellen Gründen für jemand Besonderen aufheben«, fügte er leichthin an, und

Amelie wurde dunkelrot vor Verlegenheit. Gleichzeitig machte ihr Herz einen Hüpfer.

Der weitere Abend verlief fantastisch, und am Ende war Amelie der Überzeugung, dass eben doch nicht alles erfunden war, was im Fernsehen lief.

Während der anschließenden Heimfahrt wartete sie auf Carlos Vorschlag, ihr seine Wohnung zu zeigen. Schließlich konnte sie ihn ja kaum bitten, die Nacht in ihrem Zimmer zu verbringen, in dem es immer noch aussah, als würde eine Sechzehnjährige darin wohnen. Aber diesen Schritt wollte er offensichtlich noch nicht gehen, und wieder überkamen Amelie Selbstzweifel.

Dann jedoch küsste er sie zum Abschied leidenschaftlich und flüsterte: »Wir sollten uns Zeit lassen, ich will jede Minute mit dir genießen.«

Sie hatte dem Wagen nachgesehen und war danach mit dem Gefühl ins Haus gegangen, ihre Füße würden den Boden nicht berühren, sondern darüber hinwegschweben, während ihre Wangen vor Glück geglüht und ihre Augen gefunkelt hatten.

Ihr Vater war noch auf gewesen. Er hatte ihr keine Fragen gestellt und ihr eine gute Nacht gewünscht. Dabei war ihr nur nebenbei aufgefallen, dass auch er den Abend außer Haus verbracht hatte.

Am Morgen war sie dann besonders früh aufgestanden, um sich sorgfältig herzurichten, und als die Arbeiter in der Werkstatt eintrafen, hatte sie es sich nicht nehmen lassen, Ausschau nach Carlo zu halten. Blendend aussehend hatte er ihr ein Lächeln zugeworfen, das es ihr den ganzen Tag unmöglich gemacht hatte, auch nur einen einzigen klaren Gedanken zu fassen. Das Klingeln des Telefons unterbrach ihre wildromantischen Fantasien.

»Ja?«, meldete sie sich erwartungsvoll. Sie hatte auf dem Display die Nummer des Firmenhandys erkannt und hoffte unrealistischerweise darauf, Carlo wäre am anderen Ende der Leitung.

»Mach einen Termin mit den Autoreinigern. Die sollen sich schnellstmöglich den kleinen Lieferwagen vornehmen. Vor allem den Innenraum«, gab ihr Vater in gewohnt herrischer Art seine Anweisungen.

»Wieso denn das?«, fragte sie überrascht. »Das macht doch vor nächster Woche keinen Sinn, mit dem muss noch das ganze Material gefahren werden. Wenn er jetzt gereinigt wird, ist er sofort wieder dreckig. Ich vereinbare einen Termin in vierzehn Tagen.«

»Nein, sofort. Mach, was ich dir sage, noch bin ich der Chef«, antwortete er gereizt. Dann schien er zu bemerken, dass er sich im Ton vergriffen hatte, und erklärte freundlicher: »Ich möchte mich nicht jedes Mal schämen müssen, wenn ein Kunde zum Wagen kommt und nebenbei einen Blick hineinwirft. Das hinterlässt keinen guten Eindruck. Sauberkeit findet mehr Beachtung, als man denkt, vor allem, wenn sie nicht vorhanden ist.«

»Sicher«, antwortete Amelie ebenfalls genervt, bevor sie auflegte. Eines Tages, da würde sie die Firma mit Carlo leiten, und ihr Vater könnte ihr dann nichts mehr vorschreiben.

* * *

Auf dem Polizeirevier

Nachdem die erkennungsdienstliche Behandlung von Gerhard Lobiz abgeschlossen war und man ihn entsprechend belehrt und zu seinen Personalien befragt hatte, begann die Vernehmung durch Hauptkommissar Michael Kaller und Kommissar Sven Meinfeld.

Ihr Kollege Rulich beobachtete zusammen mit Elke Wiedenhof-Meier und weiteren Teammitgliedern die Befragung durch eine verspiegelte Scheibe im Nebenraum.

Michael Kaller musterte einen Augenblick lang den

Rechtsbeistand seines Verdächtigen und musste gestehen, dass ihm der junge Mann nicht unsympathisch war, eine Empfindung, die er Anwälten gegenüber selten hatte. Er wusste, dass es unfair war, dieser Berufsgruppe pauschal zu unterstellen, sie würde seine Arbeit boykottieren, aber ihm kam es eben so vor.

Auch jetzt, als sich der Jurist direkt an Kaller wandte, hatte der Hauptkommissar das Gefühl, jemand würde ihm gegenüber eine Kampfansage machen.

»Sie verdächtigen meinen Mandanten, der Entführer von Vivien Balgar zu sein und mehrere Frauen ermordet zu haben. Was ich bisher an angeblichen Beweisen gesehen habe, ist mehr als dünn. Darauf wollen Sie doch nicht ernsthaft eine Anklage stützen.«

»Ich will und ich kann«, entgegnete Kaller ruhig, auch wenn ihm eine weit weniger höfliche Wortwahl auf der Zunge lag.

»Für alles, was Sie so verdächtig finden, gibt es in Wirklichkeit eine Erklärung, die weder etwas mit Entführung noch mit Mord zu tun hat.«

»Ich bin ganz Ohr«, gab Kaller mit ironischem Unterton zurück.

»Mein Mandant wird Ihre Fragen wahrheitsgemäß beantworten«, ließ sich der Anwalt nicht aus dem Konzept bringen.

»Das freut mich«, erwiderte der Hauptkommissar und klang dabei wie ein Mensch, der zu wissen glaubte, dass genau das nicht geschehen würde. »Dann fangen wir doch damit an, dass uns Ihr Mandant erklärt, warum er tonnenweise Material über die Familie Balgar gesammelt hat.«

Lobiz und der Anwalt tauschten einen Blick. Der Rechtsbeistand ließ dem ein aufforderndes Nicken folgen, und endlich brach der Verdächtige sein Schweigen. »Ich habe nichts über die Familie gesammelt«, antwortete er schlecht gelaunt.

»Was dann? Und erzählen Sie mir nicht, Zeitungsausschnitte über Doktor Urban Balgar an die Wand zu pappen, sei eine Empfehlung Ihres Innenarchitekten gewesen.«

»Nein, die Idee hatte ich aus einer Frauenzeitschrift«, gab Lobiz knurrend zurück. »Die lese ich immer, wenn ich beim Friseur unter der Scheißtrockenhaube sitze.«

Der Hauptkommissar reagierte mit einem schiefen Grinsen auf die Antwort und fuhr fort: »Wieso hatten Sie diese Bilder in Ihrer Wohnung?« Gleichzeitig nahm Meinfeld einen kleinen Stapel Fotografien aus der Akte und breitete die Aufnahmen auf dem Tisch aus. Die meisten zeigten Urban Balgar.

»Ist doch nicht verboten, oder?«, gab Lobiz schnippisch Antwort.

»Eigentlich schon, es gibt so etwas wie das Recht auf Privatsphäre«, sagte Kaller und sah zu dem Anwalt. »Wenn das Ihre Vorstellung von Wahrheit ist, dann werden wir hier noch sehr lange sitzen.«

Ein undefinierbares Brummen kam aus der Kehle des Verdächtigen. »Na schön, wenn Sie es unbedingt wissen wollen …« Er hielt kurz inne, offenbar versucht, doch noch einen Rückzieher zu machen, bevor ihn erneut der auffordernde Blick seines Anwalts streifte und er endlich antwortete: »Ich wollte Material über den Mann sammeln, um es anschließend gegen ihn zu verwenden.«

»Und als das nicht geklappt hat, haben Sie seine Tochter gegen ihn verwendet.«

»Nein!«, brauste Lobiz auf, »damit habe ich nichts zu tun.«

»Sie ist auch hier auf den Bildern«, hakte Kaller nach.

»Viele sind da drauf«, entgegnete Lobiz, der sich wieder im Griff hatte.

»Aber nur Vivien Balgar wurde entführt«, ließ der Hauptkommissar nicht locker.

Erneut schaltete sich der Anwalt ein und flüsterte seinem Mandanten etwas ins Ohr. Seine ernste Miene zeigte, dass er das, was er zu sagen hatte, sehr eindringlich vorbrachte.

Lobiz seufzte daraufhin und sagte in leierndem Tonfall: »Ich gebe zu, dass ich dieses Arschloch heimlich fotografiert habe.« Dann wurde er ernst und fügte mit Nachdruck an: »Aber das, was Sie mir vorwerfen, habe ich nicht getan.«

»Warum dieses Interesse an Balgar?«, stellte nun das erste Mal Meinfeld eine Frage. »Weil er für Sie keinen Freispruch erwirkt hat?«

Der Kommissar erntete dafür ein verächtliches Schnauben. »Ich bin kein Idiot, niemand hätte mich da rausboxen können. Aber Balgar hat mich belogen.«

»Was das Strafmaß anging?«, hakte Kaller nach.

»Wie man es nimmt …« Ein unglücklicher Gesichtsausdruck folgte, bevor der Verdächtige weitersprach. »Ich wusste, dass ich einfahren würde. Meine Frau hatte mich nicht in der Untersuchungshaft besucht, es gab keine Nachricht von ihr, nicht ein Wort. Ich bat damals meinen Anwalt, mit ihr zu reden.«

»Und er hat abgelehnt?«

»Nein, er hat es getan. Erzählte mir, dass meine Frau es nicht ertragen könne, mich hinter Gittern zu sehen. Und außerdem behauptete er, sie wäre trotzdem bereit, auf mich zu warten.« Lobiz schüttelte den Kopf. »Er hat mich belogen!«

»Ihre Frau ließ sich nach dem Prozess scheiden«, nahm Kaller den Faden wieder auf, und ein verständnisvoller Ton schwang in seiner Stimme mit.

»Ja, und Balgar wusste das bereits vor der Verhandlung. Sie hat ihr Gespräch mit meinem Anwalt in ihrem kurzen Abschiedsbrief erwähnt. ›Wie ich Doktor Balgar bereits erklärt habe, und so weiter und so weiter‹«, erinnerte er sich zurück und machte eine wegwerfende Handbewegung. »Hätte ich das früher gewusst, dann …« Er brach ab und ballte die Hände zu Fäusten.

»Aber Sie waren schuldig. Was hätte es geändert, zu wissen, dass sich Ihre Frau scheiden lassen will?«

»Vermutlich gar nichts«, erwiderte Lobiz bitter. »Aber trotzdem hatte ich ein Recht, es zu erfahren.« Er verzog voller Zorn das Gesicht. »Ich habe Balgar damals zur Rede gestellt, und er hat mir frech erklärt, dass er sich einen so spektakulären Fall nicht versauen lässt, weil ich vor Gericht ausraste. Offenbar hatte er Angst, ich könnte mich schlecht benehmen, den Staatsanwalt anpöbeln und seine Anweisungen missachten, wenn ich erst einmal den Eindruck hätte, es gäbe für mich keine Zukunft mehr. Und dann, als ich ihm Unehrlichkeit und Vertrauensmissbrauch vorwarf, da sagte er nur: ›Seien Sie nicht albern. Sie sind in acht Jahren draußen, weil Sie sich bei der Verhandlung ordentlich benommen haben. Das ist alles, was zählt. Dann gründen Sie eine neue Familie, und das Leben geht weiter. Ist das nicht das Wichtigste?‹«

Lobiz fiel es schwer, die Vergangenheit noch einmal zu durchleben. Seine Stimme klang deshalb belegt, als er fortfuhr: »Ich schleuderte ihm entgegen, dass meine Familie das Wichtigste sei, aber er winkte gelangweilt ab und sagte zu mir: ›Sie sind ja ein Romantiker, Herr Lobiz, dabei sollte doch gerade ein Mann aus Ihren Kreisen wissen, dass Geld und Einfluss die einzigen Dinge sind, die wirklich zählen.‹«

Kaller hatte Balgar kennengelernt und traute dem eine solche Unterhaltung durchaus zu.

»Dann starben meine Frau und meine Tochter, und mein Hass gegen Balgar wuchs. Auch das gebe ich zu. Aber ich hätte seine Tochter niemals angerührt.« Völlig unerwartet stiegen Tränen in Lobiz' Augen. »Es war nicht leicht, meine kleine Prinzessin zu verlieren. Kein Tag vergeht, an dem ich nicht an sie denke. Aber ich wollte Balgar lediglich die Augen öffnen, ihm zeigen, wie es sich anfühlt, wenn sich die Familie von einem abwendet. Zu gerne würde ich ihm dann ins Gesicht lachen und ihn erneut fragen, was denn nun wirklich wichtig ist.«

»Und wie genau sollte das ablaufen? Hatten Sie darauf gehofft, wenn Sie den Mann verfolgen, gelingt Ihnen irgendwann ein Schnappschuss von Balgar, der ihn in verwerflicher Pose zeigt, sodass er ruiniert ist?«

Gerhard Lobiz machte eine hilflose Geste mit den Händen. Es schien, als würde ihm jetzt, da jemand es so deutlich aussprach, bewusst, wie unsinnig sein Vorhaben war.

Kaller setzte nach: »Ihnen ist aber schon klar, dass heutzutage viel zusammenkommen muss, um einen Mann gesellschaftlich in Misskredit zu bringen?«

»Er sollte lediglich seine Familie verlieren«, hielt Lobiz dagegen, und da er die lauernden Blicke der Beamten bemerkte, fuhr er schnell fort: »Seine Frau sollte ihn verlassen und die Tochter mitnehmen, so wie es bei mir war.«

Der Hauptkommissar kratzte sich am Kopf und seufzte: »Sie wollen mir also allen Ernstes weismachen, dass das Ihr Plan war?«

»Ich hatte vor, einen Privatdetektiv zu beauftragen, wenn es mir finanziell wieder besser geht.«

»Um Balgar beim Ehebruch zu ertappen?«, hakte Kaller ungläubig nach. »Denken Sie, deshalb würde sich seine Frau von ihm scheiden lassen? Und falls ja, glauben Sie wirklich, dass Balgar danach ein gebrochener Mann wäre? In welchem Jahrhundert leben Sie denn?«

»Bloß weil der Herr Hauptkommissar eine laxe Moralvorstellung hat, macht das meinen Mandanten nicht unglaubwürdig«, warf der Anwalt ein.

»Darauf zu warten, dass ein Mann eine Affäre anfängt, um ihn damit unter Druck zu setzen, reicht mir als Erklärung für das, was wir in der Wohnung Ihres Mandanten fanden, jedenfalls nicht«, gab Kaller trocken zurück.

»Tut mir leid, dass Sie das so sehen, aber die Wahrheit muss einem nicht immer gefallen«, erwiderte daraufhin der Rechtsbeistand. »Sie werden sich also mit der Aussage zufriedengeben müssen.«

»Genau«, blökte Lobiz.

»Oder auch nicht«, erwiderte Kaller gelassen, bevor seine Stimme eisig wurde. »Sie arbeiten zufällig für einen Apotheker, dessen Sohn mit Vivien Balgar eine Beziehung hatte. Außerdem sind die Familien befreundet.«

»Na und?«, ging der Anwalt dazwischen. »Karlsruhe ist nicht New York. Doktor Balgar ist ein bekannter Mann. Sie werden kaum einen Unternehmer, Arzt oder Geschäftsmann treffen, der ihm nicht schon einmal bei der ein oder anderen Veranstaltung begegnet ist. Außerdem sollten Sie sich die Frage stellen, wie Herr Lobiz es hätte bewerkstelligen können, Einfluss auf die Vergabe des Aushilfsjobs zu nehmen? Mein Mandant saß bis vor Kurzem im Gefängnis.«

»Soviel ich weiß, ist Herr Lobiz überdurchschnittlich intelligent, ihm wäre sicher etwas eingefallen.«

Der Anwalt winkte ab. »Das ist doch lächerlich!«

»Entführung und Mord sind alles andere als lächerlich«, entgegnete Kaller scharf.

»Hören Sie auf, mir so etwas zu unterstellen«, sagte Lobiz wütend. »Ich habe damit nichts zu tun. Und ob Sie es glauben oder nicht, mein Plan hat angefangen zu funktionieren, sogar ohne Privatdetektiv.« Mit Genugtuung lehnte sich ihr Verdächtiger zurück und verschränkte die Arme vor der Brust.

»Was soll das heißen?«, fasste dieses Mal Meinfeld nach, und auch der Anwalt sah seinen Mandanten fragend an.

»Wenn ich Ihnen das verrate, dann will ich, dass Sie mich gehen lassen«, forderte Lobiz.

»Das habe ich nicht zu entscheiden«, gab Kaller scheinbar ungerührt zurück, obwohl es ihm schwerfiel, die Ungeduld bei der Aussicht, vielleicht endlich etwas zu erfahren, zu unterdrücken.

»Ich muss mich mit Herrn Lobiz beraten«, ging der Rechtsbeistand dazwischen, während dessen Mandant immer noch angriffslustig zu Kaller starrte.

»Na schön«, erwiderte der Hauptkommissar. Was hatte er auch für eine Wahl? Das Verhör wurde unterbrochen.

Auf dem Flur trafen die Beamten den Kollegen Rulich.

»Sag mir, dass die Kriminaltechnik etwas in Lobiz' Wohnung gefunden hat«, hakte Kaller ungeduldig nach.

Rulichs Kopfschütteln entlockte dem Hauptkommissar einen wüsten Fluch.

»Ganz genau«, kommentierte den seine Vorgesetzte Elke Wiedenhof-Meier, die ebenfalls zu den Männern trat. »Wir haben nichts außer den verkokelten Aufnahmen. Ich weiß nicht, ob das für eine Anklage reicht. Wir finden auch keine Verbindung zu den ermordeten Frauen. Zwei Kollegen haben in der Zwischenzeit Lobiz' Bild der Kellnerin gezeigt, die in dem Klub arbeitet, in dem Meike Vandel in der Nacht vor ihrem Tod war. Die Zeugin ist sich sicher, Lobiz noch nie dort gesehen zu haben.«

»Er kann Meike Vandel vor dem Klub abgefangen und dann zu seiner Diana gemacht haben. Wir brauchen keine Verbindung, wenn wir davon ausgehen, dass er die Opfer zufällig auswählt«, warf Kaller ein.

»Lobiz müsste ein Auto haben, um die Frauen zu transportieren«, hielt seine Vorgesetzte dagegen. »Auf ihn sind jedoch keine Fahrzeuge zugelassen.«

Kaller gab sich nicht so schnell geschlagen. »Was ist, wenn er sich einen Wagen geliehen hat? Er fährt für die Apotheke, wäre es da nicht naheliegend, dass er einfach deren Fahrzeug nimmt?«

»Die werden doch einem Aushilfsfahrer keinen Firmenwagen zur Verfügung stellen«, konterte die Kommissariatsleiterin.

»Entweder er hat ihn ungefragt verwendet oder er arbeitet nicht allein«, blieb der Hauptkommissar stur.

»Fangen Sie nicht schon wieder mit diesem Denis Kreuter an, der hat ein Alibi für die Entführung.«

»Natürlich, wenn er die von seinem Handlanger Lobiz hat erledigen lassen«, argumentierte Kaller. »Wir könnten die Fahrzeuge der Kreuters untersuchen, dann wissen wir mehr. Wurde eine der Frauen darin transportiert, dann finden sich dort auch Spuren.«

»Das ist Ihr Plan?«, schnauzte Elke Wiedenhof-Meier. »Welcher Richter wird uns denn dafür einen Beschluss geben?«

Michael Kaller änderte seinen fordernden Tonfall und sagte nun charmant: »Vielleicht bräuchten wir keinen Richter, wenn eine äußerst clevere Kommissariatsleiterin mit fantastischem diplomatischen Geschick den alten Kreuter höflich um Unterstützung bitten würde. Warum sollte der etwas dagegen haben, dass wir uns die Fahrzeuge ansehen? Schließlich wollen wir ja nur jeden Verdacht gegen Gerhard Lobiz ausschließen.«

Man konnte seiner Vorgesetzten ansehen, dass ein Kampf in ihr tobte. Die Eitelkeit rivalisierte gerade mit dem Zorn über Kallers dreistes Benehmen. Schließlich sagte sie: »Also schön, ich probiere es, aber sollte sich Arne Kreuter darauf einlassen und unsere Leute finden nichts, dann will ich den Namen Kreuter aus Ihrem Mund nicht mehr hören. Und jetzt bringen Sie Lobiz dazu, uns zu erzählen, was er weiß.«

* * *

Zur gleichen Zeit

Vivien Balgar kam einen Augenblick zu sich. Ihr Körper war geschwächt und ihr Geist durch die Drogen verwirrt. Irgendwie gelang es ihrem Entführer, sie am Leben zu halten. Vermutlich ernährte er sie über den Tropf, so wie einen Komapatienten. Mit Ekel und Scham erinnerte sie sich an den Moment, in dem sie aufgewacht war und gespürt hatte, dass er sie wusch.

Sie wusste, dass sie abgenommen hatte. Das fremde Kleid saß mittlerweile locker um ihren Körper, und die Erinnerung an eine Zeit, in der sie zum Joggen in den Park gegangen war, um einige Kilos zu verlieren, schien weit zurückzuliegen.

Der Abschlussball, dachte sie verwirrt, *ich muss mich noch anziehen.*

Dann schlief sie wieder ein. Wie gewöhnlich hatte sie einen ihrer merkwürdigen Träume. Erinnerungen und Grauen vermischten sich und schufen eine bizarre Fantasiewelt.

In diesem Traum wurde in der Nachbarzelle jemand festgehalten, während Vivien reglos auf ihrem harten Lager ruhte und in die Dunkelheit lauschte. Es wurde gesprochen. Sie hörte Verzweiflung, dann das obligatorische Flehen und Betteln um das eigene Leben.

Jemand sagte: »Du wolltest Prinzessin sein, dann teile auch deren Schicksal.«

»Nein, bitte nicht«, folgten daraufhin panische Schreie eines Mannes, die schließlich von gehässigem Lachen übertönt wurden. Im nächsten Augenblick stand Vivien vor der Kleiderpuppe in ihrem Zimmer. Irma Wesel, die Haushälterin, war auch da und schüttelte ständig den Kopf, während Vivien mit glänzenden Augen ihr wunderschönes Kleid betrachtete. Irma rief: »Es wird nicht passen, es wird nicht passen!«

Dann war der kurze vertraute Moment vorbei. Der Traum wurde in Viviens Gefängnis fortgeführt. Sie lag wieder gefesselt im Dunkeln.

Plötzlich erschien Bella Lulaschs Gesicht. Aber heute war sein Schädel nicht kahl, sondern umgeben von weißen, gekringelten Löckchen. Sie kannte diese Art von Perücken. Ihre Eltern hatten die gleichen. Sie trugen sie bei ihren Vereinstreffen, wenn alle aussahen, als stammten sie aus einem vergangenen Jahrhundert. Bella schien an ihr vorbeizublicken, seine Augen waren ungewöhnlich starr, und da wurde ihr bewusst, dass das die Augen eines Toten waren. In den künstlichen Haaren steckte eine Art Krone, die man jedoch lieblos hineingedrückt hatte, anstatt sie sorgfältig aufzusetzen.

Eine Stimme erklang, aber die gehörte nicht Bella, sondern ihrem Entführer. Die Worte waren zuerst unverständlich, aber dann wurden sie klarer: »Sieh her, eine Prinzessin weniger.« Daraufhin folgte wieder dieses grausame Lachen.

Bella Lulasch mit seinen toten Augen bewegte sich nun direkt auf Vivien zu. Ganz nah kam er und beugte sich über sie. Einzelne Strähnen hatten sich aus seiner Perücke gelöst und streiften ihre Wangen. Etwas Warmes tropfte auf die nackte Haut von Viviens Dekolleté. Immer wieder spürte sie einen dicken Tropfen, so als würde sich ein Platzregen ankündigen. Aber die Flüssigkeit, die sich von ihrer bebenden Brust langsam den Weg unter die Achseln bahnte, brachte Wärme und einen metallischen Geruch mit sich.

»Sieh her, eine deiner Schwestern«, rief ihr Peiniger vergnügt, und Bella Lulasch schüttelte in gleichmäßigem Takt seinen Kopf hin und her wie das Pendel einer Uhr.

Die Szene wechselte erneut, und Vivien drehte sich zu fremden Tönen im Kreis. Sie tanzte zuerst in Bella Lulaschs Armen, der sie nicht ansah, danach wurde sie von Denis Kreuter, ihrem Ex-Freund, im Kreis gewirbelt. Mit einem Mal hielt ihr Vater sie an den Händen und drängte sie, sich auf seine Füße zu stellen, bevor er mit ihr einige Tanzschritte machte. Diese Kindheitserinnerung ließ sie lächeln, bevor sie sich in einem tiefen Schlaf verlor.

Auch wenn sich das für Vivien lediglich wie ein Traum anfühlte, wurde von ihrem Gehirn dabei auch auf tatsächliche Erinnerungen zurückgegriffen. So hatte zwar in Wirklichkeit nie ein Tanz mit Bella Lulasch stattgefunden, dafür hatte sie ihn jedoch letzte Nacht tatsächlich zu Gesicht bekommen. Deshalb war er Teil ihres Albtraums geworden. Auch die warme Flüssigkeit, die so stetig auf sie getropft war, hatte es gegeben. Allerdings blieb Vivien die Wahrheit, nämlich dass diese nichts anderes als frisches Blut aus Bella Lulaschs Schädel gewesen war, erspart.

Sein Kopf war mit roher Gewalt vom Körper abgetrennt worden. Der, der das getan hatte, war nicht bemüht gewesen, seinem Opfer langes Leid zu ersparen. So waren die zerfetzten Wundränder nicht auf die Arbeit eines Henkers zurückzuführen, sondern auf die Handgriffe eines sadistischen Mörders. Die stumpfe Klinge einer alten Axt hatte mehrere Anläufe gebraucht, um Knorpel, Knochen und Muskeln zu durchtrennen, die den Schädel mit dem Körper verbanden. Dem grausamen Schlächter war es einerlei gewesen, dass sein Opfer bis zum letzten Atemzug unerträgliche Qualen hatte erleiden müssen.

Dann war Bellas Kopf, nachdem man ihm eine Perücke an die Schädeldecke getackert hatte, wie eine Trophäe vor Viviens Gesicht geschwenkt worden. Das war letzte Nacht geschehen.

Nun ruhte der abgetrennte Schädel in einem Karton und würde bald den vorgesehenen Empfänger erreichen.

* * *

Auf dem Polizeirevier

Während Lobiz noch mit seinem Anwalt sprach, hatten sich die Beamten in den Aufenthaltsraum zurückgezogen. Meinfeld ließ sich einen Kaffee aus der Maschine, und Kaller inspizierte den Kühlschrank.

»Seit wann bringst du dir Essen mit?«, fragte sein Kollege daraufhin überrascht.

Der Hauptkommissar antwortete nicht, sondern zog eine große Plastikschüssel aus dem untersten Fach, öffnete den Deckel und schnupperte neugierig am Inhalt.

»Du weißt schon, dass das dem Kollegen Maltof gehört, oder?«

»Steht kein Name drauf«, gab Kaller knapp zurück und fischte sich einen Löffel aus der Schublade.

»Eigentlich schon«, antwortete Meinfeld stirnrunzelnd. »Sogar ziemlich gut lesbar.« Er deutete auf den Deckel, den man mit einem schwarzen Filzstift beschriftet hatte.

Seinen Vorgesetzten hielt das jedoch nicht davon ab, sich über die großzügige Portion Kartoffelsalat in der Schüssel herzumachen. »Das habe ich dann wohl übersehen«, gab er uninteressiert zur Antwort und ließ sich bei seinem Mahl nicht stören.

»Ob das wirklich stimmt?«, kam Meinfeld auf das Verhör zurück, da er wusste, dass es sinnlos war, Kaller darauf hinzuweisen, wie empfindlich einige Kollegen auf den Diebstahl ihres Essens reagierten.

»Sein Hass auf Balgar ist echt«, entgegnete der Hauptkommissar mit vollem Mund.

»Ja, aber ist er auch der Entführer?«, hakte Meinfeld nach. »Ich habe ihm abgenommen, dass die Familie das Wichtigste für ihn ist.«

»Schade, dass es kein Brot gibt«, murmelte Kaller schmatzend, und der junge Kommissar befürchtete bereits, dass sein Vorgesetzter ihm nicht zugehört hatte, da sagte dieser: »Komischerweise denken die meisten erst, nachdem sie eine Straftat begangen haben, an ihre Familien. Man sollte mit Anhang kein Verbrechen begehen.«

»Vermutlich sollte man mit Anhang auch kein Polizist werden«, entgegnete Meinfeld. Es sollte wie ein Scherz klingen, aber Kaller bemerkte, dass sich sein Kollege über etwas Sorgen machte.

»Was ist los?«, hakte er deshalb nach, und in seiner Stimme schwang ausnahmsweise kein Spott mit.

»Die ersten Jahre vergehen schnell, und ich verpasse so viel. Manchmal komme ich nach Hause und denke, die drei sind schon wieder gewachsen. Bald sind sie volljährig, ziehen aus, und ich werde mich fragen, warum ich nicht mehr Zeit mit ihnen verbracht habe, als es noch möglich war.«

Kaller, der anstandshalber einen kleinen Klecks Kartoffelsalat übrig ließ, bevor er die fremde Schüssel wieder ordentlich verschloss und in den Kühlschrank zurückstellte, kam auf seinen Kollegen zu und klopfte ihm auf die Schulter. »Du kannst dich auf die Enkel freuen. Wenn die Drillinge so fruchtbar sind wie ihr Vater, dann werden nach deiner Pensionierung jede Menge kleine Meinfelds durch dein Haus trampeln.« Dann wurde er wieder ernst und sagte aufmunternd: »Wenn der Fall abgeschlossen ist, dann nimmst du dir einen langen Urlaub. Überstunden abbauen, das volle Programm.«

Meinfeld wollte etwas erwidern, aber da erschien ein Kollege, der ihnen ausrichten sollte, dass sich die beiden im Verhörzimmer einzufinden hätten.

* * *

Lobiz schien sich nicht recht wohlzufühlen, alle seine Karten auf den Tisch zu legen, aber schließlich ließ er die Katze doch aus dem Sack. Kaller und seine Kollegen staunten nicht schlecht, als sie von der möglichen Affäre des Anwaltes Doktor Urban Balgar mit einer gewissen Elli Vurtich erfuhren.

»Es gab ein Foto von den beiden, aber das ist verbrannt«, berichtete Lobiz. »Durch Zufall bin ich auf den Namen der Dame gestoßen ...« Er rümpfte verächtlich die Nase. »... die sind wohl alle Mitglieder in so einem schrägen Kostümverein. Der alte Kreuter, Balgar, die dralle Bäckerin und deren betrogener Gemahl. Da sieht man mal wieder, dass die sogenannte feine Gesellschaft auch nichts anderes macht als fressen, saufen und vögeln.«

Kaller hätte ihm da gerne zugestimmt, hielt sich aber mit einem Kommentar zurück und fragte stattdessen: »Und was ist mit Denis Kreuter?«

Sein Gegenüber legte den Kopf schräg und erwiderte scharfsinnig: »Mir scheint, den können Sie nicht leiden, was, Herr Hauptkommissar?«

»Beantworten Sie einfach die Frage«, mischte sich Meinfeld ein. »Gibt es etwas Denis Kreuter betreffend, das Sie uns mitteilen können?«

»Gibt es! Aber wenn ich Ihnen alles gesagt habe, will ich gehen«, antwortete Lobiz und warf seinem Anwalt einen Blick zu, der daraufhin sagte: »Die Kooperationsbereitschaft meines Mandanten steht außer Frage, ich denke, diese lächerlichen Vorwürfe gegen ihn sollten sich damit erübrigt haben.«

»Wir tun, was wir können«, antwortete Meinfeld diplomatisch.

»Ich weiß nicht, was zwischen diesem Denis und der kleinen Balgar lief, aber eines ist sicher, der Typ ist sein bester Kunde, was die Psychopharmaka angeht.« Lobiz grinste und entblößte dabei seine ungepflegten Zähne. »Außerdem hat er ein paar sonderbare Vorlieben.«

Jetzt wurde es interessant, und automatisch richteten sich die Beamten auf.

»Dachte mir schon, dass Ihnen das gefällt.« Wieder grinste Lobiz. »Ich bin ein paar Mal für ihn gefahren.«

»Was heißt das?«, hakte Kaller nach.

»Er schickt mich, ihm Nutten zu besorgen.«

»Wo?«, fragte der Hauptkommissar ungeduldig und dachte sofort an Trixi.

»Auf dem Strich, deshalb braucht er mich ja, weil er Schiss hat, dass ihn jemand erkennt, wenn er es selbst macht.«

»Sie besorgen ihm also Prostituierte«, stellte Meinfeld noch einmal klar.

»So wie Sie das sagen, klingt es, als wäre ich ein Zuhälter. Ich bin lediglich der Fahrer, und ich brauche die Kohle. Davon wollte ich nämlich den Privatdetektiv bezahlen, der Balgar beschatten sollte. Eines kann ich Ihnen außerdem versichern, die Tussis, die ich Kreuter gebracht habe, wurden von mir alle wieder zurückgefahren. Unversehrt und mit ein paar Scheinen mehr in der Tasche.«

»Mit welchem Wagen?«

»Er hat einen alten Minivan, den er nicht mehr benutzt. Steht in der Garage und wird nur rausgeholt, wenn Klein Denis einen wegstecken will.«

Kaller warf unwillkürlich einen Blick zu der verspiegelten Scheibe, der seiner Vorgesetzten galt und so viel bedeutete wie: »Reicht das endlich, um Denis Kreuter auf den Zahn zu fühlen?«

»Was ist mit den sonderbaren Vorlieben, von denen Sie gesprochen haben?«

Lobiz lehnte sich scheinbar entspannt zurück. »Die Ladys quatschen ganz gerne, und ich bin ein guter Zuhörer, da erfährt man so einiges.«

»Und das wäre?«, fragte Kaller ungeduldig nach.

»Denis steht darauf, wenn sich die Frauen verkleiden.«

»Geht das auch genauer?«

»Na, ich war ja nicht dabei, aber offensichtlich schleift er irgendein altes Hochzeitskleid an und erzählt dann, dass das einmal seiner Mutter gehört hat. Ist doch irgendwie pervers, wo die Frau schon seit zehn Jahren oder mehr tot ist.«

»Noch was?«

»Ich soll ihm immer Mädchen bringen, die sehr jung sind.« Sofort korrigierte sich Lobiz: »Nur dass das klar ist, ich bringe dem keine Minderjährigen. Ich suche die raus, die diese Schulmädchennummer draufhaben, das ist alles.« Dann fügte er noch störrisch an: »Kann ich jetzt gehen?«

* * *

Im Büro von Elke Wiedenhof-Meier wurde kurz darauf das weitere Vorgehen diskutiert. Irgendwann sprach die Vorgesetzte ein Machtwort und entschied, dass Hauptkommissar Rulich und einer seiner Kollegen mit Denis Kreuter sprechen sollten.

Kaller wollte protestieren, aber sie hob warnend die Hand, damit er schwieg.

»Das macht Rulich, hier ist Fingerspitzengefühl gefragt.«

»Ich habe Fingerspitzengefühl, ich …«

»Ende der Diskussion. Sie versuchen alles über dieses Konditorehepaar herauszufinden, dann sehen wir weiter.«

»Ich könnte mit Balgar sprechen«, gab Kaller keine Ruhe, »es wäre doch interessant zu erfahren, warum der uns seine Affäre verschwiegen hat. Ein betrogener Ehemann gehört doch eigentlich mit auf die Liste möglicher Feinde.«

»Eines nach dem anderen. Wir haben endlich neue Hinweise, damit müssen wir behutsam umgehen. Die richtige Strategie ist jetzt langsames Vortasten. Ich will nichts riskieren, nur weil Sie zu viel Druck machen. Schließlich geht es um das Leben von Vivien Balgar. Fühlt sich der Entführer bedrängt, dann tötet er sie womöglich sofort. Über Gerhard Lobiz' Freilassung wird nach der Vernehmung von Denis Kreuter entschieden.«

»Ich könnte ein paar Quellen anzapfen. Es wäre doch interessant, die Prostituierten zu befragen, die mit dem ehrbaren Apotheker ein paar Stunden verbracht haben.«

»Schaden kann es nicht«, gab die Kommissariatsleiterin zu, »und versuchen Sie noch etwas über den Tod seiner Mutter herauszufinden. Diese Sache mit dem Hochzeitskleid ist äußerst beunruhigend.«

»Gruselig«, warf Meinfeld ein, und die anderen nickten.

»Dann, meine Herren, an die Arbeit.«

Der Hauptkommissar wollte mit seinen Kollegen das Büro verlassen, da hielt ihn Elke Wiedenhof-Meier mit einem knappen »Kaller, auf ein Wort« zurück, während sie die anderen bat zu gehen.

Als die beiden allein waren, stieß die Kommissariatsleiterin geräuschvoll die Luft aus.

»Es hat eine Beschwerde gegeben«, sagte sie schließlich resigniert.

Kaller rollte mit den Augen. »Was ist jetzt schon wieder, war ich zu freundlich zu der Tante hinter der Brötchentheke?«

»Hören Sie auf«, schnauzte ihn seine Vorgesetzte an. »Sie sollten solche Dinge lieber ernst nehmen oder wollen Sie ständig vor dem Disziplinarausschuss stehen?«

»Ich habe überhaupt nichts getan«, erwiderte Kaller daraufhin bemüht, überzeugend zu klingen.

»Der Kollege Maltof sagt da aber etwas anderes«, kam die Vorgesetzte gleich zur Sache.

Der Hauptkommissar sah sie sprachlos an.

»Schön, ich nehme zur Kenntnis, dass Sie wissen, worum es geht.«

»Das ist nicht wahr, oder? Dieses kleine, fette Wiesel hat mich tatsächlich angeschwärzt, ich …«

»Sie sollten jetzt mit dem Satz: ›Ich verspreche, dass das nie wieder vorkommen wird‹, diese Unterhaltung beenden. Dann kann ich die Angelegenheit als erledigt betrachten, und wir dürfen uns alle wieder mit Erwachsenenarbeit beschäftigen.«

Kaller blickte die Kommissariatsleiterin nun direkt an und sagte: »Sie wissen aber schon, dass ich Maltof damit vielleicht das Leben gerettet habe.«

»Indem Sie ihm sein Essen aus dem Kühlschrank klauen?«, erwiderte seine Chefin gereizt, die die Nase bereits gestrichen voll hatte.

»Maltofs Frau macht einen hervorragenden Kartoffelsalat mit Mayonnaise, aber eines Tages wird sie ihren geliebten Gatten damit umbringen, das Cholesterin macht ihm doch jetzt schon zu schaffen. Womöglich ist das sogar Frau Maltofs Plan, jeder, der ihren Mann kennt, würde das verstehen …«

»Kaller«, unterbrach ihn Elke Wiedenhof-Meier scharf, »verschwinden Sie!«

Der Hauptkommissar deutete eine kleine Verbeugung an und verließ das Büro. Zurück blieb eine kopfschüttelnde Kommissariatsleiterin, der ein kurzes Lächeln über die sonst so strengen Züge huschte, als sie an den albernen Streit zweier Männer um eine Schüssel Kartoffelsalat dachte.

* * *

Kapitel 10

Am nächsten Morgen

Als Elke Wiedenhof-Meier am nächsten Morgen das Büro betrat, ahnten sowohl Meinfeld als auch Kaller, dass etwas Schlimmes passiert sein musste. Ihr Blick wanderte von einem zum anderen und blieb dann am Hauptkommissar hängen.

»Sie waren mit Gabriela Hebert in der Gerichtsmedizin. Sie hat die Leiche von Meike Vandel identifiziert. Die Frau ist eine Zeugin. Liege ich damit falsch?«, begann die Kommissariatsleiterin, ohne Zeit für eine Begrüßungsfloskel zu verschwenden.

Der Hauptkommissar dachte sofort an die Nacht mit Gabriela und fragte sich, ob es hier um sein Sexleben ging. Allerdings stellte das ja kaum ein Problem dar. Schließlich war Gabriela Hebert nicht bedeutend für den Fall. Zwar hatte sie sich seither nicht mehr bei ihm gemeldet, aber trotzdem konnte er nicht glauben, dass das etwas zu bedeuten hatte. Ganz sicher wäre Gabriela die Letzte, die sich über ihn beschweren würde. Überzeugt, in dieser Hinsicht allenfalls gegen spießige Moralvorstellungen verstoßen zu haben, nickte er deshalb zustimmend.

Aber der angespannte Gesichtsausdruck seiner Chefin verschwand nicht. Im Gegenteil, ihre Züge schienen sich regelrecht zu verkrampfen.

»Was ist hier los?«, fragte der Hauptkommissar nun doch beunruhigt.

»Das«, zischte Elke Wiedenhof-Meier, »würde ich gerne von Ihnen erfahren.«

Sprachlos starrte Hauptkommissar Kaller kurz darauf auf den Fernseher im Besprechungsraum. Es handelte sich bereits um eine Wiederholung der ersten Ausstrahlung.

Das Interview wurde routiniert geführt. Der kleine Regionalsender hatte keine Zeit mit den Kulissen oder den modischen Accessoires seines Reporters verschwendet, sondern die Chance ergriffen, als sich eine Frau namens Gabriela Hebert gemeldet und erklärt hatte, sensationelle Fakten zum Fall Vivien Balgar vorlegen zu können. Die Verhandlungen waren schnell abgeschlossen gewesen. Gabriela bekam weitere Auftritte beim Sender in Aussicht gestellt und die Option auf eine Co-Moderation. Man hatte sie den Zuschauern als freie Journalistin präsentiert und sie gebeten, ihre Rechercheergebnisse vorzutragen. Außerdem ließ der Fragesteller nicht locker, bis sie jede vertrauliche Information von ihrer zuverlässigen Quelle bei der Kriminalpolizei verraten hatte.

Alles wurde von dem rot geschminkten Mund hinausposaunt, als wäre es harmloser Klatsch über eines der europäischen Königshäuser. Leider beschränkte sich die Veröffentlichung nicht nur auf den Inhalt der Fallakten, sondern auch ohne Zurückhaltung auf alle Gedanken und Überlegungen zu den Morden, die Kaller angestellt und Gabriela im Schlafzimmer erzählt hatte. Die Menschen erfuhren jedes Detail: den Zusammenhang zwischen Vivien Balgar und den Morden, die Vorgehensweise des Mörders, seine Vorliebe für Ballkleider, das Ritual mit der Stacheldrahtkrone, den Bezug zu Prinzessinnen und die Einschätzung, es mit einem Psychopathen zu tun zu haben. Außerdem fiel der Name Michael Kaller, und auch wenn es nicht ausgesprochen wurde, ließen manche zweideutige Bemerkungen von Gabriela erahnen, dass die

Informationsbeschaffung nicht im Sitzen stattgefunden hatte.

Kaller war wie gelähmt, hörte die Dinge, die gesagt wurden, spürte die Blicke in seinem Rücken, die man ihm verstohlen zuwarf, und wünschte sich in diesem Moment, einer der Kollegen würde seine Waffe ziehen und ihn einfach erschießen.

»In mein Büro«, sagte Elke Wiedenhof-Meier, und der Hauptkommissar folgte ihr.

Die Flut der Beschimpfungen ließ er über sich ergehen. Irgendwann sagte seine Vorgesetzte: »Ich hatte wirklich gehofft, Sie würden bestreiten, damit etwas zu tun zu haben.« Sie ließ sich auf ihren Stuhl fallen. »Was ist in Sie gefahren?« Die Wut war der Ungläubigkeit gewichen. »Ich verstehe es nicht. Wir beide wissen, dass Sie schon eine Menge Mist gebaut haben, aber das … das ist sogar für Sie zu viel. Interna an die Presse weitergeben, das passiert nicht einmal unseren Anfängern.«

Kaller rieb sich über das Gesicht, was sollte er sagen? Dass ihn der Suff und sein Schwanz auf den falschen Weg gebracht hatten?

»Das war nie meine Absicht gewesen«, sagte er mit echtem Bedauern.

Die Kommissariatsleiterin verzog das Gesicht. »Wissen Sie, Kaller, das glaube ich Ihnen sogar. Aber die Lawine rollt, ich schicke Sie ab sofort in Urlaub.«

* * *

Kurz darauf in Gabriela Heberts Wohnung

»Was hast du getan?«, schrie Kaller außer sich.

»Ich?«, reagierte Gabriela mit unschuldigem Augenaufschlag, so als könnte sie kein Wässerchen trüben. Dabei strich sie sich mit einer ungemein zauberhaften Geste eine Strähne ihres langen schwarzen Haares aus dem Gesicht.

»Du hast geheime Polizeiinterna weitergegeben. Du hast unsere Strategie verraten, und was das Schlimmste ist, du hast Vivien Balgar in Gefahr gebracht«, fuhr Kaller fort, ohne die Stimme zu senken. Vermutlich konnte man ihn auch noch im Erdgeschoss brüllen hören.

Gabriela richtete sich ein wenig auf und verschränkte die Arme vor der Brust. »Ich habe gar nichts getan«, warf sie ihm gereizt an den Kopf. »Du hast mir die Informationen freiwillig gegeben.«

Ihre Argumentation raubte ihm den letzten Rest Beherrschung. »Wann habe ich dich darum gebeten, in dieser bescheuerten Sendung aufzutreten und all diese Dinge weiterzuerzählen?«

»Gebeten hast du mich nicht«, antwortete sie spitz. »Aber es stellt sich doch die Frage, warum ein verantwortungsvoller Beamter mitten in der Nacht besoffen bei einer Zeugin auftaucht, sie vögelt, als gäbe es kein Morgen, und so ganz nebenbei alles über eine laufende Mordermittlung ausplaudert. Es sei denn …« Sie lächelte ihn verschwörerisch an. »… er hofft darauf, dass diese Tatsachen ans Licht kommen. Du hast selbst gesagt, es könnte eine gute Idee sein, den Spinner zu provozieren, ihn aus der Reserve zu locken, das waren deine Worte, oder etwa nicht?«

»Du blöde Kuh …« Kaller presste den Satz zwischen den Lippen hindurch, am liebsten hätte er sie geschüttelt, um ihren Verstand zurechtzurücken. »Ist dir denn nicht klar, wie gefährlich das war, was du getan hast?«

»Ach komm schon.« Sie versuchte ihn mit der Hand zu berühren, aber er wich zurück. »Ich habe die Dinge nur beschleunigt, so wie du es wolltest, jetzt sei nicht sauer, dass ich diejenige bin, die im Rampenlicht steht.«

Fassungslos stieß Kaller die Luft aus. »Du denkst, es geht mir darum, bejubelt zu werden? Spinnst du? Das ist doch kein Spiel.«

»Du bist wütend, weil dir deine Chefin Ärger macht«,

sprach sie nun in einschmeichelndem Tonfall und trat erneut einen Schritt auf ihn zu.

Er fuhr sich verzweifelt durch die Haare. »Ich bin sauer, weil mir meine Chefin *zu Recht* Ärger macht. Es gibt nichts, womit ich das, was passiert ist, entschuldigen könnte.«

»Aber das brauchst du doch auch nicht«, beschwichtigte sie ihn. »Die Öffentlichkeit weiß nun endlich Bescheid. Die ganze Zeit über habt ihr den Menschen nur Häppchen vorgesetzt. Eine Entführung, eine unbekannte Tote und so weiter. Aber jetzt, da das Publikum weiß, dass direkt in seiner Nähe ein Psychopath Mädchen auflauert, sie umbringt und als Prinzessinnen verkleidet, da wird es aufmerksam sein. Ich könnte wetten, dass ihr den Kerl schnappt, weil ihn einer der Zuschauer bei etwas beobachtet.«

»Ach, und was soll das sein? Denkst du, dieser Psychopath ist so blöd, seine Stacheldrahtkronen auf einer Parkbank zu biegen? Glaubst du allen Ernstes, er bittet eine nette, alte Nachbarin darum, bei ihm die Blumen zu gießen, während er in seinem Keller ein Mädchen gefangen hält? Hast du eigentlich eine Ahnung, was dein Auftritt für Konsequenzen haben kann?«

Sie rollte genervt mit den Augen. »Jetzt höre endlich auf. Wenn du nicht wolltest, dass jemand davon erfährt, dann frage ich mich, warum du mir diese Dinge überhaupt erzählt hast?« Sie sah ihn herausfordernd an.

Er trat näher und deutete mit dem Zeigefinger auf sie: »Weil ich dir vertraut habe«, gab er gereizt zurück. Dann drehte er sich abrupt um und wollte die Wohnung verlassen.

Sie folgte ihm, hielt ihn am Arm fest und sagte: »Warte doch.« Offensichtlich ging ihr erst jetzt auf, wie wütend er war. »Ich wollte dir nicht schaden, das musst du mir glauben.«

Kaller atmete erneut durch, bemühte sich, seine Wut herunterzuschlucken, und betrachtete ihr schönes Gesicht mit den großen dunklen Augen, die im Kontrast zu ihrer hellen Haut in diesem Moment fast schwarz wirkten.

»Du darfst keine weiteren Interviews geben«, sagte er ernst und strich ihr vorsichtig mit dem Zeigefinger über die Wange. »Es wäre mir lieb, wenn du die Stadt vorerst verlässt.«

»Du denkst, ich bin in Gefahr?«, fragte sie überrascht und blinzelte mehrmals, um ihr Unverständnis auszudrücken.

»Ich weiß es nicht, aber mir wäre wohler, wenn du untertauchst. Er hat dich gesehen, und womöglich hast du ihn provoziert. Was ist mit deinem Vater? Du hast gesagt, er besitzt mehrere Immobilien. Vielleicht könntest du einige Zeit woanders wohnen.«

»Ich soll mich verstecken?«, rief sie empört. »Jetzt, da mich alle Welt sehen will?«

»Kapierst du es denn nicht?« Die kurze Zeit des Einvernehmens zwischen ihnen war vorbei. »Du könntest in großer Gefahr schweben.«

»Dann nehme ich mir einen Bodyguard. Der kann mich überallhin begleiten.« Sie sah versonnen an Kaller vorbei. »Da ist mir gerade eine Idee gekommen. Wie fändest du es, wenn ich in der nächsten Sendung genau das erzähle?« Sie verstellte ihre Stimme, so als würde sie vor einem großen Publikum sprechen. »Die Polizei fürchtet um meine Sicherheit!« Sie lächelte, und Kaller fragte sich, ob eine erwachsene Frau wirklich so naiv sein konnte oder sie ihm nur etwas vorspielte.

Als er sie entgeistert ansah, verstummte Gabriela. Eigentlich wollte sie sich nicht mit ihm streiten. Wenn er doch nur verstehen könnte, was das für sie bedeutete. Jeder sah in ihr nur die Tochter eines reichen Vaters. Als sie dem ihre Pläne mitgeteilt hatte, Moderatorin zu werden, hatte er nur gelacht und gesagt: »Na dann kannst du ja froh sein, dass ich ein wohlhabender Mann bin, denn sonst müsstest du verhungern.« So war das immer schon gewesen. Ihr Vater nahm sie einfach nicht ernst und hatte es auch abgelehnt, sie bei ihren Plänen zu unterstützen. Sicher, die monatlichen Zahlungen kamen regelmäßig, und wenn sie etwas brauchte, dann zückte er seine Kreditkarte, aber er respektierte sie nicht. Dieses Mal jedoch musste er ihre Leistung anerkennen. Sie hatte sich den Weg aus eigener Kraft geebnet. Zugegeben, Kallers Vertrauen zu missbrauchen, war ein wenig unfair gewesen, aber am Ende würde auch er einsehen, dass das alles trotzdem den Ermittlungen half.

»Sieh mich nicht so an«, wandte sie sich nochmals an Kaller. »Ich habe schließlich auch ein Recht auf Erfolg.«

Der Hauptkommissar schüttelte langsam den Kopf. »Du bist ein dummes, verwöhntes Kind«, sagte er schließlich bedauernd, auch weil er nicht wusste, wie er ihr begreiflich machen sollte, in was sie sich da hineinmanövriert hatte. »Glaubst du, es geht hier um Karrieren oder Ruhm?«

Ihr Blick sagte ihm, dass sie genau das annahm.

Ernst fuhr er fort: »Hier geht es um Menschenleben!«

Sie lachte begeistert auf. »Das ist ein hervorragendes Zitat!«

Kaller wusste, dass er vergebens an ihre Vernunft appellierte, und sah sie enttäuscht an. »Pass gut auf dich auf!«, war alles, was er ihr zum Abschied mit auf den Weg gab.

Erneut versuchte sie ihn aufzuhalten, indem sie seinen Namen rief, aber er war schon aus der Tür. Es war vorbei, und er hätte die gemeinsame Nacht gerne ungeschehen gemacht.

Den Rest des Tages verbrachte Kaller im *Puders*. Zuerst hatte er den festen Plan, sich sinnlos zu betrinken, aber heute schmeckte ihm das Bier nicht, und er hatte eher das Bedürfnis nach frischer Luft. Irgendwann waren die Straßen leer, und mit der Dunkelheit kehrte auch in der Fußgängerzone Ruhe ein. Kaller dachte an die Nacht, in der er Gabriela aufgesucht hatte. Er scherte sich für gewöhnlich nicht um Rüffel seiner Vorgesetzten, denn entweder ging es um unwichtige Dinge wie Maltofs Kartoffelsalat oder um etwas, das er getan hatte, aber guten Gewissens vertreten konnte. Nichts davon traf auf Gabriela Hebert zu, und deshalb fürchtete er um seinen Job.

»Ich hätte mich doch besaufen sollen«, sagte der Hauptkommissar zu sich selbst, dem es nicht gelang, das Grübeln einzustellen. Er war Polizist, nichts anderes, nicht Sohn, Vater oder Ehemann, sondern ausschließlich Polizist. Was, wenn man ihm das nahm? Schnell wanderten seine Gedanken zurück zu dem Fall, nur um am Ende doch wieder bei Gabriela zu landen. Er hatte eine Stinkwut auf sie, und doch war da auch die Sorge um ihre Sicherheit.

Den Rest der Nacht tigerte er durch seine Wohnung. In den Nachrichten hatte man mittlerweile offiziell verkündet, dass Kaller von dem Fall abgezogen worden war. Gabrielas Gesicht flimmerte durch die Wohnzimmer, und sie wurde bereits für weitere Interviews angekündigt. Er schaltete in einen der Bezahlsender, die er sich hatte aufschwatzen lassen, und hoffte, dass der skurrile Porno über Sexsüchtige im Weltall, der gerade lief, ihn auf andere Gedanken bringen könnte. Allerdings half der so wenig wie die vielen Zigarettenpausen am offenen Fenster, um seine Unruhe zu bekämpfen. Er wartete noch bis zum Morgen und griff dann gegen neun Uhr zum Telefon, da er wusste, dass seine Vorgesetzte um diese Zeit im Büro sein würde.

Elke Wiedenhof-Meier nahm ab, obwohl sie seine Nummer sah und den Anruf einfach hätte ignorieren können.

»Ich will nichts für mich«, sagte er und übersprang die Begrüßung. »Gabriela Hebert ist womöglich in Gefahr.«

»Wieso?«

Wenigstens hat sie nicht sofort aufgelegt, dachte der Hauptkommissar.

»Was, wenn sich der Mörder von ihr provoziert fühlt? Ich könnte ein Auge auf sie werfen, ich …«

»Sie halten sich von der Frau fern. Wir können nicht alle Journalisten beschützen, die über den Fall berichten.«

»Aber sie hat eine Verbindung zu mir, das ist etwas anderes«, hielt Kaller dagegen.

Es entstand eine Pause, dann sagte Elke Wiedenhof-Meier: »Ich werde die Kollegen von der Streife bitten, ein paar Extrarunden beim Haus der Frau zu drehen.«

»Das reicht nicht«, erwiderte Kaller ungeduldig.

»Na gut, dann werde ich mich mit der Dame in Verbindung setzen und ihr nahelegen, vorsichtig zu sein, und jetzt tanzen Sie in meinem Büro an, und zwar umgehend.«

»Ich dachte, ich bin …«

»Ach, jetzt auf einmal können Sie denken«, knurrte die Kommissariatsleiterin wie ein alter Rottweiler, dem man in den Napf greifen wollte. »Wir sehen uns in zwanzig Minuten.«

* * *

Elke Wiedenhof-Meier war äußerst genervt und bemühte sich auch nicht, das zu verbergen, als sie sagte: »Nachdem ich Sie gestern nach Hause geschickt habe, bekamen wir die Nachricht, dass der Schneider vermisst wird. Einer seiner Mitarbeiter hat sich besorgt an die Polizei gewandt.«

»Bella Lulasch ist verschwunden?«, hakte Kaller entsetzt nach.

»Genau der«, schnappte seine Vorgesetzte.

»Warum hat mich keiner darüber informiert?«, fügte der Hauptkommissar ärgerlich an und warf Meinfeld einen vorwurfsvollen Blick zu.

»Weil Sie erstens nicht mein Vorgesetzter sind, sondern umgekehrt, und zweitens suspendiert waren. Kommissar Meinfeld bekam strikte Anweisung, das für sich zu behalten, also schalten Sie schnell einen Gang zurück«, schnauzte Elke Wiedenhof-Meier.

»Hat die Suche nach dem Mann denn schon etwas ergeben?«, schluckte Kaller eine patzige Antwort herunter und versuchte professionell an den Fall heranzugehen.

»Das hat sie, der Mann ist tot«, antwortete die Kommissariatsleiterin mit rauer Stimme.

Kaller fuhr sich mit der Hand über das Gesicht, während er ein geschocktes »Oh Mann« murmelte. »Hängt das mit den anderen Morden zusammen?«, stellte er seine nächste Frage.

»Davon gehen wir aus, und deshalb sind Sie auch wieder hier«, erwiderte seine Vorgesetzte.

Auf Kallers fragenden Blick erklärte sie: »Der Mörder hat Sie angefordert.« Sie reichte ihm ein Blatt Papier in einer Beweismitteltüte. »Das fanden wir im Karton zusammen mit Bella Lulaschs Kopf.«

Entgeistert blickte der Hauptkommissar in die Runde. »Seinem Kopf?«

»Lesen Sie«, forderte ihn Elke Wiedenhof-Meier auf, »dann werden Sie verstehen!«

Die Nachricht glich den anderen, die der Mörder bereits geschickt hatte. Dieselbe Schrift auf weißem Standarddruckerpapier – nur dass sich das Schreiben dieses Mal nicht an Kaller richtete und deutliche Blutspuren aufwies.

Als Erstes hatte der Mörder eine Adresse angegeben, dann folgte der Text: »Marie-Antoinette hat die Gefahr nicht kommen sehen, Ihnen mache ich es leichter. Setzen Sie Hauptkommissar Kaller wieder ein, oder Vivien Balgar ist die nächste tote Prinzessin.«

»Das ist deutlich«, kommentierte Kaller das eben Gelesene.

»Dank Ihnen weiß er ja nun, dass wir das mit den Prinzessinnen durchschaut haben, warum sollte er da noch in Rätseln sprechen?«, schnauzte die Kommissariatsleiterin.

Kaller tat so, als hätte er den Vorwurf nicht gehört, und ging auf die Botschaft ein. »Marie-Antoinette, österreichische Prinzessin und spätere Königin von Frankreich, mit dem Fallbeil geköpft während der Französischen Revolution. Aber wie passt Bella Lulasch zu den Prinzessinnen?«

»Finden Sie es heraus«, fuhr ihn seine Vorgesetzte an.

»Wo wurde die Leiche abgelegt?«, wandte sich der Hauptkommissar mit seiner nächsten Frage an Meinfeld.

»Auf einem ehemaligen Tankstellengelände, während der Karton mit dem Kopf heute Morgen bei einem Imbissstand am Hauptbahnhof entdeckt wurde. Die Überreste sind bereits in der Gerichtsmedizin.«

»Sie haben dort in einer halben Stunde einen Termin. Der Kollege Meinfeld wird Sie ins Bild setzen«, schaltete sich die Kommissariatsleiterin ein.

»Was ist mit Gabriela Hebert?«, fasste Kaller nach. »Der Mörder hat ihren Fernsehauftritt bestimmt verfolgt. Wenn er so intelligent ist, wie wir annehmen, kann er sich zusammenreimen, dass die personelle Maßnahme, meine Person betreffend, unmittelbar im Zusammenhang mit Gabriela steht.« Er verwendete den Terminus, den auch der Polizeipressesprecher gestern Abend in seiner Erklärung gegenüber der Presse benutzt hatte, um Kallers Rausschmiss höflich zu umschreiben.

»Wir haben mit ihr und dem Sender gesprochen. Die junge Dame ist gewarnt, wir tun, was wir können, aber sie besteht darauf, die öffentlichen Auftritte fortzuführen.«

»Was ist mit Personenschutz?«

»Selbst wenn ich den genehmigt bekäme, was unter diesen Umständen kaum denkbar wäre, nützt es nichts, da Frau Hebert unmissverständlich war, was Polizeikräfte in ihrer Nähe anging. Sie sei in der Lage, selbst auf sich aufzupassen, und ich werde sie nicht in Schutzhaft nehmen.«

»Natürlich nicht«, brummte der Hauptkommissar.

»Kommen Sie mir nicht auf die Tour, Kaller.« Elke Wiedenhof-Meier wurde laut. »Sie sind nur hier, weil wir hoffen, dadurch Vivien Balgar zu retten. Wenn es nach mir ginge, dann wären Sie für den Mist, den Sie da gebaut haben, aus dem Dienst geflogen. Konzentrieren Sie sich also gefälligst auf den Fall. Wenn wir den Mörder haben, dann ist auch Frau Hebert in Sicherheit. Das wars fürs Erste«, sagte sie schließlich ruhiger und widmete sich demonstrativ den Unterlagen auf ihrem Schreibtisch.

Die beiden Beamten verließen den Raum.

Im Flur murmelte Meinfeld: »Es tut mir leid, ich hätte dir das mit Lulasch sagen müssen.«

Kaller atmete tief durch, bevor er seinem Kollegen einen freundschaftlichen Rempler verpasste und erwiderte: »Dich trifft keine Schuld. Die Alte hat schon recht, ich habe das verbockt.« Er hob und senkte die Schultern und versuchte den Eindruck zu erwecken, dass er mit seinen Schuldgefühlen klarkam, was ihm gründlich misslang. Hoffnungsvoll fragte er schließlich: »Gab es neue Entwicklungen in Sachen Denis Kreuter?«

»Ja, aber die werden dir nicht gefallen«, entgegnete Meinfeld und wirkte dabei wie ein begossener Pudel. »Der Kerl ist raus. Hat ein hieb- und stichfestes Alibi für den Mord an Adela Frieß. Zu der Zeit befand er sich in Stockholm, eine Tagung, jede Menge Zeugen. Das Hochzeitskleid seiner Mutter ist noch da und damit nicht identisch mit dem, das die erste Leiche trug. Offensichtlich hing er sehr an seiner Mutter, und ihre lange Krankheit hat ihn ganz schön mitgenommen. Sie starb schließlich in einer Klinik. Die Entscheidung des Vaters, der Sohn hätte sie lieber zu Hause gehabt. Zu dem Hochzeitskleid und den Prostituierten hat er sich nicht geäußert, aber ich habe mit einem unserer Psychologen gesprochen. Der meint, es könnte eine Form der Trauerbewältigung sein. So oder so, die kriminaltechnische Untersuchung der Fahrzeuge, die uns die Familie Kreuter übrigens ohne Beschluss gestattet hat, ist bislang ergebnislos verlaufen.«

»Und wenn Lobiz …«, hakte Kaller nach, aber Meinfeld kam ihm zuvor.

»Lobiz ist ebenfalls entlastet. Er war zwar nicht in Stockholm, aber an dem Tag, als Adela verschwand, hat er an dem Treffen einer Gruppe ehemaliger Strafgefangener teilgenommen. Ein Integrationsprojekt. Und wenn die beiden für diesen Mord ausfallen, dann ist es doch sehr wahrscheinlich, dass sie auch mit den anderen nichts zu tun haben.«

»Ein dritter Komplize?«, kam es Kaller spontan in den Sinn, bevor er die Idee jedoch gleich darauf selbst abtat. »Das ist dann doch zu weit hergeholt.«

»Ist es«, bestätigte Meinfeld kopfschüttelnd. »Lobiz' Anwalt konnte übrigens noch einen Privatdetektiv auftreiben, der bestätigt, dass ihn Lobiz aufgesucht und nach dem Preis für eine Überwachung gefragt hat.«

»Damit hat sich der Haftbefehl wohl erledigt.«

Meinfeld nickte. »Er wurde gestern noch entlassen.«

»Und was ist mit dem betrogenen Bäcker?«, informierte sich der Hauptkommissar über ihre zweite Spur.

»Sieht im Moment zumindest nicht besonders vielversprechend aus. Der Mann ist ein unbeschriebenes Blatt, gleiches gilt für die Ehefrau. Rulich wollte heute mit Balgar sprechen, und parallel dazu sollte ich die Vurtichs aufsuchen. Sozusagen ohne Vorwarnung. Ich bin froh, dass wir das jetzt zusammen machen können.«

Meinfeld meinte es aufrichtig, und Kaller war dankbar dafür.

Als Nächstes statteten die beiden Beamten der Gerichtsmedizin einen Besuch ab. Hauptkommissar Rulich erwartete sie dort schon und begrüßte seinen Kollegen mit den Worten: »Gut, dass du wieder dabei bist.«

Im nächsten Augenblick öffnete sich eine Tür, und der Gerichtsmediziner bat sie einzutreten. Während Rulich und Kaller in normalem Tonfall sprachen, fiel es Meinfeld immer noch schwer, so zu tun, als wäre der Besuch in den Kellern der Gerichtsmedizin etwas Alltägliches. Er hatte das Bedürfnis, hier unten leise zu reden, auf Zehenspitzen zu gehen, und wenn er unbedingt sprechen musste, sich dann auf das Notwendigste zu beschränken und dabei sowohl Humor als auch Flüche zu vermeiden. Etwas, das seine Kollegen offensichtlich anders sahen.

Beim Anblick von Bella Lulaschs Überresten entfuhr Rulich ein wüster Ausdruck, während Kaller kaltschnäuzig bemerkte: »Der gute Bella sieht als Frau irgendwie besser aus.«

Dann wurden jedoch auch die Kollegen wieder ernst.

»Die Obduktion ist für heute Nachmittag angesetzt«, sagte der Arzt. »Aber Frau Wiedenhof-Meier bat mich, Ihnen den Leichnam vorher zu zeigen.« Er setzte nach: »Angezogen.«

Der Hauptkommissar nickte und umrundete den Stahltisch, auf dem Bella lag. Der abgetrennte Kopf mit der weißen Perücke schloss zwar an den Rest des Körpers an, aber die ausgefransten Wundränder und das eingetrocknete Blut ließen unschwer erkennen, dass man den Mann auf brutale Weise geköpft hatte. Noch trug er ein rosa Kleid mit ausgestopftem Brustbereich. Über die Hände waren weiße, glänzende Handschuhe gestreift, die fast bis zu den Schultern der ärmellosen Robe reichten. Meinfeld fand es seltsam, zwischen den edlen Materialien der Handschuhe und des rosa Kleides ein Stück nackten Oberarm zu sehen, das von langen schwarzen Haaren überwuchert war. Die weiße Perücke saß immer noch auf dem kahlen Schädel, gekrönt mit einem Kranz aus Stacheldraht wie bei den anderen Opfern.

»Die künstlichen Haare wurden ihm mit einem Tacker am Kopf befestigt«, bestätigte ihnen der Gerichtsmediziner.

»Wozu sollte das gut sein?«, überlegte Meinfeld laut.

Kaller betrachtete aufmerksam das Gesicht des Toten, das dem lebenden Bella Lulasch kaum ähnlich sah. Allerdings lag das nicht nur an dem Make-up, das im grellen Licht der Gerichtsmedizin sofort an übertrieben geschminkte Parodisten einer Travestieshow erinnerte, sondern auch an den Augen, die, so bildete es sich der Beamte zumindest ein, das Entsetzen widerspiegelten, das Bella in seinen letzten Minuten empfunden haben musste.

Kaller drehte sich zu Meinfeld um. »Vermutlich ging es dem Mörder um den Effekt. Eine verrutschte Perücke hätte die Inszenierung verdorben, daher hat er mit dem Tacker dafür gesorgt, dass alles an seinem Platz bleibt.«

Dann bat der Hauptkommissar den Gerichtsmediziner, mit der Entkleidung des Leichnams zu beginnen.

Mit wenigen Handgriffen legte der Arzt zusammen mit einem Kollegen die Brust des Toten frei.

»Das ist interessant«, kommentierte Kaller.

Meinfeld und Rulich sahen ihn fragend an.

»Er trägt entsprechende Unterkleidung. Sieht nicht so aus wie bei den anderen. Denen hat der Mörder die eigenen Sachen aus- und die Ballkleider relativ lieblos angezogen ohne Rücksicht auf BHs und Schlüpfer. In Lulaschs Fall würde ich sagen, dass er sich selbst so hergerichtet hat. Das Make-up wurde sorgfältig aufgetragen. Ich könnte wetten, dass die Klamotten aus seinem Laden und die Schminke aus dem Badezimmer des Mannes stammten.«

»Du denkst, er hat das freiwillig getragen?«

»Davon gehe ich aus.« Sein Blick fiel auf die Füße. »Seht ihr, sogar die passenden Strümpfe. Hat man auch Schuhe gefunden?«

»Einen«, antwortete der Gerichtsmediziner und deutete auf den Stahltisch neben Lulasch. Dort lagen in Beweismitteltüten verpackt einige Gegenstände. Der Arzt reichte dem Beamten den Beutel, in dem sich der violette Damenschuh befand.

Kaller hielt ihn gegen Lulaschs Sohle. »Passt!« Er drehte den Pumps und betrachtete die Größenangabe. »Sechsundvierzig, ich nehme an, die hat sich Bella Lulasch anfertigen lassen.«

»Und was bedeutet das jetzt?«, fragte Meinfeld irritiert.

»Ich tippe weiterhin darauf, dass sich Bella selbst so

herausgeputzt hat. Das wiederum bedeutet, er muss sich für irgendeine Verabredung zurechtgemacht haben. Wir müssen umgehend mit seinem Assistenten sprechen. Hinter diesem Mord steckt kein Zufall. Bella wurde nicht auf der Straße aufgelesen oder im Park überfallen. Gab es irgendwelche Spuren von gewaltsamem Eindringen in sein Haus oder seinen Laden? Etwas, das auf einen Kampf, eine Entführung hindeutet?«

Meinfeld schüttelte den Kopf. »Die Kollegen haben das natürlich gleich überprüft, als wir von dem Verschwinden des Mannes erfuhren.«

»Dann hat man ihn irgendwohin gelockt«, folgerte Kaller. »Da setzen wir an. Außerdem ist Lulasch nun mal keine Frau, auch wenn er das vielleicht gerne gewesen wäre.« Diese Bemerkung sprach er ohne Spott aus. »Dass er zum Opfer wurde, könnte daher auch noch einen anderen Grund haben.«

»Und welchen?«, wollte Rulich wissen.

»Notwendigkeit«, antwortete ihm der Hauptkommissar. »Womöglich war es für den Mörder unumgänglich, Lulasch zu töten.«

* * *

Gegen 20 Uhr abends

Britta Stichler hatte früher stets geglaubt, das Leben würde sie bestrafen. Das war schon im Kindergarten so gewesen, als sie die meiste Zeit allein in ihrer Spielecke saß und davon träumte dazuzugehören. Die Schulzeit hatte dann noch grauenvoller zugeschlagen, und mit dem Frust waren auch viele überflüssige Pfunde um Brittas Hüften entstanden. Es hatte einige Zeit gedauert, bis sie mit sich und ihrem Körper Frieden geschlossen hatte, aber seit diesem Zeitpunkt blühte sie regelrecht auf. Die Welt hatte sich Gott sei Dank ein wenig geändert, und Frauen, die als solche auch zu erkennen waren, eroberten sich ihren Platz zurück.

Seit sie diese Einstellung verinnerlicht hatte, gelang der Fünfundzwanzigjährigen einfach alles. Mittlerweile hatte sie einen guten Job, einen tollen Freundeskreis und ein Hobby, das ihr wahnsinnig viel Spaß machte. Britta war eine leidenschaftliche Schwimmerin. Und da es ihr gelungen war, Selbstzweifel und Komplexe aus dem Leben zu verbannen, genoss sie die Bewegung im Wasser, so oft sie konnte. Dabei entgingen ihr nicht die bewundernden Blicke der Männer, die sich ganz offensichtlich an ihren Rundungen nicht sattsehen konnten. Britta fühlte sich längst nicht mehr wie das sprichwörtliche hässliche Entlein, sondern wie der bestaunte schöne Schwan, wenn sie in ihrem auffälligen Badeanzug stolz am Beckenrand entlangschritt.

Heute war sie spät dran gewesen, und deshalb hatte sie ihre Runden gedreht, bis eine Lautsprecherstimme die letzten Besucher aufgefordert hatte, das Schwimmbad zu verlassen.

Ihre dunklen, schulterlangen Haare waren noch nass, aber bei den sommerlichen Temperaturen spielte das keine Rolle. Sie schlenderte vergnügt zum Parkplatz, der bereits ziemlich leer war. Am Wagen öffnete sie den Kofferraum und zog dabei ihr Handy aus der Tasche. Mit flinken Fingern scrollte sie die Nachrichten durch. Dabei musste sie gelegentlich lächeln und vergaß völlig ihre Umgebung. Zwar hörte sie den Motor eines anderen Wagens, trat aber lediglich einen Schritt zur Seite, als sie glaubte, er wolle an ihr vorbeifahren. Sie blickte noch nicht einmal auf, so vertieft war sie in den neuesten Post ihrer besten Freundin. Dann ging alles furchtbar schnell. Der Schlag auf den Kopf schmerzte höllisch, und Britta taumelte. Hände griffen nach ihr, jemand flüsterte: »Ganz ruhig«, und schon lag sie auf dem Rücksitz eines Wagens. Sie spürte den Stich in den Arm, dann verlor die junge Frau das Bewusstsein.

Als sie wieder zu sich kam, fror sie. Ihr wurde bewusst, dass sie von Wasser umgeben war. Langsam schärften sich ihre Sinne, und sie erkannte im Schein einer flackernden Glühbirne abgeschlagene Wandkacheln und schimmlige Fugen. Plötzlich wurde ihr klar, dass sie in einer alten Badewanne saß. Das kalte Wasser reichte ihr bis zu den Brüsten. Sie bemerkte, dass sie kein Oberteil trug, die Arme auf dem Rücken gefesselt waren und ihre Beine fest verschnürt in einer Art Sack steckten. Panik stieg in ihr auf, und sie wollte schreien, aber das verhinderte der Streifen Klebeband über ihrem Mund. Gurgelnde Laute drangen aus ihrer Kehle, und das Wasser begann zu spritzen und zu klatschen, als sie mit heftigen Bewegungen probierte, sich aus ihrem nassen Gefängnis zu befreien.

Das Adrenalin verlieh Britta ungeahnte Kräfte; sie riss und zerrte an ihren Fesseln, während immer mehr Wasser aus der Wanne schwappte. Trotz des Sacks um ihre Beine spürte sie raue Körnchen auf dem Boden, dachte, es wäre Sand, und hoffte, der könnte ihr Halt geben, wenn sie mit ruckartigen Bewegungen den Versuch wagen würde, sich aufzurichten.

Aber noch bevor sie Schwung holen konnte, um dieses unmögliche Unterfangen zu starten, öffnete sich die Tür, und jemand sagte: »Aber, aber, kleine Prinzessin der Meere, Wasser ist doch dein Element, warum dem entfliehen?« Kurz darauf folgte ein Zungenschnalzen, und Britta, die mit vor Entsetzen weit aufgerissenen Augen auf ihren Peiniger starrte, konnte beobachten, wie der in aller Ruhe einen Hocker heranzog und sich neben die Wanne setzte. Seine Finger berührten ihre nassen Haare, seine Augen betrachteten die nackten, vollen Brüste der Frau, und schließlich wanderte sein Blick zu den verschnürten Beinen.

»Stimmt ja«, sagte er schließlich belustigt. »Die kleine Meerjungfrau möchte ja gar nicht im Wasser bleiben. Wie alle Prinzessinnen will auch sie mehr, als ihr zusteht.« Sein Gesichtsausdruck änderte sich, und er sah Britta hinterhältig an. »Ihr müsst ja immer alles haben. Setzt euch wie Blutegel ans Fleisch anderer Menschen und raubt ihnen das Leben. Aber ich habe euch durchschaut.«

Britta flehte hinter ihrem Knebel um Gnade, jammerte, dass sie nichts dergleichen je getan habe, und bat trotz allem um Vergebung. Aber er konnte und wollte sie nicht hören. Stattdessen zog er eine Spritze aus seiner Tasche, und egal wie heftig sich die junge Frau von einer Seite zur anderen warf, die dünne Nadel bohrte sich doch in ihr Fleisch. Innerhalb kürzester Zeit verlor Britta all ihre Kraft, sich zu widersetzen.

* * *

Es war bereits nach zwanzig Uhr. Hauptkommissar Michael Kaller saß in seinem Büro und las sich zum wiederholten Mal die Protokolle durch. Meinfeld hatte er nach Hause geschickt, und auch Rulich war bereits gegangen.

Michael Kaller schloss die Augen und dachte an die Aussage von Bella Lulaschs Assistenten. Demnach stammte das rosa Kleid tatsächlich aus dem Geschäft des Schneiders. Offenbar war es kein Geheimnis, dass der eine Vorliebe für die Farbe hatte. Von einem neuen Freund oder Liebhaber seines Chefs wusste der Assistent nichts, und der Hauptkommissar vermutete, dass sich der Angestellte selbst gerne an der Seite von Bella gesehen hätte. Zumindest sprachen die Tränen und die echte Trauer dafür, dass er aufrichtige Gefühle für den Verstorbenen empfunden hatte. Interessanterweise stießen die Beamten bei ihren Recherchen auf bekannte Namen. So waren am Tag von Bella Lulaschs Verschwinden nicht nur Armin Vurtich, der Konditor, im Geschäft des Toten gewesen, sondern auch Gerhard Lobiz, um etwas für den Apotheker Arne Kreuter abzuholen, und der Elektromeister Frohmer mit seiner Tochter und einem Angestellten. Außerdem hatte Irma Wesel, die Haushälterin der Balgars, angerufen, angeblich, um einen schon vor langer Zeit vereinbarten Termin von Arlette abzusagen. »Ich sagte, ich würde es ihm ausrichten und dass wir unter den gegebenen Umständen sowieso nicht damit gerechnet hätten, Frau Balgar im Geschäft begrüßen zu dürfen, aber Frau Wesel bestand darauf, persönlich mit ihm zu sprechen«, war die Aussage des Assistenten gewesen.

»Fanden Sie das nicht ungewöhnlich?«, hatte Kaller nachgehakt.

»Eigentlich nicht. Bella ist …« Er hatte geschluchzt und sich verbessert. »… war ein gefragter Mann. Die Menschen versuchten stets, um seine Gunst zu buhlen. Es war daher üblich, sich bei einem Bella Lulasch persönlich zu entschuldigen, wenn man es sich nicht mit ihm verderben wollte.«

Auch das Obduktionsergebnis hatte kaum neue Erkenntnisse gebracht. Der Kopf war mit einer stumpfen Axt abgetrennt worden, und zwar unter Zuhilfenahme eines scharfen Messers.

Interessant war allerdings Lulaschs Telefonliste – eine der Nummern stammte von einer der wenigen öffentlichen Telefonzellen in Karlsruhe, der Anrufer ließ sich daher nicht identifizieren. Ob das nur ein Zufall war, blieb offen. Kaller hielt es aber für wahrscheinlich, dass der Mörder auf diese Weise ein Treffen mit Bella Lulasch verabredet hatte. Sie wussten, dass der Täter wohlüberlegt vorging, gleichzeitig scheute er nicht ein gewisses Risiko. Das galt auch für das Telefonat. Man konnte es nicht zu ihm zurückverfolgen. Vermutlich hatte der Mörder den Schneider um Verschwiegenheit, was das Treffen anging, gebeten. Das Risiko, dass Bella trotzdem jemand davon erzählen würde, konnte er damit allerdings nicht komplett eliminieren. Da der Mörder bereit war, es darauf ankommen zu lassen, sprach vieles dafür, dass Bellas Ermordung eben doch aus einer Art Notwendigkeit heraus geschehen war.

Doktor Urban Balgar war von Hauptkommissar Rulich befragt worden und hatte sich, auf eine mögliche Affäre angesprochen, arrogant gezeigt. »Das ist meine Privatangelegenheit. Falls Sie schmutzige Wäsche waschen möchten, dann seien Sie gewarnt. Frau Vurtichs Ehemann weiß nichts von unserer Beziehung, und meine Frau ist ebenfalls ahnungslos. Ich möchte, dass das so bleibt«, hatte er Rulich abgefertigt. Dass Armin Vurtich etwas mit Viviens Entführung zu tun haben könnte, hielt der Anwalt für ausgeschlossen.

Natürlich hatte dessen Einschätzung die Beamten nicht davon abgehalten, das Ehepaar Vurtich aufzusuchen. Nachdenklich ließ Kaller den Besuch mit Meinfeld in der Konditorei Revue passieren. Im Laden waren sie als Erstes auf eine wenig sympathische Verkäuferin gestoßen, und der Hauptkommissar hatte sich nur schwer vorstellen können, dass dieses krächzende, dürre Geschöpf die Aufmerksamkeit von Urban Balgar auf sich gezogen hatte, bis sich herausstellte, dass das nur die Aushilfe war.

Während die in aller Seelenruhe davonschlich, um den Chef zu holen, blätterte Kaller lustlos durch einen dicken Ordner voller Tortenbilder. Das erste Foto zeigte einen blauen Kuchen mit einer Meerjungfrau obendrauf, daneben stand: »Für den Kindergeburtstag von Ronnia-Marie.« Es folgten weitere Aufnahmen kunstvoller Torten für Hochzeiten und sonstige Familienfeste, und als Meinfeld ihm über die Schulter blickte und das Foto eines Marmorkuchens in Form einer Rakete entdeckte, seufzte er und sagte: »Ob ich so etwas für meine drei auch einmal machen lassen sollte?«

»Spare dir dein Geld für deren Achtzehnten, dann kannst du eine Stripperin aus dem Kuchen hüpfen lassen. Vertraue mir, da haben die kleinen Meinfelds sicher mehr Spaß dran. Und Onkel Michael würde sich sogar an den Kosten beteiligen, immer vorausgesetzt, er wird eingeladen.«

»Unfassbar, dass dich noch keine wegen sexueller Belästigung verklagt hat«, stöhnte Meinfeld, während sein Kollege lässig abwinkte und sagte: »Ich bin mir sicher, dass das noch kommt.«

Dann erschien Armin Vurtich, und Kaller hatte das Gefühl, einen traurigen Riesen vor sich zu sehen. Der Eindruck wurde noch verstärkt, als sich der Mann mit leicht nach vorne gebeugten Schultern bewegte und die Beamten durch die Backstube in ein kleines Büro führte. Vurtich war höflich, aber etwas in seinem Blick signalisierte dem Hauptkommissar, dass der Konditor keinerlei Sympathie für die Beamten hegte.

»Bella Lulasch ist tot«, konfrontierte Kaller sein Gegenüber.

Vurtich lehnte sich in seinem Stuhl zurück und sah an den Polizisten vorbei. Ein leises »Aha« kam über seine Lippen. Er fragte weder nach der Todesursache, noch schien es ihn zu wundern, dass deshalb die Polizei bei ihm auftauchte. Fast war Kaller versucht zu glauben, dem »Aha« würde jetzt ein Geständnis folgen. Aber nichts dergleichen geschah. Vurtich saß nur da, stumm und mit regloser Miene. Er schien nicht gewillt, von sich aus zu reden.

»Sie waren bei ihm an dem Tag vor seinem Tod«, hakte Meinfeld deshalb nach und nannte das Datum. »Warum haben Sie ihn aufgesucht?«

Armin Vurtich antwortete, ohne zu zögern: »Ich habe Rechnungen bezahlt. Wenn Sie die Quittung sehen wollen?«

»Ja, bitte«, mischte sich Kaller ein, der gespannt war, wie lange der Konditor benötigte, um das Papier beizubringen.

Vurtich stand auf, öffnete einen Aktenschrank, griff zielsicher in einen Ablagekorb und zog den Beleg heraus.

»Sie sind gut organisiert«, kommentierte Kaller und spielte den Beeindruckten.

»Ich halte gerne Ordnung«, entgegnete Vurtich, ohne weiter auf das Lob einzugehen.

»Wie standen Sie zu Bella Lulasch?«, stellte Meinfeld seine nächste Frage.

»Gar nicht«, entgegnete der Konditor knapp.

»Mochten Sie den Mann?«, folgte ein Einwurf von Kaller.

Vurtich verzog das Gesicht, was ihn ein wenig dümmlich aussehen ließ und nicht zu der bissigen Antwort passte, die nun folgte: »Bella Lulasch hat Faschingskostüme verkauft, was hätte der mich interessieren sollen? Wenn ich schon für einen Lieferanten Gefühle hegen würde, dann für meinen Mehlgroßhändler, nicht für den Schneider meiner Frau.«

»Aber Sie sind doch auch Mitglied in dem Verein ›Vergangene Feste‹?«, ließ Meinfeld nicht locker.

»Ich mache das nur Elli zuliebe. Mir ist es völlig egal, woher mein Kostüm stammt.«

»War Herr Lulasch, als Sie ihn das letzte Mal gesehen haben, irgendwie anders?«

»Mir ist nichts aufgefallen«, erwiderte der Befragte.

»Interessiert Sie gar nicht, was Herrn Lulasch zugestoßen ist?«, fragte Kaller daraufhin unvermittelt.

»Ehrlich gesagt, ging ich nicht davon aus, dass Sie mir diese Frage beantworten würden«, antwortete Vurtich, und der Hauptkommissar war hin- und hergerissen, was diesen Mann anging. Für dumm hielt er ihn jedenfalls nicht, deshalb änderte er auch seine Strategie und wechselte das Thema. »Wie ist Ihr Verhältnis zu Doktor Urban Balgar?«

Die Männer sahen sich an. Vurtich schien im Gesicht des Polizisten zu lesen, dann zuckte er mit den Schultern. »Wir kennen uns über den Verein, wobei das schon zu viel gesagt ist. Ich würde es eine flüchtige Bekanntschaft nennen.«

»Und Ihre Frau?«, bohrte Kaller weiter. »Wie ist deren Verhältnis zu Herrn Balgar?«

»Ebenfalls flüchtig«, antwortete der Konditor, und seine Miene verriet keine Gefühlsregung.

»Können Sie sich denn vorstellen, wer die Tochter der Balgars entführt hat?«

»Nein«, sagte der Befragte daraufhin, und in seiner Stimme schwang etwas mit, das Kaller als Herausforderung empfand.

»Keine Mutmaßung?«, setzte der Hauptkommissar nach.

»Ich kann mir nicht vorstellen, dass die Polizei meine Meinung hören will«, gab der Konditor zurück, und Meinfeld hatte plötzlich das Gefühl, die beiden Männer würden sich für ein verbales Gefecht rüsten.

»Wir interessieren uns für mehr, als Sie sich vorstellen können«, erwiderte Kaller.

»Mir ist schon klar, dass man eine gewisse Neugier von Ihnen verlangt. Dafür werden Sie schließlich bezahlt.«

»Dann tun Sie mir doch den Gefallen und befriedigen Sie diese Neugier«, fasste der Hauptkommissar erneut nach.

Vurtich lenkte ein. »Also schön, der Mann ist Anwalt und offenbar ein sehr guter. Er gewinnt seine Prozesse für gewöhnlich, was bedeutet, dass es jedes Mal auch einen Verlierer gibt. Niemand ist gerne der Verlierer.«

»Sie gehen davon aus, dass man Vivien wegen des Berufs ihres Vaters entführt hat?«, griff Kaller scheinbar interessiert den Gedanken auf.

Vurtich ließ sich nicht darauf ein, sondern sagte: »Sie haben mich gefragt, ich habe geantwortet. Kann ich sonst noch etwas für Sie tun?«

Kaller erweiterte das Bild des traurigen Riesen nun um eine Keule in dessen Hand. Vurtich ließ sich ganz offensichtlich nicht so leicht aus der Reserve locken.

»Wir bräuchten routinemäßig noch ein paar Auskünfte«, kündigte Kaller nun die Frage nach Vurtichs Alibis an.

Der Hauptkommissar war gespannt, ob sich der Mann darauf einlassen würde, aber der Konditor zeigte sich kooperativ. Allerdings waren seine Informationen dürftig. Entweder war er in seiner Backstube gewesen ohne Zeugen oder er konnte sich nicht mehr daran erinnern, wo er sich zu den fraglichen Zeitpunkten aufgehalten hatte.

Das Gespräch war schon fast zu Ende, da erschien Elli Vurtich in dem Büro. Sie rauschte herein, sah von einem zum anderen und fragte aufgeregt: »Was ist hier los?«

Kaller wusste sofort, dass das die Frau war, mit der Balgar eine Affäre hatte. Ihre Präsenz war ungeheuerlich, und der Hauptkommissar bemerkte ein verdächtiges Zucken in der Leistengegend, als sein Blick an ihren wogenden Brüsten hängen blieb.

Er riss sich zusammen und stellte sich und Meinfeld vor. Als Elli von Lulaschs Tod erfuhr, reagierte sie im Vergleich zu ihrem Mann geschockt.

Bevor die Beamten mehr erklären konnten, kam ihnen Vurtich zuvor. »Sie haben mich nach Urban gefragt und meinem Alibi für die Entführung seiner Tochter«, sagte er mit einem lauernden Ausdruck in den Augen, als er die Reaktion seiner Frau beobachtete.

»Warum sollten Sie das tun?«, wandte die sich daraufhin an die Beamten, und ihre Haltung deutete einen Anflug von Panik an.

»Übliche Polizeiroutine«, speiste sie Kaller ab und nutzte die Gelegenheit, sie in das Verhör mit einzubeziehen. »Wie stehen Sie zu der Familie Balgar?«,

Ellis Gesicht rötete sich, und sie wirkte dabei wie ein schüchternes Mädchen. »Wir kennen uns von den Vereinstreffen.« Mehr fiel ihr nicht ein.

Überraschenderweise sagte dafür ihr Mann wie aufs Stichwort: »Wenn Sie mich nicht mehr brauchen, dann würde ich jetzt gerne meine Sandkuchen aus dem Ofen holen.«

»Nur zu«, reagierte Kaller freundlich, »und vielen Dank für Ihre Zeit.«

Vurtich verabschiedete sich mit einem kurzen Nicken, und Ellis Erleichterung über seinen Abgang war offensichtlich.

»Seit wann haben Sie und Doktor Balgar eine Affäre?«

Kaller hatte erwartet, die Frau würde bei dieser direkten Frage zumindest die Verlegene spielen, aber nichts dergleichen geschah.

»Deshalb sind Sie hier?«, entgegnete sie mit gedämpfter Stimme und sah automatisch zur Tür, so als würde sie befürchten, ihr Mann könnte das Gespräch mithören. »Hat Urban es Ihnen erzählt?«

Der Hauptkommissar verneinte das, und Elli verzog ihr hübsches Gesicht, bis es so aussah, als würde sie schmollen. »Er steht nicht zu uns, noch nicht!«, erklärte sie den Beamten, die sich über die Offenheit der Frau wunderten.

»Ist es denn mehr als eine Affäre?«, hakte Kaller daraufhin nach.

»Urban ist noch nicht bereit für einen Neuanfang, und jetzt nach dieser Entführung zieht sich natürlich alles hin, aber eines Tages …«

Sie erinnerte Kaller an einen Fluggast, der gelassen hinnahm, dass eine Schlechtwetterfront seinen Abflug verzögert hatte. Jedenfalls schien sie keinen Gedanken an Vivien zu verschwenden.

»Mir ist deshalb sehr daran gelegen, dass mein Mann nichts davon erfährt«, fügte sie schließlich an.

»Sie denken, er weiß es nicht?«, fasste Kaller nach.

»Hat er denn etwas gesagt?« Ellis Augen wurden groß, und wieder sah man darin die Panik.

Die, da war sich Kaller mittlerweile sicher, daher rührte, dass die Frau befürchtete, ein bequemes Nest verlassen zu müssen, bevor das neue gemacht war.

»Nein«, spielte der Hauptkommissar mit.

Sie war erleichtert, schenkte ihm einen verführerischen Augenaufschlag und hauchte, ganz hilfloses Mädchen: »Armin ist ein guter Mann, aber an seiner Seite bekomme ich manchmal einfach keine Luft mehr«, erklärte sie theatralisch.

»Verstehe«, ging Kaller darauf ein und nutzte die Möglichkeit, vielleicht noch etwas zu erfahren. »Hat Herr Balgar Ihnen gegenüber vielleicht einmal irgendwelche Feinde erwähnt? Menschen, die ihn bedroht haben, mit denen es Streit gegeben hat?«

Sie fühlte sich offensichtlich geschmeichelt, dass der Beamte annahm, sie stände als Geliebte hoch genug in Balgars Gunst, um solche Dinge zu wissen. Deshalb ließ sie sich auch hinreißen, etwas auszuplaudern, was ihr Liebhaber sicher nicht gewollt hätte.

»Der einzige Streit, von dem ich wusste, war der mit seiner Tochter Vivien.«

Kaller hakte nach: »Worum ging es dabei?«

»Um uns«, gab Elli selbstzufrieden zurück. »Sie hat zufällig herausgefunden, dass zwischen mir und ihrem Vater etwas läuft.«

Nach der Befragung waren die Beamten ins Büro zurückgekehrt. Zwischenzeitlich hatte die Pressestelle die Öffentlichkeit darüber informiert, dass Hauptkommissar Kaller nach wie vor den Fall bearbeite und alle anderslautenden Nachrichten in der Vergangenheit ein Missverständnis gewesen seien. Dahinter steckte der Gedanke, dem Entführer von Vivien Balgar mitzuteilen, dass man seiner Forderung nachgekommen war. Die Führungsetage hoffte, dadurch das Leben der jungen Frau retten zu können. Die Nachricht wurde von den Menschen ohne großes Interesse zur Kenntnis genommen, im Gegensatz zu dem Mord am Kostümschneider und Firmeninhaber Bella Lulasch, der am späten Abend offiziell bekannt gegeben worden war.

Im Nachhinein überraschte es die Beamten nicht, dass Balgar sie belogen hatte, was den Streit mit Vivien anging. Zu behaupten, Vivien wollte eine längere Auszeit nehmen, war für ihn natürlich weit weniger peinlich gewesen, als zuzugeben, dass ihn die eigene Tochter wegen seiner Affäre zur Rede gestellt hatte. Allerdings hätte die Wahrheit sie schneller zu Armin Vurtich geführt. Der sollte nun umgehend überprüft werden. Die Beamten bezweifelten nämlich, dass er nichts von der Affäre seiner Frau wusste. Damit hätte er ein starkes Motiv, Urban Balgar Schaden zuzufügen, zudem fehlten ihm die Alibis.

Der Hauptkommissar gähnte, es wurde Zeit, Feierabend zu machen. Mittlerweile war es kurz vor zweiundzwanzig Uhr, und er beschloss, nach Hause zu gehen. Vorher wollte er jedoch noch etwas erledigen.

* * *

Kapitel 11

Britta Stichler riss die Augen auf. Sie konnte ihre Umgebung nur verschwommen erkennen, so als hätte sie eine schmutzige Brille auf der Nase. Aber nicht dreckige Gläser trübten ihren Blick, sondern das Wasser über ihrem Gesicht. Sie spürte die kräftigen Hände, die ihren Oberkörper nach unten drückten und sie somit am Auftauchen hinderten. Verzweifelt versuchte sich Britta dagegen zu stemmen und verbrauchte mit jeder Sekunde, die verstrich, den wertvollen Sauerstoff in ihren Lungen. Der Tod war nah, das wusste sie, und dieses Wissen löste in ihr eine Panik aus, die ihr noch einmal Kraft gab. Der heftige Ruck brachte ihren Mörder für einen Augenblick aus dem Konzept, und Britta gelang es, Luft zu holen. Das Klebeband hatte er entfernt, vermutlich, um ihre Mimik besser beobachten zu können, wenn ihre Versuche, unter Wasser zu atmen, zu einem grausamen Tod führen würden.

Britta sog den Sauerstoff ein, keuchte, aber schon hatte er sie erneut gepackt, und dieses Mal verstärkte er den Druck auf ihren Brustkorb. Sie hatte das Gefühl, eine tonnenschwere Last würde sie am Auftauchen hindern. Wären ihre Hände nicht auf dem Rücken gefesselt und die Beine in diesem verschnürten Sack gewesen, hätte sie vielleicht eine Chance gehabt. Aber so war ihr Schicksal besiegelt.

Irgendwann konnte sie die Luft nicht mehr anhalten. Ihr Körper reagierte reflexartig, und so tat sie einen Atemzug unter Wasser. Augenblicklich schoss die kalte Flüssigkeit in ihre Luftröhre und füllte die Lungen. Auch wenn der Erstickungstod kurz darauf eintrat, dauerte der ausweglose und grausame Kampf, den die junge Frau führen musste, zu lange, als dass man von einem friedlichen Dahinscheiden hätte sprechen können. Brittas Augen quollen hervor, Entsetzen lag darin und Panik. Die Gesichtszüge der Toten hatten nichts mehr von der Entspanntheit, die Britta in den vergangenen Jahren zu einem so glücklichen Menschen gemacht hatte. Eine letzte einsame Luftblase stieg von ihren Lippen an die Oberfläche, dann war es endgültig vorbei. Das Wasser, das ihr immer ein so gutes Gefühl gegeben hatte, war am Ende kein Verbündeter mehr gewesen, sondern zu einem unbesiegbaren Gegner geworden.

Dass ihr erst nach dem Tod der Mund geöffnet und die Zunge herausgeschnitten wurde, war nur ein schwacher Trost und nicht der Barmherzigkeit ihres Mörders geschuldet. Dem war der Schmerz der jungen Frau gleichgültig, da für ihn lediglich die eigene Bequemlichkeit zählte. Und das Entfernen des starken Zungenmuskels war nun einmal wesentlich einfacher, wenn sich das Opfer nicht mehr dagegen wehren konnte. Als der Mörder den fleischigen Brocken nun in der Hand hielt, dachte er mit einer gewissen Genugtuung daran, wie ungemein brutal manche Gutenachtgeschichten doch sein konnten, dann grinste er zufrieden und begann Britta Stichlers Zunge sorgfältig in Frischhaltefolie einzuschlagen.

* * *

Im *Puders* herrschte wie gewöhnlich viel Betrieb. Offensichtlich war ein Junggesellenabschied in vollem Gange. Die Geräuschkulisse machte es dem Hauptkommissar deshalb schwer, Ricca zu verstehen, die ihm aufgeregt ins Ohr schrie: »Willst du wissen, was ich herausgefunden habe?«

Im ersten Moment musste Kaller überlegen, was sie damit meinte, aber dann fiel ihm wieder ein, dass er sie gebeten hatte, sich wegen Denis Kreuter umzuhören. Das war noch vor seiner kurzzeitigen Suspendierung gewesen. Er hatte bei dem ganzen Theater vergessen, Ricca darüber zu informieren, dass sich ihre Nachforschungen erledigt hatten. Nachdem sich die aber nun schon die Mühe gemacht hatte, wollte er sie nicht vor den Kopf stoßen. Deshalb zog er Ricca mit sich an einen Ecktisch, wo man ungestört sprechen konnte.

Sie legte eine Fotografie vor sich. Es war die Aufnahme, die der Hauptkommissar ihr gegeben hatte und aus dem Internet stammte. Sie zeigte Denis Kreuter, im Hintergrund dessen Vater, bei der Eröffnung einer ihrer Apotheken. Den Bericht dazu hatte eine regionale Zeitung verfasst.

»Die Mädchen kennen den Typen.« Sie deutete mit ihrem giftgrün lackierten Fingernagel auf Denis Kreuter. »Offenbar ein harmloser Kunde. Keine Größe, wenn du verstehst, was ich meine.« Sie zwinkerte ihm zu, und er grinste. »Im Gegensatz zu dem anderen Typen«, fuhr Ricca geschäftsmäßig fort, und Kaller horchte auf.

»Der andere Typ?«

Sie nickte. »Eine meiner Kolleginnen hat den Kerl im Hintergrund erkannt.«

»Arne Kreuter? Der Vater?«, reagierte der Beamte verblüfft.

Ricca sah ihn unsicher an. »Ich weiß, du hast mich nicht darum gebeten, etwas über den herauszufinden, aber als Jenny ihn erkannt hat … Tut mir leid, wenn das ein Fehler war.«

»Nein, im Gegenteil, das ist sehr interessant«, erwiderte er schnell und bat sie weiterzusprechen.

Sie schien beruhigt und begann mit ihrem Bericht. »Er ist ein Stammfreier, steht auf die harten Sachen. Jenny arbeitet als Domina.«

»Sieh an«, kommentierte Kaller mit amüsiertem Unterton. »Was hat deine Freundin noch über den Mann erzählt?«

»Ein Schmerzjunkie. Peitsche, Strom, Stacheldraht, das volle Programm, und er ist nicht zimperlich.«

»Stacheldraht?«, entgegnete Kaller alarmiert.

Ricca zuckte mit den Schultern, deutete seine Reaktion

als Unverständnis und erklärte deshalb: »Jenny ist bekannt für ihre Fantasie, was das angeht. Offensichtlich steht er drauf, wenn sie ihm sein bestes Stück mit dem Zeug einwickelt und ordentlich zudrückt.«

Kaller hätte sich gewünscht, diese Information wäre ihm erspart geblieben, presste unwillkürlich die Schenkel zusammen und hatte automatisch das Gefühl, alles zwischen seinen Beinen würde sich bis auf wenige Millimeter zusammenziehen.

»Wenn du es einmal ausprobieren willst?«, fuhr Ricca provozierend fort. »Jenny ist zwar immer ausgebucht, aber wenn ich ein gutes Wort für dich einlege …«

Kaller winkte schnell ab. »Ich glaube, auf manche Erfahrungen kann ich verzichten, aber vielleicht muss ich mich demnächst einmal selbst mit deiner Freundin unterhalten«, fügte er ernst an, während er sich im Stillen fragte, wie Elke Wiedenhof-Meier auf den Vorschlag, Kreuter senior zu überprüfen, reagieren würde.

Dann fiel ihm wieder ein, warum er heute überhaupt ins *Puders* gekommen war, und wechselte das Thema: »Hast du eigentlich eine Telefonnummer von dieser Kirchentante?«

Ricca warf ihm einen forschenden Blick zu. »Die Pfarrerin von Trixis Beerdigung? Sarah Weber?«

»Ist für einen Kollegen«, beeilte er sich zu erklären.

»Alles klar«, antwortete sie ihm und ließ keinen Zweifel daran, dass sie ihm nicht glaubte. Trotzdem zog sie eine Visitenkarte aus der Tasche und reichte sie ihm. »Bitte sehr, aber nicht, dass du mir noch fromm wirst.«

* * *

Am nächsten Morgen

»Das darf doch nicht wahr sein!«, fuhr Elke Wiedenhof-Meier Hauptkommissar Kaller an. »Erst diese Hexenjagd auf den Sohn des Apothekers, und jetzt kommt der Vater dran?«

»Er lässt sich mit Stacheldraht bearbeiten.« Der Beamte deutete mit dem Zeigefinger auf seinen Schritt, und die Kommissariatsleiterin winkte ungeduldig ab.

»Du liebe Güte«, blaffte sie, »und wenn er Tag und Nacht Schraubzwingen da unten trägt, macht ihn das noch nicht zum Entführer und Mörder.«

Bei der letzten Bemerkung der Vorgesetzten zuckten außer Kaller auch Meinfeld und Rulich kurz zusammen und gaben ein kollektives schmerzerfülltes, wenn auch sehr leises Zischen von sich, das dem Wort *Schraubzwingen* geschuldet war.

»Also schön«, wurde Elke Wiedenhof-Meier sachlich, »Rulich, überprüfen Sie die Alibis des Mannes, aber mit Umsicht. Sagen Sie, es handelt sich um abschließende Routinefragen, auch um seinen Sohn endgültig zu entlasten. Und vorerst will ich nicht, dass man den Mann mit Äußerungen zu seinen sexuellen Vorlieben verärgert, sonst haben wir ruckzuck eine Beschwerde am Hals.«

»Ich glaube kaum, dass das im Interesse von Arne Kreuter wäre, außerdem bedeutet ein Alibi in dem Fall noch gar nichts«, gab Kaller zu bedenken. »Was, wenn Kreuter einen Komplizen hat?«

»Wieder Lobiz?«, hakte die Kommissariatsleiterin genervt nach.

»Möglich«, antwortete Kaller ruhig, »oder aber die ganze Sache ist eine Familienangelegenheit.«

»Vater und Sohn als Killerpärchen?«, rief seine Vorgesetzte daraufhin bemüht, ungläubig zu klingen.

»Es ist ja nicht so, dass es das noch nie gegeben hätte«, argumentierte Kaller. »Ich meine, wir sollten das zumindest in Erwägung ziehen.«

Elke Wiedenhof-Meier setzte gerade an, ihm zähneknirschend zuzustimmen, als die Tür aufging.

Niemand hätte den Eintretenden abgewimmelt, denn an dessen Miene ließ sich unschwer ablesen, dass etwas passiert war.

Der Kollege, der nur ungern die schlechte Nachricht überbrachte, sagte leise: »Schon wieder ein Karton.«

* * *

Bernd Wagner und sein Welpe Milo hatten bereits alle Straßen des Stadtviertels durch, aber der junge Hund war bisher stur geblieben in seinem Streben, Blasen- und Darminhalt nicht auf den Karlsruher Straßen, sondern wie in den letzten Wochen zuvor auch in der schicken Altbauwohnung seines Besitzers zu entleeren.

Sein Herrchen blieb ebenfalls standhaft und ignorierte das ungeduldige Zerren an der Leine, den jämmerlichen Blick, der so viel zu bedeuten schien wie: »Ich bin noch so klein und muss schnell nach Hause«, und die schrillen Beller, die dem jungen Hund entschlüpften, wenn er nicht mehr wusste, wie er mit der Missachtung seiner Wünsche umgehen sollte. Bernd Wagner hatte sich auch im Sinne guter Nachbarschaft dazu entschieden, in eine Sackgasse einzubiegen, an deren Ende es ein leer stehendes Anwesen gab. Der Welpe, der offenbar ein paar Jagdhund-DNA-Stränge in sich trug, unterbrach sein bockiges Verhalten, stellte die Ohren und die Rute auf und preschte nach vorne, bis die Leine spannte. Sein Ziel war ein quadratisches Becken, das direkt vor dem Eingang des leeren Gebäudes am Ende der Straße angelegt worden und einem kleinen Pool nicht unähnlich war. Früher, daran konnte sich Bernd noch erinnern, schossen in regelmäßigen Abständen zwei Fontänen in die Höhe, und das damals noch gepflegte Wasserspiel verlieh dem Anwesen etwas Mondänes. Aber seit der ehemalige Besitzer verstorben war und eine Erbengemeinschaft um den Nachlass stritt, verwahrlosten Haus und Wasserbecken zusehends. Der Welpe, der immer noch wie ein ziehender Schlittenhund in der Leine hing, begann, als er dem moosbedeckten Rand näher kam, zu knurren und ließ sich entgegen seiner Gewohnheit mit einem Pfiff zurückrufen.

»Angsthase«, warf ihm Bernd mit einem Lächeln vor. »Das ist doch nur ein Planschbecken! Komm, wir erkunden es gemeinsam.«

Der Welpe folgte skeptisch seinem Besitzer und blieb dicht hinter dessen Beinen.

»Da hat sich wohl jemand einen Scherz erlaubt«, sagte Bernd nun laut, als er den Schaum entdeckte, der sich über das mit Regenwasser gefüllte Bassin verteilte.

Sofort dachte er an Jugendliche, die sich in der Nacht daran erfreut hatten, das Eigentum anderer Leute zu beschädigen. Der junge Hund an seiner Seite sträubte das Fell und gab erneut ein Knurren von sich. Plötzlich zuckte auch Bernd heftig zusammen. Eine sommerliche Brise wehte über den Schaumberg und trug einen Teil davon ab. Da entdeckte auch der Hundebesitzer die Leiche mit der seltsamen Stacheldrahtkrone. Die Augen der toten Frau schauten an ihm vorbei, hatten einen gequälten Ausdruck, und fast war es, als würde er die Angst spüren, die sie im Moment ihres Todes empfunden hatte. Automatisch machte er einen Schritt zurück, der Welpe dicht neben ihm. Schwer atmend zog er sein Handy aus der Tasche, um die Polizei zu verständigen, als er hinter sich bereits die Sirenen hörte.

* * *

Das Märchenviertel in Karlsruhe trug seinen Namen zu Recht. Die Straßen waren allesamt nach bekannten Märchen oder Märchenautoren benannt, und so wunderten sich die Ermittler nicht, dass die angegebenen Koordinaten sie dorthin führten.

Die Nachricht lautete: »Hallo Hauptkommissar Kaller,

schön, dass Sie wieder im Team sind! Anbei ein kurzfristig organisiertes Begrüßungsgeschenk! Und bitte künftig keine Regelverstöße mehr. Die liebe Vivien soll doch noch eine Weile schlafen.«

»Auf welches gottverdammte Märchen spielt man mit einer abgeschnittenen Zunge an?«, hatte Elke Wiedenhof-Meier geflucht, als der Karton geöffnet und der Fleischklumpen in der Frischhaltefolie entsprechend identifiziert worden war. Meinfeld hatte daraufhin spekuliert, dass vielleicht eine echte Prinzessin aus der Vergangenheit gemeint sei. Aber als sie nun vor dem Becken standen und auf die Leiche der jungen Frau blickten, deren Beine mit einem grünen Leinenstoff verschnürt waren, da wusste Hauptkommissar Kaller, was gemeint war, und sagte mit rauer Stimme: »Die Geschichte der kleinen Meerjungfrau.«

»Zwei Morde kurz hintereinander«, sagte Meinfeld leise und trat zur Seite, um dem Team der Gerichtsmedizin Platz zu machen. »Müssen wir jetzt täglich mit einer Leiche rechnen?«

»Vermutlich war das nur eine Machtdemonstration«, antwortete ihm Kaller, der zur Kenntnis nahm, wie ihnen der Gerichtsmediziner bestätigte, dass man der Toten die Zunge herausgeschnitten hatte.

»Eine Art Strafe, weil du von dem Fall abgezogen wurdest?«, folgerte sein Kollege.

»Ich denke, seine Nachricht ist da recht eindeutig. Abgesehen davon hat dieser Mistkerl einen Riesenspaß, uns zu verarschen. Wir warten die ganze Zeit darauf, dass er einen Fehler macht, aber niemand sieht oder hört ihn, wenn er seine Opfer mitnimmt und später deren Leichen entsorgt. Die Kriminaltechnik findet keine eindeutigen Spuren, und eine Verbindung zwischen den toten Frauen gibt es ebenfalls nicht. Es bestätigt sich immer mehr, dass er sie zufällig auswählt«, sagte Kaller verbissen.

Rulich trat zu ihnen. »Gut möglich, dass wir die Tote

schnell identifizieren können. Auf einem Schwimmbadparkplatz fanden die Kollegen ein unverschlossenes Fahrzeug. Zugelassen auf eine Britta Stichler. Im Wagen lag der Ausweis der Frau. Sie sieht der Toten sehr ähnlich, überzeugt euch selbst.«

Er reichte ihnen sein Handy. Die Kollegen hatten ihm ein Bild des Ausweises geschickt.

Kaller sog die Luft ein. »Ich korrigiere mich. Er scheint seine Opfer nicht komplett zufällig auszuwählen.«

Rulich, der eben erst zu ihnen gestoßen war, wirkte irritiert, und der Hauptkommissar erklärte: »Wenn er eine Rapunzel braucht, hält er Ausschau nach einer Frau mit langen Haaren, und die Prinzessin der Meere sucht er auf dem Parkplatz eines Schwimmbads.«

»Aber warum hat er ihr die Zunge abgeschnitten?«, hakte Rulich nach.

»Weil das zur Geschichte gehört«, antwortete ihm der Kollege. »Ist eigentlich eine ziemlich komplexe und sehr traurige Story für ein Märchen.« Er sah die verständnislosen Gesichter der beiden anderen Männer und fasste zusammen, was er noch wusste: »Geschrieben wurde es von Hans Christian Andersen. Eine kleine Meerjungfrau, sie ist eine Prinzessin, ihr Vater der König der Ozeane, lebt mit ihren Schwestern glücklich am Meeresgrund, bis sie sich eines Tages in einen menschlichen Prinzen verliebt. Damit sich ihr Fischschwanz in Beine verwandelt und sie im Schloss des Prinzen leben kann, schließt sie einen Handel mit der Meereshexe, die für ihre Dienste die liebliche Stimme der kleinen Meerjungfrau will.«

»Verstehe«, warf Rulich ein, »sie bezahlt mit ihrer Zunge.«

Kaller nickte.

»Und am Ende bekommt sie den Prinzen?«

»Überraschenderweise nein. Der Prinz wählt eine andere, was für die kleine Meerjungfrau den Tod bedeutet. Sie wird zu Meeresschaum.«

»Könnte das bedeuten, dass unser Mörder einer unglücklichen Liebe nachjagt?«, schlug Rulich daraufhin vor.

»Jedenfalls sieht es so aus, als hielte er seine Opfer für etwas Besonderes. Immerhin macht er sie zu Prinzessinnen«, spekulierte Meinfeld weiter.

Michael Kaller wollte darauf etwas erwidern, aber das laute Motorengeräusch heranfahrender Autos verschluckte seine Worte.

»Die Presse«, stöhnte Rulich.

* * *

Später auf der Dienststelle

Die Beamten verfolgten am Fernseher die aktuelle Sendung von Gabriela Hebert:

> *»Obwohl Hauptkommissar Michael Kaller seine Arbeit wieder aufgenommen hat …« Gabriela zwinkerte in die Kamera. »… wie wir wissen, war sein kurzfristiges Ausscheiden nur ein Missverständnis …« Dann wurde ihre Stimme wieder ernst, und sie fuhr fort: »… hat es nach dem Mord an dem berühmten Kostümschneider Bella Lulasch einen weiteren Todesfall gegeben. Die junge Frau namens Britta Stichler wurde direkt nach ihrem Besuch im Schwimmbad entführt und …«*

Gabriela wusste bestens über alle Fakten Bescheid. Der Sender hatte sie gut vorbereitet, denn Kaller nahm kaum an, dass diese Reportage auf Gabrielas Mist gewachsen war. Die Zuschauer schienen jedenfalls Gefallen an der »Neuen« gefunden zu haben, und so gab man ihr eine Chance.

Nachdem sie über den jüngsten Mord berichtet hatte, lehnte sich die frischgebackene Moderatorin nach vorne und versprach ihrem Publikum eine pikante Information nach der Werbepause.

Die Beamten hielten ein wenig den Atem an, sich fragend, was das nun wieder sein konnte.

»Die hat doch alles erzählt, mehr wissen wir quasi auch nicht«, sprach Meinfeld aus, was die anderen Kollegen dachten.

Kaller, der den verstohlenen Blick seiner Vorgesetzten bemerkte, hob daraufhin sofort abwehrend die Hände und versicherte mit Nachdruck: »Ich bin ganz bestimmt nicht die Quelle pikanter Informationen.«

Daraufhin glättete sich die misstrauisch gerunzelte Stirn der Kommissariatsleiterin.

»Wer hätte das gedacht?« Mit diesen Worten erschien Gabriela Hebert wieder auf der Mattscheibe.
Ihre vollen, rot geschminkten Lippen glänzten verführerisch, und das schwarze Haar lag wie angegossen um das blasse Gesicht mit den perfekten Proportionen.
»Da gibt es einen Anwalt, dessen Tochter entführt wird, und was tut der gute Mann?« Sie wechselte jetzt in einen Flüsterton, so als würde man hinter dem Rücken einer Person über diese lästern. »Er trifft sich mit seiner Geliebten, einer schönen Bäckersfrau, direkt hier aus Karlsruhe.«

»Oh nein«, seufzte Meinfeld, und auch die anderen Beamten starrten fassungslos auf den Bildschirm. Noch bevor einer fragen konnte, woher die Frau diese Information hatte, folgte die Antwort. »Unsere verlässliche Quelle hatte selbst einmal das Vergnügen, von Doktor Urban Balgar vertreten zu werden. Daher wissen wir auch, wie der gute Doktor zu dem Thema Familie steht.«

»Gerhard Lobiz«, riefen die Polizisten wie aus einem Mund.

»Er hat seine Chance genutzt«, sagte Kaller trocken. »Sicher wird er Balgar damit nicht ruinieren, aber empfindlich getroffen hat er den Mann bestimmt.«

Damit schien Gabriela Heberts Auftritt zu Ende zu gehen, aber noch war es nicht vorbei. Ein letztes Mal sprach sie direkt in die Kamera. Kaller erschrak, als ihm klar wurde, an wen sie sich wandte.
»Obwohl man mich gewarnt hat, wollte ich mich unter keinen Umständen zurückziehen, sondern den Menschen zu ihrem Recht auf Information verhelfen. Ich denke, das ist auch im Sinne des Mannes, der für diese Taten verantwortlich ist. Der Sender und ich sind um eine objektive Berichterstattung bemüht, und somit verhalten wir uns allen Seiten gegenüber neutral.« Sie lächelte wie ein junges unschuldiges Kind. »Ich gehe deshalb davon aus, dass mir bei der Erfüllung dieser Aufgabe keine Gefahr droht.«

Elke Wiedenhof-Meier schaltete mit einem rigorosen »Das reicht!« den Fernseher ab.

»Hat sie sich gerade direkt an den Mörder gewandt?«, fragte Meinfeld in die Runde.

»Sie hat ihm einen Deal vorgeschlagen, faire Reportage gegen Sicherheit«, entgegnete Rulich.

»Das klingt ja nun nicht unvernünftig«, entgegnete die Kommissariatsleiterin. »Kommt uns zumindest billiger als Personenschutz, den sie ohnehin abgelehnt hat.«

»Und wenn es nicht funktioniert?«, blaffte Kaller, »was, wenn er diesen Deal als Einmischung oder Bevormundung empfindet? Dieser Typ ist ein Kontrollfreak, und jetzt will ihm Gabriela Hebert vorschreiben, wie das zu laufen hat?«

»Wir wissen nicht, wie dieser Mann tickt«, hielt Elke Wiedenhof-Meier dagegen.

»Genau das ist doch der Punkt«, erwiderte Kaller gereizt.

»Sie schicken mich nach Hause, und kurz darauf sterben Bella Lulasch und Britta Stichler. Mit so jemandem kann man nicht Deals für die eigene Sicherheit aushandeln.«

»Mehr als unsere Hilfe anbieten können wir nicht. Der Sender weiß Bescheid und hat mir versichert, mit einem privaten Sicherheitsdienst zusammenzuarbeiten, der sehr kompetent ist. Und jetzt zurück zu dem Fall«, schnauzte die Vorgesetzte.

* * *

Gegen Abend

Elke Wiedenhof-Meier hatte mit dem Sender und Gabriela Hebert erneut Kontakt aufgenommen und zur Vorsicht gemahnt, während die Beamten versuchten mehr über Britta Stichler, ihre Gewohnheiten und die letzten Stunden ihres Lebens herauszufinden. Am Abend traf sich Rulich mit dem zuständigen Kriminaltechniker, und Kaller ging zusammen mit Meinfeld den Autopsiebericht durch.

»Das Wasser in ihren Lungen stammte aus der Leitung und enthält jede Menge Speisesalz«, las der Kommissar gerade vor und sagte dann: »Er hat also auf diese Weise das Meerwasser nachgebildet. Man sollte ja meinen, er würde eher sein Augenmerk auf die Opfer richten anstatt auf solche Details. Der Fischschwanz der Meernixe war ja nicht gerade besonders fantasievoll.«

»Nein, das war er nicht«, entgegnete Kaller und wirkte dabei geistesabwesend. Irgendetwas war da in seiner Erinnerung, und es hatte mit dem Fall zu tun, aber er konnte es einfach nicht greifen.

Meinfeld lenkte ihn ab, indem er fragte: »Wie kommt es eigentlich, dass du dich so gut mit Märchen auskennst?«

Kaller versuchte, nicht weiter seinem Erinnerungsvermögen mit Gewalt zu begegnen, sondern schnappte sich stattdessen die halb volle Kaffeetasse auf seinem Schreibtisch.

Meinfeld sah mit Schrecken zu, wie der Hauptkommissar einen großen Schluck daraus nahm.

Bevor er sagen konnte: »Weißt du, wie lange die da schon steht?«, spuckte Kaller das, was sich in seinem Mund befand, wieder zurück und fluchte: »Die Milch ist sauer!«

Wieder sparte sich der junge Kommissar eine Antwort, sondern sah erwartungsvoll zu seinem Kollegen, der ein wenig widerwillig auf die gestellte Frage antwortete.

»Als ich ein Kind war, hat mir meine Mutter viel vorgelesen, erst Märchen, dann Geschichten von echten Helden. Sie war verrückt nach Büchern und Geschichte, eine echte Leseratte, und das hat wahrscheinlich auf mich abgefärbt.«

Meinfeld stellte keine weiteren Fragen. Er wusste, dass Kaller ungefähr vierzehn Jahre alt gewesen war, als seine Mutter völlig unerwartet starb, und er nicht gerne über seine Eltern sprach. Zumal das Verhältnis zu seinem Vater nicht besonders innig war.

»Die kleine Meerjungfrau hat ihr immer besonders gut gefallen«, fügte Kaller mit einem traurigen Lächeln an, und Meinfeld begriff plötzlich, dass sein Kollege einen tiefen Schmerz mit sich herumtrug. Im nächsten Augenblick entspannten sich jedoch dessen Züge, und er sagte auf seine gewohnt flapsige Art: »Ich fand dieses Märchen als Kind langweilig. Damals kamen mir darin zu viele Mädchen vor.«

Sein Kollege grinste. »Na, diese Einstellung hat sich ja in den letzten Jahren zur großen Freude der Damenwelt erheblich geändert.«

»Mittlerweile haben hübsche Nixen …« Kaller, der gerade eine entsprechende Antwort geben wollte, brach mitten im Satz ab. Jetzt wusste er wieder, was da in seinem Gedächtnis haften geblieben war. »Erinnerst du dich noch an dieses Tortenbuch bei Armin Vurtich?«, rief er aufgeregt.

»Ja, der Marmorkuchen …« Dann verstand auch Meinfeld und sagte: »Die Torte mit der Meerjungfrau.«

»Genau! Ich denke, wir sollten Vurtich kurzfristig einen Besuch abstatten.«

* * *

Etwa zur gleichen Zeit

»Ich bringe dich um«, schrie Armin Vurtich, und Elli, die geduckt in der Ecke hockte, schluchzte und bettelte, er möge sie doch gehen lassen.

»Du Hure! Du elende Hure! Wie kannst du mir überhaupt noch vor die Augen treten?«

Das Messer in Armins Hand war groß und scharf. Er bewegte es durch die Luft, als wollte er zustechen, und gebärdete sich wie ein Wahnsinniger.

Elli hatte, nachdem das Interview ausgestrahlt worden war, einen Koffer gepackt, sich vor ihren Mann gestellt und mit fast schon gelangweilter Stimme verkündet: »Ich werde dich verlassen. Wie du weißt, habe ich eine Beziehung mit Urban.«

Daraufhin war Armin völlig außer sich geraten, hatte ihr den Koffer aus der Hand geschlagen, dagegen getreten, und schließlich waren all ihre Sachen durch die Luft geflogen. Mit dem Messer hatte er ihre Kleider aufgeschlitzt, auf ihre Schuhe eingestochen und am Ende die Kosmetiktasche zu Boden geschleudert und so lange darauf herumgetrampelt, bis jeder Tiegel und auch das letzte Fläschchen darin zerbrochen war.

Das erste Mal in all den Jahren hatte Elli ihren Mann so erlebt, und das erste Mal hatte sie schreckliche Angst vor ihm.

Er wütete wie ein Orkan durch die Backstube. Während er sonst immer auf peinliche Sauberkeit achtete, fegte er nun rücksichtslos alles von der Arbeitsplatte, was ihm in die Finger kam. Mehlstaub verteilte sich auf dem Boden und den Ablageflächen. Eine Palette Eier, deren Eigelb jetzt langsam an den Fliesen entlanglief, hatte er mit einer einzigen Handbewegung gegen die Wand geschleudert, und der Inhalt eines Milchkanisters bildete eine weiße Pfütze, nachdem das scharfe Messer das Plastik aufgeschlitzt hatte.

»Ich bitte dich, hör auf«, wimmerte Elli am Boden, die mittlerweile um ihr Leben fürchtete.

»Du hast mich um so vieles gebeten und alles von mir bekommen. Du, die ich immer wie eine Prinzessin behandelt habe. Du bringst mich dazu, mich selbst nicht mehr zu kennen, aber das lasse ich nicht länger zu!«

Er schrie, und Tränen des Zorns liefen ihm über die Wangen. Sein Gesicht war dunkelrot, und seine Finger zitterten, als er jetzt vor ihr stand, das Messer mit beiden Händen umklammerte, bereit zuzustoßen, um der am Boden kauernden Gestalt die gleichen Schmerzen zuzufügen, die er schon so lange Zeit hatte ertragen müssen.

* * *

Zur gleichen Zeit vor der Tür der Konditorei Zuckerguss-Vurtich

»Was ist denn da drin los?«, fragte Meinfeld verblüfft, als er ein lautes, schepperndes Geräusch hörte. »Hallo?«, rief er laut, »hier spricht Kommissar Meinfeld!«

Ein gequältes »Hilfe« war zu vernehmen, dann das wütende Gebrüll eines Mannes.

»Scheiße«, schrie Kaller, »rufe sofort Verstärkung!«

Er rüttelte an der Tür, hämmerte dagegen und brüllte: »Herr Vurtich, tun Sie nichts Unvernünftiges.«

Tatsächlich folgte eine Antwort: »Ich war noch nie so vernünftig wie heute«, schrie Armin Vurtich zurück, »und jetzt verpissen Sie sich.«

»Ich kann nicht gehen«, erwiderte Kaller, »das wissen Sie.«

In den umliegenden Häusern gingen Fenster und Türen auf. Meinfeld scheuchte einen neugierigen Passanten davon.

Kaller prüfte erneut die Tür, sah aber keine Möglichkeit, sie einzutreten. Die Konditorei hatte einen Lieferantenzugang, der über einen Hinterhof zu erreichen war. »Herr Vurtich, sagen Sie mir, ob Ihre Frau bei Ihnen ist.«

Der Hauptkommissar kannte die Antwort natürlich, aber ihm ging es darum, im Gespräch mit dem Konditor zu bleiben, um diesen abzulenken.

»Sie war gerade im Begriff zu gehen«, gab der Mann gereizt zurück, und im Hintergrund rief Elli mit tränenerstickter Stimme: »Er hat ein Messer!«

Kaller gab seinem Kollegen ein Zeichen, ihm zu folgen. Schnell legten die Beamten die kurze Strecke bis zum Hintereingang zurück. Erleichtert stellten sie fest, dass der nicht verriegelt war.

Vorsichtig öffnete Kaller die Tür und sprach mit ruhiger, lauter Stimme: »Herr Vurtich, wir kommen jetzt hinein. Bitte bleiben Sie ruhig, dann wird niemandem etwas passieren.«

Es folgte keine Antwort, und die Beamten bemühten sich, nicht hektisch zu agieren.

Wenige Sekunden später betraten sie die Backstube, die gezogenen Waffen auf Armin Vurtich gerichtet.

* * *

Carlo Lehner war an diesem Abend bei Amelie und deren Vater zum Essen. Danach sahen sie sich die Nachrichten an. Anschließend gab es eine Reportage, die Amelie nicht verpassen wollte.

Dann ärgerte sie sich jedoch darüber, dass man den Moderator ausgetauscht hatte. »Ich kann diese Gabriela Hebert bald nicht mehr sehen. Diese eingebildete Kuh. Jeder weiß, wer ihr Vater ist. Der hat ihr den Job beim Fernsehen sicher gekauft.«

Daraufhin hatte sich Mark Frohmer genötigt gesehen, über die junge Frau auf der Mattscheibe abzulästern. Vermutlich sollte es ein Kompliment an seine Tochter sein, als er die Moderatorin als Nutte bezeichnete, die dumm und faul sei im Gegensatz zu Amelie, die ihm so hervorragend die Büroarbeiten abnahm.

Dieses Mal waren sich Tochter und Vater einig, und Amelie fügte noch an: »Im Netz heißt es, sie habe einen Polizisten in ihr Schlafzimmer gelockt und dann ausgefragt.«

Der Alkohol ließ den Elektromeister erneut über verwöhnte, selbstsüchtige Frauen fluchen, bis Amelie das Gespräch beendete und pflichtbewusst in der Küche verschwand.

Als die beiden Männer allein waren, unterschrieb Mark Frohmer die Anmeldung für die Meisterschule, wobei er so tat, als handelte es sich um eine feierliche Zeremonie. Er ließ es sich natürlich auch nicht nehmen, immer wieder zu betonen, dass er großzügig die Fortbildung bezahlen würde.

Selbst beim Abendessen hatte er deswegen keine Ruhe gegeben, und Amelie war ihrem Vater daher öfter ins Wort gefallen, was den aber nicht davon abhielt, erneut den großzügigen Gönner zu spielen.

Die Männer hörten Amelie in der Küche hantieren. Wieder einmal stellte Carlo fest, dass sich Frohmers Tochter in der Rolle des häuslichen Weibchens ganz wohl zu fühlen schien. Nun, ihm war es gleichgültig. Abgesehen davon hatte er selbst keine besondere Freude an Hausarbeit, also warum sich beklagen? Was ihn allerdings ein wenig irritierte, war Mark Frohmer, der anfing, sich wie ein Großkotz aufzuführen. Irgendwie hatte Carlo den Eindruck, sein Chef wolle auf diese Weise seine Macht demonstrieren.

»Ich bin natürlich noch nicht bereit, völlig aus dem Geschäft auszusteigen«, sprach der Vater von Amelie ganz offen weiter. »Ich erwarte von meinem Nachfolger, dass er sich bewährt. Ich habe mir das alles selbst aufgebaut, da halte ich natürlich erst einmal den Daumen drauf, das verstehst du doch sicher?«

Carlo nickte. Was hätte er auch sagen sollen?

Frohmer hatte offensichtlich Spaß daran, anderen das Gefühl zu vermitteln, sie wären von seinem Wohlwollen abhängig. Carlo war nicht so einfältig, sich in dem Punkt auf eine Diskussion einzulassen, und notwendig war es auch nicht. Amelie hatte sich innerhalb der wenigen Tage, die sie jetzt als Paar galten, schon mehrmals entsprechend geäußert. Offensichtlich konnte es die junge Frau gar nicht erwarten, ihren Vater in den Ruhestand zu schicken.

»Als mein zukünftiger Schwiegersohn wirst du natürlich automatisch zum zweiten Mann«, sagte Frohmer so, als wäre die Hochzeit bereits ausgemacht, dabei hatten er und Amelie noch gar nicht darüber gesprochen.

Carlo wusste, dass man von ihm eine Ehe erwartete. Amelie war weder hässlich noch nervend, sondern eigentlich eine angenehme Partnerin. Sie würde nicht sein Leben bestimmen wollen und sich seinen Entscheidungen beugen, das wusste er längst. Damit würde die Ehe funktionieren. Er wünschte sich keine leidenschaftlichen Szenen im Schlafzimmer und aufreibende Auseinandersetzungen. Er brauchte eine Rückzugsmöglichkeit und seine Ruhe, und Amelie konnte ihm beides verschaffen. Und was Mark Frohmer anging – Carlo dachte an die Dinge, die er beobachtet hatte, und fragte sich, ob Amelies Vater nicht bereits an dem Ast sägte, auf dem er so überheblich saß.

Später verabschiedete Amelie ihren Freund wie immer mit glühenden Wangen. Sie standen unter der Haustür, und sie drückte ihren Körper an den seinen, forderte leidenschaftliche Küsse ein und wagte sogar, ihre Hände zwischen seine Beine gleiten zu lassen. Er hatte sich schon gefragt, wann sie deutlicher werden würde. Ihm gefiel es, Frauen nicht zu drängen, sondern zu warten, bis sie in ihrer Ungeduld selbst aktiv wurden.

Ein Moment war so gut wie jeder andere, und deshalb zog er sie mit sich in die Betriebsräume. Mark Frohmer schnarchte sowieso besoffen in seinem Sessel und würde von der schnellen Nummer auf Amelies Schreibtisch nichts erfahren.

Die junge Frau war nervös, aber er tat so, als würde er das nicht bemerken. Er küsste sie, schob ihr den Rock hoch und zog ihr geschickt den Slip nach unten. Ebenso schnell hatte er sich seiner Hose entledigt und drückte seine neue Freundin sanft auf die Schreibtischplatte. Im nächsten Moment drang er auch schon in sie ein. Amelie gab kurze Seufzer von sich, als er anfing, sich schneller in ihr zu bewegen. Sie hatte zwar schon mit einem Mann geschlafen, aber das war lange her und hatte nicht viel mit Liebe zu tun gehabt, deshalb bemerkte Carlo natürlich ihre Unsicherheit. Auch das gefiel ihm, und er behandelte sie, wie sie es von ihm erwartet hatte: rücksichtsvoll und zärtlich.

Als alles vorbei war, schlüpfte Amelie ein wenig verlegen in ihre Kleider und fragte schüchtern: »Möchtest du eigentlich Kinder?«

Woraufhin er erwiderte: »Wenn du das möchtest, spricht für mich nichts dagegen.«

Sie lächelte zaghaft, und er flüsterte: »Ich bin gerne mit dir zusammen. Ich hoffe nur, dein Vater entzieht mir nicht eines Tages sein Wohlwollen!«

Amelie wusste genau, was Carlo damit meinte. Sie hatte die großspurigen Sprüche gehört, aber dieses Mal würde sich ihr Vater entweder ihrem Willen beugen oder künftig alleine klarkommen müssen.

»Wenn sich Papa dir gegenüber nicht anständig verhält, dann gehen wir.« Und mit gerecktem Kinn und kämpferischer Miene fügte sie an: »Ich habe eigenes Geld von meiner

Mutter, und ich bin an der Firma beteiligt. Wir brauchen ihn nicht, um uns selbst etwas aufzubauen. Ich werde nicht zulassen, dass er dich verschreckt.«

Carlo streichelte ihre Wange. »Du kannst ja richtig unbarmherzig sein!«

»Ich bin keine Prinzessin in einem Elfenbeinturm. Ich werde dich beschützen, und jeder, der sich unserem Glück in den Weg stellt, wird das bereuen.«

»Wir sollten unbedingt bald heiraten«, entgegnete Carlo daraufhin, und Amelie, die ihr Glück kaum fassen konnte, schwor sich, ihren Worten im Notfall auch Taten folgen zu lassen.

* * *

Dienststelle der Kriminalpolizei, später Abend

Man hatte Armin Vurtich in eines der Vernehmungszimmer gebracht, nachdem ihn ein Arzt untersucht und er einen Anwalt zur Seite gestellt bekommen hatte.

Der traurige Riese, wie ihn Kaller im Stillen immer noch nannte, saß nun ohne Keule auf seinem Stuhl. Nicht das erste Mal während des Verhörs schluchzte er: »Das habe ich nicht gewollt!«

»Was haben Sie nicht gewollt?«, ging ihn Kaller zum wiederholten Male scharf an. »Die Entführung von Vivien Balgar? Dann beenden Sie es. Sagen Sie uns, wo die junge Frau ist.«

»Aber ich weiß es doch nicht«, beteuerte Vurtich erneut seine Unschuld. »Ich war wütend auf Elli, aber Urbans Tochter hätte ich doch deshalb nichts getan.«

»Sie wollten Ihre Frau umbringen«, fuhr ihn der Hauptkommissar an.

Vurtich wand sich. »Ja, vielleicht, aber ich konnte es nicht, ich liebe sie doch.«

Seit Beginn lief das Verhör auf diese Weise. Elli Vurtich, die ebenfalls befragt worden war, bezweifelte, dass ihr Mann mit der Entführung und den anderen Morden etwas zu tun hatte, und Kaller war langsam versucht, sich ihrer Meinung anzuschließen.

Armin Vurtich war ein Narr, besessen von der eigenen Frau, aber ein Mörder und Entführer? Die Spurensicherung stellte die Wohn- und Geschäftsräume der Vurtichs auf den Kopf. Sämtliche auf das Ehepaar zugelassene Fahrzeuge wurden ohne Ergebnis untersucht. Die Datenbanken anderer Behörden wurden angezapft, um eventuellen Grundbesitz von Armin Vurtich aufzuspüren, denn irgendwo hätte er Vivien ja gefangen halten müssen, aber auch da fand sich keine Spur.

Die Staatsanwaltschaft würde Anklage erheben, aber momentan sah es so aus, als könnte man dem Mann lediglich den Angriff gegen die eigene Ehefrau vorwerfen.

»Der ist es nicht«, sagte Kaller schließlich zu Meinfeld, als sich die beiden im Aufenthaltsraum einen Kaffee holten.

»Dabei hätte alles so schön gepasst: Unbeholfener Typ, den die eigene Frau zum Narren hält, dreht durch und rächt sich an seinem Widersacher, indem er dessen Tochter entführt. Einmal auf den Geschmack des Verbrechens gekommen, tötet er junge Frauen stellvertretend für die untreue Gattin.«

»Ja, nicht zu vergessen die Torte mit der Meerjungfrau, und kurz darauf finden wir eine entsprechende Leiche.«

»Seine Frau hat bestätigt, dass er die nach den Vorgaben der Kundin gefertigt hat. Der Kuchen ist also nicht auf seinen Mist gewachsen«, sagte Meinfeld daraufhin.

»Hätte ihn aber zu dem Mord an Britta Stichler inspirieren können«, warf Kaller ein. Dann winkte er ab. »Nein, Vurtich ist nicht unser Mann. Der Kerl ist nicht …« Er suchte nach Worten, und sein Kollege half aus: »Clever genug?«

Kaller schüttelte den Kopf. »Ich wollte eher sagen: beherrscht genug. Hätte unser Mörder Elli Vurtich heute Nacht töten wollen, dann wäre das auch geschehen. Schnell, sauber und ohne zu zögern. Zumindest ist das das Bild, das ich von dem Täter habe. Vurtich hingegen veranstaltet viel Geschrei und Tränen und sticht letzten Endes doch nicht zu. Und dann sind da ja noch die Spielregeln«, fuhr der Hauptkommissar nachdenklich fort.

»Du glaubst, der Mörder hält sich an irgendwelche Regeln?«, fragte Meinfeld zweifelnd.

»Auf eine perverse Weise scheint er das tatsächlich zu tun. Alle Opfer, selbst Lulasch, wurden uns entsprechend ihrer historischen oder literarischen Vorbilder präsentiert. Wäre Vurtich unser Mann, dann hätte er Elli nicht in einem Anfall von Eifersucht in der Küche erstochen.«

»Wir wissen nicht, was er geplant hatte. Immerhin sind wir ihm zuvorgekommen. Keiner kann sagen, ob er seine Frau nicht nach begangener Tat in den Ofen gesteckt und verbrannt hätte. Zum Beispiel als Anspielung auf ›Hänsel und Gretel‹.«

»Aber Gretel war keine geborene Prinzessin und wurde auch nicht durch die Heirat mit einem Prinzen dazu gemacht«, hielt Kaller dagegen.

»Du weißt, was ich meine«, erwiderte Meinfeld ungeduldig, »irgendein Märchen hätte sich da sicher gefunden.«

»Natürlich«, beschwichtigte ihn Kaller, »trotzdem halte ich Vurtich nicht für den Richtigen.« Er wollte noch etwas anfügen, da ließ die Beamten ein zaghaftes Klopfen an der Tür die Köpfe drehen.

»Tut mir leid«, erklang die angenehme Stimme von Sarah Weber, »ich wollte nicht stören, aber man sagte mir, ich könnte Sie hier finden.«

Hauptkommissar Kaller trat verlegen auf die Frau zu und sagte ungeschickt: »Frau Pfarrer, was machen Sie denn hier?«

Sarah Weber schmunzelte, und Meinfeld beäugte neugierig die Szene, die sich ihm bot. Er hätte schwören können, dass sein Kollege nervös war. Etwas, das man ihm für gewöhnlich nicht anmerkte, auch nicht in Gegenwart von Frauen.

»Sarah reicht völlig«, sagte die Geistliche und hielt dem Hauptkommissar die Hand hin, die der fast schon schüchtern ergriff.

Dann wandte sie sich an Meinfeld. »Ihr Kollege sagte mir, Sie würden sich um ein junges Mädchen Sorgen machen, und hat mich um Hilfe gebeten.«

»Oh.« Der Kommissar war überrascht. »Ich habe bereits mit dem Jugendamt gesprochen, die können da allerdings nicht viel machen.« Automatisch erschien das Bild des Mädchens vor seinem geistigen Auge, das ihnen in Gerhard Lobiz' Wohnblock den Weg gewiesen hatte.

»Ich kenne solche Fälle zur Genüge«, sagte Sarah Weber freundlich, »ich versuche über einige Projekte, die Jugendlichen zu erreichen. Manche nehmen Hilfe an, andere nicht. Zwang wirkt meistens nur kontraproduktiv, Geduld ist der Schlüssel. Die Behörden tun, was sie können, aber, na ja ...« Sie unterbrach sich und fügte dann entschuldigend an: »Ich will Sie nicht aufhalten, Sie kennen die Probleme da draußen vermutlich besser als ich. Da ich zufällig in der Gegend war, wollte ich Ihnen zumindest einen kurzen Zwischenbericht geben. Es scheint, dass Ihr Sorgenkind Interesse an einem meiner Sportprojekte hat. Wenn sie regelmäßig auftaucht, bekomme ich vielleicht einen Zugang zu ihr und kann helfen. Das ist zumindest ein Anfang.«

»Das ist gut«, bestätigte Meinfeld, der von der Entwicklung überrumpelt war. »Wenn ich etwas tun kann?«

Sarah lächelte. »Oh, das haben Sie doch schon. Es kommt heute nicht mehr so oft vor, dass jemand einem fremden Menschen helfen möchte. Aber ...« Ihr Lächeln wurde breiter, als sie seine Verlegenheit wegen der Anerkennung bemerkte. »… wenn wir den nächsten Kuchenverkauf haben, freuen wir uns über zahlungskräftige Abnehmer.«

»Ich werde da sein«, entgegnete Meinfeld.

Sie sah nun zu Kaller, der überraschend still gewesen war, und wollte ihm zum Abschied die Hand entgegenstrecken.

»Ich bringe Sie noch zur Tür«, sagte der jedoch und führte den unerwarteten Gast nach draußen, während er versuchte, die Blicke seines Kollegen, die sich wie zwei glühende Schwertspitzen in seinen Rücken bohrten, zu ignorieren.

Vor dem Gebäude bot er an: »Ich kann Sie nach Hause fahren, nachts ist es nicht gerade ungefährlich, alleine unterwegs zu sein.«

»Das ist nicht nötig, ich bin mit dem Wagen hier, das alte Schlachtschiff dort drüben.« Sie deutete auf eine rostige Limousine mit langer Schnauze und gewaltigem Kofferraum, die schräg zwei Parkplätze blockierte. Sie folgte seinem Blick und seufzte: »Einparken ist nicht so mein Ding!«

»Das macht doch nichts, wir haben hier genug Platz«, antwortete er ernst, und Sarah Weber grinste.

»Sie sind ein guter Lügner. Mit Sicherheit würden Sie ausflippen, wenn Sie jemandem wie mir beim Einparken zusehen müssten.«

»Nein«, versuchte er aufrichtig zu klingen, aber dann senkte er schuldbewusst den Kopf und erwiderte, »ich gebe zu, dass ich vielleicht gelegentlich ungeduldig mit den Fingern auf die Armaturen tippe, aber ich werde mich bessern.«

Jetzt musste sie laut lachen, und ihre unkomplizierte, ehrliche Art gefiel ihm. Gleichzeitig schüchterte ihn Sarah aber auch ein. Jedes Mal, wenn sie ihn anblickte, fühlte er sich durchschaut. Das Gefühl hatte er auch schon auf Trixis Beerdigung gehabt. »Vielen Dank, dass Sie sich um die Kleine gekümmert haben«, sagte er schnell, damit kein peinliches Schweigen entstand.

»Ich freue mich, wenn ich helfen kann. Es war richtig von Ihnen, mich anzurufen.«

Sie verabschiedeten sich, und Kaller hätte gerne noch etwas gesagt, aber ihm fiel einfach nichts ein, um sie am Gehen zu hindern.

Schließlich sagte er ein wenig hölzern: »Schön, wenn jemand für die Jugendlichen da ist.«

Sarah musterte ihn erneut mit ihrem durchdringenden Blick. Sie standen mittlerweile neben ihrem Auto. »Ja, aber das ist keine Frage des Alters. Gelegentlich braucht auch ein Erwachsener jemanden, der hilft.«

Mit einem kräftigen Ruck öffnete sie die verbeulte Fahrertür und stieg ein. Er sah ihr zu, wie sie vier Anläufe brauchte, um den Wagen rückwärts auszuparken, obwohl es weit und breit kein Hindernis gab, und hätte sich gewünscht, sie würde noch unzählige Male den alten Schrotthaufen vor- und zurücksetzen. Dann hätte er noch länger ihr Mienenspiel beobachten können, das von »Gleich hab ich es« bis »Jetzt gebe ich auf« reichte und ihn irgendwie berührte.

Auf dem Weg zum Büro bemühte sich Kaller, gelassen zu wirken, machte einen schlüpfrigen Scherz mit der fülligen Reinigungskraft, den diese mit einem schrillen Kreischen quittierte, und ließ es sich nicht nehmen, den Kollegen Maltof, der gerade aus der Toilette kam, mit dem Spruch »Na, hat dich die Mayonnaise durchgeblasen?« in Rage zu versetzen.

Als er zu Meinfeld zurückkehrte, glaubte er fast, die Gefühle, die die Begegnung mit Sarah Weber in ihm ausgelöst hatten, wären nur Einbildung gewesen. Deshalb ärgerte ihn das Verhalten seines Kommissars umso mehr. Wäre ein dummer Spruch gekommen, irgendeine Anzüglichkeit, ein Hinweis auf Sarahs Beruf und Kallers Charakter, dann hätte sich alles normal angefühlt. Aber Meinfeld schwieg, tat so, als wäre Sarah Weber nicht hier gewesen, und damit wurde ihr Auftauchen erst recht zu etwas Besonderem.

»Ich mache Feierabend«, sagte der junge Kommissar lediglich und verabschiedete sich von Kaller.

Was der nicht ahnen konnte, war, dass sein Kollege Meinfeld nichts Eiligeres zu tun hatte, als nach Hause zu fahren und noch während des Aufschließens der Wohnungstür wie ein altes Klatschmaul seiner Frau zuzurufen: »Kaller ist verliebt!«

* * *

Die nächsten Tage vergingen ohne nennenswerte Erkenntnisse. Die Bevölkerung, aufgeschreckt vom letzten Mord an Britta Stichler, begann die Beamten mit angeblichen Hinweisen zu überschütten, aber eine konkrete Spur war nicht dabei.

Sowohl die Kriminaltechnik als auch die Gerichtsmedizin gaben ihr Bestes, um den Ermittlern etwas liefern zu können, aber der, den sie suchten, machte es ihnen schwer. Der Stacheldraht war handelsüblich, die Kleider, die den toten Frauen angezogen worden waren, stammten offenbar von Flohmärkten und Ausverkäufen, und eine Verbindung zwischen den Opfern gab es nicht. Die Morde konnten allesamt als brutal, aber gleichzeitig auch als beherrscht beschrieben werden. Nichts war in wilder Raserei geschehen, sondern nach einem wohlüberlegten Plan.

Die Beamten suchten außerdem fieberhaft nach dem Unterschlupf des Täters, denn irgendwo musste er immer noch unbemerkt Vivien Balgar festhalten – und vermutlich war das der gleiche Ort, an dem er die anderen Frauen und Bella Lulasch umgebracht hatte.

Der Konditor Armin Vurtich saß wegen des Angriffs auf seine Ehefrau noch in Untersuchungshaft. Elli hatte bereits einen Anwalt aufgesucht und die Scheidung eingereicht. Doktor Urban Balgar war allerdings nicht bereit gewesen, sie in dieser Angelegenheit zu betreuen. Zudem hatte er ihr unmissverständlich klargemacht, dass eine gemeinsame Zukunft vollkommen absurd sei. Unterstützung fand die

Frau des Konditors lediglich bei dem Apotheker Arne Kreuter, der sich verständnisvoll zeigte und ihr versprach, mit Rat und Tat zur Seite zu stehen. Elli, die sich momentan völlig hilflos fühlte und alles dafür gegeben hätte, die Uhr zurückdrehen zu können, um wieder das Leben der einfachen Konditorenfrau zu führen, ertrug Kreuters Gegenwart, seine plumpen Annäherungsversuche und das Grapschen, da sie jetzt, nachdem das Geschäft geschlossen war, auch finanziell Hilfe benötigte. Der Apotheker war gerne bereit, ihr die zu geben, allerdings in Erwartung gewisser Gefälligkeiten.

Die Überprüfung, wie Kaller es gefordert hatte, konnte Arne Kreuter weder be- noch entlasten. Zwar waren seine Alibis lückenhaft, aber das reichte nicht aus. Der Täter hatte nur ein kurzes Zeitfenster benötigt, um seine Opfer zu entführen. Die Morde waren dann zu einem späteren Zeitpunkt ausgeführt worden. Umgekehrt gelang es den Ermittlern nicht, den genauen Zeitpunkt festzulegen, an dem die Frauen überwältigt worden waren. Damit war die Theorie des Hauptkommissars, sie hätten es mit einem Mörderduo aus Vater und Sohn zu tun, nicht unmöglich, jedoch fehlten handfeste Hinweise.

Michael Kaller kam sich vor, als würde er unter Strom stehen. Er war kaum noch daheim, und auch seine Besuche im *Puders* fielen momentan wegen Zeitmangels flach. Ricca hatte ihn zu Hause besucht, und ihm war dadurch klar geworden, wie sehr ihn dieser Fall belastete. Denn erst Riccas gesamte Fertigkeiten und das Stöhnen der Pornodarsteller im Fernsehen brachten den Hauptkommissar an jenem Abend in Stimmung.

»Schätzchen, du solltest dringend Urlaub machen, sonst gibt dein Zauberstab eines Tages den Geist auf«, war danach ihr verständnisvoller Rat gewesen, und er hatte geknurrt: »Bei mir funktioniert alles bestens.«

Aber das war eine Lüge gewesen. Jeden Tag rechneten die Beamten mit einem weiteren Mord. Tragischerweise war der nämlich ihre einzige Chance auf neue Spuren. So stand das ganze Team unter enormer Anspannung.

Gleichzeitig spukte dem Hauptkommissar Sarah Weber durch den Kopf, die er einerseits gerne wiedergesehen hätte, aber andererseits auch fürchtete. Was, wenn sie in der Lage war, hinter die Fassade aus Coolness und Leichtfertigkeit zu blicken? Er war nämlich eigentlich nicht bereit, irgendjemandem sein Innerstes zu offenbaren, denn in der Vergangenheit war es auch ohne Seelenstriptease ziemlich gut für ihn gelaufen.

* * *

Kapitel 12

Einige Tage später

Es war schon weit nach Mitternacht, Gabriela Hebert hatte eben erst ihre Wohnung betreten. Für sie lief es momentan richtig gut. Der Sender hatte ihr einen Vertrag gegeben, sie bekam die besten Sendezeiten, und auf der Straße wurde sie freudig von den Menschen erkannt.

»Ich bin berühmt«, sagte sie sich mehrmals am Tag und genoss die Aufmerksamkeit, die sie seit Neustem von allen Seiten bekam. Selbst ihr Vater zeigte sich beeindruckt und gab sogar richtig mit ihr vor seinen Freunden an.

Der Bodyguard, der wie jeden Abend die Zimmer kontrollierte, bevor er sich verabschiedete, kam von seiner Runde zurück und fragte höflich: »Brauchen Sie noch etwas?«

»Nein danke, Sie können gehen«, antwortete Gabriela fast schon huldvoll und genoss die eigene Wichtigkeit.

»Schließen Sie bitte sorgfältig ab«, erwiderte der Mann von der Sicherheitsfirma wie gewöhnlich, wenn er sie verließ, und sie versprach, seinen Anweisungen Folge zu leisten.

Der Sender hatte ihr den Leibwächter zur Verfügung gestellt. Er begleitete sie bei offiziellen Anlässen und Abendveranstaltungen, brachte sie nach Hause und wartete artig, bis sie die Tür hinter ihm verschlossen hatte. Eigentlich glaubte Gabriela nicht, dass sie in Gefahr war. Eher ging sie davon aus, dass die an den Mörder gerichtete Ansprache ihre Wirkung nicht verfehlt hatte.

Als es jetzt an der Tür klingelte, zuckte sie kurz zusammen, dann entspannte sich die junge Frau. Vermutlich wollte ihr der Mann vom Sicherheitsdienst noch etwas sagen, deshalb ging sie zur Gegensprechanlage und fragte: »Ja, bitte?«

»Hier ist Michael Kaller«, hörte sie ein heiseres Flüstern. Offensichtlich war der Beamte nüchtern, denn dieses Mal grölte er nicht laut in der Gegend herum, sondern nahm Rücksicht auf die Anwohner und sprach so leise, dass sie ihn kaum verstand.

»Kann ich raufkommen?«, hörte sie ihn undeutlich.

»Warum nicht?«, gab sie gut gelaunt zurück und strich sich automatisch über die glänzenden Haare, so als wollte sie sich auf die Schnelle zurechtmachen.

Schon hatte sie den Türöffner gedrückt und eilte vor den Spiegel. Das Abend-Make-up verlieh ihr immer noch ein zauberhaftes Aussehen, und der raffiniert geschnittene Hosenanzug, den sie trug, betonte ihren Körper. Gabriela spürte ein Kribbeln im Bauch und ein Gefühl von Triumph. Er war also doch wieder zu ihr zurückgekehrt. Sie hatte versucht, mit Kaller Kontakt aufzunehmen, aber der ließ ihre Nachrichten unbeantwortet und ignorierte auch ihre Anrufe. Jetzt allerdings stand er mitten in der Nacht vor dem Haus und bestätigte damit, dass sie unwiderstehlich für ihn war.

Als es nun an der Wohnungstür klopfte, entriegelte sie, ohne zu zögern, die Schlösser und schob den Sicherheitsriegel zurück. Sie sehnte sich nach dem Sex mit ihm, und womöglich fiel dabei auch noch eine Information ab, die sie in ihrer nächsten Sendung verwerten konnte.

Die Tür schwang auf, und Gabriela wusste augenblicklich, dass sie soeben den größten Fehler ihres Lebens begangen hatte. Sie sparte sich Fragen wie: »Wer sind Sie?«, da sie die Antwort bereits kannte. Ein Blick in seine Augen genügte, um zu wissen, dass sie ihrem Mörder gegenüberstand.

Der natürliche Trieb zu überleben ließ sie die Flucht ergreifen. Sie rannte Richtung Schlafzimmer, um sich dort zu verbarrikadieren, aber er war schneller. Im nächsten Moment lag Gabriela auf dem Boden.

Er saß auf ihr, starrte mit versteinerter Miene in das Gesicht der jungen Frau und umschloss mit den Händen ihren schlanken Hals. Sie spürte das glatte Plastik der Latexhandschuhe auf ihrer Haut und riss die Augen auf, flehte ihn auf diese Weise an, sie zu verschonen, aber eine Reaktion blieb aus. Sprechen konnte sie nicht, denn seine Daumen drückten direkt auf ihren Kehlkopf und machten es ihr unmöglich, mehr als ein Krächzen herauszubringen. Gabriela strampelte mit den Beinen, versuchte, ihre Hände gegen seine Unterarme zu stemmen, um den Griff zu lösen, doch es war vergebens. Langsam drückte er ihre Halsgefäße zusammen, und sie glaubte, ihre Luftröhre würde wie ein Strohhalm zerquetscht werden. Sie biss sich auf die eigene Zunge, schmeckte das Blut in ihrem Mund, sog gierig die Luft über die Nase ein und verlor dann letzten Endes doch den Kampf gegen einen zu starken Gegner. Gabriela Hebert war tot.

Erst jetzt regte sich etwas in dem Gesicht ihres Mörders. Allerdings war es keine Scham oder Reue, sondern einzig und allein ein Ausdruck tiefster Befriedigung. Er löste seine Hände von ihrem Hals und stand auf. Für das, was er nun vorhatte, wollte er sich Zeit lassen. Als Erstes inspizierte er die Wohnung und öffnete alle Schränke, bis er gefunden hatte, was er suchte. Dann trug er die Leiche ins Schlafzimmer, zog Gabriela die Kleider aus und machte dabei eine interessante Entdeckung.

»Das wird eine ganz wunderbare Überraschung werden«, murmelte er zufrieden, während er mit den behandschuhten Fingern nach der grünen Frucht griff, die einem Apfel so ähnlich war. Schließlich kramte er in seiner Tasche nach dem scharfen Skalpell, das er für alle Fälle eingepackt hatte und das sich jetzt als äußerst nützlich erweisen sollte. Hauptkommissar Michael Kaller würde sicher Gefallen finden an der Nachricht, die er ihm dieses Mal zukommen lassen würde.

* * *

Es war kurz vor sieben Uhr morgens, als es an Hauptkommissar Kallers Wohnungstür Sturm klingelte. Er schoss in die Höhe, hatte das Gefühl, gerade erst eingeschlafen zu sein, und fühlte sich wie gerädert. Sein erster Gedanke galt dem Fall, und deshalb nahm er automatisch an, die Person vor der Tür wäre deshalb nicht imstande, ihren Finger vom Knopf zu nehmen. Schnell schlüpfte er in seine Jeans, zog ein T-Shirt über, ging barfuß zur Tür und riss sie angespannt auf.

Sein Gesichtsausdruck wurde düster, als er die Nachbarin aus dem ersten Stock erkannte. Ein zänkisches Weibsbild, das alle Klischees eines neugierigen Lästermauls bediente.

Bevor Kaller etwas sagen konnte, drückte sie ihm ein Paket in die Hand und schnauzte: »Sie können nicht einfach Ihre Post vor der Haustür liegen lassen. Die wird von der Allgemeinheit genutzt, was, wenn jemand über den Karton gestolpert wäre? Ein Glück …«

Weiter kam sie nicht, denn der Hauptkommissar, der sofort erkannt hatte, was er da in der Hand hielt, unterbrach sie schroff: »Wann kam das Paket?«

Irritiert und mit einer Spur Neugierde sah sie ihn an, bevor sie geiferte: »Keine Ahnung, ich bin ja hier schließlich nicht die Empfangsdame.«

Sein Ton wurde schärfer: »Wann kam das?«

Ihre Unsicherheit wuchs, und damit änderte sich auch ihre Haltung. Etwas kleinlaut entgegnete sie: »Muss irgendwann heute Morgen gewesen sein. Die Zeitung kam um sechs, da war es noch nicht da. Vorhin ging ich zum …« Sie überlegte einen Moment, und es war anzunehmen, dass sie herumgeschnüffelt hatte. Da sie das nicht zugeben konnte, log sie:

»Ich wollte zu den Mülleimern, und da wäre ich beinahe darüber gestolpert. Ich muss schon sagen, das sind ja …«

Den Rest ihres Satzes verschluckte das Geräusch, das entstand, als ihr Kaller die Tür vor der Nase zuschlug.

Perplex sah sie einen Moment auf das dunkle Holz, dann marschierte sie meckernd davon.

Keine fünf Minuten später raste Kaller, das Paket auf dem Beifahrersitz, zum Revier. Über Handy hatte er die Kollegen verständigt, die ihn bereits erwarteten.

Der Kriminaltechniker schien eine gefühlte Ewigkeit zu benötigen, bis er das Klebeband durchtrennt hatte.

Meinfeld und Rulich, denen ebenfalls anzusehen war, dass man sie mehr oder weniger aus dem Bett geworfen hatte, waren anwesend. Genauso wie Elke Wiedenhof-Meier, die im Gegensatz zu ihren Mitarbeitern wirkte, als hätte sie schon seit Stunden in ihrem Büro gesessen.

»Wie lange dauert das denn noch?«, rief Kaller schließlich ungeduldig und trat näher.

Der Kollege warf ihm einen tadelnden Blick zu und ließ sich nicht davon abhalten, sorgfältig zu arbeiten. Schließlich wurde der Inhalt für alle gut sichtbar ausgebreitet.

»Keine Nachricht? Keine Koordinaten?«, hakte die Kommissariatsleiterin sofort nach und stierte ratlos auf die Plastikfolie, in die irgendetwas eingeschlagen war.

»Vielleicht ist die Nachricht da drin«, schlug Kaller vor und drängte den Kriminaltechniker, mit dem Auswickeln zu beginnen.

»Was ist das?«, fragte Meinfeld überrascht, und auch die anderen konnten sich im ersten Moment keinen Reim darauf machen.

Kaller trat näher. Er betrachtete das etwa handflächengroße Stück Haut, auf das man einen kleinen, grinsenden Totenschädel tätowiert hatte, und plötzlich wusste er, was passiert war.

Der Schock traf ihn völlig unerwartet. Er taumelte einige Schritte zurück, und Rulich hielt ihn automatisch am Arm fest. Immer noch hatte der Hauptkommissar den Blick auf den Inhalt der Plastikfolie geheftet, seine Stimme klang fremd, und er hatte das Gefühl, die Zunge würde ihm am Gaumen kleben, als er jetzt flüsterte: »Gabriela.«

Im nächsten Augenblick stürmte er aus dem Raum. Obwohl er eigentlich wusste, dass es längst zu spät war, hetzte er zum Auto und raste mit Sirene zu Gabriela Heberts Wohnung. Meinfeld war ihm gefolgt und saß auf dem Beifahrersitz. Um den Rest kümmerte sich Elke Wiedenhof-Meier. Während der Fahrt sprachen die Männer nicht.

Erst vor Gabrielas Wohnungstür sagte Meinfeld: »Vielleicht ist es besser, wenn ich alleine hineingehe.«

Kaller schüttelte den Kopf und forderte den Hausmeister auf, endlich zu öffnen. Sie hatten den Mann nicht lange überzeugen müssen, ihnen auch ohne richterlichen Beschluss behilflich zu sein. Nur ein Narr hätte die Dringlichkeit nicht erkannt.

Der Hauptkommissar betrat als Erster den Flur. Die Waffe in der Hand, wurde ihm spätestens jetzt klar, dass sie zu spät kamen. Die Spuren eines Kampfes waren unübersehbar. Der umgekippte Beistelltisch, die Zeitschriften auf dem Boden und ein zerbrochener Blumenkübel sprachen für sich. Vorsichtig arbeiteten sich die Männer durch die Räume. Im Schlafzimmer fanden sie Gabriela Hebert.

Kaller wollte zu ihr, sie berühren und die vielen kleinen Glasscherben, die sich regelmäßig über ihr Gesicht und den nackten Körper verteilten, entfernen. Er glaubte, er müsse sie von den scharfen, kantigen Steinchen befreien, die der Mörder über sein Opfer hatte rieseln lassen, um daraus ein makaberes Totenhemd zu fertigen.

Meinfeld hielt ihn zurück. »Nein, bitte, tu das nicht. Sonst hilfst du diesem Schwein davonzukommen, indem du die Spuren verwischst.« Seine Worte waren deutlich und mit für ihn ungewohnter Härte ausgesprochen worden, vermutlich kamen sie deshalb auch bei Kaller an. Er hielt in seiner Bewegung inne, schloss für einen Moment die Augen, dann machte er kehrt und verließ den Raum.

Meinfeld konnte den Anblick der toten Frau kaum ertragen. Die Scherben hatten sich wie grober Sand über Gabriela verteilt, trotzdem erkannte man sie noch gut. Im Gegensatz zu den anderen Opfern war sie nackt und trug nur die Stacheldrahtkrone im Haar. Deshalb entging dem Kommissar auch nicht die Stelle an der Hüfte, an der man ihr die Haut herausgeschnitten hatte. Und noch etwas anderes bemerkte der Beamte. Am rechten großen Zeh der Frau hing ein Zettel.

Michael Kaller erlebte die nächsten zwei Stunden, als würde er durch einen dichten Nebel irren. Man stellte ihm Fragen, die er beantwortete, ohne sich hinterher noch daran zu erinnern, und ständig berührten ihn Hände an der Schulter, die sanft zudrückten oder aufmunternd klopften. Irgendwann schob ihn jemand in den Aufzug und nach draußen, setzte ihn in ein Auto, und plötzlich befanden sie sich mitten im Grünen.

Erst jetzt kam Kaller wieder zu sich. »Was machen wir hier?«, fragte er verwirrt.

»Durchatmen«, entgegnete Meinfeld knapp und forderte seinen Kollegen auf, mit ihm ein paar Schritte zu gehen. Sie bewegten sich langsam auf einen Waldweg zu, dessen Bäume Schatten spendeten.

»Ich bin eigentlich kein großer Spaziergänger«, begann Kaller, dann versagte seine Stimme, und die Trauer übermannte ihn. Tränen brannten in seinen Augen, und ein tiefes Schluchzen drang aus seiner Kehle.

Meinfeld hätte niemals seine Arme um den Vorgesetzten und Freund gelegt, das wäre ihnen beiden unangenehm gewesen, aber als er Kaller ohne Worte ein Taschentuch reichte, war das mehr als eine höfliche Geste, und das Danke, das darauf folgte, sollte nicht nur eine obligatorische Erwiderung sein, sondern ein Ausdruck der Erleichterung darüber, einen wahren Freund zu haben.

Sie gingen schweigend einige Schritte, bevor Kaller mit zittriger Stimme sagte: »Vermutlich wäre es besser, wenn ein anderer den Fall übernehmen würde.«

Diese Reaktion kam für Sven Meinfeld unerwartet. »Das ist nicht dein Ernst, oder?«

»Ich bin schuld an Gabrielas Tod.«

»Unsinn, was redest du denn da?!«, hielt der Kommissar sofort dagegen. »Du hast versucht, sie zu beschützen, von Anfang an warst du um ihre Sicherheit besorgt. Wir wissen bereits, dass sie gestern von einem Leibwächter nach Hause gebracht worden ist. Der Mörder muss später zu ihrer Wohnung gekommen sein. So wie es aussieht, hat sie ihm die Tür geöffnet, trotz all unserer Warnungen. Es ist nicht deine Schuld. Außerdem wird der, den wir suchen, kaum zulassen, dass du abgezogen wirst. Erinnere dich daran, was das letzte Mal passiert ist. Und denke auch an Vivien Balgar. Die ist immer noch da draußen.«

»Ja, aber was, wenn ich mich auch da getäuscht habe und sie längst nicht mehr lebt?«

»Also schön, dann steige aus«, wechselte Meinfeld seine Taktik. »Lass es darauf ankommen und bade in Schuldgefühlen, aber dann wenigstens in den richtigen. Denn für die Morde bist du weiß Gott nicht verantwortlich, aber wenn du mir jetzt nicht hilfst, den zu fassen, der das getan hat, dann hast du einen Grund, dir Vorwürfe zu machen.«

»Glaubst du, die Nummer zieht bei mir?«, antwortete Kaller, der wusste, dass sein Kollege recht hatte.

»Die funktioniert immer«, gab Meinfeld zurück, bemüht, zuversichtlich zu klingen.

Kaller holte tief Luft, bevor er in seinem gewohnten Tonfall sagte: »Dann sollten wir vielleicht nicht länger wie Pilzsammler durch den Wald schleichen, sondern zurück zur Arbeit.«

»Du bist der Boss«, erwiderte Meinfeld erleichtert, dass Kaller sich wieder im Griff hatte. Er hätte dem Kollegen eine Auszeit gegönnt, wusste aber auch, dass der nie zur Ruhe käme, solange der Fall nicht gelöst und der Mörder von Gabriela hinter Gittern sitzen würde.

* * *

Meinfeld, dem der Gang in die Gerichtsmedizin sowieso immer schwerfiel, verwünschte sich heute wieder einmal, ausgerechnet das Morddezernat als Arbeitsplatz gewählt zu haben.

Kaller ging mit versteinerter Miene neben seinem Kollegen her.

Der Leichenhalle fernzubleiben, kam für ihn nicht infrage. Er war ehrlich genug, um sich einzugestehen, dass aus ihm und Gabriela nie ein Paar geworden wäre. Aber auch wenn sie keine tiefen Gefühle füreinander empfunden hatten, so war ihm die Frau keinesfalls gleichgültig gewesen. Deshalb musste er jetzt sein Bestes geben, um für Gerechtigkeit zu sorgen.

Der Arzt begrüßte die Beamten mit einem schlichten Kopfnicken. Die persönliche Beteiligung des Hauptkommissars hatte sich natürlich herumgesprochen, und so begann der Mediziner sofort mit seinem Bericht, um allen ein unbeholfenes Schweigen zu ersparen.

Er schlug das Laken zurück, und die Beamten blickten in das bleiche Gesicht der Toten. Ihre Augen waren geschlossen und die Glasscherben entfernt worden.

»Blutungen am Außen- und Innenlid«, begann der Gerichtsmediziner nüchtern. Er deutete mit seinem behandschuhten Finger auf das rechte Auge. »Sehen Sie die kleinen roten Pünktchen?« Ohne eine Antwort abzuwarten, fuhr er fort: »Das sind Blutungen.« Er verzichtete ausnahmsweise darauf, das Innenlid der Toten zu zeigen und hinter die Ohrmuscheln des Opfers zu deuten, um dort auf die gleichen Spuren hinzuweisen. Stattdessen beschränkte er sich auf das Vortragen seiner Notizen: »Die Würgemale am Hals lassen darauf schließen, dass der Täter von vorne zugedrückt hat. Dadurch wurde das Gleichgewicht des Blutflusses unterbrochen. Das Blut, das über die Arterie zufließt, kann dann über die Vene nicht mehr abfließen. Die blauviolette Verfärbung des Gesichts und das Aufdunsen sind typische Folgen, Zyanose …« Er brach ab, hielt es für besser, das Thema zu wechseln, und sagte: »Die Einzelheiten können Sie dann meinem Bericht entnehmen. Interessanter sind sicher die Spuren, die der Mörder für Sie hinterlassen hat.«

»Welche Spuren?«, fasste Meinfeld sofort nach, und auch Kaller, der bisher mühsam versucht hatte, bei den Ausführungen des Arztes die notwendige professionelle Distanz an den Tag zu legen, fühlte, wie sich seine Muskulatur anspannte.

»Ich fand das hier«, sagte der Mediziner und hob ein Glas in die Höhe, in dem sich etwas befand, das an ein Apfelstück erinnerte.

»Obst?«, fragte Meinfeld unbeholfen.

»Ein ganz besonderes Obst«, entgegnete der Gerichtsmediziner. »Die Frucht des Manchinelbaums. Kommt in unseren Breitengraden eigentlich nicht vor. Typisch ist er wohl in Mittel- und Südamerika, aber auch in einigen anderen Ländern der Welt. Die spanischsprachige Bevölkerung dort nennt die Frucht ›Manzanilla de la muerte‹, was so viel heißt wie ›Das Äpfelchen des Todes‹.«

»Das Stück, das Sie gefunden haben, war in ihrer Kehle, nicht wahr?«, fragte Kaller mit eisiger Stimme.

Der Arzt nickte, dann reichte er den Beamten eine Beweismitteltüte, in der ein kleiner Zettel steckte. »Den hat man an ihrem Zeh angebracht.«

Der Hauptkommissar las die Nachricht, die der Mörder hinterlassen hatte, laut vor: »Sieh dir ihre roten Lippen, ihre bleiche Haut und ihre dunklen Haare an und rate, wer sie ist.«

Die drei Männer verstanden die Anspielung.

Trotzdem sprach Kaller ihre Gedanken laut aus: »Gabriela ist also sein Schneewittchen.« Mühsam beherrscht konzentrierte er sich darauf, die Fakten zusammenzufassen. »Die Gebrüder Grimm beschreiben Prinzessin Schneewittchen mit roten Lippen, weißer Haut und schwarzen Haaren.«

Meinfeld warf ein: »Schneewittchen stirbt beinahe an einem giftigen Apfel. Aber sie überlebt, und es gibt ein Happy End.«

»Das hat unser Mörder ganz sicher nicht vorgesehen gehabt«, antwortete Kaller mit unterdrücktem Zorn.

»Aber warum erwürgt er sie, wenn der Apfel so giftig ist?«, hakte sein Kommissar nach.

»Da kann ich vielleicht helfen«, mischte sich der Gerichtsmediziner ein. »Das Gift wirkt nicht sofort. Außerdem ist die Reaktion darauf bei jedem Menschen anders.« Man merkte ihm an, dass er sich angesichts Kallers Rolle unwohl fühlte, als er jetzt sagte: »Es bestand daher das Risiko, dass das Opfer einen Anschlag überleben könnte.«

»Davon abgesehen hätte er sie erst einmal dazu bringen müssen, die giftige Frucht zu essen«, warf Kaller ein, der am liebsten davongelaufen wäre. Trotzdem setzte er seine Überlegungen fort. »Jetzt ist mir auch klar, was die Glasscherben bedeuten. Das ist eine Anspielung auf den gläsernen Sarg, in den man Schneewittchen gelegt hat. Deshalb kein Kleid, der Sarg ist die letzte Hülle, die er für sie vorgesehen hat.«

Meinfeld hatte den Hauptkommissar genau beobachtet und die wachsende Anspannung in dessen Gesicht bemerkt. Deshalb sagte er nun: »Ich denke, den Rest können wir draußen besprechen, ich brauche frische Luft.«

Aus der Kriminaltechnik erhielten sie die Information, dass die Scherben von Gläsern aus Gabriela Heberts Wohnung stammten. Der Mörder hatte sie in eine Plastiktüte gesteckt und dann zertrümmert, bis die Splitter die gewünschte Größe hatten.

Fingerabdrücke waren gefunden worden, aber ob auch welche vom Mörder stammten, ließ sich nicht sagen, da sie nicht alle zugeordnet werden konnten. Die Fasern unter Gabrielas Fingernägeln wurden vom Labor noch ausgewertet. Die Frau hatte sich gegen ihren Mörder zur Wehr gesetzt, vielleicht konnte sie dadurch auch nach ihrem Tod zu dessen Überführung beitragen.

* * *

Kurz darauf im Dienstzimmer der Kommissariatsleiterin

»Ein Baum, den man nicht einmal verbrennen kann, weil der Rauch jeden in der Nähe erblinden lässt, das ist doch Science-Fiction«, kommentierte Elke Wiedenhof-Meier das Ergebnis des Gerichtsmediziners und dessen Ausführungen zum Manchinelbaum. Sie scrollte auf ihrem Bildschirm weiter und besah sich die Bilder der Frucht. Fassungslos sagte sie: »Die sieht wirklich wie ein Apfel aus. Gott sei Dank wächst das nicht in unseren Breitengraden. Stellt sich natürlich die Frage, woher der Mörder dieses giftige Teufelszeug überhaupt hatte.«

»Das versuchen wir noch herauszufinden«, informierte Meinfeld sie, da sich die Beamten diese Frage natürlich auch gestellt hatten.

»Vielleicht kriegen wir ihn mit dieser Extravaganz«, fuhr die Kommissariatsleiterin fort, »so einen Giftapfel kann ich ja sicher nicht in jedem Laden kaufen.«

Kaller, der teilnahmslos wirkte, hatte jedoch aufmerksam zugehört. »Diesen Gefallen wird er uns nicht tun«, sagte er plötzlich und schien aus seiner Trance erwacht. »So leichtsinnig ist er nicht.«

»Denken Sie, er hat einen geheimen Platz, an dem er diesen furchtbaren Baum züchtet?«, entgegnete sie nicht ohne Sarkasmus. »Bäume wachsen nicht von heute auf morgen. Selbst ein …«

Kaller unterbrach sie. »Ich vermute, er hat den Baum zufällig entdeckt, und ich denke, ich weiß auch, wo. Wir müssen los«, wandte er sich an Meinfeld und war schon aus der Tür, bevor seine Vorgesetzte fragen konnte: »Und wo soll das sein?«

Kommissar Meinfeld eilte hinter seinem Kollegen her und warf Elke Wiedenhof-Meier noch einen entschuldigenden Blick zu, als auch er ohne ein weiteres Wort verschwand.

* * *

Als sie die Gärtnerei betraten, in der sie vor gut einem Monat die Leiche von Adela Frieß im Rapunzelbeet gefunden hatten, begrüßte sie die Inhaberin Ina überschwänglich. Ihr Interesse galt unübersehbar dem Hauptkommissar, der sich heute nicht mit Höflichkeiten aufhielt.

»Soll ich uns einen Tee machen?«, fragte sie trotzdem voller Eifer und überging die schroffe Art des Beamten. »Der hat Ihnen das letzte Mal doch so gut geschmeckt.«

Mit Grauen dachte der Hauptkommissar an das widerliche Gebräu und wollte schon entsprechend das Gesicht verziehen, besann sich dann aber und sagte: »Wir haben leider keine Zeit, bräuchten allerdings dringend eine Auskunft.«

Sie strahlte ihn an. »Selbstverständlich.«

»Haben Sie einen Manchinelbaum?«

Das Strahlen erstarb, und Ina sah betreten auf ihre gebräunten Hände.

»Das ist dann wohl ein ›Ja‹«, folgerte Kommissar Meinfeld aus ihrem Schweigen.

Ina reagierte trotzig und verschränkte die Arme vor der Brust, bevor sie sagte: »Das ist nicht verboten!«

»Wenn jemand zu Schaden kommt, dann ...«, wollte Meinfeld sie belehren, aber Kaller ging dazwischen: »Wo steht der Baum?«

Sie sah den Hauptkommissar misstrauisch an.

»Wir ermitteln immer noch in einem Mordfall«, fuhr der mit gepresster Stimme fort.

»Es ist nur ein kleines Bäumchen, eine Miniaturzüchtung, nichts weiter als ein Experiment. Immerhin bin ich Gärtnerin, und exotische Pflanzen sind sozusagen mein Steckenpferd. Außerdem untersuche ich deren Heilwirkung.«

»Der Baum ist doch hochgradig giftig«, mischte sich Meinfeld ein.

»Ja, aber viele Gifte haben, richtig dosiert, auch einen positiven Effekt auf den Körper.«

Kaller waren die Motive der Frau gleichgültig, deshalb hakte er nicht weiter nach, sondern fragte: »Wer hat Zugang zu den Früchten?«

»Niemand«, erwiderte Ina empört. »Ich verkaufe die doch nicht. Wie gesagt, ich ...« Sie bemerkte seinen ungeduldigen Gesichtsausdruck und kam zum Punkt: »Das Gewächshaus steht am Ende des Geländes. Es gibt ein Betreten-verboten-Schild, und natürlich ist jede giftige Pflanze, die sich darin befindet, entsprechend gekennzeichnet.«

»Hatten Sie das Gefühl, dass sich Unbefugte darin aufgehalten haben? Oder dass Früchte fehlen?«

»Nein«, entgegnete die Frau ehrlich schockiert. »Aber wie hätte ich das auch feststellen sollen, nachdem Ihre Männer vor vier Wochen alles auf den Kopf gestellt haben?«

Dennoch besahen sich die Beamten das Gewächshaus. Es lag, wie von Ina beschrieben, am Ende des Geländes, direkt neben einem neu angelegten Becken zur Zucht von Teichpflanzen und einem großen Komposthaufen. Sich den Weg bis dorthin zu bahnen, war umständlich, denn die Gassen zwischen den Gewächshäusern wurden zur Grundstücksgrenze hin immer schmaler und ließen einem erwachsenen Mann kaum genügend Platz. Ina hatte vermutlich recht. Ein gewöhnlicher Kunde würde sicher nicht zufällig dort landen. Tatsächlich wiesen Warnschilder darauf hin, dass der Zugang verboten war, und im Inneren gab es ebenfalls entsprechende Tafeln.

Nachdem sich die Beamten durch das Gewächshaus-Labyrinth zurückgekämpft hatten und wieder im Wagen saßen, sagte Meinfeld: »Denkst du tatsächlich, dass der Mörder den Manchinel-Apfel aus dieser Gärtnerei hat?«

Der Hauptkommissar nickte. »Ich halte das für sehr wahrscheinlich. Vermutlich hat er nur nach einem Platz für seine tote Rapunzel gesucht und ist bei seinen Recherchen ganz zufällig auf das Manchinelbäumchen gestoßen. Die liebe Frau Ina hat ihm die tödlichen Äpfel ja quasi auf dem Silbertablett präsentiert. Er liest den Hinweis bezüglich der giftigen Wirkung und nimmt eine Frucht mit.«

»Du glaubst, er hat da schon den Mord an Gabriela Hebert geplant?«

Kaller presste die Lippen zusammen und schüttelte den Kopf. »Nicht den Mord an Gabriela, sondern den an Schneewittchen. Gabriela kam ihm nur gelegen, um diese Rolle zu übernehmen.«

* * *

Die nächsten drei Tage kamen die Beamten keinen Schritt weiter. Hauptkommissar Michael Kaller gönnte sich kaum Schlaf und ging die Akten und Protokolle wieder und wieder durch. Wenn er nicht im Büro war, dann saß er, so wie heute auch, im *Puders* an der Theke. Der Krach und die fremden Menschen lenkten ihn wenigstens von seinem Kummer ab.

Während er den Lippenstiftrand auf seinem Bierglas

ignorierte, der den Spülgängen der Gläsermaschine stur getrotzt hatte, grübelte er erneut über den Fall nach. Zu gerne hätte er den Apotheker Arne Kreuter in einem Verhör ausgequetscht, aber für diese Maßnahme gab es zu wenig Anhaltspunkte. Trotzdem bot sich Arne Kreuter mit seinen extremen sexuellen Vorlieben einfach an. Zumal er Vivien Balgar kannte, mit der alles angefangen hatte.

Mit einer Handbewegung in Richtung Bedienung signalisierte Kaller sein Verlangen nach einem weiteren Export-Bier und war versucht, sich über das Rauchverbot hinwegzusetzen. In diesem Augenblick tippte ihm jemand auf die Schulter.

»Kaller, ich muss dich sprechen!«

Es war Ricca, die ihn ungeduldig anblickte.

»Klar«, entgegnete er und wollte sie nach ihrem Getränkewunsch fragen, aber sie winkte ab.

»Draußen« war alles, was sie entgegnete, und schon drehte sie sich um und steuerte auf die Ausgangstür zu.

Kaller sah erneut zu der Bedienung, schwang dieses Mal sein Zigarettenpäckchen und zeigte damit an, dass er kurz nach draußen ging.

Vor der Tür hatten sich mehrere Rauchergrüppchen gebildet, und er musste sich umsehen, bevor er Ricca entdeckte. Sie stand abseits und war nicht allein. Ohne Eile ging der Hauptkommissar auf die beiden Frauen zu, so wirkte die Szene unauffällig. Da Ricca ihn nach draußen gelotst hatte, ging er automatisch davon aus, dass niemand mitbekommen sollte, auf wen er gleich treffen würde.

Die Frau neben Ricca wirkte ängstlich. Sie schien Kaller eigentlich zu jung für das, was sie vermutlich tat, aber vielleicht wurde er langsam auch einfach nur alt.

»Das ist Ludama«, stellte Ricca die Fremde vor. »Sie gehört zu Bobbys Mädchen, ist noch ziemlich neu«, fügte sie erklärend an.

Kaller hatte sich das schon gedacht. Ludama schaute ihn unsicher an. Das blonde, lange Haar, das ihr ins Gesicht fiel, konnte das blaue Auge nicht ganz verdecken. Vermutlich eine Lektion, die ihr Bobby erteilt hatte, als sie sich weigern wollte, in das Geschäft einzusteigen.

Er versuchte, die junge Frau nicht anzustarren, weil er wusste, dass sie das nur nervös gemacht hätte.

»Du kennst ja Bobby«, fügte Ricca an, »er hat es nicht gerne, wenn seine Mädchen mit den Bullen sprechen, selbst wenn es hilft, den Mörder von Trixi zu finden.«

»Sie dürfen nicht schlecht über ihn denken«, warf Ludama sofort ein.

»Er schickt dich auf den Strich«, gab Kaller ungerührt zurück.

»Das ist nur vorübergehend. Ich helfe ihm, wieder auf die Beine zu kommen. Er hat Pech gehabt, nicht seine Schuld. Wenn wir das Geld zusammenhaben, dann gehen wir fort und ...«

Obwohl Kaller es im Schein der trüben Laternen nicht richtig sehen konnte, nahm er an, dass Ricca bei diesen Worten genervt mit den Augen rollte, denn sie unterbrach die Kollegin und sagte: »Wir haben nicht viel Zeit, erzähle Kaller, was du mir erzählt hast.«

Ludama verstummte und kramte hektisch nach ihren Zigaretten. Der Hauptkommissar bot ihr eine aus seiner Schachtel an, und endlich begann die Frau zu sprechen. »Und Sie verraten nicht, dass ich Ihnen das gesagt habe?«

»Mein Wort«, antwortete der Beamte, und Ludama sah zweifelnd zu ihrer Freundin.

»Man kann viel über Kaller sagen, aber ein Lügner ist er nicht!«, redete die Ludama gut zu.

Unter anderen Umständen hätte der Polizist eine Diskussion über Riccas Beurteilung seiner Person angestoßen, aber so hob er für eine Sekunde belustigt die Augenbrauen und sagte lediglich: »Niemand wird erfahren, dass Sie mit mir gesprochen haben.«

»Also gut.« Sie zog nervös an ihrer Zigarette. »Da war so ein Typ bei mir.«

»Wann?«, hakte Kaller nach.

»Gestern Nacht.« Sie sah zu Boden und unterdrückte den Impuls zu weinen, als sie sich an den Sex mit all diesen fremden Männern erinnerte, den sie Bobby zuliebe ertrug.

»Was ist passiert?«, fragte Kaller schnell, da er befürchtete, seine Zeugin könnte es sich noch anders überlegen und einfach verschwinden.

Ludama riss sich zusammen. »Er hatte einen Lieferwagen, und wir fuhren zum Parkplatz. Er wollte, dass ich ihm …« Sie stockte und übersprang die Details. »Jedenfalls konnte er nicht. Erst fing er an, sich dafür zu entschuldigen, aber dann wurde er wütend. Er hat mich beschimpft, mir die Schuld an seinem schlaffen Pimmel gegeben und dann irgendetwas davon gefaselt, dass sich alle Weiber wie Prinzessinnen aufführen würden und man ihnen die Hälse umdrehen sollte wie fett gewordenen Hühnern.« Sie schüttelte den Kopf. »So oder so ähnlich hat er sich ausgedrückt. Jedenfalls kam mir das komisch vor, wo es doch heißt, dass der, der Trixi getötet hat, so ein Verrückter ist, der ein Problem mit Prinzessinnen hat. Na ja, ich fand den Kerl gruslig, aber Bobby wollte ich damit nicht nerven, so bin ich dann zu Ricca …«

»Das war absolut richtig«, unterbrach Kaller sie. »Können Sie mir den Mann vielleicht etwas genauer beschreiben? Wie hat er ausgesehen?«

»Ich bin nicht so gut in solchen Sachen«, erwiderte sie, und Kaller zwang sich, ruhig zu bleiben.

»Welche Farbe hatten seine Haare?«

Sie zuckte mit den Schultern. »Braun oder schwarz.«

»War er groß oder klein?«

»Er ist nicht ausgestiegen«, antwortete sie, »aber klein war er, glaube ich, nicht.« Sie runzelte die Stirn und sagte entschuldigend: »Ich bin wirklich nicht gut in so was.«

»Wie alt war er?«

»Oh Mann«, entgegnete sie jetzt und wirkte dabei überfordert. »Das ist schwer. Bestimmt schon alt, mindestens über vierzig.«

Der Hauptkommissar spürte den Frust aufsteigen, nicht nur wegen der mangelnden Fähigkeit der Zeugin, den Freier zu beschreiben, sondern auch wegen der Bemerkung über das Alter.

»War er auch über fünfzig?«, probierte er es dennoch erneut.

»Schon möglich«, antwortete Ludama. Dann legte sie jedoch den Kopf schräg und sagte: »Da stand aber etwas auf dem Wagen. Das ist mir aufgefallen, weil es doch gestern so heiß war, und da dachte ich, das wäre jetzt genau das Richtige und …«

»Mensch, Mädchen«, schaltete sich schließlich Ricca ein, »quatsche nicht rum, sondern sage Kaller endlich, was dort stand.« Der schroffe Ton der anderen schien Ludama nicht zu stören, sondern ihr im Gegenteil dabei zu helfen, sich zu konzentrieren. Sie kniff die Augen zusammen, als könnte sie so die Aufschrift direkt vor sich sehen, und stammelte schließlich unter größter Anstrengung: »Schwimmbad irgendetwas, Firma Frohme oder Froherr oder so …«

* * *

Kapitel 13

Vivien Balgar spürte weder ihre Arme noch ihre Beine, die Entkräftung ihres Körpers hatte längst auch ihren Geist erreicht. Manchmal sehnte sie sich nach dem Tod. Wut, Scham und Angst waren längst verflogen. In den kurzen Phasen ihres Wachseins fühlte Vivien gelegentlich eine große Erschöpfung, aber meist spürte sie gar nichts mehr.

Als er sie zuletzt besucht hatte, war er aufgekratzt gewesen. »Bald ist das Schlafen vorbei. Auch Dornröschen hat ein Verfallsdatum!«

Sie versuchte erst gar nicht, sich einen Reim auf den Vergleich mit der Märchenfigur zu machen, ihr genügte zu wissen, dass offenbar das Ende kurz bevorstand. Mittlerweile ängstigte sie nicht einmal mehr das Geräusch seiner Schritte. Denn wenn er kam, dann sorgte er wenigstens dafür, dass sie schlafen konnte und nicht darüber nachdenken musste, dass sie in diesem Loch wie ein Tier gefangen gehalten wurde. Dann roch sie weder den Gestank ihres schmutzigen Körpers noch den der menschlichen Ausscheidungen. Sie fragte sich nicht mehr, ob er sie mit seinen widerlichen Händen berührt hatte. Hin und wieder war sie erwacht, wenn er einen Eimer Seifenwasser über sie geschüttet hatte, so als wollte er sein Auto vom gröbsten Dreck befreien. Sie lag dann durchnässt in ihrem Gefängnis und fror, aber die einzige Barmherzigkeit, die er kannte, war das Schlafmittel, das er regelmäßig in ihre Adern pumpte.

»Dornröschens Papa war sehr unartig, das weiß nun die ganze Welt.« Er hatte gekichert. »Wie konnte er es auch wagen, sich der drallen Bäckerin zuzuwenden?« Daraufhin war ein gehässiges Lachen erklungen.

Vivien erinnerte sich an den Streit, den sie deshalb mit ihrem Vater gehabt hatte. Sie war wütend gewesen, hatte Dinge gesagt, die man besser herunterschlucken sollte und die sich nur schwer wieder zurücknehmen ließen, aber das war nicht aus Bosheit geschehen. Sie hatte einfach Angst gehabt, ihr Vater würde mit seiner Affäre die Familie zerstören. War das nicht die normale Reaktion eines Kindes? Sie hatte ihn herausgefordert, sogar damit gedroht, es der Mutter zu sagen, ihn als verhasstes Monster beschimpft und dann einfach stehen lassen. Zwischen ihnen hatte Funkstille geherrscht, und jetzt würde ihr keine Zeit mehr bleiben, die Dinge zu bereinigen.

Was am Anfang ihre größte Sorge gewesen war, nämlich das Auftauchen ihres Peinigers, war mittlerweile der einzige Lichtblick. Sie hoffte auf die nächste Dosis, um wieder schlafen zu können, denn das bedeutete auch, nicht weiter der Hoffnungslosigkeit preisgegeben zu sein.

* * *

Dienststelle Kriminalpolizei

Am frühen Morgen hatte man Mark Frohmer freundlich aufgefordert, wegen einer Aussage mit aufs Revier zu kommen. Der Elektrikermeister war deshalb nicht erfreut gewesen, hatte sich aber trotzdem bereit erklärt, die Beamten zu begleiten. Kaller hätte den Mann am liebsten sofort verhaftet, aber Elke Wiedenhof-Meier wies ihn sehr bestimmt darauf hin, dass momentan handfeste Beweise fehlten und die Aussage einer anonymen Quelle keinen Richter zur Ausstellung eines Haftbefehls bewegen könnte.

»Bringen wir ihn zum Reden, dann sehen wir weiter.«

Während Hauptkommissar Rulich zusammen mit Sven

Meinfeld die Vernehmung führte, tigerte Kaller ungeduldig im Raum hinter dem venezianischen Spiegel hin und her.

»Stehen Sie still, oder ich schmeiße Sie raus«, fauchte ihn die Kommissariatsleiterin an.

»Warum haben Sie mich nicht die Vernehmung machen lassen?«, knurrte er ebenso ungehalten zurück.

»Sie hatten eine intime Beziehung mit dem letzten Opfer. Ich brauche jemanden, der einen kühlen Kopf behält, und das ist ja schon unter weniger dramatischen Umständen nicht Ihre Stärke. Abgesehen davon überrascht mich Ihr neuer Hauptverdächtiger. Der Mann wirkt auf mich ehrlich gesagt nicht wie ein berechnender Serienkiller. Außerdem ist er bereit gewesen, sich als Zeuge befragen zu lassen.«

Am liebsten hätte ihr Kaller an den Kopf geworfen, dass sie keine Ahnung habe, aber er schluckte seinen Ärger herunter und antwortete sachlich: »Die sehen nie so aus, das ist deren großer Trick. Wir wissen, dass unser Mörder gerne Spielchen spielt, vielleicht ist dieses unsichere Getue nur eine Strategie.«

»Wohl wahr«, entgegnete seine Vorgesetzte und konzentrierte sich auf die Vernehmung.

Hinter der Scheibe nahm Rulich die Personalien des Mannes auf und belehrte ihn über seine Rechte und Pflichten. Dem Beamten gegenüber saß ein völlig desorientierter Mark Frohmer, der nervös beobachtete, wie sich der Polizist Notizen machte.

»Was genau möchten Sie denn wissen?«, fragte Frohmer bemüht, gelassen zu klingen.

»Sie kennen die Familie Balgar?«, begann Rulich das Gespräch.

Frohmer sah zu Meinfeld, dann wieder zurück zu Rulich. »Ich bin das doch bereits gefragt worden.«

»Antworten Sie bitte«, blieb sein Gegenüber beharrlich.

»Natürlich kenne ich die Balgars, wir haben auf dem Anwesen eine Baustelle. Auch das weiß die Polizei bereits.«

»Wie war Ihr Verhältnis zu Vivien Balgar?«, fuhr der Hauptkommissar fort, ohne auf die Beschwerde des Mannes einzugehen.

»Welches Verhältnis?«, entgegnete der nun empört.

Kaller im anderen Raum konnte nicht anders, als ungeduldig zu murmeln: »Fragt ihn nach den Prinzessinnen.«

Das brachte ihm ein »Psst!« von seiner Vorgesetzten ein. Genervt fuhr diese jetzt herum, als es auch noch an der Tür klopfte.

Während Rulich sehr souverän Mark Frohmer nach möglichen Beziehungen zu den anderen Opfern befragte, teilte man der Kommissariatsleiterin mit, dass die Tochter, Amelie Frohmer, und deren Verlobter auf dem Revier seien und dringend mit Hauptkommissar Kaller sprechen müssten.

»Wieso denn das?«, fragte sie irritiert.

Der Überbringer der Nachricht zuckte unschlüssig mit den Schultern, auch weil er nicht sicher war, ob die Vorgesetzte darauf wirklich von ihm eine Antwort erwartete.

»Bringen Sie die beiden in mein Büro«, schnauzte sie und gab Kaller mit einem Handwedeln zu verstehen, ihr zu folgen.

»Ich habe mir das hier nicht leicht gemacht«, sagte Amelie Frohmer kurz darauf zu den Beamten und blickte mit einem schüchternen Augenaufschlag zu ihrem Begleiter. Ihr Gesicht war gerötet, so als hätte sie geweint, aber jetzt wirkte sie gefasst. Carlo Lehner streichelte behutsam ihren Arm, und sie griff nach seiner Hand. »Aber schließlich geht es nicht nur um mich.« Wieder ein sehnsüchtiger Blick zu Carlo, dann folgten die Worte: »Wir haben ein Geschäft, an dem Arbeitsplätze, Existenzen hängen, und wir leben von unserem guten Ruf.«

»Das wissen wir, aber Ihr Vater wird momentan lediglich als Zeuge befragt, das …«

Amelie unterbrach die Frau: »Wir möchten eine Aussage machen.«

Damit hatte Elke Wiedenhof-Meier nicht gerechnet, und auch Hauptkommissar Kaller betrachtete überrascht die Tochter seines Hauptverdächtigen. Dann wandte er sich deren Verlobten zu. Er kannte den Namen aus den Akten, man hatte Carlo, genauso wie die anderen Mitarbeiter der Firma Frohmer, bereits zu der Entführung von Vivien Balgar befragt.

Lehner erwiderte neugierig den Blick des Polizisten und sagte schließlich: »Amelie hat sich entschieden auszusagen, und ich werde sie in allem unterstützen, obwohl ich es bereits bereue, ihr von meinen Beobachtungen erzählt zu haben.« Kaller fiel auf, dass das nicht so klang, als hätte der Verlobte den Gang zur Polizei befürwortet.

Wie zur Bestätigung erklärte Amelie: »Carlo ist so verständnisvoll. Obwohl er mir abgeraten hat, das zu tun, hält er zu mir. Sie müssen wissen, dass er das Geschäft nach seiner Meisterprüfung übernimmt. Außerdem werden wir demnächst heiraten. Deshalb befürchtet er, dass jemand annehmen könnte, er wollte meinen Vater vorzeitig aus der Firma drängen. Aber das ist Blödsinn, und zudem haben wir uns versprochen, gegenseitig immer ehrlich zu sein, auch wenn die Wahrheit schmerzt. Ich hoffe natürlich immer noch, dass sich Papa nichts hat zuschulden kommen lassen, falls doch …« Dieses Mal folgte ein Schluchzen, aber die Tränen hielt Amelie zurück und zwang sich zu einem gefassten Ton. »Ich möchte, dass wir baldmöglichst zur Normalität zurückkehren können.«

Kaller schaltete sich ein: »Wozu genau möchten Sie denn nun eine Aussage machen?« Er legte den Kopf leicht schräg und kniff die Augen zusammen, als müsste er einen in der Ferne liegenden Punkt anvisieren.

»Zu der Entführung dieses armen Mädchens«, antwortete ihm Amelie und riss ob seiner Begriffsstutzigkeit ungeduldig die Augen auf.

Was die beiden zu sagen hatten, reichte Elke Wiedenhof-Meier, um die Gangart gegen Mark Frohmer zu verschärfen.

Das Verhör, das Rulich gerade mit dem Mann führte, wurde unterbrochen.

* * *

Kaller brachte, nachdem Amelie Frohmer und Carlo Lehner ihre Aussagen gemacht hatten, die beiden zum Ausgang.

Letzterer legte tröstend einen Arm um die junge Frau, als diese sagte: »Hoffentlich war das richtig.«

»Die Beamten werden sicher bald herausfinden, dass alles nur ein Missverständnis war«, beruhigte sie Carlo, »aber besser, die Sache wird ein für alle Mal geklärt, das wolltest du doch.«

»Ja, natürlich, du hast recht«, hauchte sie und lächelte ihren Verlobten dankbar an.

Kaller, der das Gespräch zwangsläufig mitgehört hatte, hielt es zumindest für seine Pflicht, etwas Mitfühlendens zu sagen: »Es war sicher nicht leicht für Sie, aber trotzdem der einzig richtige Weg.«

Carlo streckte ihm die Hand entgegen, und der Hauptkommissar ergriff sie. »Danke, dass Sie das gesagt haben. Amelie macht sich nämlich bereits Vorwürfe.«

»Das sollten Sie nicht«, wandte sich der Hauptkommissar erneut an Frohmers Tochter.

»Als gutes Kind müsste ich ihm doch eigentlich vertrauen, aber das kann ich nicht. Jetzt frage ich mich natürlich, ob er mir all die Jahre etwas vorgemacht hat. Und wenn das so wäre, dann ist es doch furchtbar, dass ich nichts bemerkt habe. Bin ich wirklich so dumm?«, brach es jetzt aus ihr heraus.

»Amelie«, mischte sich Carlo sofort ein, »in dieser Welt gibt es jede Menge Täuschung, jeder lässt sich von einem geschickten Blender in die Irre führen.«

»Da muss ich Ihrem Verlobten zustimmen«, bestätigte der Hauptkommissar.

»Siehst du, selbst ein so erfahrener Polizist wie Hauptkommissar Kaller gibt zu, davor nicht gefeit zu sein.« Sein Blick ruhte kurz auf dem Beamten, bevor er ihm kameradschaftlich zuzwinkerte.

»Ja, leider bin ich nicht frei davon, mich zu irren, aber in den meisten Fällen kommt die Wahrheit am Ende doch ans Licht.«

»Da hörst du es. Du kannst also ganz beruhigt sein!«, munterte sie Carlo auf, bevor sie sich schließlich von dem Hauptkommissar verabschiedeten.

Kaller sah dem ungleichen Paar hinterher und verzog nachdenklich das Gesicht. Carlo Lehner würden die meisten Menschen als sympathischen jungen Mann beschreiben, dem die Welt offen stand, während Amelie lediglich ein unscheinbares Mädchen war, dass bei Männern wie Carlo eigentlich keine Chance hatte. Ganz automatisch kam einem da der Gedanke, dass der gut aussehende Verlobte in die Entscheidung, Frohmers Tochter zu ehelichen, auch die Aussicht auf ein angenehmes Erbe hatte mit einfließen lassen.

* * *

Als Nächstes wurden Rulich und Meinfeld ins Bild gesetzt. Carlo hatte ausgesagt, dass er seinen Chef mehrmals, auch im Falle von Vivien Balgar, dabei beobachtet habe, wie der hinter den jungen Frauen heimlich hergeschlichen sei, um sie vorzugsweise leicht bekleidet auszuspionieren. Und nicht nur, dass er sich wie ein Spanner im Gebüsch herumgetrieben hatte, auch seine Beschimpfungen Gabriela Hebert betreffend, von denen ihnen Amelie erzählt hatte, machten ihn verdächtig.

Des Weiteren hatte Carlo Lehner einen Streit zwischen

Frohmer und Bella Lulasch mitbekommen, und zwar kurz vor dessen Tod. Der Richter stimmte schließlich einer Durchsuchung der Wohn- und Geschäftsräume und des Fuhrparks zu. Dort stießen die Beamten auf einige interessante Details und mögliche Beweise.

Am späten Nachmittag wurde Frohmers Befragung fortgesetzt. Man hatte ihn bereits vor den Durchsuchungen darüber belehrt, dass sein Status vom Zeugen zum Beschuldigten gewechselt hatte. Verärgert bestritt er jede Schuld und verzichtete mit den Worten: »Ich brauche keinen Anwalt, ich habe nichts verbrochen«, auf den ihm zustehenden Rechtsbeistand.

Michael Kaller hatte das Gefühl, eine Wiederholung der Szene vom Vormittag zu sehen: Er und Elke Wiedenhof-Meier im Nebenzimmer hinter der verspiegelten Scheibe und Frohmer zusammen mit Hauptkommissar Rulich und Meinfeld auf der anderen Seite.

Rulich hatte nach der Durchsuchung genug in der Hand, um den Beschuldigten in die Enge zu treiben. Deshalb erhöhte er nach einigen harmlosen Fragen den Druck.

»Laut Ihren Geschäftsunterlagen haben Sie für eine Gärtnerei …« Er nannte Inas Namen. »… ein Becken zur Zucht von Teichpflanzen eingerichtet. Das war vor fünf Monaten.«

»Ja, und? Das ist mein Job«, gab Frohmer zurück.

»In dieser Gärtnerei haben wir die Leiche von Adela Frieß gefunden, und zwar in einem Rapunzelbeet.«

Der Mann sah die Beamten verständnislos an.

»Außerdem werden in dem Gewächshaus neben besagtem Teichbecken giftige Pflanzen gezüchtet. Unter anderem der Manchinelbaum, dessen Früchte wie kleine Äpfel aussehen. Etwas davon fanden wir bei der Leiche von Gabriela Hebert.«

Frohmer wurde blass.

»Sie kennen doch Gabriela Hebert. Wie wir gehört haben, war Ihnen die Frau nicht sonderlich sympathisch.«

»Na und?«, begehrte der Elektromeister auf.

Als ihm klar wurde, dass sich das aufgrund der Umstände, die zu seinem Hiersein geführt hatten, nicht gut anhörte, begann er sich zu erklären. »Meine Güte, man hat eben seine Vorlieben. Schimpfen Sie denn nie über einen Moderator, Schauspieler oder Politiker. Ich bin kein hinterfotziger Typ und sage die Dinge freiheraus. Diese Hebert war ein berechnendes Biest, das war allgemein bekannt. Glaubt wirklich jemand, dass die den Fernsehjob wegen ihres journalistischen Talents erhalten hat? Aber was man da am Stammtisch von sich gibt, das ist doch nichts weiter als Geschwätz.« Offenbar hatte er sich nicht nur zu Hause negativ über Gabriela Hebert geäußert und hegte daher auch keinerlei Verdacht gegen seine Tochter oder deren Verlobten. Stattdessen glaubte er, dass irgendwelche Stammtischbrüder der Polizei diese Informationen gegeben hatten.

»Sie mögen Frauen nicht besonders?«, stellte Rulich daraufhin eine scheinbar harmlos klingende Frage.

»Wieso sollte ich Frauen nicht mögen?«, fuhr Frohmer den Beamten an.

»Vielleicht, weil die Mutter von Amelie Sie verlassen hat?«, warf der Hauptkommissar ruhig ein. Sowohl die Informationen von Amelie als auch die Ergebnisse der Durchsuchung ließen darauf schließen, dass Frohmers verstorbene Ex-Frau immer noch eine erhebliche Rolle im Leben des Mannes spielte.

»Das ist ewig her«, winkte Frohmer ab. »Natürlich war ich damals wütend, das wäre wohl jeder gewesen. Sie suchte nach ihrer Bestimmung. Hat von Selbstfindung und so einem Scheiß gefaselt und ist einfach nach Mallorca abgehauen. Nach dem Tauchunfall habe ich die Überführung ihres Leichnams und die Beerdigung bezahlt. Nur damit meine Tochter am Grab ihrer Mutter trauern kann. Denken Sie, ich hätte das getan, wenn ich ein rücksichtsloser Killer wäre?«

»Niemand sagt, dass Sie rücksichtslos sind. Aber manchmal, wenn einem das Leben mehr aufbürdet, als man ertragen kann, wächst in den Menschen das Bedürfnis zurückzuschlagen.«

»Blödsinn, ich habe nichts getan«, hielt Frohmer dagegen.

»Sie mögen Frauen zwar nicht, finden aber dennoch Gefallen an dem weiblichen Geschlecht, allerdings nur aus der Distanz, stimmt das?«, mischte sich nun Meinfeld ein.

Völlig verwirrt starrte Frohmer den jungen Kommissar an.

»Ich habe keine Ahnung, was das bedeuten soll.«

»Dann werde ich deutlicher«, entgegnete Meinfeld gelassen. »Sie spionieren den Frauen hinterher. Wir haben einen schönen Ausdruck dafür, und der lautet Spanner. Sie verstecken sich in den Büschen und beobachten nackte, junge Frauen. Macht Sie das geil?«

Diese direkte Frage brachte Frohmer nun völlig aus dem Konzept.

»Sind Sie total verrückt geworden?«, schnappte er, aber Meinfeld fuhr unbeeindruckt fort: »Das Beobachten der Frauen gibt Ihnen einen Kick. Wie geht es dann weiter? Masturbieren Sie direkt hinter der Hecke oder warten Sie, bis sie in Ihrem Schlafzimmer liegen?«

»Was fällt Ihnen ein?«, widersprach der Elektrikermeister ärgerlich.

»Sie haben recht, so wird es wohl nicht funktionieren. Zumindest nicht, bis Sie Ihr kleines Problemchen in den Griff bekommen.«

Frohmer lief dunkelrot an und wurde so wütend, dass er nicht einmal zu einer Entgegnung ansetzen konnte.

»Wir haben das in Ihrer Wohnung gefunden.« Meinfeld zog ein Blatt Papier aus der Akte. Es handelte sich um die Kopie eines ärztlichen Gutachtens. »Impotenz ist den meisten Männern peinlich, und in Ihrem Fall ist es gleich doppelt unangenehm.« Er nahm das Blatt und tat so, als müsste er die richtige Stelle noch suchen, dann las er langsam vor. »Herr Frohmer weist keine körperlichen Beeinträchtigungen auf. Die Erektionsstörungen sind daher vermutlich auf psychische Probleme zurückzuführen. Wie mir im Gespräch vom Patienten bestätigt wurde, belastet ihn die Scheidung von seiner Frau und deren Tod immer noch sehr. Ich empfehle dem Patienten daher, bei einem Psychotherapeuten vorstellig zu werden.«

Frohmer senkte den Kopf, sagte aber nichts.

»Psychische Probleme sind nicht immer leicht zu lösen«, fuhr Meinfeld unbarmherzig fort. »Vielleicht haben Sie sich den Gang zum Seelendoktor auch gespart und die Sache selbst in die Hand genommen. Ihre Frau trägt doch die Schuld an allem. Wäre sie damals nicht gegangen, hätte sie sich nicht aufgeführt wie eine verdammte Prinzessin, dann würde es Ihnen heute gut gehen.«

Frohmer reagierte und hob den Kopf.

Auch Kaller hinter der Scheibe trat einen Schritt nach vorne und murmelte: »Jetzt habt ihr ihn.«

»Ja, das kann einen Mann wütend machen«, mimte Meinfeld nun den Verständnisvollen. »Man kommt zu einem Kunden, beobachtet dessen Tochter, die sich benimmt, als gehöre ihr die Welt. Man sieht, wie sie sich verhält, wie sie den Männern den Kopf verdreht, nur um sie dann abblitzen zu lassen. Die Erinnerung an die eigene Ehefrau ist plötzlich ungewöhnlich intensiv, und dann …« Der Kommissar machte eine kurze Pause, bevor er im verschwörerischen Tonfall fortfuhr: »… und dann möchte man dieser anderen Frau stellvertretend eine Lektion erteilen. Wenn sie eine Prinzessin sein will, dann bitte richtig. Dornröschen musste schlafen, also warum Vivien Balgar nicht entführen und dafür sorgen, dass sie ins Reich der Träume verschwindet?«

Da Frohmer immer noch nicht sprach, fuhr Meinfeld eindringlicher fort: »Aber das war nur der Einstieg, die Wut ebbte nicht ab, deshalb mussten die Prinzessinnen sterben, und Vivien war noch nicht an der Reihe. Sie schufen sich eine Diana, eine Sisi, eine Rapunzel, ein Schneewittchen und eine kleine Meerjungfrau. Sicherlich ist niemandem der Lieferwagen mit dem Aufdruck ›Schwimmbadtechnik‹ vor einem öffentlichen Schwimmbad aufgefallen. Sie luden Ihr Opfer in den Wagen, haben sie ertränkt und dann in das Märchenviertel gefahren. Ihr Beruf macht es doch sehr wahrscheinlich, dass Sie von dem Wasserbassin wussten, in dem Sie die Leiche anschließend abgeladen haben. Und Bella Lulasch?« Meinfeld hielt sich exakt an das, was die Beamten vorher abgesprochen hatten, und die Strategie zeigte Wirkung.

Frohmer wirkte mittlerweile sehr verzweifelt, und alle hofften darauf, dass er unter dem Druck gestehen würde.

Meinfeld redete weiter auf den Mann ein: »Lulasch hat etwas über Sie gewusst. Fiel ihm wieder ein, dass Sie damals die alten Kostüme erstanden hatten, die Sie dann den armen Frauen angezogen haben? Dadurch wurde er zur Bedrohung und musste ebenfalls sterben. Warum sich nicht einen Spaß aus diesem Mord machen? Ich habe Lulasch kennengelernt und weiß, dass er sich wie eine Diva aufführen konnte. Eine weitere Prinzessin also, die den Tod verdient hatte.«

»Ich habe nichts getan«, brach Frohmer endlich sein Schweigen.

Meinfeld wurde lauter: »Sie hatten doch eine Stinkwut auf alle Frauen.«

Der Beschuldigte begehrte auf: »Nein!« Auch er wurde jetzt lauter.

»Vermutlich wollten Sie das auch nicht, aber da war dieser Hass, dieser ständig wachsende Zorn.«

Frohmer rief: »Hören Sie mit Ihren Unterstellungen auf!«

Aber Meinfeld überging seinen Einwurf und sagte stattdessen: »Sie führen sich alle auf wie verdammte Prinzessinnen. Sollte man ihnen da nicht die Hälse umdrehen?«

»Ja«, brüllte Frohmer nun völlig außer sich, und die Beamten vor und hinter der Scheibe glaubten, endlich ein Geständnis zu bekommen. Jedoch korrigierte ihr Verdächtiger den falschen Eindruck, der durch seine spontane Reaktion entstanden war, sofort. »Ja, es stimmt, so etwas sage ich manchmal, aber das ist nicht das, was ich tue.«

»Wäre es nicht besser, endlich reinen Tisch zu machen?«, ließ Meinfeld nicht locker und spielte einen weiteren Trumpf aus: »Wir wissen, dass Sie einen Ihrer Lieferwagen einer professionellen Innenreinigung unterzogen haben, und das zu einem Zeitpunkt, der keinen Sinn gemacht hat.«

»Bloß weil ich nicht länger mit einem dreckigen Wagen herumfahren wollte, bin ich jetzt ein Verbrecher?«, versuchte Frohmer Haltung zu bewahren.

»Wenn das zusammenfällt mit einer Reihe von Mordfällen und wir in der Seitentür des Fahrzeugs einen Damenslip finden, dann schon.«

Kaller hielt die Luft an. Es stimmte, die Kriminaltechniker hatten einen Slip gefunden. Man hatte ihn Irma Wesel gezeigt und auch den Angehörigen der anderen Opfer, soweit das möglich war, aber keiner konnte ihn eindeutig identifizieren. Die DNA-Analyse würde ihnen da womöglich Aufschluss geben können, aber das war ungewiss. Allerdings konnte es nicht schaden, Frohmer in dem Glauben zu lassen, sie hätten bereits Beweise.

Dieses Mal reagierte ihr Verdächtiger geschockt. »Einen was?«, rief er entsetzt. »Aber das kann nicht sein! Den habe nicht ich da hingetan, das müssen Sie mir glauben.«

Rulich zeigte ihm ein Foto des Beweisstücks.

»Ich weiß nicht, wem der gehört«, versicherte ihnen der Mann. Völlig aufgelöst brach er schließlich in Tränen aus. »Ich habe nichts getan, ich bin unschuldig.«

»Denken Sie nicht, es ist an der Zeit, die Sache zu beenden?«, sprach Rulich nun in einem sanften Ton auf den weinenden Mann ein.

»Noch können Sie ein Leben retten«, fuhr er fort. »Sagen Sie uns, wo sich Vivien Balgar befindet.«

»Aber ich weiß es doch nicht«, schluchzte er hemmungslos, und die Tränen vermischten sich mit dem Schleim, der ihm aus der Nase tropfte.

Meinfeld übernahm und ging den Mann scharf an: »Sie haben keine Alibis, sind ein Spanner und haben einen Bezug zu den Fundorten der Leichen. Außerdem lassen Sie einen Wagen reinigen, der Ihnen vermutlich zum Transport Ihrer Opfer gedient hat. Wieso finden wir dort einen Damenslip? Davon abgesehen äußern Sie sich regelmäßig respektlos über Frauen, die Sie für Ihr sexuelles Versagen verantwortlich machen. Der Richter wird genau wie wir von Ihrer Schuld überzeugt sein. Das Einzige, was Ihnen jetzt noch helfen kann, ist ein Geständnis.«

Frohmer war zurückgeschreckt, schüttelte beharrlich den Kopf und schluchzte ständig: »Nein, nein, ich war das nicht!«

Rulich versuchte es erneut: »Wenn Sie uns Vivien geben, dann werden wir uns für Sie einsetzen. Bessere Haftbedingungen, ein wohlwollender Richter.«

»Ich habe nichts getan«, schrie Frohmer den Beamten an.

»Denken Sie an Ihre Tochter«, ging der Hauptkommissar einen anderen Weg. »Mit einem Geständnis würden Sie ihr einen langen Prozess im Fokus der Öffentlichkeit ersparen.«

»Amelie«, flüsterte der Mann und schien sich zu besinnen. Er drückte die Schultern durch, wischte sich mit den Handflächen über das Gesicht und erwiderte mit bebender Stimme: »Ich werde Ihnen sagen, was ich weiß. Sprechen Sie mit Arne Kreuter.«

* * *

Etwa zur gleichen Zeit

Denis Kreuter tat sich schwer, seinem Bedürfnis, albern zu kichern, nicht nachzugeben. Noch war ihm nicht klar, was dieser plötzliche Ausflug zu bedeuten hatte. Sein Vater war völlig überraschend in der Apotheke aufgetaucht, hatte den kleinen Transporter in Beschlag genommen und Denis aufgefordert, ihn zu begleiten.

»Was wird das denn?«, fragte der schließlich mit schwerer Zunge.

Sein Vater, der den Wagen aus der Stadt lenkte, warf ihm einen aufgebrachten Blick zu. »Wenn ich dich einmal in meinem Leben brauche, dann bist du zugedröhnt wie eine verdammte Cracknutte!«

Arne Kreuter kramte in der Jackentasche und reichte seinem Sohn ein Röhrchen Tabletten.

»Hier, nimm eine, ich brauche dich jetzt bei klarem Verstand.«

Denis schluckte eine der Kapseln, um runterzukommen, und fragte sich, was wohl passiert sein musste, dass der Alte ausgerechnet seinen ungeliebten Sohn um Hilfe bat.

»Bringst du mich zur Hütte?«, hakte er nun bezüglich des Fahrziels nach, da er den Weg dorthin natürlich kannte. Früher, als seine Mutter noch gelebt hatte, waren sie an den Wochenenden oft dort gewesen, aber danach … Denis hatte kein Verlangen mehr nach der Abgeschiedenheit des Waldes gehabt. Die Erinnerung an die glückliche Zeit mit seiner Mutter wäre zu schmerzvoll gewesen.

»Ja«, knurrte der Alte neben ihm.

»Und was machen wir da?« Die Tablette begann zu wirken, und die Watte um Denis' Verstand löste sich auf.

»Du wirst mir helfen, sie auszuräumen«, gab Arne Kreuter im Befehlston Antwort.

»Jetzt? Warum?«, ließ sein Sohn nicht locker.

»Spielt es eine Rolle, wann?«, giftete sein Vater zurück.

»Schon, vor allem, wenn ich etwas Besseres vorhabe.«

»Vergiss nicht, dass du nur etwas Besseres vorhaben kannst, weil ich dir das finanziere.«

Denis verzog ärgerlich das Gesicht und setzte schon zu einer entsprechenden Erwiderung an, womit dann eine ihrer typischen Auseinandersetzungen begonnen hätte, aber zu seiner Überraschung lenkte sein Vater vorher ein.

»Tut mir leid, aber das ist wirklich wichtig. Wenn du willst, kannst du dir den Rest der Woche freinehmen.«

»Wow«, schlüpfte Denis ein Ausruf des Erstaunens über die Lippen. »Du hast dich noch nie bei mir entschuldigt. Das mit der Hütte muss ja wirklich wichtig sein.« Ihm kam ein Gedanke. »Willst du die Bude vielleicht verkaufen? Hat sich ein reicher Spinner gefunden, der dir dafür eine Million bezahlt, aber nur, wenn er Morgen schon einziehen kann?« Er lachte über seinen eigenen Scherz, verstummte jedoch schnell, als er die missbilligende Miene seines Vaters bemerkte, der gegen seine Gewohnheit ordentlich aufs Gas drückte.

»Wenn wir dort sind, wirst du genau das tun, was ich dir sage!«

»Bekomme ich Urlaubsgeld?«, provozierte Denis den Alten und konnte kaum glauben, als der erwiderte: »Von mir aus!«

Der Rest der Fahrt verlief schweigend. Während Denis darüber nachdachte, was er noch hätte fordern können, verfluchte Arne Kreuter den Elektrikermeister Mark Frohmer, der seit heute Morgen in Polizeigewahrsam saß. Er hatte es zufällig erfahren, als er Amelie die Karten für den nächsten Vereinsabend bringen wollte.

Endlich erreichten sie die Hütte, die ihnen früher als Wochenendhaus gedient hatte.

»Los, beweg dich«, schnauzte der Apotheker jetzt Denis an, der auf sein Smartphone starrte und alles um sich herum vergessen hatte.

Mürrisch kletterte der nun aus dem Wagen und wollte zur Eingangstür, da hielt ihn der Alte zurück.

»Das, was da drin ist, ist meine Angelegenheit. Ich will von dir weder jetzt noch später einen Kommentar dazu hören, ansonsten sind wir geschiedene Leute. Du wirst mir helfen, den Transporter zu beladen, und anschließend lässt du alles verschwinden.«

»Verschwinden lassen? Was heißt denn das nun wieder?«, fragte Denis belustigt, der davon ausging, dass sein Vater wie gewöhnlich übertrieb.

Doch plötzlich änderte sich die Haltung des Apothekersohnes. Er hatte seinen Vater schon in vielen Gemütszuständen erlebt, aber noch niemals hatte er Angst in dessen Augen bemerkt, und mit einem Mal wurde ihm klar, dass es um weit mehr ging als um eine Laune. Denis fixierte seinen Vater genau. »Was ist da drin?«, fragte er schließlich mit fordernder Stimme.

Eine Antwort blieb aus, stattdessen ging Arne Kreuter voran und schloss die Tür auf.

Die Hütte wurde in Windeseile ausgeräumt, und Denis Kreuter hatte endlich die Zusage, künftig eine der Apotheken sein Eigentum nennen zu dürfen und nicht mehr nur der Angestellte zu sein. Es fiel ihm schwer, die Klappe zu halten und sich nicht lautstark an der höchst unangenehmen Situation seines Alten zu weiden, aber ein Deal war ein Deal. Und endlich selbst der Chef zu sein, klang verlockend.

Und dann tauchte plötzlich unerwarteter Besuch bei der Hütte auf. Hauptkommissar Kaller, der von einer Mitarbeiterin des Apothekers erfahren hatte, wo sich dieser befand, hatte die Gelegenheit genutzt, Mark Frohmers Aussagen doch gleich direkt vor Ort zu überprüfen. Interessiert spähte er in den Transporter, während sich Vater und Sohn auf einige unangenehme Fragen gefasst machen mussten.

Arne Kreuter, dem daran gelegen war, die Angelegenheit zügig und ohne großes Aufsehen zu einem Abschluss zu bringen, zeigte sich kooperativ, was die Durchsuchung der Hütte und seines Lieferwagens anging. Obwohl man ihm auch danach keine Straftat nachweisen konnte, war er bereit, im Beisein seines Anwalts eine umfassende Aussage zu machen und sich zu Mark Frohmers gemachten Angaben zu äußern.

* * *

Als der Apotheker Hauptkommissar Kaller nun gegenübersaß, wirkte er kein bisschen eingeschüchtert. Im Gegenteil schien es so, als hätte seine Überheblichkeit noch beträchtlich zugenommen. Vermutlich handelte er nun nach dem Motto: »Ist der Ruf erst ruiniert …«

»Sie wissen, worum es geht?«, begann Kaller die Vernehmung, aber Kreuter winkte sofort ab.

»Sie brauchen mich nicht wie einen Ihrer geistig minderbemittelten Taschendiebe zu behandeln. Ich bin freiwillig hier und habe mir nichts zuschulden kommen lassen.« Er verbat sich, unterbrochen zu werden, und sprach mit gönnerhaftem Gesichtsausdruck weiter: »Sie wühlen im Privatleben anständiger Bürger, versuchen diese bloßzustellen und empfinden dabei eine kleinliche Genugtuung, weil Sie vom Staat mit der entsprechenden Macht ausgestattet sind, das zu tun.«

Das mahnende Räuspern seines Anwalts ignorierte Kreuter. Stattdessen lehnte er sich zurück, verschränkte die Arme vor der Brust und sagte: »Es sind natürlich Menschen wie Sie, die alles am Laufen halten, das ist unbestreitbar. Aber ganz ehrlich, während man euch einredet, es sei etwas Wunderbares, zu den kleinen Rädchen zu gehören und tagein, tagaus die Anweisungen anderer zu befolgen, benötigt die Gesellschaft auch diejenigen, die den Rädchen sagen, in welche Richtung sie sich zu drehen haben. Man braucht eine kleine Gruppe, die für die anderen denkt. Menschen, die kreativ sind.«

Kaller ärgerte sich über die herablassende Art des Mannes, versuchte aber, sich das keinesfalls anmerken zu lassen. Stattdessen legte er mit einem neutralen Gesichtsausdruck einige Computerausdrucke auf den Tisch. Sie zeigten die Dinge, die die Beamten in Kreuters Transporter gefunden hatten.

»Und das ist, was dabei herauskommt, wenn ein Kreativer seiner Schaffenskraft freien Lauf lässt?«, fragte er nun voller Ironie.

Kreuters Gesichtsfarbe änderte sich zwar, aber seine Antwort gab er beherrscht. »So ist es.«

»Und was genau soll das sein?«, hakte Kaller nach, der sich allerdings längst denken konnte, wofür die Gerätschaften, die allesamt an mittelalterliche Folterinstrumente erinnerten, benutzt wurden.

»Es dient fantasievollen Menschen wie mir zur Zerstreuung.«

Kaller begutachtete übertrieben die Aufnahmen. Drehte sie in alle Richtungen und gab gelegentlich ein nachdenkliches Brummen von sich. »Ich sehe runde Öffnungen mit spitzen Nägeln, erinnert mich an das Maul eines Haifischs, dann gibt es jede Menge Stromkabel und etwas, das einer Zange nicht unähnlich ist. Hier haben wir einen Stuhl, auf dem niemand sitzen kann, weil der senkrecht herausstehende Zapfen in der Mitte das eigentlich unmöglich macht, und dann entdecke ich auch noch eine Art Galgen.« Wieder gab er sich übertrieben nachdenklich, so als müsste er ein schwieriges Rätsel lösen. »Nur befürchte ich, dass die Schlinge zu klein ist, um sie über einen Kopf zu ziehen, wofür dient das also?«, fasste Kaller nach und gab sich naiv. »Streckt man da vielleicht einen sehr dünnen Arm durch, ähnlich wie bei den Apparaturen eines Physiotherapeuten, wie nennt man das noch gleich …?«

Der Anwalt mischte sich ein: »Ich denke, Herr Hauptkommissar, Ihnen dürfte längst klar sein, dass sich Herr Kreuter spezielles Sexspielzeug hat anfertigen lassen. Etwas, das übrigens nicht strafbar ist. Wir sollten jetzt außerdem zur Sache kommen. Ich erinnere daran, dass mein Mandant freiwillig hier ist und sich nicht irgendwelchen Anfeindungen aussetzen muss.«

Ein Lächeln huschte über Kallers Gesicht. »Sie werden aber sicher verstehen, dass diese Hals-über-Kopf-Ausräumaktion merkwürdig angemutet hat. Da mussten wir gezwungenermaßen annehmen, dass Herr Kreuter etwas vertuschen will, womöglich ein Verbrechen. Wir konnten ja nicht ahnen, dass er einzig sein, sagen wir, unorthodoxes Sexleben verheimlichen wollte.«

»Sie unverschämter …«, ließ sich Kreuter nun doch aus der Reserve locken, reagierte dieses Mal aber auf die beschwichtigenden Signale seines Rechtsbeistandes und verstummte wieder.

»Erzählen Sie mir von Mark Frohmers Rolle bei der Inneneinrichtung Ihres Wochenendhauses«, forderte Kaller den Apotheker auf und verzichtete auf einen ironischen Unterton.

»Frohmer möchte unbedingt aufsteigen, er will dazugehören. Geld hat er ja, aber es fehlt ihm an dem entsprechenden Niveau.«

Der Hauptkommissar konnte nicht anders, als einen demonstrativen Blick auf die Aufnahmen zu werfen und zu murmeln: »Ja, Niveau hat nicht jeder.«

Kreuter und sein Anwalt übergingen die Spitze.

Der Apotheker fuhr fort: »Jedenfalls sollte ich ihm helfen, wichtige Kontakte zu knüpfen. Er wollte in den Vorstand unseres Vereins, und ich brauchte jemand für die Elektroinstallationen in meiner Hütte.« Wieder zog eine leichte Röte über sein Gesicht, allerdings reckte er trotzig das Kinn nach vorne und sprach weiter: »Warum er Ihnen davon erzählt hat, ist mir nach wie vor schleierhaft. Aber da sieht man mal wieder, wie viel Rückgrat so ein Mensch besitzt. Kaum kommt er in Bedrängnis, verrät er die privaten Geheimnisse seiner Freunde.« Es folgte ein abfälliges »Pah!«.

»Wie Sie wissen, haben wir Herrn Frohmer im Entführungsfall Vivien Balgar festgenommen, gleichzeitig wurde er beschuldigt, mehrere Frauen umgebracht zu haben. Ich denke, man kann nachvollziehen, warum er sein Schweigen gebrochen hat.«

Der Apotheker reagierte wenig einsichtig: »Frohmer ist ein Schwächling.« Er atmete durch und sagte schließlich: »Also schön, ich bestätige sein Alibi. Als man Balgars Tochter entführt hat, war er zusammen mit mir in der Hütte. Es mussten einige Nachbesserungen gemacht werden.«

Kreuters Aussage deckte sich mit den Angaben von Mark Frohmer, und somit brachen alle von Kaller und seinen Kollegen entwickelten Theorien in sich zusammen wie ein schlampig aufgetürmtes Kartenhaus. Die Wahrheit half in diesem Fall nicht, einen Mörder zu überführen, sondern lediglich weitere Personen von der Verdächtigenliste zu streichen.

Obwohl sich Kaller alle Mühe gab, sich seine Enttäuschung nicht anmerken zu lassen, entging dem Apotheker der Gemütszustand seines Gegenübers nicht. Amüsiert bemerkte er deshalb: »Sie sollten künftig keine voreiligen Schlüsse mehr ziehen«

Der Hauptkommissar kochte innerlich vor Wut und rächte sich an Kreuter, indem er ihm die nächste Frage mit einem süffisanten Unterton stellte. »Warum haben Sie sich Frohmers Lieferwagen ausgeliehen?«

»Das Fahrzeug trug dazu bei, ein wenig zu entspannen, falls Sie das verstehen können«, antwortete Kreuter, ohne peinlich berührt zu wirken.

»Oh, ich schaue mir gelegentlich Pornos an, ich kann mir so einiges vorstellen. Womöglich kann ein elektrischer

Fensterheber mehr Spaß bringen, als man im ersten Moment annehmen würde – denn wer sagt, dass man sich da nur eine Hand einklemmen kann?«

»Herr Hauptkommissar«, meldete sich der Anwalt kopfschüttelnd zu Wort.

»Nein, lassen Sie nur«, mischte sich Kreuter ein. »Ich sehe schon, dass Herr Kaller das Prinzip verstanden hat. In der Tat bietet ein Fahrzeug viele Möglichkeiten.«

»Und warum musste es das von Mark Frohmer sein? Warum nicht Ihr eigenes?«

Gelassen gab Kreuter Antwort: »Weil ich meine Privatsphäre schätze. Die Damen, mit denen ich meine Arrangements treffe, kennen weder meinen richtigen Namen noch meinen Beruf. Ich werde mich hüten, mit einem Firmenwagen bei etwaigen Verabredungen aufzukreuzen, und auch ein Privatfahrzeug birgt die Gefahr, dass sich jemand das Nummernschild merkt. Frohmer schuldete mir etwas dafür, dass ich ihn in unsere Gesellschaft einführe. Ich finde, das Ausleihen eines Lieferwagens ist nur ein geringer Preis. Offensichtlich hatte er jedenfalls das Bedürfnis gehabt, den Wagen nach der Benutzung gründlich reinigen zu lassen. Das führte wohl zu einem unangenehmen Missverständnis.«

»Wir haben einen Damenslip im Wagen gefunden«, überging Kaller die Ausführungen seines Zeugen. Auch diese deckte sich mit Frohmers Aussage. »Wissen Sie, woher der stammt?«

Kreuter grinste anzüglich. »Vermutlich von Nanette. Die Dame arbeitet bei einem Escortservice, den ich gelegentlich in Anspruch nehme.«

Der Anwalt schaltete sich ein und reichte dem Beamten einen Notizzettel. »Die Kontaktdaten der Frau.«

»Ach, und noch etwas«, meldete sich Kreuter noch einmal zu Wort. »Einer Ihrer Handlanger hatte mich aufgesucht, um mir angebliche Routinefragen bezüglich meiner Alibis zu stellen.« Er spielte damit auf Hauptkommissar Rulich an. »Leider war es mir nicht möglich gewesen, lückenlose Angaben zu machen. Aber gerade ist mir eingefallen, dass Ihnen Nanette auch dabei behilflich sein kann. Vermutlich war ich zu dem ein oder anderen fraglichen Zeitpunkt in Gesellschaft dieser Dame. Das können Sie gerne überprüfen.«

Vater und Sohn konnten nach dem Gespräch gehen. Nanette bestätigte Arne Kreuters Aussagen und identifizierte belustigt den Damenslip als den ihren.

Auch Frohmers Rolle wurde nun erneut überprüft. Sicher gab es einige Punkte, die für ihn als Täter sprachen, aber durch das Alibi von Arne Kreuter und die Erklärung für die plötzliche Reinigung des Lieferwagens und den Slip in der Seitentür wurden die einstigen Indizien bedeutungslos. Sicher würde man auch ihn umgehend nach Hause schicken.

Frustriert verließ Kaller an diesem Abend seine Arbeitsstelle. Als er sich von Meinfeld auf dem Parkplatz verabschiedete, beneidete er seinen Kollegen für einen kurzen Augenblick darum, jemanden zu haben, der ihn schon sehnsüchtig erwartete. Kurz überlegte er, Ricca anzurufen, um sich von ihr auf besondere Weise trösten zu lassen, aber auch danach stand ihm nicht wirklich der Sinn. Die Schlappe, die er heute erlebt hatte, und die Schuldgefühle wegen Gabriela würde er wohl mit einer großen Flasche Alkohol und einem Vollbad im Selbstmitleid verarbeiten müssen.

* * *

Mark Frohmer betrat erwartungsvoll sein Zuhause. Man hatte ihn entlassen, und eine gewisse Elke Wiedenhof-Meier war sehr bemüht gewesen, ihm ihr Bedauern über die widrigen Umstände auszusprechen, die zu dem Missverständnis geführt hätten.

Der Elektrikermeister war viel zu erschöpft gewesen, darauf zu antworten. Ihren Hinweis, dass es am besten sei, die Angelegenheit unter Verschluss zu halten, damit sein Privatleben keinen Schaden nehme, hatte er nur am Rande gehört, und momentan war er tatsächlich in der Stimmung, das, was passiert war, einfach zu vergessen.

Ein Blick in die sauber geputzte Werkstatt und auf die ordentlich geparkten Fahrzeuge hatte ihm signalisiert, dass seine Leute nicht vom üblichen Tagesablauf abgewichen waren. Er empfand es als gutes Zeichen, dass der Laden wie gewöhnlich lief.

Amelie hielt sich nicht in der Wohnung auf, deshalb vermutete er sie im Büro. Zufrieden nahm er zur Kenntnis, wie fleißig seine Tochter war und dass sie selbst nach Feierabend noch ihren Pflichten nachkam. Er betrat den Bürotrakt, fand sie jedoch nicht an ihrem eigenen Schreibtisch in dem kleinen Vorraum. Allerdings hörte er ihre Stimme. Sie telefonierte mit einem Kunden, und offensichtlich saß sie dazu im Büro ihres Vaters.

Im ersten Moment wunderte er sich nicht darüber. Schließlich tat sie das öfter, wenn sie Unterlagen brauchte, die er bei sich aufbewahrte, oder einen Blick in seinen altmodischen Terminplaner aus Papier werfen musste. Als er jetzt aber sein Reich betrat, bot sich ihm eine überraschende Szenerie. Mehrere Kartons standen auf dem Boden, und einige Ordner waren aus den Regalen geräumt, so als stünde ein Umzug bevor. Außerdem hatte man das Poster seines Fußballklubs abgehängt.

Amelie, die immer noch telefonierte, hob kurz die Hand zum Gruß, bedeutete ihm, sich zu setzen und zu warten, bis das Gespräch enden würde.

Frohmer nahm ihr gegenüber Platz und wartete vergebens darauf, dass sie sein Lächeln erwiderte. Ihr Verhalten irritierte ihn. Eigentlich war er davon ausgegangen, dass sie ihm erleichtert um den Hals fallen würde, aber nichts dergleichen geschah. Auch nachdem sie aufgelegt hatte, blieb ihre Haltung reserviert.

»Sie haben mich gehen lassen«, sagte er überflüssigerweise. »Ein Missverständnis!«

»Scheint so«, antwortete sie ihm kurz und bündig.

Obwohl sich ihr Äußeres nicht verändert hatte, wirkte sie wie eine Fremde. Sie erweckte den Eindruck, der Chefsessel hinter dem Schreibtisch wäre schon immer ihr Platz gewesen. Sie strahlte Stärke und Selbstbewusstsein aus.

»Was ist hier los?«, fragte ihr Vater, als von Amelie kein weiterer Kommentar folgte.

»Ich ziehe in das große Büro.«

»Und wo soll mein Schreibtisch hin?«, fragte er automatisch, wagte aber aus irgendeinem Grund nicht, seinen sonst so herrischen Ton zu benutzen. Die Entschlossenheit in ihrer Miene hielt ihn vermutlich davon ab.

»Wir richten dir draußen eine Ecke ein, das wird genügen«, entgegnete sie geschäftsmäßig und reichte ihm ein Dokument. »Ich brauche eine Unterschrift!«

Er nahm das Papier und fragte verdutzt: »Was ist das?«

»Eine Generalvollmacht für mich.«

»Wie kommst du dazu …?«, wollte er aufbegehren, aber sie ließ ihn nicht ausreden.

»Wir können es uns nicht leisten, dass der Seniorchef die Töchter unserer Kunden belästigt. Unterschreibe, und du hast immer noch einen Platz auf dem Firmenschild, deinen Sitz bei der Innung und den offiziellen Status als Unternehmer, oder lass es, und ich und Carlo gründen unseren eigenen Betrieb, nachdem ich der Welt unter Tränen erzählt habe, dass mein Vater ein Perverser ist.«

Die Worte sprach sie ohne Vorwurf aus. Es ging ihr nur darum, ihn in die Knie zu zwingen.

»Ich habe nichts getan«, rief er hilflos. »Diese Festnahme war ein Versehen, und ich bin auch kein Perverser.«

»Ehrlich gesagt glaube ich dir Letzteres nicht. Mir geht

es allerdings darum, die Firma zu retten. Entweder wir machen das zu meinen Bedingungen, oder ich gehe.«

»Wie kannst du es wagen, so mit deinem Vater zu sprechen? Ich habe doch immer alles für dich getan, dich behandelt wie eine Prinz…« Er dachte an das Verhör und unterließ es, das Wort auszusprechen. »Ich wollte immer nur, dass du glücklich bist. Du und Carlo, ihr übernehmt doch sowieso eines Tages die Firma, wenn es an der Zeit ist.«

»Ach ja, und wann sollte das sein? Glaubst du, ich lasse mich die nächsten Jahre von dir am Gängelband führen? Denkst du, ich werde mit ansehen, wie du Carlo als deinen persönlichen Sklaven behandelst, so wie du es all die Jahre mit mir getan hast?«

»Was redest du denn da? Ich habe das doch alles für dich aufgebaut, und Carlo wurde von mir mit offenen Armen empfangen.«

»Ja«, reagierte sie voller Verachtung. »Um mich an ihn zu verschachern. Damit ich weiter in deiner Nähe bleibe und Haushälterin und Büromäuschen für dich spiele.«

»Das ist nicht wahr, ich …«

Wieder unterbrach sie ihn. »Unterschreibe oder die Firma Frohmer gehört der Vergangenheit an!«

Auf sein flehendes »Amelie« hin reichte sie ihm einen Kugelschreiber. Mark Frohmer war bewusst, wie ernst sie es meinte. Würde er sich weigern, dann könnte er alles verlieren. Es entstand ein kratzendes Geräusch, als er seine Unterschrift leistete. Nichts erinnerte ihn mehr an die Amelie, die all die Jahre seine pflichtbewusste Tochter gewesen war.

»Du kannst jetzt gehen«, sagte sie kalt. »Ich muss hier noch einiges erledigen. Nächste Woche haben wir TÜV-Abnahme, da musst du als Meister dabei sein, bis dahin solltest du dich allerdings rarmachen. Packe einen Koffer und verbringe einige Tage im Schwarzwald.«

Sie senkte den Kopf, suchte nach einer Visitenkarte und wählte die dort notierte Telefonnummer. Ihren Vater ignorierte sie komplett.

Mark Frohmer verließ den Raum wie ein geprügelter Hund. Er hätte Amelie gerne zurechtgewiesen, ihr gesagt, dass sie sich das mit dem Spanner aus den Fingern gesogen habe, aber die Lüge wäre ihm nicht leicht über die Lippen gegangen, und sie hätte die Unwahrheit erkannt. Er schlurfte wie in Trance aus dem Gebäude und betrat seine Wohnung. Dann fiel ihm etwas ein. Er würde mit Carlo sprechen, der Junge war vernünftig, vielleicht konnte der zwischen Vater und Tochter vermitteln. Frohmers Laune verbesserte sich. Ja, in Carlo würde er einen Verbündeten haben, um die Wogen wieder zu glätten.

* * *

Kapitel 14

Am nächsten Tag

Als Kaller am nächsten Morgen das Präsidium betrat, hörte er hinter sich eine vertraute Stimme. »Herr Kaller«, rief man nach ihm, und er musste trotz der schlaflosen Nacht, den Selbstvorwürfen und dem Gefühl, versagt zu haben, lächeln. Nicht nur, weil die Anrede »Herr Kaller« ungewohnt klang, sondern auch, weil es ihm guttat, sie wiederzusehen.

Während er sich umdrehte, legte er eine Miene auf, die nicht verriet, wie sehr er sich über das erneute Zusammentreffen mit Sarah Weber freute. Er tat erstaunt, sagte: »Was machen Sie denn schon hier?«, und sah demonstrativ auf die Uhr.

Sie antwortete resigniert: »Eines meiner Schäfchen hat Ärger mit Ihren Kollegen.«

»Das tut mir leid.«

Überraschenderweise entgegnete sie: »Das muss es nicht. Ist ja nicht so, dass dem Burschen zu Unrecht Handschellen angelegt wurden. Von mir aus hätte er gerne einen Tag die Gastfreundschaft dieser Behörde in Anspruch nehmen können.«

»Das klingt aber sehr ...« Er kam ins Stocken, denn auf einmal befürchtete er, respektlos zu klingen. Sarahs Pfarrerberuf verunsicherte ihn.

»Gehässig?«, vollendete sie für ihn den Satz.

Kaller wurde verlegen, und sie lachte. »Ich bin keinesfalls frei von menschlichen Gefühlen, und auch die niederen erwischen mich öfter, als mir lieb ist.«

Ihre Unterhaltung wurde von einem Jungen unterbrochen, der vermutlich vierzehn oder fünfzehn Jahre alt war. Er hatte die Hände in den Taschen der zerrissenen Hose und trug ein viel zu weites Kapuzenshirt. Ungeduldig und ohne von Kaller überhaupt Notiz zu nehmen, nörgelte er: »Können wir jetzt gehen?«

»Du kannst draußen warten, ich komme sofort«, erwiderte Sarah gelassen und ignorierte die flegelhafte Art des Jungen. Der schlurfte daraufhin davon und spuckte vor dem Gebäude unappetitlich auf den Boden.

Kaller und Sarah beobachteten das Schauspiel durch die Glastür.

»Das ist so ein Moment, wo ich am liebsten aufgeben würde«, sagte die Pfarrerin resigniert. Als sie Kallers Blick bemerkte, huschte ein Lächeln über ihr Gesicht. »Sind Sie jetzt enttäuscht von mir?«

Der Hauptkommissar musste lachen. »Enttäuscht? Nein, bestimmt nicht.«

Sie sahen beide automatisch nach draußen, wo ihr Gesprächsthema gerade dabei war, unmotiviert gegen einen der Blumenkübel zu treten, der den Eingang verschönern sollte.

»Ich überlege mir, ob ich Ihnen nicht den Gefallen tun könnte, den Kerl wegen Sachbeschädigung festzunehmen.« Dann wandte er sich wieder Sarah zu und fragte ernst: »Ganz ehrlich, wie geht man mit solchen Kids um?«

Ihr Gesicht nahm einen spitzbübischen Ausdruck an. »Ich greife auf eine höchst verachtenswerte, aber äußerst effektive Methode zurück.«

»Die da wäre?«, hakte Kaller amüsiert nach.

»Ich manipuliere sie.«

»Wirklich?«

»Ich versuche es zumindest. Wenn gutes Zureden und Appellieren an die Vernunft nicht helfen, dann ist das oft das letzte Mittel der Wahl. Vertrauen aufzubauen, ist schwer, und die meisten lassen sich nicht darauf ein. Dazu kommt, dass ich nicht die Zeit habe, mich so intensiv um die Kinder zu kümmern, wie sie es eigentlich verdient hätten. Manipulation ist vielleicht auch ein zu starkes Wort. Besser klingt, dass ich versuche, Einfluss auszuüben. Der Junge da draußen hat schon einiges hinter sich. Seine Strategie, damit umzugehen, ist der Angriff. Ich möchte ihm beibringen, dass auch der Rückzug eine gute Option sein kann. Allerdings wird er das nur umsetzen, wenn er glaubt, es wäre seine eigene Idee gewesen.«

»Und wie wollen Sie das hinkriegen?«

»Na ja. Vorhin beim Gespräch mit den Beamten hat er schließlich zugegeben, was er getan hat. Das geschah letzten Endes aus Angst. Ich werde ihm nachher sagen, dass es ziemlich schlau von ihm war, mit der Polizei zu kooperieren. Und ich gut finde, dass er seine Zukunft nicht verspielt hat. Dann hoffe ich, dass er etwas kapiert. Die Chancen stehen besser, wenn er glaubt, dass es seine eigene Idee gewesen war, vernünftig zu sein. Darauf kann ich dann aufbauen.«

»Sie belügen ihn also«, erwiderte Kaller mit einem Grinsen.

»Nein, ich lenke ihn in eine bestimmte Richtung.«

Sie hörten ein Scheppern und drehten erneut die Köpfe. Der Junge vor der Tür hatte damit begonnen, kleine Kiesel gegen ein Parkplatzschild zu werfen.

»Ich sollte jetzt besser gehen«, sagte Sarah daraufhin entschuldigend und eilte los.

»Viel Glück!«, rief ihr Kaller nach und lächelte versonnen.

Sie war bereits außer Sichtweite, da hörte er das Getriebe eines Autos, das ordentlich malträtiert wurde, bevor sich das Fahrzeug vom Parkplatz bewegte. Der Hauptkommissar hatte nicht die geringsten Zweifel daran, dass Sarah Weber gerade auf ihre einzigartige Weise ausgeparkt hatte.

Irgendwer grüßte ihn und fragte: »Kaller? Alles in Ordnung?« Er nickte, bemerkte, dass er immer noch grinste wie das berühmte Honigkuchenpferd, und legte schnell eine ernste Miene auf.

Dann ärgerte er sich über den ungehobelten Burschen, der sein Gespräch mit Sarah unterbrochen hatte, und obwohl er gerne Verständnis aufgebracht hätte, gab es ihm ein besseres Gefühl, sich vorzustellen, wie er dem Früchtchen mit einem Tritt in den Hintern die richtige Richtung weisen würde.

Allerdings konnte er sich nicht lange an dem Gedanken erfreuen, denn nur wenige Minuten später musste er selbst eine äußerst unangenehme Maßregelung seiner Vorgesetzten über sich ergehen lassen.

* * *

»Die da oben sind stinksauer«, schnauzte Elke Wiedenhof-Meier ihn kurz darauf in ihrem Büro an. »Die Zeitungen stellen uns als unfähig hin. ›Noch immer tappt die Polizei im Dunkeln‹«, las sie die Schlagzeile der heutigen Ausgabe vor und schleuderte das Blatt auf den Schreibtisch. »Und Sie liefern mir nur falsche Verdächtige: erst Vurtich, dann Frohmer und schließlich noch diese Apothekerfamilie.«

»Wir hätten das doch nicht ignorieren können«, setzte sich Kaller zur Wehr. »Alle hatten eine Verbindung zu Vivien Balgar, und alle haben ein gestörtes Verhältnis zu Frauen. Nicht zu vergessen das Thema Prinzessinnen. Drei der Männer verkleiden sich regelmäßig, um irgendwelche Szenen an Königshöfen nachzuspielen. Denis Kreuter lässt seine Bettgefährtinnen das Brautkleid seiner Mutter tragen. Tut mir leid, aber da muss man doch nachhaken. Und Vurtich hat versucht, seine Frau umzubringen. Selbst wenn er nicht unser Mörder ist, haben wir ihn zurecht verhaftet.«

»Ja«, gab sie gereizt zurück, »aber die anderen drei mussten wir laufen lassen. Frohmer ist ebenfalls zu Hause. Was, wenn er ein Interview gibt? Wie sieht das denn aus?«

»So als würden wir unsere Arbeit gründlich machen. Mark Frohmer verschweigt bis zum Schluss sein Alibi, weil er den perversen Apotheker nicht in Verlegenheit bringen will. Außerdem ist er selbst ein Spanner. Was glauben diese Kerle denn? Wir ermitteln immerhin in einem Mordfall.«

»Reden Sie keinen Unsinn«, konterte seine Vorgesetzte. »Das war einfach schlampige Arbeit. Vorschnell, ungenügend recherchiert und letzten Endes aus dem Bauch raus entschieden und nicht aufgrund der Beweislage.«

Die Kommissariatsleiterin tat nun so, als wäre sie an den Verhaftungen völlig unbeteiligt gewesen.

»Ich habe das nicht allein entschieden«, hielt Kaller deshalb dagegen.

»Natürlich nicht, aber ich habe mich auf Ihre Einschätzung der Lage verlassen, und jetzt stehen wir beide auf der Abschussliste.«

»Wir sind nahe dran«, antwortete der Hauptkommissar verbissen.

»Nahe dran an was?«

»Am Täter! Wir sind ihm auf der Spur, das fühle ich«, ignorierte Kaller ihren sarkastischen Tonfall.

»Bringen Sie mir endlich etwas Handfestes. Ihre Gefühle helfen uns da ganz bestimmt nicht weiter. Und eines kann ich Ihnen jetzt schon versprechen: Bei der nächsten Panne wird man Sie zur Verantwortung ziehen.«

Kaller setzte zu einer heftigen Entgegnung an, aber die Kommissariatsleiterin kam ihm zuvor: »Sparen Sie sich Ihren Atem. Das ist nicht meine Entscheidung, sondern kommt von ganz oben. Mein Kopf steckt genauso in der Schlinge wie der Ihre.«

* * *

Gegen 17.00 Uhr

Verärgert hatte der Hauptkommissar den Rest des Tages über den Akten gebrütet. Meinfeld brachte es aus Loyalität zu seinem Kollegen nicht fertig, nach Hause zu gehen, obwohl ihn der mehrmals dazu aufgefordert hatte.

»Verbringe Zeit mit Frau und Kindern, werfe den Grill an und gönne dir ein kaltes Bier«, sagte Kaller erneut, während er sich eine Karte ansah, auf der die Fundorte der Leichen eingetragen waren.

»Du hast dir nichts zuschulden kommen lassen«, wollte ihn Meinfeld aufmuntern, der, genauso wie der Rest der Abteilung, Elke Wiedenhof-Meiers ungerechtfertigte Strafpredigt gehört hatte.

»Zumindest nicht, was den Fall angeht«, fügte der Kommissar noch spitzbübisch an, konnte Kaller damit aber kein Lächeln entlocken.

Der stieß stattdessen geräuschvoll die Luft aus und lehnte sich zurück. »Fühlt sich aber so an, als hätte ich einen Fehler gemacht. Die Alte hat recht, das war schlampige Arbeit und hat wertvolle Zeit gekostet. Zeit, die Vivien Balgar vielleicht nicht mehr hat.«

»Ich sehe das anders. Frohmer hat als Täter perfekt gepasst, da waren wir uns doch alle einig. Seine Kenntnis der Fundorte, das Beobachten der Frauen und die Verbindung zu dem Haushalt der Balgars machten ihn eindeutig zu einem Verdächtigen. Selbst die Tochter, Amelie Frohmer, hat an seiner Unschuld gezweifelt. Warum sonst wäre sie hier aufgekreuzt und hätte gegen den eigenen Vater ausgesagt?«

»Hm«, brummte Kaller nachdenklich.

»Alle Argumente, die gegen diesen Elektrikermeister sprachen, waren schlüssig«, fuhr Meinfeld fort.

»Und doch war er der Falsche«, grübelte der Hauptkommissar. Er starrte an seinem Kollegen vorbei. Plötzlich war ihm etwas eingefallen. »Sarah Weber«, sagte er geistesabwesend.

»Die Pfarrerin? Was hat die denn damit zu tun?«, hakte Meinfeld überrascht nach.

»Die hat womöglich eine deiner Fragen beantwortet.«

»Und welche?«

»Warum Amelie Frohmer auf dem Revier aufgetaucht ist.«

In der nächsten halben Stunde ratterten Meinfelds und Kallers Computertastaturen. Feierabend, Gartengrill und kaltes Bier waren endgültig vergessen, als die beiden bei ihrer Recherche auf eine zehn Jahre alte Todesanzeige stießen.

»*Wir nehmen Abschied von unserer geliebten Prinzessin …*«, las Meinfeld den ersten Satz laut vor und stockte dann. »Es war die ganze Zeit vor unserer Nase.«

»Unfassbar, dass wir das übersehen haben«, entgegnete Kaller genervt.

»Was jetzt?«

»Vivien Balgar muss irgendwo festgehalten werden, fangen wir mit der Anschrift auf der Todesanzeige an. Offensichtlich handelt es sich dabei um ein Lokal namens *Kiefernkneiple* im Karlsruher Hardtwald.«

»Kennst du das?«, fragte Meinfeld, der seinem Kollegen über die Schulter blickte.

Anstatt eine Antwort zu geben, durchsuchte Kaller das Internet. Er fand einen alten Eintrag und fasste den Bericht für seinen Kollegen zusammen: »Das Kiefernkneiple war eine Ausflugsgaststätte, die aber seit Jahren nicht mehr in Betrieb ist. Man hat keinen Pächter gefunden, obwohl eine Wohnung über der Gaststätte im Mietpreis eingeschlossen gewesen wäre. Scheinbar rentiert sich das Geschäft mit den Wanderern schon seit Langem nicht mehr. Außerdem handelt es sich da draußen um ein Naturschutzgebiet. Einem künftigen Pächter wäre keine Erlaubnis zum Bau einer Terrasse erteilt worden, da man dafür Baumbestand hätte abholzen müssen. Irgendein ausländischer Investor hat das Gebäude vor sechs Jahren gekauft, seine Renovierungspläne dann wohl aber wegen akuten Geldmangels aufgegeben. Zumindest laut diesen Artikeln hier. Sieht so aus, als stände das alte Lokal seither leer.«

»Abgelegen und gleichzeitig in der Nähe der Stadt und niemand, der sich darum kümmert. Für eine Geisel ideal, solange sich kein Forstarbeiter oder ein Spaziergänger dorthin verirrt. Sagen wir es der Wiedenhof-Meier?«

»Und wenn ich wieder falschliege? Nein, ich sehe mir das erst einmal an, dann rufe ich Verstärkung, und du solltest jetzt nach Hause gehen.«

Meinfelds Blick sprach Bände, trotzdem fasste er seine Gedanken zusätzlich in Worte: »Du hast wohl einen Vogel! Ich lasse dich da ganz bestimmt nicht alleine hingehen. Wenn du richtigliegst, kann es gefährlich werden.«

»Das steht nicht zur Diskussion«, reagierte Kaller gereizt.

»Was soll das denn heißen?«, brauste Meinfeld auf.

»Ich bin dein Vorgesetzter, und das ist ein Befehl«, schnauzte der Hauptkommissar zurück.

Sein jüngerer Kollege rang nach Worten. Vermutlich waren die Anspannung der letzten Tage, Kallers Art und Weise, plötzlich den Chef rauszukehren, aber auch die Sorge um den Freund der Grund dafür, dass ihm jetzt der Kragen platzte: »Du gottverdammtes, dummes Arschloch!«, fuhr Meinfeld seinen Vorgesetzten an. »Du willst dich in Gefahr begeben, den großen Helden spielen, alle um dich herum vor den Kopf stoßen und so tun, als wäre dir dein Leben egal? Du denkst, du hast das Recht, dich erschießen, erstechen oder von der Syphilis dahinraffen zu lassen? Dann will ich dir eines sagen, das Recht hast du nicht.« Er trat jetzt sogar einen Schritt auf Kaller zu, und auch wenn seine Drohgebärden unbeholfen und komisch wirkten, lachte sein Vorgesetzter nicht. »Du hast nicht das verdammte Recht dazu, weil es nämlich Menschen gibt, denen du etwas bedeutest.« Meinfeld schleuderte ihm die nächsten Sätze entgegen, bevor Kaller etwas darauf erwidern konnte. »Du bist für mich mehr als ein Freund, du gehörst zur Familie, und dann wagst du es, mir zu sagen, ich solle nach Hause gehen und grillen? Du willst mich nicht dabeihaben? Von mir aus, zerre mich vor den Disziplinarausschuss wegen Befehlsverweigerung. Trotzdem wird es für den Verlauf des heutigen Abends nur zwei Alternativen geben. Entweder wir gehen zusammen zu dieser bescheuerten Hütte, oder mein nächster Weg führt mich direkt zu deiner Freundin Elke Wiedenhof-Meier.«

Eine ganze Weile schwiegen die beiden Männer, dann antwortete Kaller ernst: »Ich möchte nicht, dass dir etwas passiert.«

»Dann sind wir ja schon zwei!«, gab Meinfeld mit einem schiefen Lächeln zurück.

* * *

Kapitel 15

Die Fahrt dauerte etwa eine halbe Stunde. Die Beamten hatten sich die GPS-Koordinaten besorgt, aber am Ende half ihnen nur eine alte Karte, denn die Zufahrt laut Navigationsgerät war sicher schon seit Jahren unpassierbar. Einer der schmalen Waldwege endete in einem Dickicht, der andere verlor sich an den Ufern eines Tümpels. Über Umwege fanden die Männer schließlich eine schmale Straße, die mehr einem Trampelpfad glich und kaum für Fahrzeuge geeignet schien.

»So wie es hier aussieht, verirrt sich niemand her. Das Versteck wäre also perfekt«, kommentierte Meinfeld, was er sah.

Sie hatten den Wagen so zwischen zwei Kiefern geparkt, dass man ihn von der Hütte aus nicht entdecken konnte.

Kaller griff ins Seitenfach und zog zwei Paar Einsatzhandschuhe heraus.

»Bei der Wärme?«, protestierte Meinfeld, aber sein Kollege bestand darauf.

»Falls wir hier richtig sind, dann sollten wir es der Kriminaltechnik nicht versauen.«

Meinfeld nickte. »Gut, aber wie gehen wir jetzt vor?«

»Ich will einen kurzen Blick auf diese verrottete Bude werfen. Wenn uns etwas verdächtig vorkommt, rufen wir die Kollegen. Egal, ob ich mich erneut blamiere und eine Abmahnung kassiere. Falls wir aber feststellen, dass wir es nur mit den Überresten einer ehemaligen Bierkneipe zu tun haben, hauen wir ab, und ich schulde dir einen Grillabend.«

»Dann mal los«, antwortete Meinfeld und streifte sich die

Einsatzhandschuhe mit der Gummiverstärkung und der speziellen Aussparung für den Griff der Dienstwaffe über.

Vorsichtig und mit gezogenen Pistolen näherten sich die Männer der einstigen Gaststätte. Erst aus der Nähe konnte man erkennen, dass der Name täuschte. Es handelte sich nämlich nicht um eine kleine Wanderhütte, sondern um ein Speiselokal, das früher sicher mit Leichtigkeit hundert Personen Platz geboten hatte. Es gab neben dem Haupteingang ein verschlossenes Tor, das vermutlich zu einer alten Garage oder Lagerräumen führte. Das verblasste Schild wies darauf hin, dass die Betreiber sogar Fremdenzimmer anbieten konnten. Kaller nahm an, dass die im Obergeschoss lagen, genauso wie die Pächterwohnung, von der sie gelesen hatten. Der Hauptkommissar konnte sich gut vorstellen, dass dieses Urlaubs- und Ausflugsziel vor zehn Jahren seine Liebhaber gehabt hatte. Sicherlich war damals alles sehr idyllisch gewesen. Allerdings präsentierte sich das Kiefernkneiple heute wenig einladend. Der ausländische Eigentümer schien sich tatsächlich nicht mehr um seinen Besitz zu kümmern. Das Dach war in die Jahre gekommen, das dunkle Holz der Wände an manchen Stellen vom Moos überwuchert und die Fensterscheiben vom Dreck getrübt oder mit Brettern vernagelt, außerdem gab es ausgebleichte Hinweisschilder, die den Zutritt verboten.

»Sieht verlassen aus«, flüsterte Meinfeld. »Was nun?«

Kaller wirkte unschlüssig. Irgendwie hatte er ein Zeichen erwartet. Leider lieferte weder der trockene Boden einen Hinweis auf kürzlich abgestellte Fahrzeuge noch gab es verräterische Zigarettenkippen oder Müllberge am Eingang, die auf eine Benutzung des Gebäudes hindeuteten.

»Wir verschaffen uns erst einmal einen Überblick«, schlug der Hauptkommissar trotzdem vor.

Um die Hütte unbemerkt erreichen zu können, hatten sie sich seitlich des Weges gehalten und die Deckung durch die hohen Kiefern ausgenutzt. Die Baumkronen, die ein natürliches Dach bildeten, schufen zwar eine düstere Atmosphäre, aber die Sonne war noch nicht untergegangen, und so gab es immer noch ausreichend verräterisches Tageslicht.

Als sie die Tür sahen, schrie ganz in ihrer Nähe ein Käuzchen, und beide Männer zuckten zusammen.

»Nicht mein Tag«, kommentierte Kaller mit gedämpfter Stimme und spähte vorsichtig an der Fassade entlang. Sie waren jetzt nur noch wenige Schritte entfernt.

Die beiden Beamten wechselten einen Blick, nickten sich zu, und schließlich war es Meinfeld, der die Türklinke nach unten drückte.

* * *

Vivien Balgar versuchte, den Kopf zu drehen. Sie spürte seine Anwesenheit, war aber kaum in der Lage, die Augen zu öffnen, um ihn anzusehen. Er sagte etwas. Sie konnte sich nicht darauf konzentrieren und hörte wie aus weiter Entfernung die Worte »Dornröschen« und »Schlaf«.

Instinktiv wusste sie, dass er heute gekommen war, um sie zu töten. Obwohl unendlich müde und erschöpft, klammerte sie sich im Moment der Gewissheit an ihr Leben, als würde nur der pure Wille genügen, ihren Peiniger zu besiegen.

»Es wird Zeit, eine weitere Prinzessin zu entfernen«, sagte der Mann, der sich über die junge Frau beugte und in dessen Augen der Ausdruck tiefster Befriedigung lag, während er in der rechten Hand ein Messer hielt.

* * *

Meinfeld umschloss mit der Hand die Türklinke und zuckte zusammen. Sein Körper verkrampfte sich, ein gurgelnder Laut drang aus seiner Kehle, und als er zurückweichen wollte, sah es für einen Moment so aus, als wäre seine Hand untrennbar mit dem Türgriff verbunden. Kaller ahnte sofort, dass etwas nicht stimmte. Sein Kollege zog jetzt mit einem Ruck die Hand zurück und stürzte zu Boden. Im nächsten Augenblick musste er sich übergeben.

»Scheiße, was ist los?«, zischte Kaller und suchte automatisch mit den Augen Meinfeld nach einer sichtbaren Verletzung ab. Der keuchte und hielt sich die Hand an die Brust. Schweiß stand auf der Stirn des jungen Kommissars, und sein schmerzerfülltes Gesicht ließ Kaller sofort zum Handy greifen.

»Vermutlich ein Herzinfarkt«, sagte der Hauptkommissar völlig überfordert und unfähig, sich daran zu erinnern, was man ihm in den Erste-Hilfe-Seminaren beigebracht hatte. Aber der Schock legte sich schnell, und er begann Meinfeld in eine bequeme Position zu bringen.

Der keuchte: »Kein Herzinfarkt, wir müssen in Deckung!«

Kaller verstand nicht, aber wenn sein Partner sagte, sie bräuchten Deckung, dann blieb keine Zeit, das zu hinterfragen. Umständlich klammerte sich Meinfeld an den Arm seines Kollegen, und irgendwie gelang es den beiden, hinter den großen Bäumen zu verschwinden. »Strom«, stammelte Meinfeld, »du hast recht gehabt, wir haben ihn.«

»Was?«, reagierte Kaller ratlos.

Meinfeld musste sich erneut übergeben und kämpfte gegen eine aufkommende Ohnmacht. »Die Türklinke, das war ein Stromschlag.«

»Du musst sofort ins Krankenhaus«, brach es aus dem Hauptkommissar heraus, und seine Besorgnis wuchs. »Ich hole den Wagen.«

»Nein«, widersprach Meinfeld und berührte mit zittrigen Fingern Kallers Arm. »Ich rufe mit meinem Handy Verstärkung und einen Krankenwagen. Wir können jetzt nicht hier weg. Wenn Vivien Balgar noch da drin ist, braucht sie uns.« Das Sprechen strengte den Beamten an, trotzdem beharrte er darauf, vor Ort zu bleiben. »Wenn er uns bemerkt hat, bringt er sie vielleicht um, das können wir nicht riskieren.«

»Und ich will nicht dein Leben riskieren«, entgegnete Kaller unschlüssig, der sich in einer echten Zwickmühle befand.

»Ich telefoniere, du checkst die Lage. Aber sei vorsichtig. Offensichtlich ist der Kerl auf Besuch vorbereitet.«

Während Kaller zusätzlich mit einem dicken Ast bewaffnet zurück zur Hütte schlich, rief Meinfeld seine Vorgesetzte an.

Mürrisch griff die Kommissariatsleiterin zum Telefon, als sie Meinfelds Nummer sah. Sie hatte es sich gerade in ihrem Garten bequem gemacht und wenig Lust, die luftige Leinenhose heute noch einmal gegen die strenge, graue Bürokleidung zu tauschen.

»Was gibts?«, nahm sie das Gespräch deshalb ohne besondere Freundlichkeit entgegen.

»Ich brauche einen Krankenwagen und Verstärkung«, hörte sie Meinfeld sagen.

Elke Wiedenhof-Meier schoss so schnell in die Höhe, dass der schwarze Kater, der ihr gegenüber auf einem der Lehnstühle gedöst hatte, aufschreckte, fauchte und mit einem phänomenalen Katzenbuckel das Weite suchte.

»Was ist passiert?«, hakte sie sofort nach.

Er antwortete ihr nicht auf die Frage, sondern gab ihr, bemüht, deutlich zu sprechen, die Koordinaten der Hütte durch. Sie war bereits in ihr Wohnzimmer geeilt und notierte die Wegbeschreibung.

Meinfeld am anderen Ende keuchte schwer, und seine Chefin hatte keine Zweifel am Ernst der Lage.

»Hilfe ist unterwegs«, versuchte sie, souverän zu wirken. »Was ist passiert?«, fragte sie erneut.

»Vermutlich haben wir ihn«, antwortete ihr Meinfeld mit letzter Kraft, dann verlor er das Bewusstsein.

* * *

Kaller hatte sich wieder der Hütte genähert. Er umrundete sie und versuchte durch die Fenster zu spähen. Wer sich dieses Versteck präpariert hatte, war sehr sorgfältig gewesen. Es gab keine einzige Ritze, die es einem Fremden erlaubt hätte, einen Blick ins Innere zu werfen.

Der Hauptkommissar blieb unschlüssig vor der Tür stehen. Sollte er zurück zu Meinfeld oder Wache halten?

Dann wurde ihm bewusst, wie groß das Risiko für Vivien war. Wenn der Mörder Kaller und Meinfeld bemerkt hatte, dann wäre es möglich, dass er in Panik einen weiteren Mord begehen würde. Kaller beschloss zu bleiben.

* * *

Vivien Balgar hatte geglaubt, die Kraft zu kämpfen würde ihr fehlen, aber jetzt, als ihr das Messer an den Hals gelegt wurde, entwickelte sie noch einmal eine Stärke, die sie längst verloren geglaubt hatte. Sie begann, ihre trockenen Lippen zu öffnen, und stieß einen heiseren Schrei aus. Kurz darauf sofort den nächsten.

Ihr Mörder lachte amüsiert. »Du dummes Kind, hast du es immer noch nicht verstanden? Ich habe die Macht, dich sterben zu lassen, schrei nur Prinzessin, es ist vorbei!«

Doch plötzlich ließ er von ihr ab, als er glaubte, im Erdgeschoss Schritte auf den Dielen zu hören. Er entfernte sich, und Vivien war sich nicht mehr sicher, ob das Messer an ihrem Hals und die eigenen heiseren Schreie nur einem Traum entsprungen waren.

* * *

Kaller wollte eigentlich bis zur Ankunft der Kollegen auf seiner Position bleiben, da vernahm er einen merkwürdigen

Laut. Kurz darauf erklang er ein zweites Mal, und dem Hauptkommissar wurde plötzlich bewusst, dass es sich um erstickte Schreie handelte, die aus dem Gebäude kamen. Ohne zu zögern, benutzte er den Ast, um die Tür aufzuschieben. Das Holz schützte ihn vor einem Stromschlag. Als er den Innenraum betrat, knarrten die alten Dielen unter seinen Füßen, aber daran ließ sich nun nichts mehr ändern.

Die dreckigen Fensterscheiben hielten die Sonnenstrahlen draußen; so lag das Erdgeschoss bis auf das spärliche Licht, das durch die offene Haustür fiel, im Dunkeln. Kaller hatte keine Ahnung, wohin er sich als Nächstes wenden sollte, da hörte er ein Rascheln über seinem Kopf. Leise bewegte er sich Richtung Treppe. Die Waffe in der einen Hand, den Stock als möglichen Schutz gegen weitere Stromfallen in der anderen. Er ahnte, dass er direkt in einen Hinterhalt tappte, aber welche Wahl hatte er? Das Spiel musste zu Ende gespielt werden. Falls Vivien noch lebte, war es seine Aufgabe, dafür zu sorgen, dass es so blieb. Er hätte die Schreie nicht ignorieren können. Womöglich gelang es ihm, die junge Frau zu retten, wenn er die Aufmerksamkeit des Mörders auf sich lenkte.

Langsam schlich er nach oben. In einem der Zimmer im ersten Stock brannte ein schwaches Licht. Kaller ging auf den hellen Kegel zu, der den düsteren Flur erhellte, dabei entgingen ihm nicht die Blutspuren auf dem Boden und an der Wand. Bereit abzudrücken trat der Hauptkommissar schließlich mit gezogener Waffe auf die offene Tür zu. Aber noch bevor er sein Ziel erreichte, schnellte eine Gestalt aus einer der dunklen Wandnischen. Kaller wurde hart an der Schläfe getroffen, stürzte zu Boden und verlor dabei seine Pistole. Er wollte mit dem dicken Ast ausholen und sich zur Wehr setzen, aber im nächsten Augenblick vernahm er eine fordernde Stimme und sah, dass der Lauf seiner Dienstwaffe auf ihn gerichtet wurde.

»Langsam aufstehen! Hauptkommissar Kaller, ich muss gestehen, dass ich nicht mit Ihnen gerechnet habe, noch nicht.«

Der Beamte leistete keinen Widerstand und hoffte auf das baldige Eintreffen der Verstärkung, so lange musste er Zeit gewinnen für sich und Vivien Balgar.

Kaller erkannte sie sofort, als man ihn zwang, den erhellten Raum zu betreten. Die junge Frau war nur noch ein Schatten ihrer selbst. Sie trug ein schmutziges Ballkleid, das lieblos über ihren geschundenen, abgemagerten Körper gezogen worden war. Die Haare klebten in Strähnen an ihrem Kopf, und das bleiche, graue Gesicht erinnerte an eine Totenmaske. Man hatte sie auf dem Tisch festgeschnallt, und als läge sie in einem Krankenzimmer, war neben ihrem provisorischen Bett ein Ständer für Infusionen platziert worden. Erleichtert stellte Kaller fest, dass sie noch lebte. Sie bewegte die Lippen, und eine ihrer Hände zuckte, allerdings war sie nicht bei Bewusstsein.

»Setzen«, herrschte man ihn an, und Kaller ließ sich auf einem wackligen Stuhl in der Ecke nieder.

»Sie haben mich also gefunden. Bravo!«

Hauptkommissar Michael Kaller wandte sich dem Mann zu und sagte mit kalter Stimme:

»Ich habe einen Mörder gefunden, das ist mein Job, Herr Lehner.«

Carlo Lehner lachte schallend auf, dann wurde seine Miene ernst, und er zischte: »Reden Sie nicht über mich, als wäre ich ein x-beliebiger Krimineller. Sie wissen genau, dass ich weit mehr als das bin.«

»Sie glauben, Sie wären etwas Besonderes?«, reagierte Kaller voller Wut. »Ich kann Ihnen versichern, dass das nicht der Fall ist. Sie sind wie all die anderen größenwahnsinnigen Spinner, die ihre Komplexe und Defizite nur verarbeiten können, wenn sie Menschen Schmerzen zufügen. Sie sind ein Sadist, ein Psychopath.«

»Ich bin nur jemand, der in der Lage ist, die Ordnung wiederherzustellen. Etwas, das Sie eigentlich verstehen müssten. Im Prinzip sind wir beide uns doch sehr ähnlich. Wir entfernen die, die die Ordnung stören, denn wir beide haben die Macht dazu.«

»Ich töte keine Menschen«, antwortete Kaller.

»Natürlich tun Sie das«, winkte Carlo Lehner ab und wechselte jetzt in einen Plauderton, während er die Waffe weiter auf den Hauptkommissar richtete. »Sie töten nur auf eine andere Weise als ich.« Er sah Kallers zweifelnden Gesichtsausdruck und fuhr amüsiert fort: »Was glauben Sie denn, was mit den Menschen passiert, die von Ihnen ins Gefängnis gesteckt werden? Sind wir doch einmal ehrlich. Letzten Endes sterben die dort einen Tod auf Raten.«

»Ich verhafte die Mörder lediglich, die Urteile sprechen andere«, versuchte Kaller, gegen einen starken Widerwillen, das Gespräch trotzdem am Laufen zu halten. Im Stillen betete er dafür, dass Meinfeld in der Lage gewesen war, der Verstärkung eine möglichst genaue Wegbeschreibung durchzugeben.

»Sie führen die Wölfe zur Schlachtbank, kommt es da wirklich noch darauf an, wer ihnen die Köpfe abschlägt?«, hielt Lehner dagegen, dem die Unterhaltung sichtlich Spaß machte. »Im Gegensatz zu Ihnen bin ich wenigstens so ehrlich, es auch zu Ende zu bringen.« Sein Blick wanderte kurz zu Vivien. »Auch Dornröschen wird bald ausgeschlafen haben.«

»Und all diese Frauen mussten sterben, weil Sie eine persönliche Tragödie erlitten haben?«, warf Kaller ein und erinnerte sich an die Todesanzeige, die ihm vor gut einer Stunde in die Hände gefallen war. »Ihre Schwester ist vor zehn Jahren gestorben, das ist tragisch, aber rechtfertigt das all die Morde? Ich habe die Todesanzeige gelesen, dort stand: ›Wir nehmen Abschied von unserer geliebten Prinzessin.‹ Viele Menschen erleiden einen schweren Verlust, aber …«

Weiter kam Kaller nicht, denn sein Gegenüber trat an Vivien heran, schnappte sich mit der linken Hand ein scharfes Messer, das neben der Frau lag, und hielt es ihr direkt an den Hals.

»Sie sollten mich nicht verärgern, Herr Hauptkommissar. Bisher haben wir uns doch prächtig verstanden. Aber da Sie sich nicht an die Regeln gehalten haben, wird es heute enden. Und was meine Schwester angeht«, fuhr er jetzt gereizt fort, »haben Sie Ihre Hausaufgaben nicht ordentlich gemacht. Aber das kommt ja öfter bei Ihnen vor.«

»Trotzdem habe ich Sie gefunden«, stichelte Kaller, was dazu führte, dass Lehner das Messer zurück auf den Tisch legte, sich von Vivien abwendete und seine Aufmerksamkeit wieder voll und ganz dem Hauptkommissar schenkte.

»Das haben Sie in der Tat, aber vermutlich hatten Sie einfach Glück und einen seltenen Moment klaren Verstandes. Der hat Ihnen offenbar ermöglicht, meine Sicherheitsvorkehrungen zu überleben.« Damit spielte er auf den unter Strom stehenden Türgriff an. »Stock und Handschuhe, sehr clever!« Lehner lachte, und es klang so, als würde sich ein äußerst liebenswerter Mensch amüsieren. Etwas, das Kaller mehr erschreckte als jedes grausame Krächzen oder irrsinnige Kichern.

»Also schön«, fuhr Lehner fort. »Sie verraten mir, wie Sie mich gefunden haben, und ich sage Ihnen die Wahrheit über mich und meine Schwester.«

»Amelie Frohmer«, sagte Kaller provozierend.

Das erste Mal seit ihrem Aufeinandertreffen wirkte Lehner verunsichert. »Amelie?«, fragte er zu seinem eigenen Ärger überrascht.

Der Hauptkommissar zeigte sich zynisch. »Eine unerwartete Antwort für Sie?«

Allerdings fasste sich Lehner sofort wieder und reagierte mit einem Schulterzucken, während er erwiderte: »Amelie weiß nichts, sie hat Ihnen daher auch nichts gesagt.«

»Nein, das hat sie tatsächlich nicht«, antwortete Kaller süffisant, »es war eher das, was sie verschwiegen hat.«

»Und das wäre?«

»Den wahren Grund, warum sie den eigenen Vater bei der Polizei anschwärzen wollte. Ich habe schon viele Zeugenaussagen aufgenommen, aber dass Töchter ihre Väter verraten, ist höchst selten, und meist geschieht das erst, nachdem die Polizei auf eine Befragung drängt und die Frauen selbst zu Opfern geworden sind. Und sogar dann …« Er beobachtete Lehner genau und spürte den Ärger in sich aufsteigen. Wie hatte er sich nur von diesem Mann an der Nase herumführen lassen können? »Jedenfalls war Amelie Frohmers Angabe, sie wolle das Richtige tun, fürchte um die Zukunft des Unternehmens und das Leben anderer Frauen, unter diesem Gesichtspunkt äußerst ungewöhnlich. Interessanterweise führte ich kurz darauf eine Unterhaltung über die Manipulation von Menschen. Ich fragte mich also, ob jemand Einfluss auf Amelie Frohmer ausgeübt hat und warum. Und der naheliegendste Kandidat waren Sie. Zusammen mit Mark Frohmer haben Sie das Becken in der Gärtnerei installiert, dabei sind Sie auf das Rapunzelbeet und das Manchinelbäumchen gestoßen. Sie kannten vermutlich das Wasserbassin im Märchenviertel, und sicher hat Sie der ein oder andere Auftrag auch schon einmal in das Schwimmbad geführt, in dem Britta Stichler für gewöhnlich ihrem Hobby nachging. Ihre filmreife Vorstellung vom besorgten Verlobten, der befürchtete, dass man ihn für einen Erbschleicher halten könnte, war wirklich perfekt und hat uns vom Wesentlichen abgelenkt. Aber die Vergangenheit holt uns alle immer wieder ein. Man muss nur tief genug graben. So fand ich die Todesanzeige Ihrer Schwester, und letzten Endes haben Sie mir selbst einen entscheidenden Hinweis gegeben.« Er sah herausfordernd zu Lehner.

»Ich hatte geahnt, dass meine Bemerkung über die *ge-*

schickten Blender womöglich ein wenig zu viel des Guten war. Ein Risiko, aber so läuft das Spiel.«

»Wie haben Sie es gemacht, das mit Amelie?«, hakte der Hauptkommissar schnell nach, dem nicht entging, dass Vivien Balgar leise stöhnte, und der deshalb Sorge hatte, Carlo Lehner würde sich wieder der jungen Frau widmen.

Aber Carlo genoss offensichtlich seine große Stunde. Ihm war es unverkennbar ein Bedürfnis, sich mit seinen Taten zu brüsten, denn bereitwillig antwortete er: »Menschen sind so durchschaubar und so leicht zufriedenzustellen. Ich sage ihnen, was sie hören wollen, und schon bin ich der Erbe eines Unternehmens. Das mit den geschickten Blendern war nicht nur so dahergesagt. Man muss nur beobachten und imitieren, und schon kann man die Menschen alles glauben lassen. Jemand, der ausreichend Verstand besitzt …« Es war keine Frage, dass er sich damit meinte. »… kann sich das zunutze machen.«

»Aber war das nicht riskant, sich Mark Frohmer auf diese Weise vom Hals zu schaffen? Es war doch nur eine Frage der Zeit, bis man ihn wieder auf freien Fuß gesetzt hätte. Er war schließlich unschuldig.«

Lehner gab einen gedehnten Seufzer von sich, so als wäre er über die Begriffsstutzigkeit eines Schülers enttäuscht. »Ich hatte doch auch gar nicht vor, Frohmer im Knast verrotten zu lassen. Der Mann brauchte lediglich einen Dämpfer, der ihn von seinem hohen Ross holen sollte. Schließlich hatte ich keine Lust, ihm die nächsten Jahre als billiger Handlanger zu dienen.«

»Also überredeten Sie seine Tochter, zur Polizei zu gehen. Sie erzählten ihr Lügen über den Mann …«

»Keine Lügen«, ging Lehner dazwischen, »das machte meine Strategie ja so erfolgreich. Frohmer ist ein perverser Spanner, und ich kannte sein Geheimnis. Amelie musste ich nur voller Zerrissenheit die Wahrheit über ihren Vater gestehen, ein paar wohlüberlegte Bemerkungen fallen lassen, und am Ende war sie sogar davon überzeugt, die Entscheidung, zur Polizei zu gehen, gegen meinen Willen getroffen zu haben, genauso wie die Übernahme der Firma. Den Rest hatte sich Frohmer selbst zuzuschreiben. Seine Deals mit Kreuter waren mir zwar nicht bekannt gewesen, erwiesen sich allerdings als äußerst hilfreich.«

»Und dann? Wenn Sie Amelie geheiratet hätten, dann wäre sie zu einem Ihrer Opfer geworden?«

Lehner gab sich empört: »Was für eine absurde Idee. Amelie wird meine Frau, und wir werden zusammenleben. Vielleicht bekommen wir sogar Kinder. Niemand wird mich jemals verdächtigen, etwas anderes zu sein als der gut aussehende Mann, den sich die wohlsituierte Tochter von Mark Frohmer geangelt hat. Vielleicht spekulieren die Nachbarn darüber, ob es mir bei der Ehe nur ums Geld ging, aber damit kann ich leben.«

»Was, wenn Amelie jemals etwas von den Morden erfährt?«, fasste Kaller nach.

Sein Gegenüber zuckte mit den Schultern. »Wird sie nicht, und außerdem ist sie eine verliebte Frau, die durch mich endlich der Einsamkeit entkommt. Dafür sind Menschen bereit, einen hohen Preis zu zahlen.«

Vivien Balgar stöhnte erneut, und dieses Mal drehte sich Carlo Lehner zu ihr um.

»Verstärkung ist auf dem Weg, es ist vorbei«, drohte Kaller, weil er befürchtete, der Mann würde sie töten. »Lassen Sie Vivien hier und verschwinden Sie. Nehmen Sie mich als Geisel mit, dann haben Sie eine Chance zu entkommen«, schlug er schnell vor und ignorierte damit alles, was man ihm auf der Polizeischule beigebracht hatte. Aber Theorie und Praxis waren eben zweierlei.

Lehner legte den Kopf schräg und musterte den Beamten. Völlig ruhig sagte er: »Wenn das eine offizielle Polizeiaktion wäre, dann gäbe es jede Menge Einsatzfahrzeuge vor der Tür. Ich kenne Sie genau. Sie sind alleine hier und spielen den einsamen Wolf. Der große Michael Kaller rettet die Welt mal wieder im Alleingang nach Feierabend. Aber dieses Mal hat Sie die eigene Arroganz in die Scheiße geritten. Ist doch so, oder?«

Unwillkürlich dachte Kaller an die Auseinandersetzung mit Meinfeld und dessen Unnachgiebigkeit.

»Hören Sie also auf, mich für dumm zu verkaufen. Hier ist niemand außer uns, und es wird auch niemand kommen. Damit liegt es in meiner Macht zu entscheiden, wer lebt und wer stirbt. Und Sie und unser Dornröschen gehören zu Letzteren. Die Leichen werde ich am anderen Ende der Stadt verbuddeln, und die Bude hier wird von einem Waldbrand dem Erdboden gleichgemacht. Um diese Jahreszeit sind solche Feuer ja durchaus möglich. Dornröschen wird sterben, und wenn es das Letzte ist, was ich in diesem Leben noch tun werde. Betrachten Sie mich einfach als den Prinzen, der seine Prinzessin am Ende in sein Königreich führt. Meines ist der Tod, denn ich bin der Todesprinz.« Begeistert von der eigenen Wortwahl grinste er selbstgefällig.

Nun, da Kaller die Pläne von Carlo Lehner kannte, war er erleichtert, dass der ihm die Sache mit der Verstärkung nicht geglaubt und ganz offensichtlich auch nichts von Meinfelds Anwesenheit bemerkt hatte. Denn jetzt musste der Hauptkommissar davon ausgehen, dass sich Lehner nicht freiwillig stellen würde, schon gar nicht, ohne zuvor Vivien Balgar zu töten. Solange sich Lehner also in Sicherheit wähnte, hatten er und die junge Frau eine Chance.

»Damit endet es aber noch lange nicht. Nach mir werden andere kommen«, schleuderte ihm Kaller entgegen, um das Gespräch nicht abbrechen zu lassen.

»Das hoffe ich doch, ohne Gegenspieler wäre es ansonsten ein sehr fades Duell.«

»Wenn ich heute sterben soll, dann habe ich zumindest das Recht zu erfahren, warum Sie all diese Menschen ermordet haben. Sie können doch nicht wirklich davon ausgehen, dass Ihre tote Schwester so ein Andenken gewollt hätte?«

»Was sie gewollt hätte, spielte für mich noch nie eine Rolle«, zischte Lehner abermals wütend, als Kaller die Schwester erwähnte. Bemüht, seinen Zorn herunterzuspielen, fuhr er jedoch mit ruhigerer Stimme fort: »Aber ich habe Ihnen eine Geschichte versprochen, und die sollen Sie auch bekommen.« Er reckte den Hals, und ein belustigter Ausdruck erschien auf seinem Gesicht, als er sagte: »Es war einmal eine Prinzessin, die es nicht verdient hatte zu leben.« Lehner grinste. »Sie müssen zugeben, ein brillanter Einstieg und auch noch so zutreffend. Denn vom ersten Tag an, als meine Mutter dieses elende, kränkliche Bündel aus der Klinik mit nach Hause gebracht hatte, wünschte ich meiner Schwester den Tod. Ich bin damals gerade neun Jahre alt gewesen, und alles lief perfekt. Meine Eltern betrieben ein Gasthaus in der Pfalz, dort fühlte ich mich zu Hause, und dann kam sie.« Das letzte Wort spie er vor Verachtung förmlich aus. Sofort wusste Kaller, dass er auch da die falschen Schlüsse gezogen hatte. Offensichtlich empfand der Mann keine überwältigende Trauer, sondern puren Hass für seine Schwester.

»Unser Sonnenschein, unsere kleine Prinzessin«, fuhr er wütend fort. »Zumindest haben meine Eltern das immer gesagt. Aber die wollten einfach nicht wahrhaben, dass meine Schwester nichts weiter als eine Belastung war. Die Ärzte sprachen von einem angeborenen Herzfehler und einer geringen Lebenserwartung, aber mir dauerte es trotzdem zu lange. Ganze elf Jahre hat uns dieses elende Geschöpf geknechtet. Wir zogen nach Karlsruhe wegen der Kliniken, gaben also unser Zuhause auf, übernahmen das Kiefernkneiple und wohnten von jenem Zeitpunkt an in dieser Einöde. Bei schlechtem Wetter sahen wir viele Tage keine Menschenseele. Während die Gaststätte in der Pfalz ausgezeichnet lief, brachte dieses Ausflugslokal meine Eltern um ihre letzten Ersparnisse. Ich werde jedenfalls mit Freuden zusehen, wie sich die Flammen daran bedienen. Als es mit meiner Schwester dann zu Ende ging, hatte ich meine Kindheit längst hinter mir. Unsere Prinzessin«, sagte er verächtlich, »starb im Krankenhaus, und ich fühlte eine unsägliche Erleichterung. Hätte ich doch nur schneller gehandelt, ihr zum Beispiel das Kissen aufs Gesicht gedrückt und dafür gesorgt, dass sie ihren letzten Atemzug tut. Aber dummerweise wartete ich, bis sich die Angelegenheit von selbst erledigte. Definitiv ein Fehler!« Er winkte ab, wollte offenbar nicht über die eigenen Versäumnisse nachdenken und fuhr beinahe gelangweilt fort: »Jedenfalls haben alle um mich herum geplärrt und geklagt, dabei war ihr Tod doch so befriedigend. Der Blutsauger hatte unsere Familie lange genug ausgelaugt. Über Jahre drehte sich alles nur um meine Schwester. Auf jedes Hüsteln wurde reagiert wie auf einen Tuberkuloseausbruch, jeder Cent wanderte in die Taschen von teuren Ärzten und obskuren Quacksalbern, und jede Minute ihres Lebens schenkten meine Eltern der kleinen kranken Prinzessin. Aber das hatte nun ein Ende. Allerdings waren einige der angerichteten Schäden bereits irreparabel. Mein Vater starb ein Dreivierteljahr nach der Beerdigung meiner Schwester, die Nerven, und meine Mutter siechte die folgenden neun Jahre mehr dahin, als dass sie lebte. Folgen der kraftraubenden Pflege und der Trauer. Vor einem Jahr starb auch sie. Und so hat mich meine Schwester um meine Kindheit, meine Jugend und meine Familie betrogen. Und da wusste ich, dass es an der Zeit war, diesen Prinzessinnen ihre Macht zu nehmen, sie zu zerstören.«

»Sie haben aus Eifersucht auf Ihre kranke Schwester getötet?«, rief Kaller geschockt aus.

»Nein«, antwortete ihm Lehner gedehnt. »Ich habe die entfernt, die Schaden anrichten. Ich habe diese Frauen beobachtet. Dornröschen, wie sie in der Villa ihres Vaters andere herumkommandiert hat. Die Studentin im Klub, die sich selbst für die Königin der Nacht hielt, oder die wunderschöne Rapunzel, die unbedingt in die Zeitung musste. Die Frau im Schwimmbad ist umherstolziert und hat die Kerle heißgemacht, nur um sie dann wieder abblitzen zu lassen, und Gabriela …« Er zögerte und verbesserte sich: »… Ihre Gabriela war wirklich ein ausgezeichnetes Schneewittchen, allerdings mit null Gespür für Regeln.«

Kaller tat ihm nicht den Gefallen, sich provozieren zu lassen, stattdessen schwieg er.

»Die kleine Nutte war ebenfalls sehr von sich und ihrer Macht über Männer überzeugt. Während der jämmerliche Schneider vor allem deshalb sterben musste, weil er mir hätte gefährlich werden können.«

»Hat er Sie erkannt? Sie waren auf seinem Flohmarkt gewesen und haben alte Ballkleider gekauft«, hakte Kaller nach.

»Ich war mir nicht hundertprozentig sicher, das gebe ich zu, aber seine Art, mich anzustarren, hat mich zum Handeln gezwungen. Da er nicht sofort die Polizei verständigt hat, ging ich davon aus, dass er sich etwas für sein Schweigen erhofft hat. Man muss nur die Sehnsüchte der Menschen kennen, dann wird es einfach, über sie Macht auszuüben. Mein gutes Aussehen hilft mir bei beiden Geschlechtern. Offensichtlich fand dieser kahlköpfige Lustmolch die Vorstellung erregend, mit einem Mörder zu vögeln. Jedenfalls traf er sich bereitwillig mit mir, tat mir auf mein Bitten hin gerne den Gefallen, Stillschweigen über unsere Verabredung zu bewahren, und war gewillt, sich für mich zu verkleiden.«

Kaller glaubte nicht, dass Lulasch den Verlobten von Amelie Frohmer jemals für einen Serienmörder gehalten hatte. Eher konnte man annehmen, dass der Kostümschneider einfach ein fleischliches Interesse an Carlo Lehner entwickelt hatte. Allerdings behielt Kaller das für sich und ließ sein Gegenüber weitersprechen.

»Mich hat schon einmal jemand auf diese aufdringliche,

beleidigende Weise angestarrt. Es handelte sich damals um eine Krankenpflegerin in der Klinik, in der meine Schwester untergebracht gewesen war. Ich wusste sofort, dass sie all meine Gedanken erraten hat. Natürlich konnte ich das nicht einfach hinnehmen. Was, wenn sie mit jemandem über mich gesprochen hätte? Eine Bemerkung an meine Eltern über mein mangelndes Mitgefühl hätte schon genügt, um mein Leben erneut kompliziert werden zu lassen. Etwas, das ich nicht riskieren wollte. Dieses Mal habe ich nicht darauf gewartet, dass sich das Problem von selbst löst.«

Er erkannte die Missbilligung in dem Gesicht des Polizisten und sagte: »Ein Unfall mit Fahrerflucht brachte ihr einen schnellen Tod, wenn Sie es genau wissen wollen.« Nun hob er den Kopf und sah versonnen zu Vivien Balgar. »Und heute wird Dornröschen sterben.«

»Diese Frauen haben niemandem etwas getan«, hielt Kaller dagegen.

»Ach wirklich? Sie haben ja keine Ahnung. Sie alle sind arrogant und nur auf den eigenen Vorteil bedacht. Aber ich habe dafür gesorgt, dass das endet. Ich gebe allerdings zu, dass ich dabei unser kleines Spiel genossen habe, aber jetzt sind wir am Ende angelangt.«

Carlo Lehner streckte den Arm aus, zielte auf Kaller und wollte gerade abdrücken, als die Stimme eines Mannes erklang, die durch ein Megafon verstärkt wurde.

»Hier spricht die Polizei«, drang es von draußen in den Raum.

Lehner, einen Moment abgelenkt, gab Kaller damit die Möglichkeit aufzuspringen. Der Hauptkommissar stürzte sich sofort auf seinen Gegner. Die beiden Männer rangen miteinander, dabei krachten sie unsanft gegen die Wand und stießen an den Tisch neben Vivien Balgars unbequemem Lager. Kaller sah das Messer, schnappte es sich und stach zu.

Als die Klinge tief in Carlo Lehners linke Wange eindrang, schrie er auf, sodass auch die Beamten vor dem Haus seinen markerschütternden Schmerzensschrei hören konnten, der ihnen eine Gänsehaut verursachte.

Das Messer verschwand fast bis zum Schaft in Lehners Mundhöhle und zerschnitt die Zunge, bevor es schließlich vom rechten Unterkieferknochen gestoppt wurde. Blut floss über die Lippen des Mannes, der so vielen Menschen das Leben genommen hatte. Kaller empfand kein Mitleid.

Er schnappte sich mit der rechten Hand die Pistole, die Carlo Lehner hatte fallen lassen, packte den Mann mit der linken am Hals, drückte ihn gegen die Wand und brüllte: »Wir sind hier oben, ich habe ihn!«, und an Lehner gewandt fuhr er eisig fort: »Du glaubst mich zu kennen? Du hast ja keine Ahnung.«

Lehner stöhnte, das Messer steckte immer noch in seiner Wange.

»Du wirst mich jedoch kennenlernen«, zischte der Hauptkommissar, »denn sollte sich der Todesprinz jemals außerhalb der Gefängnismauern bewegen, dann werde ich da sein, um ihn zu richten.«

Nachdem die Kollegen den Raum betreten, Kaller die Waffe abgenommen und ihm zum Zeichen, dass sie ab hier übernehmen würden, zugenickt hatten, stieg er in einer seltsamen Stimmung die Treppe nach unten. Er wusste, dass das zum Teil dem Adrenalin geschuldet war, aber eben nicht nur. Mit einem Gefühl tiefer Dankbarkeit dachte er an Meinfeld und dessen aufrichtige Freundschaft, die ihm heute das Leben gerettet hatte.

* * *

Epilog

Ungefähr drei Monate später

Der Prozess gegen Carlo Lehner war wie zu erwarten ein riesiges Medienspektakel. Für Kallers Geschmack bekam der Mann viel zu viel Aufmerksamkeit, aber es war ihm ein Trost, dass Lehner die nicht so genießen konnte, wie er sich das vielleicht irgendwann einmal in seinen kranken Fantasien ausgemalt hatte.

Die Ärzte waren zwar in der Lage gewesen, Lehners Leben zu retten, aber die Messerwunde, die ihm Kaller zugefügt hatte, hinterließ bleibende Schäden. Eine große Narbe verunstaltete jetzt nämlich das einst so attraktive Gesicht des Mannes, und die Schnittverletzungen in der Mundhöhle waren so schwerwiegend gewesen, dass die Chirurgen Lehners Zunge hatten amputieren müssen. Damit war es dem Mann kaum möglich zu sprechen, sodass er seine Wortgewandtheit, die ihn in der Vergangenheit sicher viele Male ans Ziel gebracht hatte, nicht als Waffe vor Gericht einsetzen konnte.

Der Gerichtssaal war an jedem Verhandlungstag überfüllt. Die Menschen hörten sich gebannt die Aussagen an. Ein Gutachter sprach über Lehners Narzissmus, die psychopathische Natur des Angeklagten und seine überdurchschnittliche Intelligenz. Letztere hatte ihm geholfen, seine grausamen Taten unbemerkt zu begehen. Beispiele dafür gab es genug. So war es ihm unter anderem gelungen, die Medikamente für Vivien Balgars Geiselhaft zu besorgen und sich ausreichend medizinisches Wissen anzueignen, um sie künstlich zu ernähren und so über Wochen am Leben zu halten. Auch hatte es ihm keine Mühe gemacht, seinen Opfern ein Betäubungsmittel zu injizieren oder vor zehn Jahren den Mord an der sechzigjährigen Krankenschwester Elena Kurz, der bislang als Unfall mit Fahrerflucht gegolten hatte, zu vertuschen.

Eine ungewöhnliche Einheit bildend saßen die Angehörigen der Opfer zusammen in der ersten Reihe. Die Mütter spendeten einander Trost, hielten sich gegenseitig an den Händen und trauerten gemeinsam um ihre Kinder. Aber auch Ricca saß neben Arlette Balgar, und die beiden Frauen gaben sich Halt, als Vivien ihre Aussage machte und von Trixi erzählte, die so tapfer gewesen war und nicht nur sich selbst, sondern auch Vivien hatte retten wollen.

Die Aussage der jungen Frau, die eine brutale Entführung überlebt hatte, war besonders aufwühlend. Vivien hatte sich noch längst nicht erholt. Die Ärzte hatten um ihr Leben gekämpft, und lange hatte es auf Messers Schneide gestanden. Sie konnte sich nicht an alles erinnern, aber das, was sie noch wusste, machte die Zuhörer tief betroffen.

Kaller hatte Vivien besucht, als es ihr wieder besser gegangen war. Sie hatte sich bei ihm bedankt, und obwohl nur wenig gesagt worden war, wusste er, wie aufrichtig sie es meinte. Auch die Angehörigen der anderen Opfer rechneten ihm hoch an, dass er den Mörder geschnappt hatte. So fanden sie zumindest Trost in dem Gedanken, dass ihren Lieben Gerechtigkeit widerfuhr. Auf Natalie Frieß, die Mutter der toten Adela, achtete der Hauptkommissar während der Verhandlung besonders. Sie hatte damals das Blut des Mörders gefordert, und er wusste, dass sie zu allem fähig war, um ihr Kind zu rächen. Sie hatte ihm zugenickt, und zumindest eine gewisse Genugtuung hatte in ihrem Blick gelegen, als sie Carlo Lehners entstelltes Gesicht gesehen hatte.

Irma Wesel, die Haushälterin der Balgars, war persönlich aufs Revier gekommen und hatte tränenreich jedem Einzelnen der Beamten für seine Arbeit gedankt. Wie auch Urban und Arlette Balgar. Der Anwalt hatte es ehrlich gemeint, als er gesagt hatte: »Wenn Sie jemals etwas brauchen, egal was, rufen Sie mich an.«

* * *

Heute war der Tag der Urteilsverkündung. Alles sprach gegen Lehner. Die Kriminaltechnik hatte genug Beweise im Kiefernkneiple, dem privaten PKW des Mannes und seiner Wohnung gefunden. Auch wenn der Angeklagte jegliche Aussage verweigerte, waren die Zeugenaussagen von Vivien Balgar und Hauptkommissar Michael Kaller vernichtend.

Und so kam es nicht unerwartet, dass die Richter die besondere Schwere der Schuld feststellten und Lehner zu einer lebenslangen Haftstrafe mit anschließender Sicherheitsverwahrung verurteilten. Damit war auch eine spätere Strafaussetzung zur Bewährung ausgeschlossen. Die Erleichterung über das Urteil war bis auf eine Ausnahme bei den Anwesenden groß.

Im Gegensatz zu allen anderen hatte sich Amelie Frohmer nicht von Carlo Lehner distanziert, sondern während des Prozesses immer wieder betont, dass ihr Verlobter unschuldig sei und sie ihn auf jeden Fall heiraten werde. Gleichzeitig sparte sie nicht mit verbalen Attacken gegen Kaller, den sie der Polizeibrutalität beschuldigte und dem sie vorwarf, Carlo absichtlich verstümmelt zu haben.

Der Hauptkommissar reagierte darauf gelassen und enthielt sich in der Öffentlichkeit jeglichen Kommentars, betrachtete das Verhalten von Amelie Frohmer aber mit Besorgnis. Er erinnerte sich an Lehners Worte: »Amelie ist eine verliebte Frau, die durch mich endlich der Einsamkeit entkommt. Dafür sind Menschen bereit, einen hohen Preis zu zahlen.« Offensichtlich war das im Fall von Mark Frohmers Tochter tatsächlich so.

Vor dem Gerichtsgebäude kam Amelie auf Kaller zu. Er bemerkte sie zu spät und konnte der klatschenden Ohrfeige nicht rechtzeitig ausweichen. Sofort entstand ein Tumult, und Presse und Ordnungshüter reihten sich um die beiden.

»Hauptkommissar Kaller, ich werde Sie vernichten, das verspreche ich. Ich werde dafür sorgen, dass Ihnen nichts mehr bleibt, dass Sie leiden werden, so wie ich und Carlo leiden müssen«, kreischte sie mit irrsinnigem Blick.

»Das reicht jetzt«, mischte sich ihr Vater ein und wollte sie wegziehen, aber Amelie gab sehr zur Freude der Medienvertreter nicht nach, sondern geiferte: »Sie werden alles verlieren, verlassen Sie sich darauf!« Endlich gelang es einer Polizistin, die Frau zu ergreifen und abzuführen.

Jemand rief: »Werden Sie Anzeige gegen Frau Frohmer, zukünftige Lehner, erstatten?«

Hauptkommissar Kaller winkte müde ab und suchte schleunigst einen Weg Richtung Parkplatz, um der Meute zu entkommen.

* * *

Am Abend besuchte er seinen Kollegen Meinfeld. Der Stromschlag hatte keine Folgen gehabt, und die isolierenden Einsatzhandschuhe aus Gummi waren damals ein guter Schutz gewesen, um Schlimmeres zu verhindern. Eigentlich war es mittlerweile zu kalt für einen Grillabend, aber Kaller hatte ein kleines Bierzelt und einen Heizpilz spendiert, um Ende Oktober endlich etwas nachzuholen, was sie schon längst hätten tun sollen. Außerdem hatte der Hauptkommissar darauf bestanden, einen Babysitter für die Drillinge zu engagieren, damit die Meinfelds in Ruhe den Abend genießen konnten.

Sven öffnete die Tür. »Du bist pünktlich, das macht mich sofort nervös«, witzelte er und spähte neugierig auf die große Tüte aus der Metzgerei, die Kaller unter dem Arm trug.

»Wird das reichen?«, fragte der Hauptkommissar.

»Gerade so.« Meinfeld zwinkerte ihm zu.

Er bat ihn einzutreten und sagte ganz nebenbei: »Wir sind übrigens zu viert. Hat sich ganz zufällig ergeben. Meine Frau hat Sarah getroffen, na ja, wie Frauen halt so sind.«

Kaller blieb abrupt stehen. Darauf war er nicht vorbereitet. Er hatte oft an Sarah Weber gedacht. Sie waren sich während des Prozesses ab und an begegnet, aber immer zufällig. Irgendwie hatte ihm stets entweder der Mut oder die Gelegenheit gefehlt, sie um ein Date zu bitten.

»Alles in Ordnung?«, hakte Meinfeld nach, der genau wusste, dass das eben nicht der Fall war. »Ich hoffe, das stört dich nicht.«

»Nein, natürlich nicht«, gab der Hauptkommissar empört zurück. »Warum sollte mich das stören?«

»Eben«, antwortete Meinfeld knapp und lotste seinen Kollegen in den kleinen Garten, der komplett von dem Zelt ausgefüllt wurde.

Kaller kam sich, als das Ehepaar Meinfeld wie auf Kommando davoneilte, um in der Küche irgendwelche Vorbereitungen zu treffen, wie ein Kind vor, das nicht schwimmen konnte und von herzlosen Eltern in ein Wasserbecken geworfen wurde mit dem Ratschlag: »Und jetzt nicht untergehen.«

»Wie geht es Ihnen?«, fragte Sarah freundlich und betrachtete ihn wie gewöhnlich sehr eingehend.

»Lehner wurde heute verurteilt, Job erledigt«, gab er leichthin Antwort und schnappte sich eine Olive, die ihm sofort aus den Fingern rutschte und im Gras verschwand.

Sarah kicherte. »Das ist mir vorhin auch passiert.« Dann wurde sie wieder ernst. »Ich habe diese Frau im Fernsehen gesehen, die Verlobte von Lehner. Es tut mir leid.«

»Muss es nicht, wir Polizisten werden öfter beschimpft, man gewöhnt sich daran.«

»Sollte man aber nicht«, sagte sie so voller Mitgefühl, dass es ihm schwerfiel, sie nicht einfach spontan zu umarmen.

Plötzlich war es ihm ein Bedürfnis, ihr zu sagen, wie sehr er sie mochte. Aber damit tat er sich schwer, und deshalb plapperte er unbeholfen los: »Ich bin kein einfacher Mensch, ungeübt in ernsten Beziehungen, nicht dass ich das nicht wollte … ich finde dich … aber na ja, ich mache Fehler.« Was war nur los mit ihm? Er kam sich albern vor.

Sarah legte den Kopf schräg. »Fehler machen wir alle, das ist nicht schlimm. Nur Lügen sind etwas, das ich nicht ertragen kann.«

Er erwiderte ihren Blick und antwortete mit fester Stimme: »Ich würde dich niemals belügen!«

Es schien, als würde die Luft laut knistern, aber vermutlich war nur ein glühendes Stück Grillkohle verrutscht, als sich die beiden in die Augen sahen.

»Dann ist es ja gut«, erwiderte Sarah leise, »der Rest wird sich finden.«

Ende

Schlusswort und Anmerkungen

Alle Personen, Institutionen und Handlungen in meinem Buch, nebst Namen und Bezeichnungen, sind frei erfunden. Ähnlichkeiten mit lebenden oder toten Personen und deren Handlungen sind rein zufällig und nicht beabsichtigt.

Ein Wort noch zu den Märchen beziehungsweise den Figuren daraus, auf die im Buch angespielt wird: Die Geschichten von »Rapunzel«, »Dornröschen« und »Schneewittchen« stammen aus der Feder der Gebrüder Grimm. »Die kleine Meerjungfrau« ist eine Erzählung des Dichters Hans Christian Andersen. Bei den erwähnten historischen Figuren handelt es sich um Marie-Antoinette (Prinzessin von Frankreich und spätere Königin), die im Jahre 1793 durch die Guillotine hingerichtet wurde. Kaiserin Elisabeth von Österreich, ehemals Prinzessin von Bayern, bekannt als Sisi, wurde im Jahre 1898 Opfer eines Attentats. Man erstach sie mit einer angespitzten Feile. Lady Diana (Princess of Wales) starb 1997 bei einem Verkehrsunfall in Paris.

Mein Psychothriller spielt in der Stadt Karlsruhe und Umgebung. Wie das *Puders* oder die Dienststelle der Kriminalpolizei entspringen die Tat- und Fundorte meiner Fantasie, allerdings gibt es in Karlsruhe tatsächlich ein Märchenviertel, und zwar im Stadtteil Rüppurr. Wie im Buch beschrieben tragen die Straßen dort Namen von Märchen und deren Autoren. Natürlich existiert auch das

Karlsruher Schloss und der großflächige Hardtwald. Übrigens beides wunderbare Ausflugsziele, auch wenn es das genannte »Kiefernkneiple« nicht gibt.

Noch zwei Anmerkungen: Rapunzel ist ein alter Name für Feldsalat, und der Manchinelbaum gehört zu den giftigsten Pflanzen der Welt.

Ich möchte mich ganz herzlich dafür bedanken, dass Sie sich für meinen Psychothriller »Der Todesprinz« entschieden haben, und würde mich freuen, wenn Sie spannende Stunden beim Lesen hatten.

Herzliche Grüße
Ihre Ilona Bulazel

Weitere Bücher der Autorin

Alle Bände der Reihen sind in sich abgeschlossen und können unabhängig voneinander gelesen werden.

Heimtückische Schuld (Psychothriller, Hauptkommissar Stutter Band 2)
www.amazon.de/dp/B07D3BHYMC

Blutmosaik (Psychothriller, Sepsis Band 6)
www.amazon.de/dp/B079S59SCX

Der Sündenfänger (Psychothriller, Hauptkommissar Stutter Band 1)
www.amazon.de/dp/B077ZMB5QW

Verdorbene Ernte (Psychothriller)
www.amazon.de/dp/B07494DKKH

Bitterblutige Wahrheit (Kriminalroman)
www.amazon.de/dp/B0716MQZXZ

Ufer der Angst (Psychothriller, Sepsis Band 5)
www.amazon.de/dp/B01NCTUIFX

Schmutzige Tränen (Psychothriller)
www.amazon.de/dp/B01H92SI1Y

Lautloser Hass (Psychothriller, Sepsis Band 4)
www.amazon.de/dp/B01CTAO28E

Sepsis – Showblut (Psychothriller, Sepsis Band 3)
www.amazon.de/dp/B01ADMWI8G

Sepsis – Das Schandmaul (Psychothriller, Sepsis Band 2)
www.amazon.de/dp/B015WUW2QM

Sepsis – Verkommenes Blut (Psychothriller, Sepsis Band 1)
www.amazon.de/dp/B00V0R616E

Das Geheimnis von Herculaneum (Historischer Roman)
www.amazon.de/dp/B06XR29T4J

Blutiger Schein (Thriller)
www.amazon.de/dp/B01J2WXQ6Q

Projekt Todlicht (Thriller)
www.amazon.de/dp/B011AKKO22

Die Akte Aljona (Thriller)
www.amazon.de/dp/B00Q5KOL2M

Operation Castus (Thriller)
www.amazon.de/dp/B00IDI70R2

world: reset – Nach den Aschentagen
(Krimi/Science-Fiction-Thriller)
www.amazon.de/dp/B00CG8G79W

Mystery-Geschichten (Kurzgeschichten)
www.amazon.de/dp/B00LOVB5K8

Scifi-Geschichten (Kurzgeschichten)
www.amazon.de/dp/B00M4E48P8

Alle Titel erhalten Sie als E-Book (die Shops finden Sie auf der Website der Autorin unter www.autorib.de) oder als Taschenbuch über Amazon!

29113143R00197

Printed in Poland
by Amazon Fulfillment
Poland Sp. z o.o., Wrocław